Written by 苏盈
Illustrated by 君翎

问药

苏盈 著

2

WEN YAO

百花洲文艺出版社
BAIHUAZHOU LITERATURE AND ART PRESS
知音动漫

知音动漫图书 · 新阅坊荣誉出品

《漫客小说绘》书系

诸君，且听一场似真亦幻之戏语。

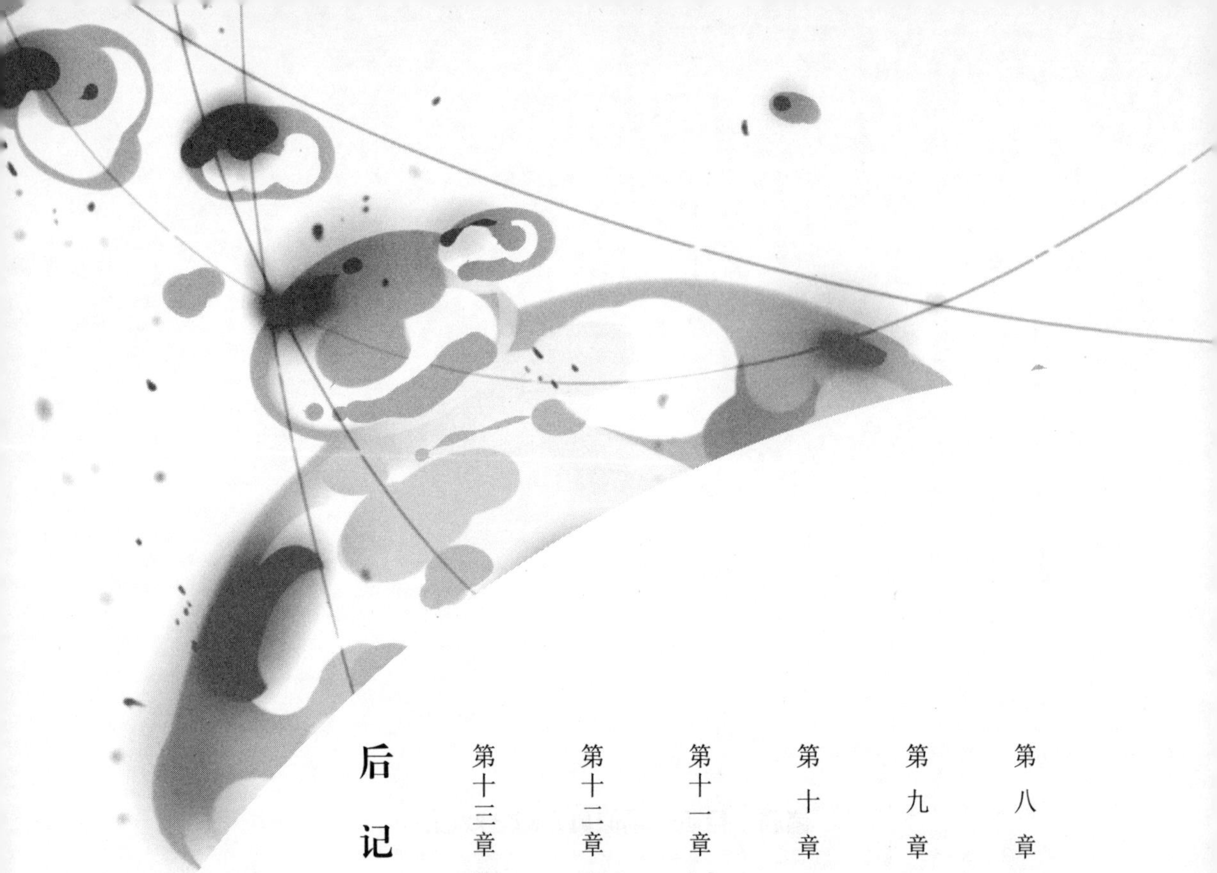

目录 CONTENTS

第一章

山楂果

山楂：别称赤爪子、鼠楂、棠梂子、山里红。味酸，性冷，无毒。三月开花，果实有红、黄两种，九月方熟。生吃使人烦躁易饥，煎水加蜜糖服用，健胃，通结气。

SHAN ZHA GUO

1

涂小牧正面临他人生最大的感情危机，所以他跪在公寓走道上抱紧对方的大腿，声泪俱下地哀求着。要不是大家都知道他是个奇葩，估计这一层的其他住户都要报警了。

“不！君卿你不要离开我！你突然说要去别的城市是怎么回事？我不能没有你哇！”涂小牧真情流露，眼泪鼻涕全往人家裤腿上蹭，“不要抛弃我……君卿啊……”

若是不知情的人看到这一幕，还以为是小情侣吵架闹分手，然而被涂小牧抱住腿强行挽留的却是个一米八几的高大青年，长得还挺帅。他瞪着涂小牧，又不能真的一脚踢飞他，陷入了左右为难的处境。

“小牧，放开我。你自己一个人能做得很好的，并不需要我……”君卿好言相劝。

“不行！如果不是你就不行！”涂小牧哭得一把鼻涕一把泪，“君卿，我不想回到以前那种生活了，你是我的缪斯！是我的幸运之神！是我的灵感之源！”

君卿翻了个白眼，涂小牧这家伙哪天不当绘本作家，倒是可以去试试当演员，演技如此出神入化，绝不愧对“人生如戏”这四个字。

楼道里有小姑娘悄悄打开门，拿手机偷拍这一幕，君卿发现了，连忙拎起涂小牧回屋，关上大门谢绝一切八卦人士。

“君卿，你是不是不走啦？”涂小牧八爪鱼般缠着他，仰起脸使劲儿地装可爱眨眼睛。涂小牧这人一看就是个阿宅，头发长了也不剪，扎个小马尾，要是长得好看还能说有颓废美，但在涂小牧身上那就只有颓废，没有美。

“行了行了，你先放开我。”君卿无可奈何。涂小牧看起来干瘦干瘦的，像一条炒过头的四季豆，但力气还是挺大的。

但涂小牧以前可不这样，孱弱得风吹就倒。他作为一个人气绘本作者，工作强度还是挺大的，同时在网络和杂志连载不同作品，每周要画 20 页的稿子，还有一个与知名小说家合作的改编工作。刚起步的时候他累倒过好几次，后来还是君卿逼着他报了个健身房，督促他锻炼，这才逐渐好起来。

涂小牧扶了扶眼镜爬起来，严肃地说：“那就说好了啊！我这连载正要进行到关键处，正愁不知道接下来剧情该怎么走呢，来，我们来聊聊。”涂小牧说着说着，有点儿垂头丧气，“说起来，你之前跟我提到过一个很有意思的点子，我画着画着不知道怎么的就画不下去了，白糟蹋你的一番好意……哎，我最近怎么老是这样呢？”

涂小牧跟君卿的关系，倒是有点类似漫画家跟脚本作者的关系，君卿不是专业的脚本担当，但他总是能说起一些妙趣横生的提议，尽管非常模糊，但那就是灵感火花点亮的一瞬，涂小牧很多大受欢迎的作品，就是因此衍生的。

君卿还是没有说话，似乎还在迟疑什么。但涂小牧不给他拒绝的机会，他用力拍了拍君卿的肩膀，笑道：“我们可是好搭档啊，没了你我真的不行。”他顿了顿，认认真真地说，“我最近状态不太好，稿子怎么画都不对劲，我真的很需要你。”

他向来吊儿郎当的，所以当他认真的时候，就显得特别认真。

君卿怔了怔，这才小声地说：“我是为了你好。”

但涂小牧没有听到，一眨眼的工夫，他那认真的模样又消失得无影无踪，蹦蹦跳跳地去打电话订披萨了。他问君卿想吃什么，君卿摇摇头说：“我什么都不想吃。”

“这样不行的啊。我做主给你点个套餐吧，你身材已经够好了，不用减肥了。说起来，我们男子汉也不用跟女孩子似的在意体重啦，你长这么大一只，不吃饭不行的……”涂小牧说起话来唠叨个没完，君卿听着他的声音从客厅到厨房，又从厨房到书房，叽叽喳喳的，脑子一阵一阵犯晕。

别看涂小牧这么一副无忧无虑的样子，其实他最近一直深陷创作的瓶颈。

作为近年来备受推崇的绘本作家，涂小牧的作品风格多变，他可以画小孩子看了会咯咯笑的、像彩色棉花糖一样松软香甜的故事；也可以画笔锋犀利冷酷，让成年人无声流泪的现实童话；他的绘本能让少女萌发恋爱的心情，也能让少年燃起追逐梦想的热血。

但最近，他的故事正在逐渐失去灵气，从公开的投票、读者的评论，还有编辑愈发严厉的修改建议都能看出来……尽管涂小牧表现得没心没肺的，但从垃圾桶里堆得越来越高的废弃稿子，都能看出涂小牧的焦虑。君卿想起这件事，眉头愈发紧皱。

“你还记得我们第一次见面吗？你饿晕在我眼前，还真把我吓了一跳，哈哈哈。”涂小牧的声音从阳台飘过来。

涂小牧不知道，那时候君卿是真的快要饿死了。君卿当然记得那一天，他鬼使神差地走进一家快餐店，涂小牧也在那里，抱着他那台快报废的手提电脑赶工。

当时，涂小牧还没有正式成为专业的绘本画家，只是个默默无闻的插画家，接一些零零碎碎的工作过日子，收入很不稳定。那天他因为没钱交电费被停电，就跑到快餐店点了杯最便宜的饮料，蹭空调坐了一天。他盯着电脑屏幕看太久了，觉得困，就摘了眼镜揉揉眼睛，不知不觉挨着墙睡着了。

君卿不知道他是谁，只知道从涂小牧的身上发出了“很好吃”的味道。

人类想活下去还是挺简单的，有饭吃，不饿着，就能活下去。但他不一样，他不是人类，他是食梦兽，以人类的梦境为食。

不幸的是，他是一只长期患有厌食症的食梦兽。

而涂小牧，是他唯一可以接受的“食物”。

2

按理来说，食梦兽一般不用为食物发愁，但事实是，君卿一直面临可怕的粮食危机——现代人所做的梦真是越来越难吃了。对于食梦兽而言，人类就是培土一样的存在，梦境则是从培土中长出的蘑菇。

在君卿的记忆中，过去人们的梦口感丰富、味道成熟，是上好的美食，只是现代社会的成年人已经无法造出美味的梦。总是想着如何压榨劳动力以获得更多利润的人的梦，带着吝啬和刻薄的酸味，难以入口。职场上的男男女女们，有的功利心太强，他们的梦境就像生的朝天椒一样呛人；有的人又不思进取，他们的梦就像泥浆一样，看了都食欲全无。更多的人则是整天劳劳碌碌，回家倒头就睡，连梦都不会做了。除此之外，他们还有酗酒、嗑药、吸烟、熬夜等各种陋习，这些都在严重影响梦的味道和口感。

君卿只好把目标放到未成年人身上，但很快他便发现，孩子们的影响因素一点儿也不比成人少。有一次他吃到一个因为高考而压力过大的高中生做的梦，是个恶梦，内容是梦见自己数学考试一百五十分的卷子只拿到一百三十二分。他在睡梦中被吓得痛哭流涕的样子君卿已经不记得了，他只记得那个梦的味道真是……诡异到难以言喻。

食梦兽是妖怪，寿命可以有数百年。君卿已经活了一百年，说老不老，说小也不小，有时候他真的很希望自己是生于现代的食梦兽——要是从来都没吃过过去的人们所缔造的梦境，就不会觉得现代人的梦有多么难以下咽。

情况最坏的时候，君卿不得不去找一个颇具盛名的卖药人寻求办法，他觉得那卖药人一定是蛇精修炼而成，他看着你的时候，背后便像缓缓爬过了一条鳞片冰凉的蛇。

他给了君卿两种选择：一种药能剥夺他的味觉，从此以后，再难吃的东西也没有味道，但吃好吃的东西也会味同嚼蜡；另一种药可抑制他的饥饿，使他暂时没有进食的欲望，然而始终并非长久之计。

君卿犹豫许久，最终还是选择了后者。若是一生都失去味觉，再也感受不到任何味道，那是否进食也不再重要了，连活着这件事都将变得索然无味，实在太过悲惨。

君卿深知若是太过依赖药效，他最终也难逃饿死的命运，于是那些消除饥饿的药，若不是到了迫不得已的时候，他也不会服用。所以，作为一只活在现代城市里的食梦兽，君卿一直都在挨饿，久而久之便对各种梦境产生了厌恶，一度差点把自己饿死，直到他遇到涂小牧。

虽然至今，君卿也不知道相遇那天涂小牧做了个什么梦，但在涂小牧打瞌睡的时候，饥肠辘辘的他再次闻到了许久不曾感受过的浓郁香气。那就好像在一个快饿死的人面前，突然放了一锅加姜、蒜、葱，添些许酒，猛火大油爆炒的细嫩鸡肉，再加一碗刚蒸好的白饭，怎么不叫人垂涎三尺。

无论如何，他都想吃上一口试试。

晚上，涂小牧四仰八叉地睡在床上，说是床，其实就是一张打开了的沙发，挨着他工作用的桌子。现在是凌晨三点多，桌上的小台灯还亮着，桌面上散乱地放着画笔和干涸的水彩颜料，涂小牧一直画到刚才，实在困得不行了，打算在沙发上休息一下，没想到才躺下去就睡得天昏地暗。

阳台的窗户原本紧闭着，这时悄悄打开了一条缝隙，缝隙逐渐变宽，刚好够一个人走进来。窗外夜色如水，这里是十六楼，从空无一人的阳台上却探进来一只手，然后是半个身体，最后一个完整的人走了进来，是君卿。

相识之后的许多个夜里，他都是这样悄悄潜入涂小牧家里，窃取他的梦。

今天，君卿看了眼熟睡中的涂小牧，陷入了挣扎，最终他还是把手放到了涂小牧额上，然后他的身体化作一团淡烟，从涂小牧的耳朵钻进了他的脑中。

涂小牧正在做一个古怪的梦，他梦见自己是猫咪爪子上的一块肉垫，在他的号令下其他肉垫都得听从他的指挥。他们像是司令台，指挥猫咪蹿高跃低，在城市里流浪。而当肉垫们闹起内讧时，猫咪就会崴脚，从高墙或者树上突然摔下来。

涂小牧的梦总是古怪又有趣，君卿看着涂小牧梦里那只猫在肉垫的“指挥”下做出各种匪夷所思的事情，不由得发笑。然而当他进入了梦境之后，梦里的色彩便越来越浅薄，最后淡成了一片空白。

而君卿手里多出了一杯圣代，杯子的最下层是五颜六色的果冻，上面铺上了厚厚的奶油，中间夹杂着各种水果，最上面是两个雪糕球，撒上了果仁和饼干碎。君卿拿着插在杯子旁的长柄勺，一口一口吃着这杯由涂小牧的梦境凝结的圣代。

食梦兽的味觉与人类不一样，但这杯圣代的滋味对于君卿而言，也就如同喜爱甜食的人吃到了最爱的甜点。入口绵软细滑，梦境在嘴里化开时仿佛有着浓郁的奶味，果仁和饼干的硬度丰富了口感，水果的酸甜缓解了奶油的甜腻，而最后是清爽的果冻，为这份甜蜜的滋味带来最完美的调合。

君卿吃完后意犹未尽地舔了舔手指，涂小牧的梦境一如既往的美味，他今夜做了个十分可爱的梦，于是食梦兽面前便凝结出这么一份精致的甜点。

君卿吃得很满足，但在进食完毕的同时，他的心情又变得十分低落。他离开了梦境，外头天色渐亮，涂小牧还在呼呼大睡，那张脸又蠢又傻，丝毫没有高雅艺术创作者的优雅风骨。与这丢人睡相相反的，是桌面上画到一半的稿子。

君卿随手拿起一张，涂小牧在画的是一个把高楼林立的大城市比拟为原始森林的故事。他把往返于商务高楼的人们看作栖息在参天大树里的鸟儿，人们头上不是长着头发而是各种羽毛，当他们疲惫或烦躁的时候，羽毛便会失去光泽，当他们快乐喜悦时，羽毛则变得丰满艳丽。谁都能对别人的心情一目了然，长得好看的人拥有斑斓缤纷的羽毛，长得丑的人羽毛灰扑扑的，而绘本的主角是一个脑袋光秃秃的男孩，周围的人们猜不透他，有的人觉得他很神奇，有的人觉得他很怪异，于是纷纷向他赠送自己的羽毛——

故事到这里就打住了，因为绘本的作者困得睡着了。涂小牧的绘本故事风格怪诞奇异，却拥有令人不由得想要继续阅读的魅力。君卿很喜欢这个故事，但他知道涂小牧醒来后，很可能无法完成这个作品了。

这个故事源自于涂小牧的一个梦，君卿清楚记得那个梦的味道，是一客五分熟的菲力牛扒，配黑椒汁，刀子切下去，肉的最内侧还是生肉娇嫩的红色，放入嘴里，口感嫩滑，滋味鲜美，带着一点点血的腥甜，黑椒的呛辣回味无穷。

虽然梦境没有结局，但那是个有着童话的梦幻，也有着现实的残酷的梦。做这个梦时的涂小牧很难过，因为那个光秃秃的男孩就是他自己。

这不是一个美梦，但食梦兽并非只喜欢吃好的梦，像这样感性复杂的梦更是一种难求的美味。不是每个人都能做这样的梦的，所谓的梦境源于心境，日有所思夜有所梦，涂小牧的梦是他的幻想，同时也代表着他创作的灵感和激情。

所以，君卿吃掉的不止是涂小牧的梦，还有他的灵感。

已经吃掉的梦再也无法被想起，涂小牧也不会再做一样的梦，哪怕他还是下意识地画出了类似的故事，但最终的结果都将是因为灵感枯竭而无法继续。

涂小牧说自己是他的“灵感之源”，君卿听了并不会觉得高兴或自豪，他只觉得无比羞愧。他不是涂小牧的缪斯，他是他创作低谷的罪魁祸首。

不能再吃他的梦了。君卿从身上翻出一个药囊，是他之前找卖药人要的药，现在早已吃完。他心中有了想法，在涂小牧醒来之前，君卿回到阳台，从十六楼一跃而下，他的身影化作一阵烟雾，在空中涌动成一只猛兽的形状，穿过清晨时分空无一人的街道。

他想过一走了之，但这不能弥补他的过失，而且他也不能保证，自己是否真的能忍住不再吃涂小牧的梦。

所以，他要去找那个卖药人，那个人说过：“我这里什么药都有，只要你想买，我就卖。”

3

“您好，您所拨打的电话暂时无人接听……”

涂小牧无奈地挂断了电话，他好几天没联系上君卿了，虽然两人相识已久，可是到了现在涂小牧才发现自己所拥有的，只有君卿的电话号码和名字。君卿的地址、家庭背景他一无所知，想来他对朋友也真是太不关心了。

这其实不能怪涂小牧，因为在君卿之前，他也不曾有过能称得上“朋友”的人。涂小牧把之前的画稿揉成一团，扔进了垃圾桶。他的工作进度依旧不乐观，辛辛苦苦画了许久的东西现在成了废纸，即使他再怎么没心没肺，都会觉得心如刀割。编辑刚跟他打过电话，语气小心翼翼的，说是让他休刊一段时间，好好调整状态。

涂小牧懊恼地把桌面上的东西全扫到地上。水彩泼了一地，他胡乱抓起原本画好了的成稿正要撕开，蓦然冷静下来。他看了看地板上的一片狼藉，挠了挠头，心想还好君卿不在，不然又要骂他了。

他知道自己最近状态不好，不管画什么故事都无法得心应手，一次又一次的失败，让他逐渐对自己失去信心。他其实也很惶恐，害怕回到一事无成的过去，但又不禁想，也许我还是不合适当绘本作家，也许我应该回老家找个闲职，也许我该去继续进修，也许我……

各种乱七八糟的想法充斥了涂小牧的脑袋，他以前无论做什么都无法成功，就是因为太过三心二意，想法每时每刻都在变，结果什么事情都做不好，父母都拿他没办法，那时候谁都以为涂小牧只能那样浑浑噩噩地过完一生。

如果不是君卿出现，他大概就真的会那样过下去吧，接着饿不死、吃不饱的约稿过日子，落魄的时候还得问父母拿钱，逢年过节也不敢回家，怕看到亲戚轻蔑的白眼，或者旧同学同情的目光。

涂小牧一直认为，他是在遇到了君卿之后才交上了好运。

现在想起来他遇见君卿那天，还是觉得好笑，一米八几的高大男人，"咚"一声倒在他旁边，吓得正在打瞌睡的他醒了过来。涂小牧问他要不要吃东西，那人摇着头说不饿。骗谁呢？他都能听见他肚子咕嘟嘟打鼓的声音。于是囊中羞涩的涂小牧掏钱买了一份套餐，可是对方怎么都不肯吃，然而他也不肯走，就那样坐在涂小牧对面，饿狼似的眼睛发亮地盯着他。

涂小牧心想，我要是个女生，现在就得报警了，对面的人虽然长得帅，但眼神也太痴汉了！也许是他内心的想法不小心流露在脸上，对面的人终于拿起汉堡，一脸苦大仇深地啃起来。

"我叫君卿。"一脸酷帅的人居然率先做起了自我介绍，"你呢？你是个……画家？"

"只是个混饭吃的插画家，哦，我叫涂小牧。"他自嘲地说，"是个除了做梦，干什么都不行的家伙。"

"会做梦就很厉害了，现在很多人都不会做梦了。"对面的家伙莫名其妙地说。

这话没头没脑的，但神奇的是涂小牧居然能无障碍地沟通。听到这儿他兴奋地大叫一声，把旁边的顾客都吓到了，他说："哎呀！我想到了！有一个人，他专门生产梦想，他有很多梦想，但他无力实现，于是他就把自己的梦想卖给没有梦想的人，拜托他们替他实现梦想，卖掉的梦想有的实现了，有的破灭了……你觉得这样的故事如何？"

叫君卿的人似乎被他的热情吓到了。这也是涂小牧的坏习惯，所以他才一直被身边的人说是怪胎。他做好了被君卿鄙视的准备，然而对方在片刻的呆滞之后，露出一个浅淡的笑容，朝涂小牧点点头道："我觉得这是个很有意思的故事，接下来会怎样？"

这下轮到涂小牧吃惊了，他以前也曾经这么跟父母和朋友说过自己脑子里的奇怪构思，然而父母都会让他好好念书不要想这些有的没的，朋友们也只会嘻嘻哈哈笑闹一番，谁也不会把他的话当一回事。

这就是之后让涂小牧声名大噪的绘本集《贩卖梦想的人》的雏形。在创作的过程中涂小牧也会老毛病发作，画到一半就不想画了，这时候君卿总会恰到时机地出现在他面前，神色严峻地让他乖乖坐回桌子前，把该做的事情做完。

而涂小牧的毛病也体现在他的作品上,《贩卖梦想的人》的初稿是一个混乱不堪的故事,有太多的分支和没有关联的细枝末节,完全体现了创作者的弱点。君卿作为涂小牧的第一个读者,总是一边看一边动手替他把不需要的地方删掉,一边删一边小声嘀咕:“真是受不了,怎么比你做的梦还乱七八糟……”

如果没有遇到君卿,那就不会有今天的涂小牧。

在之后的创作中,他经常能带给涂小牧眼前一亮的灵感。他上次说过一个如果人类是住在城市森林里的鸟儿的构思,涂小牧觉得很有趣,就画了下来,结果……这珍贵的灵感最终没有成为一个完整的故事,而是成了垃圾桶里的废纸。

涂小牧觉得很愧疚,他过去总是那么积极乐观,再不愉快的事情睡一觉都会过去,但现在他不能原谅糟蹋了君卿好意的自己,他实在太没用了。说到底他果然还是个没有才能的家伙吧,他的才能是君卿带给他的,他其实始终是个只会做白日梦的空想家。

君卿说他想离开,去新的地方发展,是不是也终于发觉自己的无能,所以才会有离开的打算呢?涂小牧叹了口气,拿上钱包和钥匙,打算出门散心。

涂小牧随便挑了一辆人少的公交车坐了上去,他没有目的地,纯粹打发时间。他以前很喜欢坐在车上看都市的风景,看往后倒退的景色,看来往的行人,感受这个繁忙的社会,仿佛每个角落都有旺盛的生命。可是现在他看着外面,却只觉得索然无味,觉得生命都很无趣。

涂小牧在下一个站下了车,准备换乘反方向的车回家,没料到却在人行道上看见了君卿的身影。

这附近有一所学校,君卿就在人家校门口,东张西望的,似乎在等什么人。

涂小牧正想喊他,却正好到了中午放学的时候,一大波学生从学校里出来,他顿时就看不见君卿了。等人群散了一点儿,他眼尖地看见君卿拐进了对面马路的一条小巷,他连忙跟上去。

4

这条巷子虽然窄,但却热闹。学校附近餐饮店多,巷子里有些一楼的住户会改建做餐厅或者奶茶店,每逢中午放学后都是挤得满满的。涂小牧艰难地在人群里前进,但君卿却走得很轻松,像一阵轻烟,轻轻松松地从缝隙里透了过去。

涂小牧只顾跟着君卿走,过了一会儿才发觉这条小巷安静了下来。不知什么时候身边一个人都没有了,两旁的店铺也消失了,取而代之的是石块垒起的高墙,墙缝里爬着苔藓,叫不出名字的植物从墙上探出了枝茎，风吹过的时候，他仿佛听到了青铜铃的脆响。

涂小牧正诧异着，便听见有个男生崩溃地大叫："怎么又是你？说过多少次我不是你要找的人，我也没有药卖给你啊！"

涂小牧脑内快速飞过无数社会新闻报道，什么不良青年强迫青少年购买迷幻药之类的……难道让他碰上了这种事？涂小牧虽然人不怎么有出息，但正义感还是有的，正准备拿出手机来报警，便听到了一个熟悉的声音说："我不会搞错的，就是你。我需要那个药，真的很需要，不然我会害了我的朋友……"

涂小牧不会听错的，那是君卿的声音！他生病了吗？为什么他的声音听起来有点奇怪？那个与他对话的人又是谁呢？他正疑惑着，就听见那男生又气愤又无奈地说道："你们还能不能讲点道理啊！你说的那个卖药人我不知道他去哪里了，我也——"

男生的话没能说完，便化作一声惊骇的叫声。涂小牧连忙冲出去，不见君卿的身影，却看见一只庞然巨兽扑向一名穿着制服的男生，那巨兽外貌似是老虎，却长着象的耳朵和长牙，身长约有两米，浑身是翻滚的烟雾，蠕动的内脏隐约可见。

"住手！"涂小牧不知道哪里来的勇气，捡起地上的一截断木握在手里，闭着眼冲上去，就往那巨兽头上敲下去。没料木棍穿透了巨兽烟雾状的身体，打到了正挣扎着想爬起来的男生身上。男生嗷地痛呼一声，重新摔回地上。

"呃……对、对不起！"涂小牧慌慌张张地说，也不知道到底是在跟哪一边道歉。而他的举动也引来了巨兽的注意，涂小牧眼前一暗，一团烟雾向他袭来，他下意识伸手抵挡，却只摸到一片虚无。

他碰不到巨兽，巨兽却能触碰他。涂小牧身体一沉，如同那少年般被按倒在地，巨兽的爪子压在他身上。这巨兽看起来似乎是一团烟雾，却沉得他喘不过气。

他想呼救，又发不出声音，他看着巨兽的眼睛，觉得似曾相识。迟疑之间便错过了抵抗的机会，巨兽从喉间发出危险的低吼，尖锐的长牙如利刀，毫无疑问能穿透岩石，更别提是涂小牧的血肉之躯了。巨兽张大嘴，眼看着就要一口咬下，涂小牧吓得魂飞魄散，紧紧闭上了眼睛。

然而预想中的剧痛却没有来临，过了一会儿，涂小牧才慢慢睁开眼睛，发现那头巨兽居然狠狠咬在了它自己的前臂上。它咬得那么深、那么狠，仿佛恨不得咬碎自己的骨头，唯有在这样的疼痛中，它才能找回属于自己的意志。

涂小牧感觉压制着他的力量变小了，连忙从巨兽爪下逃了出来。那只怪异的巨兽这才松口，它的前臂形态扭曲，已经被它自己咬断了。它仿佛很疲惫，在地面上躺了下来，血液从它的伤口里流出来，哪怕是怪物，那血液也与人类没有区别，都是鲜红的。

涂小牧惊魂未定，心脏还被吓得砰砰直跳，但看着那头卧在血泊中的巨兽，竟然又不觉得它可怕了，反倒有几分同情。涂小牧也说不上为什么，可就是明白这只巨兽并不是真心要袭击他，刚才这只巨兽处于一种失控的疯狂状态，现在它冷静下来，对自己刚才的行为感到了愧疚。它一直垂着头，好像不敢正视涂小牧的双眼。涂小牧不知该如何是好，他甚至没来得及搞清楚是什么情况。

这时那个被涂小牧敲了一棍子的男生，总算是摇摇晃晃从地上站起来了。他看着眼前的情景，也有些愕然。

"你受了伤吧……没关系吗？"男生问，他是对着那只巨兽说的。巨兽没有回应，男生有些尴尬地看向涂小牧，问："你们认识吗？"

涂小牧茫然地摇头，他怎么可能认识这只怪异的生物呢？

"你哭了吗？"男生突然又问，他说话的对象还是那只巨兽，"他就是你刚才说的那个朋友吧，你是不想伤害他，所以才咬了自己……"

受了重伤的巨兽发出一声低沉的咆哮，仿佛是要阻止男生继续说下去。涂小牧奇怪地看着一人一兽，搞不清他们到底是怎么交流的。他并不知道，男生眼中所见的并不是一只巨兽，而是一个人，一个涂小牧非常熟悉的人，君卿。

君卿露出了食梦兽的原形，他这段日子都没有进食，脸色十分憔悴，连眼睛都显得没有神采，他对那个男生道："求求你了，给我药吧……"

男生却说："我真的没有药啊！你再怎么说我也不是你要找的那个卖药人……"

"你身上有跟他一模一样的气息。"君卿气息奄奄地说，"我们妖怪不依靠外在的皮囊来识别，所以我不会认错的，你就是他，或者说，你身上有他的东西。"

男生一脸茫然，君卿继续说："我是食梦兽，可我患了厌食症，什么梦都吃不下。这个人类是例外，他是个很会做梦的人，我一开始只把他当作食物，我留在他身边、我对他好，都是为了能不停地吃掉他的梦，这同时也是在蚕食他的精神。我永远不会有真正满足的那一天，但如此下去，他很快便会有枯竭的那一天。"

什么时候起，涂小牧不再是单纯的食物，君卿喃喃说道："你会觉得很可笑吗？我是妖怪，却想跟人类成为'朋友'……"

妖怪也是有欲望的，他每一次吃掉涂小牧的梦，都会跟自己说"这是最后一次"，但是"最后一次"却总会有"下一次"，遏制饥饿的药已经没有作用了，君卿想要的是能完全消除他"味觉"的药。

没有味觉的话，吃什么人的梦境都没有区别，单纯地为了活下去而进食，哪怕要永远失去品尝食物的乐趣，也总比伤害朋友来得好。

涂小牧左看看右看看，在他看来男生与巨兽在深情对视，他听不见他们的对话。

“可是我……”男生还在犹豫着什么，突然他想到了什么，从裤子的口袋里拿出了一个奇怪的立方体。是个魔方，六个面，却只有红色与金色两种颜色，这两种颜色被打散成54个小方格，一只金色的巨目停留在两个面的交界处，它缓缓睁开时，那道棱边贯穿了它的瞳孔中央。

然而一眨眼，巨目又跑到了魔方的另一面去了。

巨兽顿时瞪大了眼睛，紧紧盯着这个奇异的魔方。而男生试探着转动起来，只有两种颜色的魔方应该要简单许多，但他笨手笨脚的，虽然知道应该把相同的颜色转到同一个面，但无奈却越转越混乱。

但是随着男生转动魔方，一些鲜红的果子噼里啪啦地掉了出来。

这些红艳艳的果子，是山楂。

男生说道：“山楂，味酸，性冷，无毒，吃了能让人感到容易饥饿。简单来说，就是……刺激食欲。”

既不需要夺去味觉，也不是抑制饥饿，而是……增进食欲？君卿愣了愣，继而狂笑不止。

“哈哈哈哈，对啊！如此简单，为何我竟然一直没有想到？”如此一来，只要不是难吃到极点的梦，他都能勉强吃下去了。巨兽发出一声长啸，低头咬住几枚山楂，嘎吱嘎吱咬碎，仰起脖子全咽了下去。

光是看着，就足够让人感觉到强烈的酸味直抵舌根，光是想一想就酸得让人浑身抖一抖，情不自禁地分泌出口水。

“谢谢你，山楂要是吃完，我再来找你。”巨兽说着，心情好了许多。他的身体化作烟雾，卷住了涂小牧，烟雾弥散，他们一起消失了。

“你自己到市场买啊！”男生绝望地大喊。

巨兽的声音从四面八方而来，十分缥缈，他说：“药钱我先欠着，哪一天你若有需要，我必然偿还。”

涂小牧咂咂嘴，一个翻身从沙发上滚了下来。他吃痛睁开眼，发现自己原来是睡着了，难怪啊难怪，就说怎么做了个奇怪的梦……说起来，他好像很久都不曾如此清晰地记得一个梦的内容了。

咚咚咚，外面有人敲门，打开一看，正是许久不见的君卿。他一只手吊着三角巾，好像是受了伤，涂小牧连忙问道：“你没事吧？”

君卿摇摇头，轻声道：“不碍事，就是骨折了。”

“难怪最近一直联系不上你，原来是出事故了！是车祸吗？还是遇到了什么意外？”涂小牧恍然大悟，连忙让君卿进屋，让他坐下，叽叽喳喳地关心他的伤势。君卿含糊应对，把涂小牧的疑问统统敷衍过去。

“我刚刚有了个新构思。我做了个很有意思的梦，不过醒来后也不太记得清了，是一个人类想与非人类做朋友的故事。”涂小牧说。

君卿翻了个白眼：“这题材不是很有新意了。”

“你听我说啊！是这样的，一个人他想跟洗衣机做朋友，然后他就……”涂小牧兴致勃勃，已经拿出了速写本开始画草图，“不知道为什么，我觉得我可以重新画出好的故事了！”

君卿耐心地听着涂小牧天马行空的故事，在他偏离得太过厉害的时候，三言两语把他诱导回来。他想他还是喜欢这样的日子，为了活下去，他也该努力适应这个已经变得不美味的世界。

5

食梦兽跑得有够快，荣光连一丝烟都捉不住。妖怪们也实在是太过任性了，想找他的时候就来，走的时候连个招呼都不打，他还有话想问啊！

他只能无奈地把魔方塞回口袋里，卖药人和春景都消失后，就只剩下一个一无所知的他。荣光本以为他的生活会恢复正常，但他最近才发现，一切并没有结束，而是刚刚开始。

他慢慢朝正常的世界走回去，突然脑袋上一沉，其他人都看不见，但荣光的头顶上却蹲了一只狐狸。它毛皮雪白，大尾巴卷在他脖子上，像一条大围脖，然而现在可是夏天，荣光真担心被捂出痱子。

“真是笨蛋呢！你不是梦见过那个无良奸商吗？你怎么不问问食梦兽呢？”狐狸一副趾高气扬的模样，语尾带着“呢”大概是它的习惯，“食梦兽可是很稀少的呢，它们可以穿梭梦境，每当它们吃了一个梦，也会知道梦境带着的秘密呢。”

这只狐狸缠上荣光也不是一两天了，它对卖药人的怨气可不是一般的深，总是在唠叨叨自己是如何被卖药人欺骗了，好像是卖药人骗了它做一种叫“狐换膏”的药，但却没有给狐狸应得的报酬。

狐狸拿它的爪子拍荣光的脸，气愤地碎碎念：“大家都找不到他了，自然就找上你了呢！”

“这是迁怒啊，还讲不讲道理了……”荣光无奈地申辩。

“你想跟妖怪讲道理是不是太搞笑了一点儿呢？”狐狸气得开始甩起大尾巴抽打荣光的脸，“对了，你怎么知道要给食梦兽山楂果的呢？”

荣光歪头想了想，说：“其实我也不清楚，但我当时想，只要胃口好了，就算不是很喜欢吃的东西，也还是能吃下去吧。他说过吃完还会再来的，那时候再问问他卖药人的事情吧。”

“谁知道他还会不会来呢！”狐狸不满地说，“他自己也清楚的，你给的山楂果目前还管用，但能维持多久，谁也没有定数。可能有一天他饿急了，还是会把他那个朋友吃空的。”

荣光脚步一顿，他从来没想过这回事，他还以为自己做得够好了，他希望每个人都能得到可以帮助他们的“药”，不需要付出可怕的代价，不需要承担悲伤的后果。卖药人以前的行事方式太自私，荣光不想自己也变成那样。

然而，头上的狐狸摇头晃脑，懒洋洋地说：“这世间百药呢，怎可能只有百利而无一害呢……”

第一章 凝水石

盐：《尔雅》中记载，天然之盐为“卤”，人工制的才叫盐。味甘、咸；性寒，无毒。止心腹疼痛，坚肌骨，除风邪，解毒。治疗风热牙痛、虫牙、齿痛出血有效。

NING SHUI SHI

1

培雅中学高二年级的办公室里，一场两个女生之间的争执正在进行，班主任束手无策地夹在中间。巩向辰在办公室外当个旁听者，他颀长的身体靠在墙上，摸出了 PSV 打游戏，他肩上背着自己的书包，手里拿着卢霏的书包。而卢霏的声音从办公室里传出来，语气平和从容，是她一贯的样子。

伶牙俐齿并不适合形容卢霏，虽然她确实有着一口漂亮整齐的牙齿，但她看起来很文静，很乖巧，是那种听话至极的女生。但巩向辰了解她，知道她虽然不是嘴快的人，但深谙争论之道。

“我承认这件事是我考虑不周，我答应了你会帮忙做班级宣传的海报，我没做到，这怎么都是我的不对。”卢霏的声音十分诚恳，让人感觉她确实为此感到愧疚并且充满歉意。

然而，她接着又说：“可是，我也是校宣传部的委员，这次校庆活动我还要负责年级的宣传海报，我时间实在不够用，我已经尽力了，我也很辛苦、很累了……”

另一个女生叫周莺语，是卢霏他们班的班长，她大声地质问：“既然你知道自己的时间不够用，那当初完全可以不答应我啊！月底就是校庆了，班上同学准备工作都做好了，其他班级的海报都贴出去了，就差我们班了！”

“我当时真的认为时间是够的，这方面确实是我的失策。能够参与班级这么重要的活动我很荣幸，你来问我的时候我很高兴，也不想你为难，所以才答应了。”

接着，卢霏又有点儿委屈地说：“对不起，周莺语，我是真的想做好这件事的，我也答应你了。可是会发生这种问题，难道全都是我的错吗？”

啊，要开始了。巩向辰心里说道，他专注地打着游戏，这一关的BOSS看似快要倒下了，但其实这才是最凶险的时候，因为BOSS要发动绝招了。

办公室里两个女生的争吵像是一场战役，而战争的起因是月底即将举行的校庆。

培雅中学是一所历史悠久的名校，前身是外国人出资建造的教会学校，改革开放后在政府的支持下，改建为现在的培雅中学，今年正好是建校六十周年。

与过去相比，现在学校也更加注重学生的自由发展和个性培育，不再像过去那么严守教条规矩，偶尔会举办一些文娱活动，鼓励学生参与。培雅中学也一样，趁着六十周年校庆的大好日子，举办起全校性的游园会。

除了学习任务繁重的初三、高三考生，其余学生以班级为单位，各自策划特色活动。

在校庆日当天，培雅中学不仅会有师生们的亲朋好友前来参观，毕业的校友们也会相约一起回母校探访，那将会是非常热闹的一天。

而对于亲自参与了班级活动策划、筹备、实行的学生们来说，也将是紧张并令人期待的一天，因为那也是检验他们努力成果的重要时刻。

卢霏与周莺语所在的高二（6）班的活动是猜灯谜，现在基本上都准备妥当，然而宣传海报却迟迟没有完成。这张海报是会贴在校外宣传栏上，让学生家长和其他学校的学生也能看见的，除此之外，也是校庆宣传册上属于高二（6）班的介绍页。

一个学校有那么多个班级，来游玩的人不一定能全都玩一遍，自然是挑感兴趣的，这时候海报宣传就很重要了。

周莺语精心设计了文案，突出了他们班级灯会的特色之处，截稿日就在明天，却因为卢霏的缘故肯定是赶不上了。

海报可以晚一点儿贴，可是宣传册子是要提前印刷的，明天不交的话，他们的页面就要被拿掉了，所以也难怪周莺语这么焦急。

“我怎么了？我什么都跟你说得清清楚楚了，你也一口答应我，我后来还天天催你，结果还是弄成现在这样，就是你拖了全班的进度，难道还要怪别人吗？”周莺语也不是个温性子的人，说到这份上也不免严厉起来。

“那么你就没有想过其他两全其美的办法吗？我也跟你说过，我得先完成校宣传部的工作，可你只知道催我，除了这些事情我也有功课要做的。这段时间我的睡眠很不好，我真的很累，你完全没有看出来吗？你就不能体谅我一点儿，找个人分担我的工作吗？”

卢霏这么一问，让周莺语反倒不知道该如何反驳了。

班上会熟练运用电脑软件做设计的只有卢霏，她的设计水平也确实是比别人好，不然也不会进了校宣传部。

周莺语最初还得意卢霏是自己班上的，卢霏答应下来的时候，她还笃定他们班做出来的海报一定是最棒的。

然而，她的期待全盘落空了。

“虽然我来不及完成海报，可是我还是做出了设计初稿吧？还有，难道我就没有帮助大家一起设计花灯吗？教室的布置我也有出过主意啊。”卢霏的语气微妙地有一些改变，她依然是一副好脾气、好商量的样子，但隐藏的利爪已经悄悄伸了出来。

巩向辰加快了手上的操作，屏幕上魔法攻击闪烁，BOSS 已经残血，这一局游戏快结束了。办公室里两位女生的争执也是如此。

“我……我是相信你所以才……”周莺语的气势弱了下来，她不知道情况怎么一下子变成好像真的是她不对了，好像真的是她欺负了卢霏似的。

“我很高兴你这样信任我，但这不是你可以逼迫我的理由，也不是你不去思考其他可行办法的理由，你是班长，你有顾全大局的责任啊。”卢霏很是失望地说。

这时，作为调停人的班主任开口了，语重心长地对周莺语说：“好了，卢霏不是故意的，这次六十周年校庆全校都很重视，校宣传部那边的工作确实繁忙。周莺语，你身为班长，应该在问题出现端倪的时候及时发现。宣传册子的事，我跟他们沟通一下，争取给你们多一点儿时间，你们尽快去完成吧。”

周莺语挨了一通责备，正难过着，卢霏又乖顺地说：“老师，这样吧，海报的草图我已经做好了，今天晚上我熬一下夜把它完成，完成度可能不高，但也能赶得上明天交稿的。”

对于卢霏的提议，班主任很是欣慰：“哎，那就只好辛苦你啦。周莺语啊，你以后也得多多注意，吸取教训啊。”

“没关系的，本来也是我不好。”卢霏说。

巩向辰的游戏结束，他战胜 BOSS 通关了，而教师办公室里，周莺语彻底落败。

周莺语先走了出来，她低着头、闷不吭声地匆匆走了，甚至完全没留意到巩向辰。而卢霏跟班主任客气地说了一会儿话，这才走出来。

卢霏拿过巩向辰手上的书包，叹了口气说：“今晚要熬夜了呢，得泡上一大壶咖啡了。”

“嗯，也没办法嘛。”

巩向辰敷衍着，把游戏机塞回书包里。他其实很同情周莺语，也许她确实有她的过错，但绝对不应该被如此指责。

在班主任眼里，卢霏诚恳地认了错，又表现出乐意解决问题的积极态度，而且她理由充分，这么一来便让人觉得她好像真的受了天大的委屈。但设计花灯和布置教室是全班同学一起做的，只是参与讨论和出点子并不是十分艰辛的工作。而周莺语身为班级活动的带头人，她的工作不会少到哪里去，这样的讨论她也参与了，而且还是负责主持和最后实现方案的人。

校宣传部的工作也是一样的，卢霏所做的只是她职责范围内的事，如果说周莺语没有及时发现问题，那么卢霏也没有及时提出自身的问题。如果她早一点儿说明自己时间不够，顾不上做班级海报，问题也不至于变成现在这样。但她巧妙地避开了自己的问题，把过错都推到了周莺语身上。

"卢霏，那个……"巩向辰停住脚步，卢霏走到了他前面，她站在教学楼的楼梯上转过身。卢霏不是特别漂亮的女生，但她长得很顺眼，是那种耐看的、让人觉得很好相处的女孩。

见巩向辰迟迟不说话，卢霏奇怪地问："嗯？怎么了？"

她说话时，嘴唇下露出洁白的牙齿，如同一颗颗亮白的小珍珠，整整齐齐。

"我牙膏用完了，顺路一起去超市看看吧。"巩向辰最终还是没能把心里话说出来。

其实他想告诉卢霏，做不到的事情不要轻易答应别人，答应了别人的事情就要尽量做到。

承诺，是非常重要的。

2

巩向辰比卢霏小一岁，两人算是青梅竹马，先后考进了培雅中学。他们两家一直是邻居，彼此十分熟络。

巩向辰是独生子，卢霏也是独生女，但她还有个很出色的堂哥，堂哥不仅成绩优秀，而且兴趣广泛，在各方面都有出色的表现。

亲戚之间难免相互比较，卢霏的父母自然也免不了经常羡慕地提起这位堂哥。

渴望被父母认同，是每个孩子本能的愿望，卢霏为了能让父母也注意到自己，拼命地学习各种才能，她学跳舞、画画、声乐，就连后来的设计软件也是因此而涉猎的。

当时，同样还是个孩子的巩向辰很崇拜这样的卢霏，觉得她不过比自己年长一岁，却比他厉害得多、懂得多，于是像跟屁虫一样紧紧粘着卢霏。

可卢霏的愿望不是得到一个小男孩的崇拜，她总以为模仿堂哥就能得到父母的关注，但她与堂哥的差距实在太大了，无论她怎么努力，还是无法满足父母对她的期望。

"霏霏很努力啊，但跟她堂哥相比，还是差一点儿呢，还要加油才行。"

卢霏就是在父母这样不知道是遗憾还是鼓励的话语中逐渐长大，她咬着牙拼命努力，但一直得不到属于她的赞扬。

直到有一天，巩向辰因为发了高烧需要有人照顾，虽然是周末，可巩向辰的爸爸正在出差，妈妈又碰巧有要事必须出门。急得团团转的巩妈妈找到小卢霏，问她能不能帮忙暂时照看巩向辰，卢霏应了下来。她在巩妈妈出门期间一直守在巩向辰床边，替他敷毛巾，给他测体温，喂他喝水……

巩妈妈赶回来的时候，看到卢霏把儿子照料得好好的，一直悬着的心才放了下来。巩向辰康复后，巩妈妈买了很贵的点心，带着他亲自上门道谢，并夸奖了卢霏，说她能完成那么重要的托付，实在是太了不起了。

“我们家霏霏真厉害啊，这一点儿可比她堂哥强多了，那孩子听说交际不行，人也孤僻。”卢霏的妈妈高兴地说。卢霏的爸爸也点头附和道：“对，对！我们家霏霏品行好，乐于助人！”

那大概是第一次，卢霏从父母那里得到专属于她的赞美。

那时候她正是换牙期，脸蛋红扑扑的小卢霏咧开缺了几颗牙的嘴，挺不好意思地嘿嘿傻笑。巩向辰直到长大后，还记得那天卢霏得意又害羞的模样。

卢霏在这方面得到了她渴望已久的认可，于是从此之后，她变得非常积极地乐于对他人给出承诺。

一开始只是一些小事情，替别人顺便买东西，帮助同学指导作业……可是渐渐的，卢霏发现不是帮助任何人都能得到父母的表扬的。

机灵的小孩子对此总是特别敏感，会悄悄琢磨大人的心思。如果是有名声、有地位、厉害的人夸她乖巧、懂事，父母才会分外的重视，要是只给邻居或同学帮忙，父母还会担心她是不是花费太多时间在这些事情上，没有好好学习，反倒责怪她。

慢慢的，卢霏变得不仅仅渴望父母的赞扬，也渴望所有人的赞扬。她变得精明，也学会了甄选。比如校宣传部的工作，和她自己的班级工作，她优先选择了前者，因为那能带给她更大的荣耀。

巩向辰一直很苦恼，他总觉得这样下去不是一件好事。作为朋友，他想过劝卢霏，又不知道该如何开口。巩向辰不善言辞比较沉默，从来没有一次能说服卢霏。

“别人来拜托我，我既然能帮忙，为什么不答应呢？”卢霏这样反问他，瞪得大大的眼睛里尽是无辜和不解，“就算我没办法完成，我也是真心想帮忙的啊。总要分情况讨论的嘛，有些事情我答应了但做不到，也是无可奈何的啊。”

不，其实……你只是喜欢被人依靠的感觉，但又不愿意承认自己能力不足而已。巩向辰心想，但他不想因此与卢霏吵架，所以好几次都没办法说出口。

就像这次的事情，卢霏不是存心欺负周莺语，她确实是贪心，想两边工作都漂漂亮亮地完成，这样所有人都会佩服她、夸奖她。但她能力有限，无法达成对周莺语的承诺，卢霏认为这是“无可奈何”的，并不是她的过错。

她这样的想法根深蒂固，已经不是任何人能轻易改变的。

因为住得近，巩向辰与卢霏经常一起上学。今天卢霏分外沉默，有点无精打采。巩向辰以为她是因为昨晚通宵赶制海报了。卢霏揉了揉脸颊，幽怨地说：“昨晚难得能早点睡，没料到突然牙痛起来，一晚上睡不好。早知道就跟你一起买个消炎的牙膏了……”

“是蛀牙了吗？”巩向辰问，顿了顿，又问，“你昨晚做完那个海报了吗？”

“草稿我之前都弄好了，拜托我网上认识的一个朋友帮忙，今天早上完成了。她很厉害的，有好多人找她做设计什么的，要不是我们交情好，她还不帮忙呢。”卢霏说起她的朋友颇为自豪，接着又有些埋怨地说，“我都累了那么久，只想好好休息呢。”

巩向辰一想，卢霏说的也无可厚非，海报能完成就好了，也就过了这个话题，转而关心地说：“那估计是你最近休息不好，上火了吧。等下去买点清火的冲剂喝吧。”

他们谁也没把这件事放在心上，到了学校，两人不同年级自然就分开了。到了中午，巩向辰跟同学们去吃饭，食堂的分量有时候真的不够满足这些正长身体的男孩子，于是偶尔也到外面的餐厅吃饭。

正走着，巩向辰听到一个同学说道：“哇，这个海报怎么回事？好难看啊。”

巩向辰抬头一看，校外宣传栏上添了一张新海报，任谁看一眼就能发现，那海报做得漫不经心，一看就是敷衍了事，丝毫没有凸显出猜谜灯会的特色，只单纯地套了个模板，毫无特色，干巴巴地张贴在其他班级的海报旁边，实在是高下立分。

而最为鲜明的对比，莫过于贴在宣传栏最显眼处的，由卢霏精心制作的校宣传部海报。

另一个同学悄悄问巩向辰：“那不是你那个邻居的班级吗？她是校宣传部的吧？那他们班的海报也是她做的吗？不至于……这个水平吧？”

巩向辰替卢霏解释：“她最近校宣传部的事情太多，没赶得上，这是她找朋友做的……”

同学之中也有个性坦率的人，直接问道：“找的什么人啊？做得这么丑，存心让自己班丢脸的吗？你看她给校宣传部做的就很好看……”

巩向辰也不知道该如何解释了，卢霏早上说起她找来帮忙的“朋友”时可是十分自豪，后来还描述了这个“朋友”多么多么厉害、多么多么了不起。巩向辰还以为她是心里内疚，所以特意找了一个这么好的人来赶制海报。

然而此刻他看到了海报的成品，实在是违着心也说不出“好看”。其实也不是难看得很过分，然而比起旁边那些或许幼稚、或许拙劣、或许简单，但包含了制作者真情实意的海报，高二（6）班的这张海报就显得过于苍白、单薄。

这个时候，宣传栏前也聚集了不少学生围观上面的海报，他们讨论的焦点都集中在那张格格不入的海报上，大家交头接耳，议论纷纷，都不是些赞美的内容。

巩向辰不想听，催促着同学赶紧走，接着就看见一个女生从围观的人群里冲了出来，折返跑进了学校——正是周莺语。然后又有两个女生，大概是周莺语的朋友，也一同急急忙忙地跟在她身后。

尽管周莺语跑得很快，但巩向辰还是看到了她红通通的眼睛，压抑着不知道是悲伤还是愤怒的情感，拳头握得紧紧的。

她肯定觉得自己又被卢霏骗了，之前她承诺的事情做不到也就罢了，偏偏卢霏昨天才又给过她保证，结果却依旧如此令人失望。

巩向辰跟同学说了句“钱包忘在教室”，急忙折返，悄悄跟在了周莺语身后。

3

巩向辰还担心周莺语是要跟朋友们去找卢霏争论，但他错了。

周莺语没有去找卢霏，她跑到校园僻静的角落里，蹲下来号啕大哭。她哭得肩膀一抖一抖的，压抑着不让自己哭得太大声，像是怕惊扰到别人，也像是怕一旦自己放声哭泣，便好像是认输了一般。

她的两个朋友围在她身边，一个轻轻替她拍着肩膀，另一个拿出了面纸给她擦眼泪。

周莺语接过纸巾，只是捏在手里。从巩向辰的角度，可以看到她哭得满脸泪水，然而神情却又那么的不甘心。

巩向辰对周莺语并不熟悉，偶尔听卢霏提起她，感觉是个自信好强的姑娘。卢霏说起周莺语时，经常埋怨她太过强势，喜欢命令别人，总有股骄傲的劲儿。

巩向辰想，这样的女孩家庭环境不会差，多半也是被父母严厉又不失宠爱地照顾着长大的，所以才会有那么鲜明独立的性格。而现在这个威风的女孩哭得伤心欲绝，因为她觉得自己把全班同学辛辛苦苦合力筹备的活动搞砸了。

她没有去找卢霏的麻烦，因为她把错都归咎在自己身上了。

“语语，你别这样，我们都知道这不是你的错，你已经很努力了，你不要怪自己啊。”她的一个朋友开口劝道。

另一个朋友也说：“这样吧，我们再想想办法，一定能解决的，你这样哭得我都要难过了。”

“可、可是……印刷已经赶不上了……册子里面……我、我们班的活动页……就只能这样了……大家……大家都这么努力了，我们做了、做了那么多好看的花灯……想了……好多有趣的主意……什么都、都没体现出来……”

“我们校庆当天就努力点到外面宣传啊！我们现在去网上订几套漂亮的汉服，找几个女生穿着，提着花灯去巡游，努力宣传我们班的活动，你看怎样？”

周莺语心情平复了些，抽抽搭搭地问：“可是……难道这段时间就白白浪费了？”

周莺语是个骄傲的女孩，骄傲得让人难以想象她也会有此刻哭哭啼啼的时候。她现在这副凄惨的模样，让巩向辰完全联想不到她平时昂首挺胸的样子，也找不到昨天她与卢霏在教师办公室里争执时泼辣的样子。

卢霏想过她自己的所作所为，会让人这么伤心难过吗？她觉得自己没错，那难道周莺语就真的错了吗？

巩向辰看不下去了，他装作不经意地走出来，拿着手机假装打电话，故意用很大的声音说：“发传单，我说发传单啊！听清楚了没有，发传单的兼职啊，就是那种很简单的，随便在附近发一下，宣传效果挺不错的，兼职赚点钱没有兴趣吗？”

几个女生肯定也听到他的话了，这时候巩向辰假装才发现她们三人，露出有点尴尬的表情又重新躲到他刚才偷听的地方。

巩向辰心里也不确定周莺语是否能明白他的暗示，又不好大摇大摆地走出去给她提议，心里正忐忑着呢，便听见周莺语对她的朋友们说：“你们听到了吗？这段时间我们就做点简单的传单，周末还有放学后在附近派发一下。虽然没办法作为正式的校方宣传，不过……能弥补一点儿是一点儿！”

另外两个女生看到周莺语重新振作起来也很高兴，而且这个主意也是真的不错。但这样却还有一个问题，一个女生犹犹豫豫地问：“那传单的设计……还找卢霏吗？”

另一个女生瞪了她一眼，显然是埋怨她怎么非要踩雷区，没好气地说：“怎么样也不能再找她了吧，今天连班主任看到海报都傻眼了，可他能怎么样呢？人家都说了，是找了个高手一个晚上紧急赶出来的，班主任也只能认了。我们要是还找她做传单，结果还不是一样。”

“我们叫几个班干部开个会吧，大家各自找一下有没有能接单做设计的，我还有点零花钱……实在不行，我找爸妈借一点儿，他们应该会同意的。”周莺语说。

她两个朋友互相看了一眼，一起笑着拍了拍周莺语，笑嘻嘻地说：“你也太不够朋友了，真要凑钱的话，怎能忘了我们啊！”

“对！不指望卢霏，我们也能做好的！”

女孩子们彼此打气，悲伤的气氛消散无踪。

巩向辰在三个女生走过来之前悄悄离开，赶到学校附近的小饭馆，他那几位同学都坐下点好了饭菜，还替他也点好了。他刚进门，正好就能吃上。

大家一边闲聊一边吃饭，冷不防有旁边的同学撞了撞巩向辰，挤眉弄眼的，不知道在示意什么。巩向辰看了一圈，发现一个不起眼的小桌上，卢霏一个人在那里喝粥，看起来愁眉苦脸的。

而且一如既往是孤零零的。

卢霏跟任何人都能说得上话，而且总是谈笑风生相当融洽的模样，但奇怪的是，她根本没有一个真正称得上知心的朋友。

巩向辰以前还有点不理解，但后来便逐渐明白了，毕竟……没有人会想跟不守承诺的人做朋友。

只不过，今天的卢霏实在是不对劲。

巩向辰走了过去，卢霏的脸色比早上看起来更差，她用勺子搅着碗里的粥，一手捂着腮帮子，茶饭不思的样子。

巩向辰想了想，顿时明白了，问："你牙疼得很厉害？"

"嗯。"卢霏听见他的声音，抬起头来，勉强应了声。

巩向辰问是怎么回事，卢霏只能摇头。她也不知道，为什么她牙齿会痛得这么厉害。

巩向辰看着她慢慢地喝了一口粥，紧接着就如同触电般跳起来。桌子都被卢霏撞翻了，粥也洒了一地，店里面的客人都看了过来，包括巩向辰的几个同学。

卢霏紧紧捂住嘴巴，一副作呕的样子。店家急急忙忙走出来，还以为是这位女生吃了店里的东西不舒服。

卢霏过了好一会儿才移开手，她嘴里满是血，弄得嘴巴也血淋淋的。

这下可真是吓坏了其他人，小饭馆的店主垫了钱让巩向辰赶紧带卢霏到附近的医院，确定是不是食物中毒。巩向辰的几个同学此刻也没心思起哄了，他们拍着胸口保证一定会转告老师，让巩向辰赶紧陪卢霏上医院。

一路上卢霏都捂着嘴，她稍微擦了擦嘴边的血迹，但看起来还是很可怕。

巩向辰听到卢霏纳闷地对他说："向辰……我……我好像掉了颗牙齿……"

巩向辰愣了愣，并不太相信，想到早上卢霏说她牙痛，可能是她的错觉而已。毕竟，也只听说过幼童的乳牙会掉，成人之后如果不是患了某些特殊的疾病，牙齿是不会随便掉落的。

然而到了医院一检查，卢霏还真的掉了一颗牙！刚才她在惊慌之下还不小心吞了。

卢霏说她凌晨时牙痛痛得她醒了，半天下来不但没有缓和，反而越来越痛。医生检查后却莫名其妙，所有数据都显示，卢霏的牙齿很健康，牙龈也没有红肿发炎。

但卢霏还是痛，掉了一颗牙后她的牙齿越来越痛了。医生不知道到底是哪颗牙齿出了毛病，便让卢霏躺在手术椅上，拿出工具轻敲她的牙齿，告诉她如果觉得哪一颗牙齿痛，就说出来。

没料到的是，无论医生敲到哪一颗牙齿，卢霏都会痛得大声尖叫。

巩向辰就坐在外面，听着卢霏无比凄惨的惨叫，连他也不禁觉得牙齿隐隐作痛，那尖锐的、夹杂着哭泣的惨叫宛如尖细的长针，充满恶意地刺入了他的牙龈，搅动牙齿里的神经，痛得他大脑都快要麻痹。

这还仅仅是他的想象，那躺在手术椅上的卢霏，到底是痛到了何种境地?

才测试了几颗牙齿，医生就不敢继续了。卢霏走出来时，已经痛得满头冷汗，脸色苍白，毫无血色，走都都不动了，要坐下来休息一会儿。

医生连忙给她开了止痛药，吩咐她通知父母，如果痛得这么厉害，最好做个全身的彻底检查，看看是不是由其他病症引起的。

卢霏服了止痛药稍微好了一些，她掏出随身带的小镜子，小心检视自己的牙齿。卢霏的牙齿很白、很整齐，她没有吃零食的坏习惯，所以她肯定也觉得莫名其妙、难以理解。她试探着用指尖顶了顶门牙，力气绝对非常小、非常轻，而牙齿也绝不是易碎的玻璃，然而……

卢霏的门牙，碎裂了。

就在巩向辰面前，就在她自己面前。

小小的门牙，在少女纤细的指尖下，迸裂、粉碎……

4

巩向辰今天一早也敲了敲邻居家的门，卢霏的妈妈开了门，在门后轻轻摇了摇头。

卢霏今天也不愿意去上学，她已经缺席一周多了。虽然她请的是病假，也得到了家长的确认，但得了这种怪病的卢霏死活不肯说出真实的情况，校方无法判断她病情轻重，卢霏的班主任找过巩向辰，委婉地托他转告卢霏，如果她再不给出说法，就要办理休学了。

“她整天把自己关在房间里，不肯跟我们讲话。我们让她多少吃点东西吧，她答应是答应了，最后还是什么都不吃……”卢霏的妈妈说着说着就哭起来，“我们都不知道这是怎么回事，医院去了好几个，什么都没查出来……”

巩向辰安慰了卢霏妈妈，得到她同意后进入了卢霏家。他在卢霏房间门前说：“下周末就是校庆了，校长说你的海报做得很好，要在全校师生面前表扬你，希望你当天能出席。”

他猜以卢霏的性格，能在全校师生面前受到表扬的机会是绝对不愿意错过的。

巩向辰说：“你愿意出席的话，就敲两下门，我去回复老师。”

过了一会儿，门后的卢霏敲了两下门。

巩向辰又说：“但这次你答应了，就一定要做到啊。你要是能保证，就再敲两下门。”

这次，门后过了好久都没有回应。

巩向辰有些急了，他也说不上为什么，但就是有种不好的感觉。

卢霏再这么下去一定会有更坏的事情发生的。她其实是个很好的女孩，心地不坏，聪慧也有毅力，只要改掉不遵守承诺这个缺点，她一定能拥有很多朋友，也能让身边的人都相信她、依靠她。

巩向辰情急之下转动了一下门把手，结果发现门并没有上锁。

他推开门，看到卢霏一脸痛苦地跪在地上，她在猛烈地咳嗽，巩向辰连忙上前给她拍背顺气。只听见卢霏喉咙里发出一个奇怪的声音，然后她张开嘴，吐出了什么东西。

又是一颗牙齿和着血被吐了出来。

白白的、珍珠般的牙齿，静静地躺在一小滩血泊里。

巩向辰被卢霏赶了出来，这也是没办法的事情，卢霏十分的歇斯底里，她需要冷静下来，但巩向辰也明白她做不到。

这个掉牙齿的怪病来得如此突然，卢霏和父母看遍了各大医院，却毫无收获。卢霏做了无数的检查，但就如她母亲所说的，得出来的结果全都是一样的——健康，检测不到任何异常。

但她的牙齿还是在继续脱落，再这么下去她的牙齿早晚要掉光。

巩向辰隐隐约约地觉得，这就好像是某种严厉的惩罚一般。

离开了卢霏家，巩向辰独自上学。他走在路上，看到其他学校的学生拿着一张小传单在议论，正是在巩向辰的启发下，周莺语他们重新做的传单，做得也不算是特别好看，可是能让人看得出，凝结在薄薄纸张上的诚意和心意。

“蛮有趣的，到时候去看看吧，安慰奖也有个小花灯呢。”

“还是随机的，跟抽扭蛋似的，但以荣光你的运气，到底能不能抽到好看的啊？”

“应该先担心以他的智商，能不能猜出灯谜吧……”

一群年纪相仿的男生打打闹闹地从巩向辰身边走过，其中一个——正是那被同学开玩笑的男生——猛地转头看了看巩向辰。

接着，他好像也觉得自己太奇怪，又很快把脸扭了回去。

校庆日眨眼就到了，培雅中学门前挤满了前来游玩参观的人。

学校组织的演奏队奏响了轻快的音乐，校长上台致辞时，半空中洒满了彩带和缤纷的彩纸。

高二（6）班的灯谜会也来了不少人，穿着汉服的女学生们拎着精致的小花灯，嬉笑着穿行在充满了现代气息的校园中，引来了不少人的注目。

卢霏给班级做的海报虽然是一个败笔，然而在全班同学的齐心协力下，被完美地弥补了。猜灯谜的现场十分热闹，不但来玩的人得到了惊喜，班上的同学们也因为受到肯定而笑容满脸。

唯独没有卢霏。

可巩向辰现在也没心思顾得上这些，因为卢霏接受校长表扬的环节快要到了，但是现在没有人找得到她。

今天巩向辰是跟卢霏一起来的学校，不料转身就发现她不见了。班主任急得不得了，发动了班上空闲的人四处找她，然而眼看着时间快到了，却还是一无所获。

“不过是卢霏又放了鸽子而已，也不奇怪。”

有同学窃窃私语。他们也没打算认真找，就躲在楼梯间里聊天。

“对啊，她说话都不算话的。”有人附和，“你们知道吗？她班上一个同学要出去旅游，问她能不能帮忙照顾几天家里的小鹦鹉，她答应了，结果没看好，鸟就飞了。”

“这件事我知道，她后来道歉了嘛，但她接着又说，鸟都是会飞的，而且还说人家没提醒她要注意，就是不能全怪她的意思。不说这些话也就罢了，说出来不是存心让人不愉快嘛……”

“她身边都没什么朋友，就只有那个小她一岁的邻居。对了，人家在网上还认识很多人呢。”

“那是因为他们都没有真的跟她相处过，不知道她是这样的人吧……”

就连之前还替卢霏辩解的班主任也连连摇头，看来海报那件事让老师也放弃了卢霏。

巩向辰听不下去了，他跟卢霏从小到大的感情还是有的。但他又做不出驳斥他们的事情，因为他们说的没有错。

无法好好遵守承诺的人，怎会有真正的朋友。

巩向辰想起这几个人应该去找阅览室那边的，他脑内闪过一个想法，转身就向阅览室跑去。正如他所猜想的那样，这些人根本没有好好寻找卢霏，因为她就躲在里面某个书架后。

“你不是答应了我的吗？为什么你总是连这么简单的承诺也做不到？”巩向辰生气了，愤怒地质问。他抓起卢霏的手臂，强行把她拽出去。

卢霏拼命地挣扎，她戴了个大大的口罩，遮挡了大半张脸。

一开始巩向辰以为她一声不吭，后来才听见她在努力嘀咕些什么。卢霏扭动起来，想要挣脱掉巩向辰，但男生力气怎么也比她要大，纠缠中她没能挣脱，反而把口罩弄掉了。

巩向辰听见她急促地大喊了一声，但他只能从她的表情猜测是“不要”的意思，因为他根本听不懂卢霏在说什么。在她张嘴的一瞬间，巩向辰看清楚了为什么卢霏要戴上口罩。

她前排的牙齿掉了好几颗，讲话都漏风，牙槽上稀稀拉拉地挂着几颗牙齿，牙床上光秃秃的。失去了牙齿的支撑，卢霏的嘴巴也变得松垮垮，犹如年纪极大的老太婆，嘴巴都缩起来了，十分的难看。

卢霏察觉到口罩掉了后便立刻捂住脸，巩向辰没想到的是，她居然冲向了窗边！

巩向辰因为被卢霏那张丑陋的嘴吓呆了，没反应过来，慢了一步。幸好，有一个人影扑了出来，捉住了崩溃尖叫、发狂乱抓人的卢霏。

抓住卢霏的是个眼睛圆圆的男生，即使脸蛋上充满了男孩子的爽朗与朝气，却也让人觉得他十分的可爱。不过他现在正朝着巩向辰大喊：“别站在那里！过来帮帮忙啊！按住她！再不快点，她牙齿都要保不住了！”

巩向辰一听，连忙上前，一把抱住了歇斯底里的卢霏，一旁的男生不知从哪里掏出一个奇怪的魔方，魔方只有红与金两种颜色，红的宛如浓稠鲜血，金的灿若黄金。这个魔方有种诡异的美感，然而上面一只巨大的眼睛，让人毛骨悚然。

那是什么？

巩向辰正疑惑着，就见那男生转动魔方。他看起来就是乱转的，却居然让他从魔方里转出了一块半指厚、手掌大小的石头方片。

这东西看似云母石片，颜色是浑浊的淡黄色，只见那男生把这东西一把塞进卢霏口里，道：“快大力咬下去！”

这东西味道咸得发苦，卢霏呜呜地摇头，她牙齿松脱得那么厉害，这东西看着就是硬邦邦的，咬下去她的牙齿肯定全掉光了！

“快咬啊！你想年纪轻轻，就把牙齿掉光吗？”男生急得直跳脚，“我没有骗你！我是想帮助你啊！相信我吧！”

巩向辰心想，这个男生实在太不会诱导了，他这样强迫，本就惊恐不已的卢霏怎么肯照着做。但他不一样，他也发觉了卢霏身上发生的事情不同寻常，也许只有不同寻常的方法，才能治好她。

于是巩向辰一步向前，按住了卢霏的头顶和下巴，同时反方向用力，强迫她狠狠合上嘴，卢霏的牙齿咬在石片上，发出了“喀”的一声。说来也奇怪，卢霏的牙齿没有碎裂，但是大量黑色的、粘稠的东西从她牙龈里冒出来，像是牙肉里挤出来的脓水，缓缓地渗进了石片里。

“紧紧咬住，不要松口。”男生松了口气，这才解释道，“这个叫‘凝水石’，是天然凝结的盐的精华，又叫盐精石。盐可入药，有消炎镇痛，治疗牙痛、牙龈出血、红肿的效用……”

“那卢霏……我朋友的牙齿是怎么回事？”巩向辰打断他。

男生诡异地沉默了一会儿，眉毛不住打结，过了好一会儿，才说：“呃……古人说‘齿为骨之余’，是说牙齿跟骨头是一样坚硬、难以腐朽的，即使经历千万年，血肉都腐化了，骨头和牙齿也会被留下来，因此，‘牙’也有‘诺言’的意味。古时，有男子想给青楼女子赎身，便会送她自己的牙齿作为信物，以示承诺。”男生说得断断续续，像是背书没背熟似的，“一旦给出了许诺，就一定要做到。‘承诺’如同‘牙’一样坚固、恒久……你的朋友，总是轻易许出诺言却不完成，她失信他人，牙齿也随之败坏……”

说到这里，男生又急忙补充：“当然，被腐蚀空洞的牙齿里就会栖息些不明的东西，而凝水石也有祛除邪气的作用，让她紧咬凝水石，就是这个用意。”

卢霏晕了过去，随之松口，凝水石已经成了黑色，但卢霏嘴里已经不再流出恐怖的黑浆，牙齿也没有再掉了。

“已经掉了的牙再也没办法补回来，她可以去医院镶嵌假牙。抱歉，我……”

“你已经救了她一命，为什么还要说抱歉呢？虽然不知道你是谁，不过，谢谢你。”巩向辰说，“但即使重新装上了漂亮的假牙，她以后还是不会改变的吧。”

“我觉得她看起来不坏啊……受过这次教训，她应该……”

巩向辰摇摇头：“你的药能治好她的牙齿，却治不好她的心。”

男生沉默了，他单纯的眼睛里目光逐渐变得复杂。他慢慢地转过身离开阅览室，走的时候还喃喃自问：“那难道我要像卖药人一样，不给她任何改正的机会吗……”

巩向辰没有留意男生何时离开了，他看着怀里的卢霏，笑了笑，笑容有些落寞。

他觉得他也该放弃了，不能再笨笨地守候着一个不会改变的人。

很久以前的那一天，她被拜托来照顾发烧的他，他昏昏沉沉地醒来时，正好看见她挨着床边睡着了，手还拧着滴着水的毛巾。阳光将她脸颊上小小的绒毛都照得清楚，女孩儿的脸颊像水灵灵的白桃子，啃一口都是芬芳清甜。

那时候他懵懵懂懂、迷迷糊糊，只觉得身边有她真好啊，真希望自己身边一直能有她。后来才明白，这大概就是“喜欢”。所以他才会一直跟着她，就算她背弃再多承诺，他还是愿意留在她身边。

可是故事里喊“狼来了”的小孩子最终失去了所有人的信任，在卢霏一次又一次的失信中，巩向辰察觉到自己单纯的爱慕也逐渐被削弱，只余下现在零星细碎的、青梅竹马的情谊。

然而卢霏恐怕永远不会知道，她到底失去了多么宝贵的东西。

5

“哎哟！”荣光捂着屁股大叫，他左右看看没有其他人，伸手就把咬住他屁股的狐狸拽下来，“你干什么？”

“你怎么乱说话呢？亏我刚才还那么努力地提点你该说什么呢！”狐狸气呼呼地说，“那个女孩，她牙齿里的明明就是被她辜负的人的怨气，你怎么能不说实话呢？‘不明之物’的定义可广泛了呢！什么游魂野鬼呀、非人类的生物呀……还有像我这样厉害的高级妖怪，都在这个范围内啊，你这要胡乱甩锅给我们，不公平的呢！”

“我、我觉得吓唬吓唬她就好了嘛……”荣光不知不觉就被狐狸训得端端正正跪在地上，“还有你哪里是高级了……”这句话他不敢大声说出来，狐狸的爪子可是很锋利的。

“那种人吓唬她没有用的。要是换作那个没良心的奸商，他大概……会把她的嘴巴永远缝起来哦。”面前的狐狸像人一样用两条腿站着，两只短短的前爪抱着胸，眯起细长的眼睛，尾巴甩来甩去，“永远不再给出承诺，也就永远不会背弃诺言，这才好呢！永绝后患，也不会再有人因为她而失落、伤心、难过、愤怒呢！”

像卖药人那样做才是对的吗？

荣光的指尖摸到了那个怪异的魔方，这东西跟卖药人的箱子颇有几分相似，但到底是什么呢？

上次的山楂果算是被他蒙中了掉出来的，但这次的凝水石他根本毫无头绪，却也从魔方里扭了出来，就好像……是在回应着他的愿望，告诉他“就是这个了”一样。

这个魔方难道叫哆啦A梦吗？荣光想着些乱七八糟的东西，以掩盖他的真实想法。

其实他很明白，只要卢霏还追逐那些无意义的虚荣，她就还会失信于他人。

人只要还有欲望，便会继续堕落。

荣光不由得有一点点想知道，当她的牙齿掉光后，她还会失掉什么呢？

第二章

蝎合花

蝎合花：又名毒天仙，美人罂粟。生于沼泽、湖泊等地。一株只得一花，花期极长，可至数年或数十年不等，可谓花开不败，所以亦难得其实。据传，蝎合花能使人愉悦，古时有富人悉心栽种一园，然，却于花开之日全府暴毙。

XIE HE HUA

1

破落的旧城区里有许多老洋楼，建于二十世纪二三十年代，当年这里是法国人的租界，富商巨贾、军政要员汇聚于此，日日人声鼎沸、车水马龙，现在萧条了许多，再也不复当年兴盛，但这些建筑群被划入了文物保护区，倒是保存得相对完整。

夏夜的月色皎洁明亮，旧城区静谧得如月下的湖泊。民居里的灯也一盏接一盏熄灭，只剩下昏黄路灯，街区清净整洁，古树苍郁，月亮的清辉洒落，如罩上一层朦胧白纱。

旧巷子的深处，隐约传来铃声，叮铃叮铃的既清且脆，却又悠长地回荡在夜色之中。有晚归的路人被这突如其来的铃声吸引了注意力，循声望去，黑暗中走出一个人影。

等走近了便能发现是个穿着宽袍广袖的男人，他披散了长发，脸藏在一张绘满了各种眼睛的面纱后，从手臂到指尖都缠满了绷带。

但他身上更显眼的是他背着一个半人高的箱子，箱子笼罩在影子里，图纹色泽全然看不清晰。

如此诡异之人却没有让驻足的路人落荒而逃，他身上有一股定神清心的香气，轻易就能虏获人的心神。

“您要买药吗？”男人开口问道，他的声音儒雅清幽，仿佛泉水潺潺浸润过青竹，“我这里，什么药都有。”

“我？我不需要，我没有病。”路人摇头，他扶了扶眼镜，是个大学生模样的青年，文质彬彬，说话好像挺客气的样子，但又有种自信和优越。

“世人皆有病，乃为‘心病’。”卖药的男人说着，抬起缠满绷带的手，指了指青年心口的地方，“问问你的心，它真的就没有生病吗？”

云团遮住了月亮，失去了淡雅的月色，四下陡然一暗。

青年的眼神一下子迷茫起来，露出不确定的神色，似乎在心里激烈地挣扎什么。

最终，他迟疑着开口：“我……我想要一种药……”

听到了青年的请求，卖药的男人笑了起来。

董央得到了一包种子，绿色的、圆圆的，有五六颗，像从豆荚里掉出来的小豌豆。

他念建筑设计专业，昨天大晚上的，他一时兴起到旧城区那边取材，夜色里的旧洋楼在他看来就如同不为人知的忧郁美人。

董央不知不觉待得太晚了，出来时遇到个奇奇怪怪的男人，对方给了他这些种子，说这是蝎合花的种子，日后能治好他的“心病”。

是的，董央有一个心病，他觉得自己有一个很重要的女孩，并且十分亲密。但是这种记忆更像是记住了一个梦，董央向身边的人打听过，但谁都说并没有这样的女孩。母亲还说他一定是想要女朋友了，第二天就塞给他一堆相亲对象的照片，吓得他再也不敢提。

但董央还是每天都想着她，却又不知道她到底是谁。

那天晚上，他也不是单纯的外出取材，他是在回家路上与一个年轻女孩擦身而过，觉得那就是他日思夜想的女孩，回过神来，才发现自己竟然跟着人家到了另一个地方。

那里正在搞户外活动，不知道请了哪来的歌手助兴，人山人海的。他在人群中吃力地寻找那个女孩，痴痴地看着她卖力挥舞荧光棒，舞台灯光染得她光洁的脸蛋五彩缤纷，梦幻般好看。

他也待到了很晚，看着女孩跟她的朋友们一起上了辆出租车，差一点儿，他就要叫一辆车跟上女孩，但最终他遏制住了那份冲动。

董央明白自己这种做法很龌龊，甚至变态，根本就是个跟踪狂，但他控制不住。

他连自己在做什么都不知道，又不敢走上前跟人家说句话，他怕如果说出“我们是不是哪里见过”这样的话，反倒会招来嘲笑。

其实他自己也明白，并没有那样一个曾经与他山盟海誓的女孩，一切都是他不切实际的幻想。董央烦透了这样的自己，可又无能为力。

他一个人慢慢走回去，不知不觉就走到那片旧建筑附近。

他一直很喜欢这个地方，夜色下的古旧洋房很沉默，像睿智慈祥的长辈，让他安心。换作其他人，是不敢在大晚上跑到这种地方的，毕竟在关于这座城市的传说中，这里可都是著名的鬼屋。

结果他没遇到幽灵，却遇到个奇怪的卖药人。

他把自己的苦恼告诉了对方，夜风中似乎听见了卖药的男人轻轻的笑声。

董央不觉得自己这样有什么好笑的，他快被这样的病态逼疯了，恐惧着哪一天他无法控制就会变成新闻上那些可耻的罪犯。

他怒瞪着对方，视线在触碰到对方面纱上那些密密麻麻的眼睛时，心底骤然升起一股刺骨的寒意。明明是看不见的，但他总觉得面纱后，男人的眼睛妖异地发亮，像在打量什么有趣的物件般地打量着自己。

回过神来，他已经接过了对方给他的种子。

"用清水养起来，等到它开花，你的病就会好了。"卖药的怪人如此说完，背着他那个沉重如棺木的大箱子，消失在夜色里。

回家后，董央找了个玻璃杯子，装了些水，把蝎合花的种子撒了进去。然后董央趴在桌子边，隔着透明的玻璃壁观察水里的绿种子。

碧绿碧绿的圆豆子沉静地躺在水里，一颗颗圆润逗人，宛如水晶盘里的冰玉珠子，意料之外的好看。

到底会开出怎样的花呢？

董央突然有些期待起来。

2

种子是董央随手扔的，泡豆芽似的泡在玻璃杯里。过了好几天，一点儿动静都没有，好几次董央都以为是不是泡坏了，捞出来一看，种子们粒粒饱满圆润，丝毫没有泡水太久发软败坏的迹象。

刚开始董央还注意勤快换水，后来渐渐就把这事情抛诸脑后。

泡着种子的玻璃杯也从能充分接触光照的窗台，被挪到客厅里一个不起眼的角落，原本的地方让给了一株小茉莉。

董央的家简直不像一个五大三粗的男人的家，每一位来过他家做客的人都会啧啧称奇。董央的家里到处都可以看到别致的小盆栽，海棠、文竹、常春藤、吊兰……阳台上还有桂花、月季、栀子花……他家四季花卉从不间断，他还做了个篱笆，让牵牛花的花藤爬满了一整面墙。

董央是建筑系大四学生，为了备考研究生所以从学校宿舍里搬了出来。他家里条件不错，给他租了个小房子。他每天都会抽空细心打理这些花花草草，总觉得自己受了谁的嘱咐，有照顾它们的责任。

到底是谁的嘱咐呢？

每当想到这里，董央就觉得一阵茫然。如果强迫自己继续思考，他便会觉得头晕、恶心，浑身不适，渐渐的他就习惯不再去深究了。

按道理说，他对照料植物也算积累了一些心得，但或许是他生物知识不够丰富，像这样久泡不坏又没有任何生长迹象的种子，他还真是从未见过。

他查不到任何关于“蝎合花”的资料，即使拍照询问认识的花草高手也没有答案，毕竟芽都没冒出来的种子，就是专家也不好分辨。

终于有日课间，他跟同学提到这个事，同学笑道：“搞不好那人只是在糊弄你呢，你反射弧也太长了吧！”

董央恍然大悟，对哦，也许是被骗了呢，那些根本就不是种子，只是某种材质特别逼真的珠子，不然怎么会有“蝎合花”这样名字中都带着凶险味道的品种呢？

董央不禁怀疑起来，毕竟那天遇见的男人衣着打扮也太过另类，现在不是经常有那种捉弄路人的综艺节目吗？或许那个男人就是工作人员之类的，闲着无聊练习一下骗人的演技。

他越想便越是觉得那天晚上的事情破绽极多，自己那时候也不知道怎么的昏了头，竟然一点儿也不觉得有问题。

回去就把那些种子扔了吧，董央正想着，阶梯室大门“砰”地打开，吓得在座所有人都抖了一抖。这是堂公开课，校方特意请了世界级建筑学家来授课，内容绝对能让打算往这方面发展的人获益匪浅，别说像董央这种准备考研的学生了，就连跑出去找工作的学生也特意赶了回来。

听到了门响，大家还以为是授课的先生来了，没想到闯进来的是个十分年轻的男生，长得浓眉大眼，是那种特别能讨长辈喜欢的健朗英俊。他怒气冲冲的，带着寻仇一般的气势冲进来，一看就知道是个火爆的脾气。

男生在众人瞩目下环视一周，目光死死锁定在董央身上。

董央还在发呆，男生已经迈开长腿在众目睽睽之下走到董央面前。董央这个人说好听点儿是有耐心，其实就是反应慢，他还没来得及看清楚对方长啥样，就听到一记中气十足的声音恶狠狠地质问：“喂，就是你吧，跟踪我们系女生的死变态？”

不知对方是否故意，他最后这个特殊的名词念得特别字正腔圆，在宽敞的阶梯教室内回音缭绕，一大帮受过高等教育的优秀学子绝对不会听错或者听不懂。在场的建筑系学生，包括一只脚刚跨进大门准备演讲的教授，全都愣住了。

董央一脸茫然地对上这个横眉怒目的男生，一时间只想到三个问题：他是谁？我在哪儿？我们认识吗？

"哼！还装傻是吧？"男生鼻孔喷气，露出看臭虫的目光瞪着董央，"还想着你要是敢做敢认，还算有点骨气。你还装傻，就别怪我不给面子！"

男生话音刚落，三个女生就走了进来。她们刚才就站在门外，神情有些局促，一大帮学生和一个学识渊博的教授看来看去，不太懂这是演哪一出。

"你来认认，是不是这个人？"男生问道。

站在中间的女生打量起董央，旁边两个女生保镖般护着她，好像怕董央会暴走伤人似的。过了一会儿，中间的女生点点头，说道："嗯，是他。那天我上午逛街，晚上去听演唱会，这个人从白天一直跟我到晚上！"

"看，我们同学已经亲自指证了，你还要抵赖吗？"男生就差拿个法锤往他面前一敲，然后宣判他"有罪"了。

董央还是呆呆的，他是认出了那个女生，正是他那晚游荡到旧洋楼建筑区前，鬼迷心窍地跟上的那个女孩，没想到人家早就留意到他了。

这件事他无法、也没有立场替自己申辩，他自己也清楚那行为与跟踪狂无异，怨不得人家女孩误会。

董央一声不吭，不是理亏，而是惊愕。

并非因为跟踪的事情被揭发，而是因为……他看着面前的男生，竟然觉得比起那个女孩，这个男生身上有着更熟悉亲切的气息，酷似董央心里那个曾经与他亲密无间的、谜一般的女孩。

董央被自己的想法吓得脸色发白，坐都快坐不住，冷汗直流。

男生看他这副模样，便更加认定他做贼心虚，又大声地质问起什么，教室里也响起了窃窃私语。然而这些声音都离董央非常非常远，他脑海里突然蹦出一个女孩的声音，她大声说："董央！董央！过来啊，快看——"

紧接着他尝到一丝血腥的甜味，因为疼痛回过神来时，他才发现自己不知何时拼命地咬着手背，手背都被咬得鲜血淋漓。他忙松开嘴，有人拿纸巾给他止血，旁边熟悉的同学围了过来，把那男生挤到一旁。

大家一直连声问他怎么了，他根本没有力气回应。看他脸色实在不好，当场就有跟董央关系还不错的同学站出来，扶他去校医院。

董央不知道这出闹剧最后怎么收场，他也没去校医院，而是让同学送他回家。当他昏昏沉沉躺在床上的时候，董央还为错过了世界级建筑学家的这次精彩讲授而感到惋惜。

他没有再去想那个脑海里突然冒出的声音，因为一想起，就会如同有人拿着一把尖利的锯子来回切割他的大脑。为了保护自己，不让自己感到太难受，董央睡了过去。

这一觉从大白天睡到了晚上，中途董央迷迷糊糊醒过来，到客厅找水喝。

他没开灯，又还不清醒，随手拿了个杯子喝了一口才发觉不对劲，定睛一看，居然拿的是那个泡了蝎合花种子的玻璃杯，里面的水也不知道几天没换了。此时水里有一根细细长长的东西，像一条孤单的海带般摇摆。

董央揉了揉眼睛，摸索着按下电灯开关，灯亮的一瞬间刺得他眼泪都要流下来，然而他也真真切切地看清楚了，这个杯子里的种子，发芽了。

董央原本含在嘴里要吐出来的水，也咕噜咽了下去。

3

当初董央放进去的种子，只有一颗发了芽。发芽之后的蝎合花与它还是种子形态的时候截然不同，生长速度奇快无比。

昨天半夜只有细细一根的幼苗，等董央早上起来再看时，杯子里植物的叶子已经漫了出来，一夜之间，它已经长出了柔韧的枝茎和大片翠绿的叶子。

蝎合花根部是白色半透明的触须，毫无疑问是水生植物常见的须根形态，而那些还未萌芽的种子也被包覆在须根里面。董央尝试了一下，都没办法在不破坏根部的情况下把那些种子拿出来。

董央连忙给它换了个花瓶，挪到阳光充足的地方。

给他种子的奇怪男人并没有告诉他这是什么植物，董央在阳光下打量这株生命力出奇旺盛的植物，它的形态像常见的绿萝，叶子层层叠叠，每一片却都像是蝴蝶，十分奇特。窗台上微风吹过，蝎合花的叶子便像蝴蝶振翅般微微颤动，犹如湖心掀起的翠绿波浪，相当赏心悦目。

董央看了一下时间，发现也该回学校了。董央当然没忘记昨天发生了什么，他打开手机，奇怪的是居然没有大量信息蜂拥而至，只有来自父母的简单问候，让他身体恢复就给他们回个电话。另外就是辅导员的短信，让他今天找个时间去办公室一趟，好好处理一下这件事。

他们的反应和行为让董央感到有些诡异，他们的分寸拿捏得极好，不会把他逼得太紧，小心翼翼里带着一种善解人意的体贴，就好像是事先商量过后才作出的应对。

特别是父亲，很难想象发生了这样的事情后，同城的父亲居然没有立刻赶过来，然后痛骂他一顿，反倒是安慰了他，让他多加休息。

董央的父亲是个颇有名气的建筑设计师，董央会走上这条路也是受了父亲的影响。他很尊敬父亲，也真心喜欢这个专业，然而记忆中父亲是个相当严厉的人，说他专横也不为过，他对富有天分的儿子寄予了厚望，他的教育手法时常令董央感到窒息。而母亲又是个传统的贤惠女人，即使心疼儿子也只劝慰了事，从不干涉丈夫对儿子的教育。

每当这时候他就特别地羡慕她……等等，他羡慕谁呢？

董央有些晃神，在那个高压锅一样的家庭里，他到底是怎么坚持下来的？

他一边想着事情，一边下意识地拨弄着蝎合花的叶子，他摸到个硬硬的东西，低头一看，居然……是个花苞！在花萼包裹之中，隐约透出一股神秘优雅的淡紫蓝。

董央真的对它的生长速度目瞪口呆了。可是他没来得及细看，想着今天还有不少事情需要处理，便迈着沉重的步伐出了门。

事情解决得出乎意料的顺利，董央原本还等着处分，在办公室里跟系主任把事情说了一遍，也坦承自己那时候也不知道怎么的，就动了跟踪的念头，他也知道很不应该，愿意接受任何处罚，并希望能向那个女生道歉。

结果系主任轻飘飘地说了句“没事了，你写个检讨吧”，至于那个女生，听说是有人去那边做协调了，巧合的是他跟踪的这个女生也是同一所院校的，外语系，今年大二。学校也许是不想把事情闹大吧，但董央还是觉得心里愧疚。

董央平时挺老实的，成绩好，脾气好，是个斯斯文文的大男孩，所以他的同学们也觉得多半是误会，等董央从办公室出来，几个熟悉的好哥们儿还等着他一起去吃饭。

“昨天那个学弟也是的，一点儿礼貌也没有，就算是要讨个说法，也不该那个样子嘛。”一个同学说，其他人也纷纷点头。

据说昨天要演讲的教授也被这一出给吓蒙了，学生们也分神打听各种八卦，以至于演讲的效果一点儿都不好。而那个闯进来的男生在董央离开后，就气呼呼地走了，丢下一个烂摊子给学长学姐们。

“那个男生你们认识吗？”董央问。

“外语系的司徒猛，大二，据说还是新一届学生会的副会长。哎，他不会在学校里散播什么谣言吧？虽说我们都快毕业了，可是董央你是计划直升我们学校的研究生的吧。”

董央还没回答呢，就听见一个声音气势汹汹地吼：“我才不会做那么龌龊的事情呢！哪像某些人。”

没错，真的是用吼的。刚才话题里的司徒猛本人登场了，拦路虎一样站在路中央。董央真是佩服他的肺活量。

“喂，董央，我有话跟你说。”司徒猛人如其名，有着猛禽的气魄和冲劲，他竖起拇指往旁边比了比，问，“跟我过去，你敢不敢？”

董央点点头，还主动劝其他人先走一步。他不觉得这个男生真的有恶意，虽然他表现得十分不友好，恶形恶状的，体格也比他还要结实，可是董央就是知道他应该是那种刀子嘴、态度硬，可是内心柔软而善良的人。

可惜司徒猛一开口还是很不给面子，开门见山地质问：“你背后有人撑腰，把这龌龊事情压下去了，是不是很得意？”

“啊？”董央一脸问号。

司徒猛又说：“你跟踪的那个女生是我同学，她今天被校领导叫去了，回来后就说不追究了，我看她哭得眼睛都红了，一定是受了委屈。我们都问她怎么了，她也不说，只告诉我们事情告一段落，她不追究了。”

董央想起自己父亲就是学校的名誉毕业生，不知道是不是跟这个有关……他老老实实地说了出来，不出意外又得到司徒猛一个大白眼。董央有些难过，他知道自己在司徒猛心里的评分低得不能更低了。

他们这种人，个性耿直，说一不二，爱恨分明。他们若是喜欢你，你会觉得整个世界都是正义和光明的，他们若是讨厌你，你就觉得自己真的是有让人不齿的地方，难堪得只想钻到地里去。

他们……

他们是谁？这样直接又率真的人，他应该只认识司徒猛才对啊？

他打量着男生，光洁的皮肤是健康的淡麦色，肯定是个喜欢运动的人。记忆中的女孩也是这样的，不似小家碧玉般的白净秀气，肌肤是充满活力的浅褐色，她咧开嘴笑时，连太阳都会被比下去。

她最棒了，她一直都是他世界里的天使……

“喂！你怎么不说话？心虚了？”司徒猛抱着双臂，他虽然看起来鲁莽，却也真的不是那种会动手打人的流氓。

“要不……我亲自给她赔礼道歉，可以吗？”董央百口莫辩，艰辛地从似真非真的回忆中挣扎出来，无论如何都想挽救一下自己在学弟心目中的形象。

“不必假惺惺。”司徒猛一口拒绝，他不客气地指着董央的鼻子，撂下狠话，“但你给我小心点儿，我会一直注意你的！你最好祈祷别让我当场捉住！”

看着司徒猛洒脱离去的背影，董央明白这下他们之间是说不清了。司徒猛这种性格优点是耿直，缺点就是固执，认准了不回头。

董央觉得心里空荡荡地痛，司徒猛厌恶他这件事就好像一个极为沉重的秤砣，坠着他的心往下沉。

他看着司徒猛的背影时，穿长牛仔裤和衬衫的男孩变成了另一个女孩的身影。

她也喜欢这样的打扮，比董央还有男子气概。她头发短短的，董央有时候喜欢取笑她像只小刺猬，她无所谓地拉一拉鸭舌帽的帽檐，说：“我要是小刺猬，谁敢欺负你，我就用我的刺扎他！”

想着想着他鼻子有些酸，他用力拿拳头捶自己脑袋，想把这些幻觉赶出去。是的，董央觉得这都是幻觉，他一定是得了什么病所以才产生了幻觉。当身边的所有人都告诉你这个人不存在时，你会真的觉得是自己发了疯。

接下来的课董央也没心思上了，他悄悄溜回了家。没想到时间居然如此凑巧，开门他便目睹了窗台上蝎合花开花的一瞬。

董央觉得自己往后这一辈子，都不可能再看见如此奇观。

花苞经过一上午已经长得非常饱满，像一枚紫蓝色的宝石。董央站在门边不敢打搅这个神圣的过程，只见花瓣一层一层张开，花瓣呈倒锥状，优雅地舒展。董央凝神静息，就怕自己的呼吸会吓到这朵娇嫩的小花。

花朵完全盛放后像一个六角铃铛，董央这才敢轻轻走近。然而他发现这朵花的绽放过程还没结束，花朵如同铃铛般摇动起来，一个纤长的活物钻了出来。

董央一看吓了一跳，花蕊中竟然长出了一名小小的少女。

4

花蕊里长出来的少女大概只有董央小拇指大，但就跟音乐盒上的芭蕾舞女一般精致，通体跟花瓣的颜色一样。

董央一开始以为不过是植物的某种拟态，然而马上他就发现了，这才不是什么植物的拟态，那真的是个活生生的、与花朵生长在一起的少女。

花中少女只有上半身，长着两条纤细的手臂。她的眼睛是透明的，像两滴露水。她不会说话，董央靠近她时她会欢喜地舞动那两条细细的手臂，然而董央若把手指凑近她，少女便会有些害怕地躲进花里。

这绝对不是正常的植物，董央本应该找来相关部门的人核实，又或者干脆把这株花扔掉，但他做不到，因为花中的少女比任何人都贴合董央内心那位虚幻的女孩。

看着她，董央几乎都要相信她就是他脑海里的那个影子。

董央为它换了更大的花瓶。因为有了人的外形，不知不觉便会在某种程度上把她视为同类，比起家里其他植物，他更为悉心照顾这株蝎合花。

这株花并不喜阳光，董央把她放在窗台上太久时，便会发现花儿努力扯过几片叶子，把自己挡起来，后来他就把花儿挪到自己的书桌上。

那个古怪的卖药男人说过，蝎合花是水生的植物，董央每天勤快地换水，还用喷壶装水给花儿的叶子喷上几下保持湿润。每当这个时候，花蕊里的少女便会开心地鼓起掌。她的五官如真人般栩栩如生，也像人一般有喜怒哀乐，眉目神态丝丝动人，尽管无法言语，但从她的神情举止、一颦一笑，都能感觉到她此刻是怎样的心情。

董央与花儿亲近起来，他要是在学校待得久了，回家太晚，花儿便会缩在花蕊中，生气地不肯见他。董央用手指轻触她的花瓣，她才会不情不愿地探出头来，腮帮子气鼓鼓的，一脸不满，这时候董央就会赶紧给她换水。

花开一周后，董央发现花儿还会听音乐。他摸索出几首她喜欢的曲子，每次播放时，花儿便会蹁跹起舞，她扭动起恍若无骨的腰肢，整朵花也随之优雅地摆动。花儿虽然没有双脚，但她舞动时轻扬手臂、舒展身体的姿态，实在不输给任何一位舞蹈名家。

为了照顾蝎合花，董央下了课就回家，就连自习都不经常出现了。反正在家里也可以看书，而且有花儿陪着他，董央觉得更为自在。

夜里挑灯苦读，抬头就看见花儿托着腮专注地看着他，要是正好跟董央的视线对上，她便会害羞地拉起自己的花瓣，把小小的脸蛋挡起来。

有时候她也会打瞌睡，董央见过好几次她脑袋一点一点的，或者哈欠连天伸懒腰的模样。而花儿就像一位有教养的优雅小姐，每次被发现时都会露出羞恼的表情，有点儿埋怨地瞪着董央。

这生动的表情出现在花儿的脸上，总让董央有种莫名其妙的熟悉感，他依稀地记得好像也有个女孩喜欢这样跟他撒娇，明明平日里就跟司徒猛一样威风，可在他跟前就和普通的女孩子般乖巧……

他原本以为这样的女孩永远都只是幻觉，但现在成为了现实。花儿活生生地出现在他面前，填补了他内心的空虚，正在治愈他的“心病”。

花开的第二周，董央安心地发现花儿并没有凋零的情况，看来她的花期非同一般。

董央已经逐渐习惯了，这株植物如此神奇，他已经不会再以寻常的目光看待她。有花儿在的日子变得很轻松，董央开始认为这个花中的少女一定是精灵。听起来是个童话般可笑的推论，但对此时的董央来说，却是不容置疑的合理。

生活和学习上有什么困难和挫折，董央都会跟花儿倾诉。

他跟她说考研的压力，说得最多的，是在父母严密监控下痛苦的生活，他打从心底里觉得花儿一定会理解的。

偶尔，董央也会跟她说到司徒猛，这个小狮子般的学弟风雨不改地执行着他当初的宣言。董央如此迟钝的人，都好几次发现司徒猛在跟踪他。司徒猛行事光明磊落，连跟踪人也是光明正大的，被董央或者董央的同学发现了，也是挺起胸膛，一脸理直气壮。

董央哭笑不得，这下还真不知道到底谁才是跟踪狂了。董央不以貌取人，但还是觉得司徒猛固执成这个样子，看起来就不是一个念文科的男生。可是又听别人说他平时不是这个样子的，成绩不错，辅修的法文还是在系里数一数二的优秀，跟同学关系不错，学生会里也很有威信，就是不知道为什么偏偏对董央这么怀有敌意。

董央好几次想找个机会跟司徒猛谈谈，但每次走近都只会收获司徒猛大大的白眼，然后眼睁睁看着他扬长而去。

按道理说，这样挑事生非的学弟只会招人生厌，董央却不讨厌这样的司徒猛，反而是被他这么对待时，总觉得淡淡的失落。

身旁的同学不能理解他，他跟父母也向来缺少交流，于是就只能回家跟花儿倾诉。

渐渐的，董央身边的同学发现他越来越奇怪了，有时候连课都不来上，就连坚持盯梢的司徒猛都不是经常能遇到董央了。同学虽然有些好奇，但也无可奈何，他们与董央虽然也算交好，但董央总是下意识拒绝他们更近一步的交流。

不知不觉，自花开过后已经一个月有余，花儿依旧盛放如初，形态不见有变化。倒是之前一起泡进水里的几颗种子，居然都长出了新的植株。董央想把它们分开，但因为根部纠缠着长在一起了，无论如何都没办法分离植株。

董央只好重新买了个更合适的器皿，转移的时候，花儿一直打量新长出来的植株，透明的眼珠子一眨不眨。董央心想，她大概是很期待同伴的出现吧？然而一想到接二连三盛开的蝎合花里也会长出活生生的少女，董央隐隐有些毛骨悚然。

这次新的植株长得比较慢，但没过几天还是开出了花，并且很快……花中钻出了灵动的少女们。她们每一个都长得一模一样，而且对董央十分热情。

与这些活泼的新伙伴相比，花儿近日无精打采的。

董央转了转花瓶，找到了第一朵蝎合花。他轻轻触碰柔软的花瓣，担忧地问："你是怎么了？"

花儿迅速从花朵里钻出来，精致的脸蛋上露出了惊愕的神态，好像很意外董央还能从好几朵花中认出她来。

"是不是觉得太挤了？花儿要是喜欢宽敞一点儿的地方，我就想办法给你安置一个独立的花瓶。"董央自言自语地说着，冷不防手指被抱住了，这是花儿第一次主动与董央触碰。她抱住他的指尖，用脸颊蹭了蹭他。微凉而柔软的触感，像有蝴蝶在指间停留。

然后花儿又飞快地躲回花里，从花瓣间露出小半张脸看着他。如果不是她的颜色过于特别，大概现在已经羞红了脸蛋。

董央突然有些明白花儿这几天为什么不高兴了，她是怕董央有了其他的蝎合花就会忘了她。他忍不住笑起来，说："我怎么会忘了你呢。"

——我怎么会忘了你呢。刚说完这句话，董央的胸口一紧，一种苍凉的空洞感吞噬了他。

不对的，他忘了什么，他绝对是忘了什么……忘了非常重要的事情。

5

董央久违地来到图书馆，他查找的是精神和记忆方面的书籍。他隐约觉得自己出了点什么问题，但父母和大家都对他闭口不谈，然而一旦发现，便会察觉生活中原来有那么多无法解释的细枝末节。

家里那些花草植物，他找不到哪怕一张购买凭证；他一个多月没打电话回家，父母竟然都没说什么，态度宽松得让人难以置信；系办公室之前来过电话，说是考虑到毕业生的压力，给他们都安排了心理咨询，让董央约个时间去，然而他向同学打探过，并没有这么一回事。

这方面的专业书籍少人借阅，就放在图书馆比较僻静的楼层。董央不想等电梯，就爬楼梯上去，快到达的时候，他听见两个声音在楼梯间发生了争执。

"司徒猛，我知道你是为我好，但你真的不要再去纠缠学长了。是我决定不再追究的，学校和学长什么都没对我做，都是我自愿的。"一个女生说。

董央就在楼梯的拐角处，刚好能看到他们的脸，是上次被他"跟踪"的女生。

"那你怎么什么都不跟我解释？你遮遮掩掩的，肯定有问题。"司徒猛一脸怀疑，他怀里抱着几本异常心理者分析的书，估计就是想拿来研究董央这个“变态”的。

女生咬着嘴唇，欲言又止，迟疑着什么。

司徒猛垂下眼睫，声音一下子柔软了许多，他说：“你们不知道，我高中快毕业的时候，我们年级有个女生死了。就是因为她被跟踪狂缠上了，那家伙一直纠缠那个女生，不管女生如何拒绝他都不断地骚扰她。直到高考前一天，那个女生只是下楼散个步，他突然从路边冲出来，抱住她一起跳进车来车往的马路上……”

女生惊愕地睁大了眼睛，董央也屏住了呼吸。

司徒猛喃喃地说：“其实我跟那个女生一点儿都不熟悉，但我一直很后悔。当时我们只顾着自己，学习、高考、成绩……好像只有那些东西才能评判一个人的价值。后来我才发现，这样的我真是烂到家了。她向我们每一个人求救，但我们选择了冷漠。哪怕当时只有我肯做点儿什么，是不是她的结局就会不一样呢？所以我跟自己承诺，如果再让我遇上这种事，我一定不会再做一个无能的旁观者，我会在我能力范围内，避免这样的悲剧再次发生。”司徒猛闭了闭眼睛。

董央终于明白他为什么对自己的事情如此过激，这件事大概也是司徒猛的“心病”吧。

“其实那件事是有原因的……”女生被他的话打动了，她叹了口气，终于开口说，“那天系里找我去说这个事，学长的父母也来了，他们给我看了照片……学长他跟着的不是我，他只是把我当作他死去的妹妹了。”

妹妹？董央僵住了，他有妹妹吗？他怎么……一点儿都不记得了？

女生还在继续说：“学长的妹妹跟他个性差很多，但他们感情很好。他妹妹是某个救援组织的志愿者，有一次进深山救援，遇上泥石流再也没回来……学长因此受了很大的打击，他一直否认妹妹死了，精神变得很不稳定，然后……他彻底忘记了他有个妹妹。心理医生说这是一种自我防御机制，他把最痛苦的事情压在潜意识里，假装一切都没发生……”

后来她又说了什么，董央已经听不见了。他摇摇晃晃地走下楼，还踏空了一个阶梯，直接滚了好几级。他浑浑噩噩地爬起来，听见后面好像有人喊他，但他没有停下来。

又是那个幻想中的女孩，她如往常般收拾好沉重的行囊，在母亲嘟嘟囔囔的抱怨声中准备出门。纤细的身影与偌大的背包如此不相配，但董央看着她便觉得安心。出门前她回过头与家人告别，父亲在生闷气，母亲在唠叨，只有他笑着对她说“路上小心”。

女孩扑进他怀里撒娇，她那只大背包的重量差点把董央推翻。

“这次救灾活动在深山，我去得比较久，你可不能忘了我哦。”女孩俏皮地说，“哥哥。”

“好的好的，我怎么会忘了你呢。”董央揉着她的头发。

但他就是忘了她啊，他真是一个卑劣的哥哥。他现在想起来了，他和妹妹相差两岁，但妹妹却像是他的守护神。从小到大，他对父亲言听计从、无条件地服从，但妹妹却会为了保护哥哥，而与父亲顶嘴争执。

小时候董央肩负着家人沉重的期待，压得快喘不过气时，都是妹妹替他争取到珍贵的喘息机会——可能是一趟简单的旅行，可能是一个无所事事的下午，可能是一场除了特效一无可取的电影……

这一点，妹妹十分的像司徒猛，她也是一头奋勇前进的小狮子，如果面前有着障碍，那她就把它们统统撕碎，然后骄傲地昂着头跨过去。

如果没有妹妹一直支撑着自己，董央早就承受不住压力，或者自杀或者崩溃了。然而懦弱如他，竟然因为无法接受妹妹离他而去的事实而彻底将她从记忆中抹消。

董央浑浑噩噩地回到租住的家中，他渴望有一个可以诉说心中苦闷的对象，他想到了花儿，不不……那不是植物，那一定就是妹妹灵魂化作的精灵吧！为了再次来到他身边，陪伴他这个无用的哥哥……

他激动地打开家门，却惊愕地看到非常残忍的一幕——所有的蝎合花都死了，七零八落的，花中的少女们全都不见了，除了最初的那一朵。

只见花儿的花萼底下伸出一条长长的、蝎子般长着倒勾的尾巴，这根尾巴缠住了一朵还在残喘的蝎合花，把那朵蝎合花的少女从花中拖出来，她咬住她的颈脖，细弱的手臂撕开同类的身体，拆吃入腹。

是她把其它花都吃了。花朵间的残酷杀戮没有一丝悲鸣惨叫，但如此安静的屠杀依旧让人感到恐惧。

“不、不……”董央颤抖着，自言自语，“你不是她，不是她……是怪物……我妹妹不是怪物！”

董央刚恢复记忆，正处于再次认识到失去妹妹和自己居然遗忘了妹妹的双重打击之中，内心已经痛苦无比，又看到如此可怕的景象，过去的种种美好被彻底颠覆，顿时失去了理性与镇静。他冲上前去拿起花瓶就要把蝎合花扯出来，想把这恶心的东西扔进垃圾桶里。

蝎合花扔掉了同类的残骸，感觉到危机而高高扬起蝎尾，末端的倒勾眼看着就要扎到董央手上。

“——别碰！”阳台上传来陌生的声音，有人紧张地大喊。

然而还是晚了一步，养着蝎合花的花瓶被摔到了墙角，落了一地碎片。

一个素未谋面的男生从阳台上爬进来，抓住董央的手查看，发现他并没有被刺到，松了口气，道："蝎合花的尾勾有剧毒，堪比鸩毒，一点点就能致命，还好……"

董央脱力地瘫在地上，哀伤地哭泣起来。男生上前晃了晃他，他毫无反应，他无法感受外界的任何刺激，只会呆呆地流泪，嘴里叨念着妹妹的名字。

他的精神在早些年已经濒临崩溃过一次，全靠把失去妹妹的痛苦压抑在心底，才勉强能像正常人一般生活。心理医生说过，这只是一时之策，说不准董央哪一天又想起来了，会带给他更大的伤害，建议继续治疗。

但父母心疼儿子，在失去了女儿之后，实在不忍心用刺激疗法强迫董央再度想起这些事情，索性让他维持现状。董央父亲还联系了校方说明情况，动用了一切关系，希望在这方面好好照顾儿子。

然而即使视而不见，事实永远就在面前。你可以逃避，但当你无处可逃之时，如影随形的痛苦和悲伤足以击溃心灵。

这正是现在的董央。

"只有一个办法了呢。"不知何时跃上荣光肩膀的狐狸说道，它用前爪指了指玻璃碎片中的蝎合花，"仅此一朵了。"

荣光心情复杂地走到墙角，想捡起那朵蝎合花，然而似乎知道自己接下来的命运的花儿拼命地朝荣光挥舞起剧毒的蝎尾。虽然蝎合花之毒难解，但荣光身上带着那个神奇的魔方，再说，若是手段强硬一些，这株纤弱的植物根本无法反抗。

可是荣光却没有那么做，以花入药意味着什么，他和花儿都很清楚。世间万物，只要活着的，都不想死。会有自杀这么愚昧想法的生物，大概只有人类。

荣光面前有一道难题，人类和异类之中，仅有一方可以存活。

他是人类，他理应希望自己的同类获救，但看到惊恐挥舞着蝎尾的花儿时，他犹豫了。

哪怕他也知道，蝎合花是一种会吞食同类获取养分的植物，听起来很残暴，可这就是它们的生存法则。

"如果要救那个人，我就必须使用你。我虽然不清楚到底发生了什么，但这个人的状态……就跟死人没什么区别，或许很快就会选择自杀。"荣光说，"我想救他，你呢？"

蝎合花逐渐安静下来，透明的眼睛注视着荣光，似乎在问："你真的能治好他吗？"

荣光非常认真地点了点头。花儿把蝎尾收了回去，最后看了一眼董央。

蝎合花被摘了下来，荣光拿出一包药粉，与蝎合花一起放进狐狸叼来的一个小鼎里，然后在花中少女还活着的时候，将她与药粉一同点燃。

鼎内蹿起梦幻的紫蓝色火焰，被灼烧的人形花朵第一次张开嘴，发出了一种奇妙的叫声。

这是蝎合花在死前一生一次的叫声，这音色无法形容，像是涨潮时海平面上升的声音，像是露珠凝结的声音，又像是千万朵鲜花同时盛放的声音……声波直接灌入脑海中，范围有限，能听到的就只有荣光和董央。

狐狸舔着爪子，似乎也在品味这种独特的声音，像是回想起什么似的，说道："蝎合花啊……我听那个奸商提起过，把还活着的蝎合花与特调的药粉焚烧，它们便会发出这样一生一次的声音，能使人缓解压力，精神放松。过去帝皇在宫中大片种植，然后把它们活生生烧死，以此取乐。蝎合花惨死时发出的声音覆盖皇城，上至君王贵妃们，下至宫人使役，无一人不闭目倾听……"

董央狂躁的神经一点一点被抚平，脑海里盘旋的各种尖锐的想法都变得柔和起来。不可思议的，他再想到妹妹去世的事情时，尽管觉得无比悲哀，却再也没有疯狂和失控的感觉。

他突然觉得不该因此自暴自弃，沉溺于不可挽回的过去，那样妹妹也不会高兴吧，他应该更积极地生活才对……

荣光明白了，蝎合花的想法其实很简单，她觉得这个人对她好，那她也应该对他好。

他以前总觉得卖药人那些稀奇古怪的药只会害人，在蝎合花的叫声中，他恍恍惚惚地有点理解了。

"药"本来就没有好坏之分，药效到底如何，看的是服用之人的心。

6

董央恢复之时，那个陌生的男生已经消失了，就跟他出现时一样突然。

他正要收拾弄乱的房间，司徒猛带着几个董央的同学闯了进来。刚才在图书馆时，司徒猛就察觉到了董央的存在，觉得他神态异常，知道自己又冤枉了这个学长，担心他出事，便赶紧追了上来。

但董央失常时走得飞快，居然一眨眼就把司徒猛甩掉了。司徒猛又不知道董央家在哪里，他去找了董央的同学，他们之间因为之前的事情有些矛盾，可司徒猛个性直率，搞清楚事情原委后爽快地低头认错，于是就耽误了一些时间，这才找上门。

结果却发现董央已经没事了。董央没锁门，大家一起进来时，他正站在窗台边，手里是一株看似已经死掉了的植物，司徒猛喊了他好几声，他才回过神来，疲惫一笑。

司徒猛诚恳地向董央道歉，要不是有人拦着，他就要跪下了。董央当然不会责怪他，反倒像过去对待妹妹般，揉了揉司徒猛的头顶。

他失去了心爱的妹妹，但从此以后，他并不介意把这么直率可爱的学弟，看作自己的弟弟。

他对妹妹的思念，应该寄托在与他一样同为人类的人身上，而非一株奇怪的植物。

死掉的蝎合花，他最后还是扔进了垃圾桶。

是不舍的，但也不敢留着它，因为怕生命力如此旺盛的植物还会活过来。他对花儿的心情太复杂，既喜爱，又恐惧，对于懦弱的自己被花儿拯救一事，他感到羞愧。所以董央只字不提，但他会永远记得花儿，这将是他永远藏在心底的秘密。

蝎合花如此不寻常，给他种子的卖药男人，肯定也不同寻常。

那个男生离去之前，问他是从何处得到种子的。

董央如实告诉他，是一个身穿古时衣衫，背着如棺木般药箱的神秘男子给他的。

第四章

菘子油

菘：白菜。陆佃在《埤雅》中记载，白菜四季皆可以种植，在凛冬亦能生长，颇有松树之气节，故名为『菘』。菘菜茎、叶、籽均可入药。茎、叶味甘、性温，无毒，利肠胃，消食下气，止热邪咳嗽。籽味甘、性平，无毒，主榨油。

SONG ZI YOU

1

——被妖怪追着跑，是一种怎样的体验？

如果把这个问题发到知 X、X 瓣之类的网站上，得到的答案估计是“是不是嗑药嗑多了的体验”“中二病发作问你怕不怕”“跟你说了云南的蘑菇不要乱吃”之类没个正经的回答。

而作为原 PO 的荣光显然不需要这些一看就不走心的回答，这完全解决不了他目前一个头两个大的糟糕现况。

自从卖药人被一箭穿心又消失在他面前后，越来越多稀奇古怪的家伙们就找上了荣光，叫喊着要他给它们药，还非要认定他就是卖药人。

最初被狐狸缠上就算了，好歹长得可爱，偶尔还会卖个萌帮点忙，但上周连龙都出现了！

那么大一个龙头非得挤进他房间里，吓得他趴在床底和狐狸挤在一块儿瑟瑟发抖，不知道龙神大人有何贵干，万一它说它肚子饿，他和狐狸加起来还不够塞牙缝的。

幸好这条龙只是来抱怨的，说它的邻居飞廉在酒宴上喝高了发酒疯，闹得住在隔壁的龙不得安宁，又不好一掌拍死对方，于是来找荣光配点解酒药。

荣光听完后整个人都是蒙的，他怎么知道解酒药怎么配呢？于是他委婉地告诉对方对面马路有连锁药房，里面有卖解酒药。巨龙一声叹息，摆着尾离去。最后事情到底解决了没有，荣光也不清楚。

像这样的事情已经不是第一次了，之前还有三脚乌鸦说是奉西王母之命而来，西王母院子里种的桃子树有虫子，要来拿驱虫的药；又之前来了一群僵尸，身穿大清朝的蟒袍朝服，头戴花翎朝冠，在荣光买夜宵的路上把他团团围住，哭诉最近大风湿气重，它们关节不能弯曲，想要点驱风药油……

荣光的心理阴影一天比一天大，害得他睡着了都能听见狐狸数羊的声音："你十二，你十三，你十四，号码牌拿好，别唧唧歪歪，有得排号就不错了……"

不对，听起来不像数羊像是……发号码牌？

荣光睁开眼就发现自己床边围了很多长得奇形怪状的家伙，有些还算长得像人，有些长得像动物，有些已经连生物都算不上了……对，说的就是你，那两扇门板似的东西，就算门环像是眼睛，您还是算不上是个活的吧？

它们绕着荣光床边站了一圈，天花板上还有一滩史莱姆似的东西。这队伍一直排到窗户外面去了，他房间有个小阳台，连阳台上面也被挤满了，实在站不下的就飘在半空，长长的队伍像是从他房间里延伸出去的飘带。

荣光在它们"怜爱""关切"的目光中彻底清醒，要不是这段时间以来陆陆续续也见识过不少怪事，他可能就此吓得晕过去并一睡不起。

荣光一把揪住坐在床边的狐狸，掐着它的脖子问："你这是在搞什么？"

狐狸跟被捏着脖子的鸡一样被提到半空，它焦急地挥爪蹬腿，嗷嗷乱叫："窒、窒息了……我、我这是为你好，你真是不识好人心呢！"

"你是狐狸，又不是人！"吃亏吃多了，荣光也变得精明起来。

"好、好了！今天就只能到这里了呢！"狐狸艰难地叫喊着，它挣脱出来，指手画脚地宣布。

那些稀奇古怪的家伙们叽叽喳喳讨论起来。荣光还是有点怕它们的，不知道这些家伙会做些什么，然而出乎他所料的，过了一会儿，这一大群家伙便闹哄哄地散了。这动静可不算小，但荣光睡在隔壁的父母却睡得雷打不动，丝毫没有发现儿子的房间来过一群不速之客。

"你到底对它们说了啥？"荣光抓狂地逼问狐狸。

"没、没什么……"狐狸心虚地别过脸，一边吹口哨一边假装看别处的风景。

一个清朗的声音传来："这只狐狸把你卖了！它卖号码牌给那些魑魅魍魉，让它们可以按顺序来跟你买药。"

说话的是个身穿劲装，头带斗笠的瘦小身影，站在墙角的阴影里。

刚才房间里一大帮妖魔鬼怪群魔乱舞，谁也没注意到那里还有个人，此时那些妖怪们尽数离开，就只有这个人留了下来。

“别说话这么难听呢！他继承了那个奸商的身份，就该做他要做的事情嘛！”狐狸嚷嚷着申辩，“对了呢，还没问你哪里来的？什么人？”

荣光生气地说：“我不是说过了我不会卖药了吗？我也没有药啊！”难怪最近妖魔鬼怪仿佛排着队似的找他，原来都是这狐狸搞的鬼！

狐狸感觉到荣光的怒火，一脸冤枉地说：“你们人类的医院不也是这样做的嘛！人家这也没做错呢……况且你最近不是能弄出药了吗？太小气可是不行的呢！也不是让你白白出力气呢，人家收到的好处也会分你一些嘛……”狐狸一边说，一边仗着身体灵敏，在房间里四处蹦来跳去。

荣光气得牙痒痒，伸手就要去抓这自作主张的狐狸。古有仕女扑蝶，今有他荣光捕狐，他发誓，今晚不把这狐狸拎起来好好打一顿，他就真的还不如卖药去算了——

然而未等他捞到一撮狐狸毛，角落里那侠士打扮的家伙跳了出来，一声清喝：“满嘴胡言，妖物当诛！”说罢，便听见刀刃出鞘的声音，荣光还没反应过来，眼前已经划过一道雪亮的刀光，毫不留情地朝狐狸砍去。

虽然狐狸是挺烦的，但荣光从来没想过要让它受伤，也是急得要冲上去。墙角里的小个子却不知什么时候到了他身后，扯住他的衣领把他往后一拽，自己则往前一跃，对狐狸穷追不舍。

荣光房间里狐毛满天飞，白茫茫的像飘雪一般，他真担心狐狸没被砍死也要被剃秃了。一人一狐在他房间里展开追逐，荣光的房间并不算大，他们在桌椅、柜子之类可以下脚的地方跳跃腾挪，东西噼里啪啦往下掉，看得荣光头晕眼花。他想制止却又无从下手，好歹还是明白这时候冲进那片刀光剑影，他肯定比狐狸死得快。

这次可真的吵醒了荣光父母，他爹在外面敲着房门问：“儿子你大晚上的不睡觉发什么癫呢？”

荣光、狐狸和持刀人同时一惊，都顿了顿。狐狸这种生物不愧是以狡黠见长，逮到了空隙就往窗边扑去，刺溜一下钻了出去逃之夭夭。

持刀的小个子见状也不追，收刀入鞘，像个高洁的侠士般悄悄退回墙角，也不离开。荣光看到他的刀，看起来旧旧的，也不像电视剧里演的有华丽的花纹，只依稀看到刀鞘上有两个笔划优美的古文字。

荣光没来得及多看，连忙回了他爹两句。他爹半梦半醒的也懒得追究，打着哈欠回自己卧室去了，嘴里嘀嘀咕咕：“听管理处保安说，最近这附近有疯子晚上拿刀乱砍人，可千万别撞上咱家啊。”

爸，我们住十几楼呢！能爬上来砍人的都不是人吧！

荣光一边吐槽，一边松了口气，这才有空注意那小个子。

荣光才走近几步，还没开口，对方居然规规矩矩地单膝下跪。小个子摘下斗笠，露出一张年少清秀的脸，看着不过十四五岁，黑发梳成一个高髻，五官青稚还没完全长开，眉宇间却已经有一股刚正不阿的英气，他一板一眼地对荣光说：“你别害怕，我叫辉月，我是来保护你的。”

然而荣光环视被弄得一片狼藉的房间，却是欲哭无泪——你来保护我？那谁来保护我的财产？

2

物理老师在黑板上挥笔疾书，荣光坐在教室里，面朝黑板，宛如智障。

若是细心留意，就会发现他眼珠专注地看着一个地方，眼神飘忽，仿佛眼前有什么小虫子飞来飞去，他的目光也跟着转来转去，神情十分古怪。

荣光看的不是老师也不是空气，他看着昨晚赶走了狐狸的小个子在教室里走来走去，好奇地打量着一切。

其他人显然看不见教室里多了个明显不是同一个时代的家伙，荣光紧张得手心冒汗，看着辉月一会儿凑过去看老师的教案，一会儿看堆在角落的扫把，连个挂在窗台上的抹布都能看半天，一会儿又晃悠到某个同学身后，津津有味地跟他一起看藏在抽屉里的漫画。传道授业解惑的课堂，被他弄得像个游乐场，好像看什么都觉得新奇有趣。

大半节课过去，辉月又回到荣光身后，直挺挺地站好，双手背在身后，腰背挺直，像个忠心耿耿的护卫，站姿标准得连军训中最严厉的教官都挑不出一丝毛病。但荣光觉得压力很大，总觉得身后有一道锐利的目光盯着他，注意力更加无法集中。

好不容易熬到下课，荣光转头就要找辉月好好谈谈人生，然而却又找不到他了。

同学们纷纷站起来活动身体，教室里一下子变得闹腾腾的。荣光正纳闷着，旁边有人拍了拍他的肩膀，他回头一看，差点吓出心脏病。

辉月就蹲在他课桌上呢，荣光完全不知道，一转头差点跟他脸贴脸，这角度要是再差一点点，他们就要亲上去了。

荣光吓得脸色惨白，又记得不能惨叫出声，冷汗一滴一滴冒出来。刚才拍荣光的同学也吓到了，奇怪地看着自己的手掌，不知道是不是自己练了什么盖世神功，一掌就把同学拍傻了。

这时候，荣光看到辉月嘴角抖了抖，他那张大侠般正气凛然的脸上，悄悄绽出一个微笑。

这小子，故意整他呢！荣光气呼呼的，简直比狐狸还过分！

到了午休的时候，荣光连饭也顾不上吃，手往空中一捞，在朋友惊讶的目光里捉着个透明人就冲了出去。

荣光拉着辉月一直跑到游泳馆附近的小树林，这个时间大家都涌去食堂了，这里十分幽静，很合适和别人看不见的家伙聊些不能被别人听见的话题。

荣光真挚地说道：“呃，那个……辉月，谢谢你的好意了，但你不用整天跟在我旁边的。”

“不行。”辉月一口拒绝，认真地说，“我如果不时刻跟在你身边，你会很危险的。”

荣光哭笑不得：“你看我好好的，怎么会有危险呢？”

虽然狐狸是给他带来了不少麻烦，可真要说危险，那还不如卖药人带来的危险来得巨大。

辉月却说：“不行，我和别人有过约定，你有危险的时候一定要护你周全。君子之诺，一言既出驷马难追。”

什么人还能未卜先知？

荣光更感到奇怪了，他问：“你跟谁约好的？”

辉月愣了愣，思索了好一会儿才说道：“我也不知道他的名字，他是个卖药的人，背着一个很大很大的箱子。”

荣光一听，顿时犹如头顶劈下一道惊雷。

蝎合花的事才刚过去不久，拿到那怪异之花的种子的人告诉荣光，那种子就是一个背着药箱的卖药人给他的。可既然卖药人还平安无事，为什么没再出现呢？只留给他一个奇奇怪怪的魔方，这东西肯定与卖药人有关，可春景不在了，他连个可以问的对象都没有。

春景和卖药人他们什么都不曾告诉过他，自从春景引起的异动被平息后，荣光也再没有梦见过蓬莱，它被封印起来了吗？永远也不会再出现了吗？

现在他又从辉月口中听到卖药人的名字……不对，其实他也根本不知道卖药人的名字到底是什么。

不过也顾不上那么多了，荣光情急之下一把抓住辉月的肩膀，逼近辉月焦急地问：“你说的那个卖药人，他在哪里？你最近见过他吗？”

辉月也是奇怪，不知怎么的脸颊居然突然浮起了淡淡的红晕，刚才在教室里捉弄他还一副游刃有余的模样，现在却跟个小姑娘般脸红起来，手忙脚乱地一脚踹开荣光。片刻之后，他回过神来，又急急忙忙地把被踹了个面朝天躺倒的荣光扶起来。

“自从上次一别，我就再也没见过他了。”辉月说，“我之所以会来找你，是因为……”

突然有人大喊荣光的名字，打断了两人的对话。原来是荣光的朋友看他这么久不出现来找他了，食堂午饭时间都要过去了。荣光与辉月交换一下眼神，还是随着朋友先去食堂，辉月就在后面安静地跟着。

因为来晚了，好吃的菜都被拿得差不多了，连有点肉末的菜都被扫荡一空。这也怨不得谁，荣光只好含泪去拿了份炒白菜，可怜地配着白米饭吃下去。

青菜配白饭的滋味难以言喻，连点油水都没有，幸好一群人聊着天，也不算太难过。

“最近有个疯子拿着刀乱砍人，你们听说过吧？”有人神神秘秘地问道，这可是最近流传得很广的一个都市传说。

“听过听过！”立刻就有人应和，男生八卦起来跟女生比也不遑多让，“之前晚上发生过好几起，现在听说大白天也砍人，胆子也太大了！”

荣光昨晚才听他爹说起这件事，也加入了谈话：“我也听过，可是报纸上都没怎么提过，到底是不是真的呀？”

“真的真的！我听我朋友说的，他认识的一个人亲眼看到了！”另一个人因为知道别人不知道的事情，有点兴奋，“那人说，他亲眼看到有个人在他面前被砍了好几刀，血淋淋地倒下去，可吓人了！他说那时候正好刮了一阵大风，吹得他睁不开眼，等那阵风过去后，就发现有人倒在他面前，吓得他赶紧报了警。可是当时路上就只有他跟被砍的人，也不知道犯人是从哪里冒出来的，而且砍了人就跑得没影了，太可怕了！”

传言越来越玄乎了，听着都不像是真的。什么“我朋友认识的人”根本就不是亲身经历，多半是一传十十传百，传播的过程中假的都被说成是真的。

不过他们也不是非要追寻真相，心里多半也没把这太当真，事情没发生在自己身上，就会觉得距离自己十分遥远。就跟什么闹鬼传说一样，图个刺激而已。

荣光那几个朋友来得早，吃完后手一挥就先滚了，他们都是爷们儿，不兴跟女孩子那般热衷于成群结队。荣光等他们都走了，就叫辉月坐下来，看他一天到晚都站着也挺累的。辉月没有拒绝，他坐下来就盯着荣光碗里的白菜，看得荣光挺不好意思的，这才想到辉月似乎一直都没吃东西。

辉月突然开口，语气仿佛十分怀念，他问：“你知道菘子吗？”

3

陆佃在《埤雅》中记载，白菜四季皆可以种植，在凛冬亦能生长，颇有松树之气节，故名为“菘”。后来因其颜色青白分明，所以又名白菜。

所以菘子，顾名思义就是白菜籽。

荣光还是第一次听到这种说法。在他心目中，白菜就是白菜，上至帝王高官，下至贩夫走卒，总会在餐桌上看到的寻常蔬菜。

“这是那个卖药的人告诉我的。”辉月说道。

吃完饭后荣光也不回教室休息了，干脆带着辉月溜达出去，正午阳光炎热，他们就找了个快餐店的角落。荣光本来说买点东西给辉月吃的，结果他说自己并不需要。

荣光想听他说卖药人的事情，辉月倒也没有推辞，只不过他也坦言自己知道的不多。

辉月遇见卖药人是在好几百年前，那时候天下局势动荡，外有胡蛮虎视眈眈，内有官宦派系之争，而身处高堂之人却不自知。更可怕的是奸臣当道，欺上瞒下，手握大权诛杀忠良之臣。其实自从忠武将军沈极被冤入狱获判死刑后，朝廷局势已是岌岌可危，有志之士的负隅顽抗也不知道能坚持多久。

这些事与辉月关系都不大，他所在的地方山高皇帝远，离边疆却极近。

辉月住在打铁铺里，打铁的男人每日傍晚停业后，便会带上他、带上酒，骑上一匹瘦马缓缓爬上山坡，眺望关外漠漠黄沙，看一轮红日逐渐沉入地面。

他看一眼，就灌一口酒，他喝的都是闷酒。辉月知道他心里不痛快，可是又劝不了他，只得默默跟在他身边，看着他。

饮酒伤身，男人喝得又没有节制。有一次他喝多了，“哇”地吐了口血，倒在地上昏迷不醒。这可把辉月吓坏了，这里人迹罕至的，即使想喊人帮忙也不容易，这时山坡上突然传来一个声音：“酒伤肝，像他这样喝下去，早晚会害了自己性命。”

说话的人慢悠悠地爬上山坡，他背着一个巨大的暗红色箱子，箱子上是一只只金色和黑色的眼睛，每走一步都能听见那箱子里传出小物品碰撞的声响。辉月安静地看着对方，眼里带着恳求。

辉月数年前便与这人见过面，知道他是个卖药人，他那药箱里什么药都有，只要有人想买，他就卖。

卖药人苦笑着摇头，不知是自言自语，还是安慰辉月，说道：“好不容易救回来的一条命，可不能让你白白浪费。”然后也不用辉月多说，卖药人把箱子放在地上，迅速地打开好几个小抽屉，从里面拣出药材，配好了药。

男人只带了酒，酒可不能送药，卖药人这箱子里还真是什么都有，他拿出了一个装了水的长颈瓶，给男人服了药。

打铁的男人醒过来，一时间不知道发生了什么。等他弄清楚事情经过后，对卖药人十分感谢，然而他感谢的是卖药人出手相助的好心，而并不为自己捡回一条命这件事感到太高兴。

辉月在一旁静静待着，心中百味杂陈。

男人与卖药人聊天，得知他刚到这个边陲小城，还未找到住处，居无定所，便邀请他到自己家里来。

卖药人也不拒绝，他笑吟吟看了眼辉月，意味深长地说："真是个不错的孩子。"

男人也拍了拍辉月，一脸欣慰，既是感慨又是叹息地道："这孩子也跟在我身边许多年了，多亏有他在我身边，不然……"

接下来的话没有说完，卖药人也不追问，辉月低下头，咬紧了嘴唇。

然而卖药人最终还是婉拒了男人的好意，并没有在打铁铺住下来，但却在这座边陲小城停留了。没有人知道他是怎么安顿下来的。有时候辉月跟着男人到城里办事，会看见他坐在屋檐下，药箱放在身旁，抽屉半开半拢，面前聚了一些人，都是来找他买药的。

虽说是"买卖"，但他卖出的价格却与药的价值并不相当，更低廉的价钱，就能从他这里取到比城内任何一位大夫更好的药。

何况卖药人又长得一表人才，身上穿的都是上好的衣料，和边疆肤色黝黑、干瘦的本地人相比，他身上有种江南水乡的温润气息。

卖药人一开始没啥名气，渐渐的，找他买药的人越来越多。他配的药是真的好，官吏乡绅都想来找他配药，然而面对这类人他却没个好脸色。

男人得知后，不无担忧地劝说卖药人小心行事，名气越大越是叫同行眼红嫉恨，又得罪了人，恐怕会招来报复。

卖药人不以为然，反倒笑问："我做了什么要让人报复呢？"

"这世间一切争斗，都是利益之争。你生意好，自然有人生意不好，生意不好的人利益受损，自然都怪在你的头上。而有些人，天生就是贪心，巴不得天下都是他的，一切都得顺着自己的意，若有人不顺，便往死里要让你难受。"男人说着说着，也不知是触动了什么回忆，目光变得深沉起来。

他不过是边陲小城里的一个粗鲁铁匠，身穿粗布麻衣，分明是一介莽夫，却在此刻露出大将般沉稳的气度，只是日薄西山，眼神中已有了疲态。

“对了，”男人想起了什么，把辉月推到卖药人面前，苦恼地说，“自从来了这地方，这孩子的情况就不太好，能麻烦你给他看看吗？”

卖药人仔细检视辉月。与当地的孩子相比，辉月长得十分白净秀气，虽然跟男人一样穿的是最粗糙的布衣，但仍能看出不凡的气度。正如同他的名字一般，他周身像是笼着淡淡月华，眉目间英气凛然，让人觉得有些不好接近。

但也确实有些无精打采，一副失了灵气的样子，本该乌亮的黑发现在毛毛躁躁的，皮肤也有些干裂，尽管看得出男人已尽力细心照料了，但与几年前卖药人见过的辉月相比，还是失了不少令人惊艳的风采。

男人也知道自己失职，抚摸着辉月的头，内疚地说：“以前有人替我照顾这孩子，没想到啊，现在，他们都不在了，我一个人倒也罢了，只是这孩子，我始终不忍让他吃苦。”

卖药人说：“我这里是有适合他的药。其实也不是什么不得了的东西，只是因地制宜，在这个地方它就是价值不菲的好东西。”他在药箱里找了找，从大小显然不符的小抽屉里取出了一个油壶。

男人凑近壶口一看，顿时眉开眼笑，连声道：“对对对，就是这个东西！”接着他又惆怅起来，“我不知道能不能付得起这个钱呐……”

油壶里的是菘子油，也就是白菜籽榨的油。

这个地方气候干燥炎热，罕有下雨，水分不足的地方蔬菜难以种植，所以新鲜蔬菜价格十分昂贵，有时候青菜的价格比肉还高出不少，绝不是寻常人家天天吃得起的。

而白菜第一年不开花、不结果，要到第二年二月才开花，再过一个月结果，所以若是想收获菘子，便等于要白白浪费一年的收成。

别说这个大漠边上的小城了，就是在气候温和湿润的地方，以菘子榨油也是少数，寻常农家更多是拿菘子继续种植。

菘子属于菜籽，油分没有芝麻、萝卜籽、油茶籽、大豆之类丰富，又要经过蒸煮、辗磨、压饼等工艺才可以榨油。出来的菘子油量少，味道也远不如麻油和猪油，亦少有人拿来食用，多半是出卖给有钱人家，涂抹在发上护养头发，也可以涂抹在刀剑之上，可使其不易生锈。

“拿去吧，不急着给我钱，我还会在这里多留一段时间，你何时手头宽裕了，再给我也不晚，我想你也不是会赖账的人。”卖药人说道，他清楚，若是说不需要任何费用，以男人的个性是不会答应的。

“那当然，那当然！”男人欢喜地伸出手要接过油壶，卖药人却迟疑了一下。

辉月正好奇地观察卖药人的箱子，几年前他见过这箱子，上面黑色与金色的眼睛如今增加了不少。这些眼睛一眨一眨的，远看像是画上去的图案，近看才发现这都是活人的眼睛。

就在男人接过油壶的瞬间，箱子上又新增了一只金色的眼睛，它缓缓地睁开，眼瞳滴溜溜地转了一圈——每当他达成一次交易，箱子上便会多一只眼睛。

4

快餐店里，荣光听完了辉月的故事，问道："那个卖药人出现的那段时间，你有听说过一些……呃……比较奇怪的事情发生吗？比如买了他的药的人身上，发生了什么奇怪的、不好的事情？"

"我没听说过。"辉月回答，他看起来不是会撒谎的人，"他卖的多是些寻常药品，治疗风热、头疼、小儿啼哭之类的小病小痛。当时我所在的地方气候干燥，也见过他熬煮清心降火的汤水，分发给百姓。你说的什么怪事、坏事，我从未见过。"

荣光愣了愣，感觉辉月说的卖药人，跟他所知道的卖药人简直不是一个人。要不是别的描述都还对得上，他真要怀疑自己认错人了。但是想想，他第一次与卖药人见面时，他也是煮了消暑的鸡蛋花水，不收钱地发给行人解渴。

"你对他很好奇吗？"辉月问，"可是在那不久，他就被迫离开了我们所在的城镇。因为他卖的药价格低廉，效果又好，引来了城里其他郎中、药店的不满。他们带人闹事却总是吃亏回来，后来居然想了个阴险恶毒的主意。"

荣光咽了咽口水，紧张地等待下文。

"那些人往鸡牛羊等畜牲的饲料里下毒，农家无奈求助卖药人，畜牲吃了药才有好转。那些人勾结了官绅，又继续下毒。来回反复，动物经不起折腾，便造成了大量的家畜死亡，他们就趁机四处宣扬卖药人卖的是假药，还说是从他来到此地开始，这里才遭遇瘟疫，说他是个不祥之人，要把他驱逐出城。"

如此一来，事情便闹得不可开交。家畜死亡对于农家来说是最可怕的事情，他们懂得不多，本来就半信半疑，加上又有人收了钱在他们之中散播谣言，慢慢的所有人就都真的认为是卖药人带来了瘟疫。更可叹的是，之前吃过他的药好起来的人，也跟随大流翻脸不认人，纷纷说他是祸害灾星。

那段时间卖药人走在城里的路上，会有人朝他吐口水，好事之人还编了不堪入耳的童谣四处传唱，不懂事的小孩一边唱着羞辱人的歌谣，一边悄悄跟在卖药人身后，用捡来的小石头砸他的药箱。

这个时候只有打铁铺的男人还愿意挺身而出，替卖药人说句公道话。然而男人本身也是数年前才来到此处的外乡人，根本说不上什么话。他如此替卖药人出头，反倒招来了策划这一切的人的记恨。

男人的脾气也是跟铁一样硬，觉得这对卖药人不公，还真与那些人杠上了。

群众里看热闹的人多，不敢得罪官吏乡绅的更多，都躲起来不敢说话，敢为不平之事出头的，只有一个。

他们雇了打手半夜潜入男人家里想把他打一顿，结果反倒被男人打得抱头鼠窜。这招不行，他们就用更无耻的方法，派人到打铁铺里闹事，串通官吏，威胁要封了男人的铺。

事情闹到这地步，卖药人背起他的药箱，来与男人告辞，他已经决定离开这里。

临行前，卖药人对男人说："即便我走了，他们也不会放过你，不如带着这孩子，远走高飞吧。"

他话语里有着别的深意，似是别有所指。

男人领会到他话里的含义，先是惊愕了好一会儿，随后才回过神来。他们所站之处是打铁铺前的一小方土地，看不见广袤大漠，也看不见辽阔平原，但男人知道在山坡后面是这壮丽河山的边疆，是对他意义非凡的土地。

他含笑摇头，仿佛认了命般道："这已经是我所能去的最远的地方了，你要我踏出关外，我不愿意。我生是这片土地的人，死，也要死在这里。"

卖药人不再劝，走前他看了眼辉月，辉月双手作揖，朝他离去的方向深深一拜。

"这样……也太过分了吧？好心没好报！"

荣光听完后觉得生气，他性子直率，听着听着都恨不得能亲自上前替卖药人教训一下那帮家伙。就算他知道卖药人做过些不厚道的事，但当时他没有伤害过任何人，他不应该被那样对待。

然而，这也不知道是几百年前的事了，他再忿忿不平也没有任何用处。

"不早就警告过他吗？"辉月的语气十分平静，然而眼里却好像蒙上了一层水气，用细小的声音说道，"人心本来就是这样的，世道也本该就是这样。不是你做了好事，大家就会感激你。"

荣光听得心里沉沉的，知道他话里还有更深远的意思，但午休的时间快要结束了，他得回去上课。

半路上经过一间卖小精品的店，辉月在橱窗前驻步，荣光倒退回去看他在看什么，是个粉红色的小贝壳，女孩子别在刘海上的小玩意儿。

虽然觉得少年剑客对个贝壳发夹有兴趣十分诡异，但他也说不好妖怪的审美是不是跟人类一样。他没能请辉月吃饭，那给他买点小东西总不过分，于是二话不说就进去拿起付钱，收银机“哐当”一响，荣光看着价格肉痛已经晚了，他半个月的点心钱都没了，怎么一个贝壳发卡这么贵啊！

男子汉大丈夫说买就买不能后悔，他把贝壳交给辉月，没料到他露出了意外又惊喜的表情，支支吾吾半天。看得出来他是想拒绝的，但又实在喜欢，最后还是受宠若惊地收下了。

“我一直想看看贝壳呢。”辉月摸着贝壳，爱不释手，“他以前说过要带我去海边的，结果却一直没去得成。”

荣光想他说的应该是打铁铺的那个男人，说起来……辉月好像还没说过他跟那个男人是什么关系。

荣光正要开口，突然周围卷起一阵狂风，满天砂石落叶。这风来得蹊跷，不是刮过便算，倒像是平地生起了龙卷风，久久不散去。辉月跳到荣光面前，清喝一声：“危险！”

荣光突然觉得手臂一痛，低头一看已经被刮出了好大一道血口子。他想起中午与朋友半开玩笑地提起的话题，这……难道就是砍人魔要来了？出个场都这么大动静，难道附近藏了鼓风机？

荣光不是还有心思想些有的没的，他只是想说服自己这一定是人为造成的，不是又有什么妖魔鬼怪跑来作乱……

紧接着，耳边传来玻璃碎裂的声响和尖叫声，旁边的精品店的橱窗玻璃尽数碎裂，店员被吓得尖声大叫。

这条路是通往学校的主要路径，幸好荣光和辉月回来得比较早，现在还不是下午学生们回校的时间，路上人不多，风刚起的时候都躲避开了。

“痛！”荣光惊呼，破碎的玻璃也被卷至风中，又在他身上割出好些细碎的伤口。

荣光抬头看见风中有一个巨大的黑影，鸟头鹿身，长着一双巨翼，它每次扇动翅膀，地上便刮起狂风。

狂风犹如利刃，被压缩过的气流像是锋利的刀片，直直朝荣光砍来。荣光以为这次要死定了，却见辉月护在他身前，长刀出鞘，一声响亮的交击声响起，辉月挡下了这一记风刃，刀身上却也因此出现了一个缺口。

狂风乱舞，风刃一击接着一击，被辉月尽数挡下。刀光交织成一张银网，把荣光周全地护在其中。他还在看那头异兽，看来连续砍人事件的元凶就是这家伙没跑了，可是又见这异兽扭来扭去，像是跳舞一般，实在不是穷凶极恶的样子。

辉月应对得越来越吃力，他再厉害，也不过是刀术过人，与这操控了风的异兽相比实在差距太大。然而他若守不住，荣光便会被这风刃当场砍死。这时一个尖锐焦急的声音穿透风墙，高声道："你的魔方！那个魔方，快、快转起来！"

这是狐狸的声音，荣光被提醒之后才慌忙找出那个诡异的魔方。每一次他转动魔方，魔方里总会掉出他需要的东西，这一次从魔方里掉出来的是一只手掌那么大的虫！像是一只膨胀了的蚕，白白胖胖的，而且还是活的，吓得荣光手一抖，虫子被条件反射地扔了出去。

巨大的虫子被卷入风中，那只鸟头鹿身的异兽一张嘴，吃了下去。风中发出一个响亮的嗝声，不可思议的风势逐渐减弱，最终尘埃落定，狂风终于平息。

然而街上可以被破坏的东西都被破坏得差不多了，树木倒折，电线杆都被吹歪了，满地狼藉，店铺的门都被刮到了路中央。

荣光目瞪口呆地看着被破坏的街道，他身上虽然也有几道伤口，但实在不值一提。如果没有辉月保护他，他早就被吹得七零八落了。荣光连忙要跟辉月道谢，却见他已经倒在了路上，他冲上去抱起辉月。

束发的发带断了，辉月一头乌发披在肩上，显得肤白如雪绢，眉目顷刻间变得柔和，软化了眉间的英气，透出女儿家的精致与俏丽。

荣光这才发现，辉月，是个女孩子……

5

辉月吃力地睁开眼，看到荣光安然无恙，松了口气。少女光洁的脸上出现了裂纹，像破碎的瓷器般片片裂开，荣光抱着她，一些画面如同走马灯般出现在他脑海中。

他看见深夜里大漠边上的小城，家家户户大门紧闭，城里黑漆漆的，没有人敢点上灯。

唯一亮着灯的人家，是半山坡上的打铁铺。窗里点着油灯，火焰在夜风中摇晃不已，脆弱得仿佛下一秒就要熄灭，却成了这个夜晚最亮的灯火。

一队声势浩荡的人马在夜色中前进，每一个人都是百里挑一的精锐之兵，他们是收获情报后从京城赶来的机密军队，来此处缉拿朝廷要犯。

"你确定不会有错？就是那个人？"领头的将领问道。

"是的是的，绝对不会错。先前我们有人摸进过那铁匠家，有人看到那把刀了，刀身上是‘辉月’二字，正是逆贼沈极的爱刀！”一人点头哈腰地回应。

打铁铺简陋的屋檐下，辉月静静坐在男人怀里，男人在给她梳头，菘子油顺着她的发一梳梳到尾。那双布满厚茧的大手，温柔地捧着她细软的发丝，用菘子油把她的乌发梳得黑亮——这是辉月眼里的画面。

而在男人看来，她是一把刀，他在给他的刀抹上防锈的菘子油，满意地看到刀锋一如既往雪亮锐利。他已经听到那些不怀好意的来者的动静，他心里早有预感，这一夜便是最后一夜，他将最后一次挥起这把名刀“辉月”。过去数十载，他曾与这把刀形影不离，驰骋沙场，出生入死，为国家守卫这壮丽山河。

缉捕的人把打铁铺团团围住，领头的人一声令下，士兵破门而入。屋内，只有一个人，持刀而立，风骨不减当年，仅以气势便能叫鼠辈不敢再逼近半步。外头却还有弓箭手，得令朝屋内放箭，也不怕误伤自己人，看来是铁了心要把他杀死在这荒凉的边陲之地。

男人这辈子杀过很多人，都是敌人，从未想过会有这么一天，要对自己的同胞出手。

辉月在他手里起舞，刀光所至之处血花飞溅。不断有人倒下，又不断有人扑上来，辉月砍断了几把剑，却发现男人身上早已插满了箭，刀伤无数。

她防不住的，他只有一个人，而外面有上百精兵，要置他于死地。

男人不稀罕自己的命，他为国征战，一次又一次出生入死，他想过自己应该死在战场上，热血浸润黄沙，是男儿铮铮铁骨的自豪。然而他打了一场又一场的胜仗，最后没有死在他自豪的战场上，而是身陷官场的倾轧，因莫须有之名被判入狱，而皇帝忌讳他的声望与权势，下了处死的命令。

他的旧部属带了一队人马拼死劫天牢，一百多人进去，十几人出来，又在护送他离开的路上陆陆续续地死去。最后，只剩他孤身一人，来到这个边陲小城，在这里，他能看到他守护过的祖国河山。

他是名震天下的武将，是天下人口耳相传的一代名将，妄图染指这片大好河山的敌人听见他的名字，都要被吓得从马上摔下去。他一生过得痛痛快快，他也不愿缩在这个小地方做一只缩头乌龟，背负着为他而死的部属的性命而活。

他活，要活得光明磊落，他死，也要死得浩气凛然。

“不要！不要！”辉月却在大声哭喊，男人听见自己的刀在鸣叫，却永远听不懂她的哀求。

她知道他是英雄，他是天下人的英雄，也是她的英雄，她知道男人追求的是什么，他宁死不屈，而她则希望他平平安安地、作为一个普通人终老。

哪怕代价是她从此不再出鞘，哪怕要成为生锈的破铜烂铁，她也愿意。

辉月感觉到男人握住她的手渐渐失了力气，他身负重伤，却仍不放弃抵抗。战是死，投降也是死，那不如战个痛快！

混战中，装着菘子油的油壶早已摔破在地，油脂蔓延一地。男人用辉月削断了油灯，火焰落在菘子油上的瞬间，辉月绝望地闭上眼。

烈火熊熊烧起，没有人知道为什么油壶里的油居然那么多，菘子油流淌得满屋都是，火焰也烧遍了每一寸墙壁。火势之大把袭击者逼出了屋外，男人以刀支撑地面，缓缓跪下，他嘴里含着血，凝视着跟随了他一生的爱刀，说道："对不住啦，辉月。"

冲天火光照亮了无边黑夜，而英雄在烈火中陨落。

没有人敢靠近火场，唯独有一个人施施然地踏入了火中，他往火中投去些什么，火焰便朝两旁分开，烧不到他一点儿衣袖。卖药人站在火中，牵起了辉月，辉月伤心欲绝。

卖药人对她说："数年前劫天牢的时候，他就该死在半路上。是你求我，我才给他续命这些年，现在不过时间到了，你也不必伤心。"

辉月看了一眼火场外，咬牙切齿，恨恨道："我最后求你一件事，求求你，带走他的尸体吧，别把他留给那些畜牲不如的家伙！"

"好。"卖药人答应道，低头再看，手里牵着的少女，已经变成一柄古朴长刀。

这场火烧至清晨方熄，然而让人惊恐不解的是，竟然没有找到任何人的尸骨，名刀"辉月"亦不知所踪。

荣光回过神来，满脸是泪，他心里悲怆痛苦，却又不知道该如何说。

他含着泪使劲转起魔方，希望能掉出个什么奇药能救辉月。

狐狸趁机溜了过来，它探头看了眼辉月，摇头道："放弃吧，这把刀早就不行了呢，碎掉是早晚的事。"

"闭嘴！别烦我！"荣光不理睬它，他还是第一次这么凶狐狸。

狐狸叹了口气，说："你知道刚才那只刮大风的异兽是什么吗？那是飞廉，是风神。它喝醉了后一直没有酒醒呢，疯疯癫癫的才闹出这么多事呢。刚才你扭出来的那种虫子，名字是什么我不知道，但应该就是给飞廉解酒的东西呢……你还记不记得，之前那条龙来找你说的就是这个事呢。"

狐狸的话轻飘飘的，却像是狠狠打了荣光一棍子。

他呆愣愣的，手上的动作也停了下来，那时候他怕麻烦，觉得这些鬼怪神灵为什么都要来问他要药呢，这不是他的责任吧？所以他不想负责，也不愿意花费精力听它们倾诉，解决它们的烦恼。

“其实啊，你一直对我们很冷漠呢。”狐狸挨着荣光，左后爪踩着右后爪，犹犹豫豫地问，“其实我们跟你们人类，还不都是一样的吗？”

“对不起……辉月……都怪我……”荣光伤心地说。魔方里什么都转不出来，那只金色的眼睛蚌壳般紧紧闭着。

“没关系，我跟那个卖药的人约定过，他给我的主人续命，我答应他会替他保护一个人。其实想来这个承诺也是他一早许给我的‘药’。”辉月奄奄一息，合上眼却露出恬静的笑容，“我身为他的刀，却不能护他周全，这是我的心病，我一直无法原谅自己。现在，我保护了你，总算……没有辱没我的使命……”

辉月的身影逐渐淡去，留在荣光手里的，只剩一把布满裂痕的长刀。

“其实，有件事我没跟你说。”

荣光蓦然觉得有人伏在他身后，辉月的声音幽幽传来。

“我说再也没有见过那卖药人，并不准确。我之所以会出现在你身边，是因为我听见了卖药人的声音，他让我来保护你。他说你会有‘危险’，不单是说你会遇到危险，也是说你若是再不改变目前的想法，你自身也将成为危险的存在。”

“当第二种情况发生的时候，他希望我能及早砍杀你。但我觉得你不会变成那样的。”辉月最后的幻影抱了抱荣光，他看不见，其实她脸颊淡淡地红了，像是早春第一朵绽放的桃花的红，最是青葱年华的可爱少女，她说，“谢谢你的礼物。”

辉月言尽于此，荣光手里的长刀碎作片片残骸。破碎的碎片逐渐变得暗淡，再也不复当年长刀出鞘光芒四射的威势。

唯独荣光刚买来的粉红色贝壳发饰，在这些破铜烂铁之中分外的鲜艳醒目。

6

因为狂风肆虐而赶来的救护人员抵达了，上学的学生也逐渐多起来。荣光匆忙收好辉月的碎片，瞥见狐狸脖子上绑着个大大的红布包。他伸手解了下来，里面堆着一些号码牌。

且不说狐狸是不是想趁乱倒卖，但荣光明白自己不可以再逃避了。

人类与非人类的界限到底是什么？

小时候大人总会吓唬小孩子，你要是不听话，妖怪就会来把你抓走吃掉！大人们会做出可怕的鬼脸，或者指着一些画册上吓人的图片给小孩子看，大部分的孩子会被吓得哇哇大哭。

只有过于聪明和比较笨的小孩子不会被吓到，前者会皱着眉老气横秋地说大人都是骗人的，老师说让我相信科学不要搞封建迷信那一套，后者则比较单纯，会直接反问，妖怪为什么要吃我？它觉得我好吃吗？它为什么会觉得我好吃？

蠢孩子一边问一边咬了一口自己在沙地里打滚踢球疯玩过后，满是汗水黏糊糊、臭烘烘的手臂，然后“呸呸呸”地吐起口水，苦着脸说：“我觉得自己很难吃啊……妖怪能不能不吃我？不吃我我们还能当朋友。”

荣光就是这样的蠢孩子。

但是长大后才想到，可怕的鬼脸是人做出来的，所以让人害怕的从来不是妖魔鬼怪，而是人。

人与非人，孰善孰恶，他好像……有点分不清了。

第五章

瑶草珠

瑶草：《山海经》有记载，休与山向东五百里之处，有山名姑瑶。炎帝之女死后埋葬之处，她名为女尸，死后化作瑶草。瑶草叶子重生，开黄色花朵，其果实如菟丝。谁吃了这种草，就能变得讨人喜欢。

YAO CAO ZHU

1

不知道从什么时候起，一个奇怪的传闻逐渐流传开来，那是关于一个背着古旧药箱，如同鬼魅般穿行在现代都市之中，与时代潮流格格不入的古代卖药人的传言，据说他贩售这世间一切不可能之药，治愈世人不可言喻之症。

“哇，如果让我遇到这个卖药人，一定要他给我吃了之后可以立刻减肥十斤，无需运动节食，永不会反弹、绝对没有副作用的药！”

“你做人能不能有追求一点儿？除了减肥，还要能让人变漂亮才行啊，不然以你的姿色，即使让你瘦了十斤，也只是个瘦巴巴的丑八怪啦……哎哟，别捏我腰啦！哈哈哈好痒！你是不是心虚啦？”

毫无根据的都市传说，鬼话奇谈一般的虚幻人物，就是好奇心旺盛的青少年们最热衷的故事。课间休息的时间里，几个高中女生围在一起聊天，说的正是这个最近在网络和年轻人之间非常热门的神秘卖药人。

几个同班女生谈笑的时候，甄蓉皱着眉在座位上听着。每个班上都有人缘特别好的女生及各种各样的小团体，甄蓉不属于任何一个这样的小团体，她是连上课分组都要老师来安排的那种学生。

甄蓉不认为这是被排挤什么的，她自己也不太愿意加入到这些小团体里。整日闹哄哄的，互相取笑对方为乐，实在太奇怪了。看啊，明明是女孩子，却大咧咧地坐在桌子上，还有女生坐在女生大腿上，这样子多不雅观啊，而且笑得还这么大声，一点儿都不端庄。

甄蓉推了推眼镜，她的位置就在这群女生附近，她对这种不切实际的传说向来不屑一顾，同样让她不屑的还有这几个叽叽喳喳的女生。在甄蓉看来，会相信这种毫无根据的传闻的人，脑子都不好使，所以理所当然的，她们的成绩向来都是不好不坏的，远在甄蓉之下。

甄蓉心里这么想着，虽然百般不信，但还是悄悄地竖起了耳朵，把她们的谈话听得一清二楚。

刚才谈话里的一个女生装作生气地去捏另一个女生的腰，其他人笑嘻嘻地着看她们打闹。还有一个女生笑着补充："看你们不争气的样子，真贪心！我倒是听说那个卖药人长得很帅哦，我啊，倒是想做他女朋友！这么一来，还不是什么药都能随便用啦？"

"没想到最贪心的人是你欸！"女生们起哄着，转而围攻刚才发表惊人言论的女孩。

她们这里闹得欢腾，女孩们年轻细致的肌肤在上午充足的阳光下白得能透出光来，笑得脸颊红扑扑的，飘扬的发丝间弥漫着年少青春的芬芳气息。

旁边的男生们有的悄悄红了红脸，有的故作凶相故意挑衅女生们，又被她们齐心协力吼回去，一来一往地吵起嘴来。

领头的男生做了个鬼脸，笑嘻嘻地说："死心吧，你们吃什么药都没用的啦！真以为自己能当美少女组合哦？漫画、小说里这种故事都烂大街啦，什么实现愿望啊、万灵药啊，要是吃了之后不小心变得比现在还丑，那真是吃药都没用了——"

甄蓉实在听不下去了，她觉得是该自己出场的时候了。唉，现在的同龄人真的是太让她看不下去了，居然为了这么点小事吵起架来，还没有人劝阻，一定都是在等着她来解决呢。

她从座位上站起来，用了她觉得最好看、最从容自信的步伐走近他们，清了清嗓子，先是朝那几个女生说："好了，到此为止吧。你们几个平时不是很要好的吗，可是刚刚却又骂自己的朋友是丑八怪和胖子？这样太没礼貌了，是朋友的话就快点向对方道歉吧。还有那什么卖药的，大家都是高中生了，连基本的分辨能力都没有，也不能怪别人嘲笑你啊，因为真的是显得你们自己很无知哦。好不容易考进了重点高中，你们多花点精力在学习上不行吗？"

那几个女生面面相觑，一时间都蒙了。交情好的朋友之间常常互相贫嘴，谁都知道不是认真的，根本没有人会放在心上。甄蓉突然劈头盖脸地教育了她们一番，反倒弄得那些无心之言确有其事似的，几个女生顿时都不悦起来，有人脸色顿时就变了。

甄蓉一点儿都没意识到自己的话有什么问题，她又看向那个领头的男生，还是那一副高高在上的口吻：“虽然你的本意是好的，是想劝阻同学不要听信些乱七八糟的传言，可是你这样说女孩子，你有想过对方的感受吗？所以说你们男生就是这样，太没素质了。还有漫画、小说这类没什么用处的东西，我们作为重点学校的学生，也是不应该看的。”

这个男生本来也就是逗逗女生们玩，虽说是有点儿孩子气，但也不至于被人说成这样吧！而且……他心虚地看了看旁边，不止是他，其他的男同学心里也有些不爽，凭什么一个人说了什么就把“你们男生”全都拖下水了？这地图炮也太过分了吧！

甄蓉说话的声音不大，但原本闹哄哄的教室立刻安静了下来，这场面的尴尬感都快要溢到隔壁班去了。女生们和男生的斗嘴，原本打打闹闹一番就过了，被甄蓉这么一说，两边都不好下台。更别提甄蓉还顺带给领头的男生拉了一波仇恨，弄得像是他一个人败坏了全班男生的名誉。

甄蓉对此却很满意，她看到双方都沉默了，感觉都是自己的功劳，是她成功地阻止了同学之间的争吵。

甄蓉打从心底没觉得自己刚才的话有什么不妥，然而其他人却被她弄得没了聊天的兴致。女生们你看看我我看看你，那领头的男生平时是班上最活跃的，现在也一声不吭，他都快被同班男同学不爽的目光淹死了。

这时候，一个有点儿胖胖的男生走了过来，手里还提了个透明的小袋子，里面塞得满满的都是造型可爱的小饼干。他拍了拍那个领头的男生，晃了晃手里的饼干，摇头叹气道：“爱卿你太让朕失望了，简直给我们5班的汉子们抹黑。可惜我昨晚刚做好的饼干，为了代表全班惩罚你，今天就不给你吃了！”

“哇！雷兴诺你又做了新点心！”女生们不约而同地眼睛放光。造型可爱的小饼干本来就很抓女孩子的心了，更何况还是雷兴诺亲手烤的，那一定很好吃啊！

“你们要不要吃啊？不过想当窈窕美少女的就别吃了啊，等我研究一下怎么做低糖的健康饼干，再吃也不晚！”他哈哈大笑着说，但还是解开了包装袋，把饼干先分给了女生们。

雷兴诺的名字听着男子气概十足，他的身材也高大，脸却长得圆圆的，很和气的样子，兴趣是烘焙，喜欢做些精致可爱的小点心。可能是烘焙的时候经常试吃吧，他整个人看起来就像刚烤好的面包一样蓬松柔软。

他把男同学们的怨气包在玩笑话里说了出来，大家反倒觉得没那么难堪了，男生们起哄着附和数落起来，纷纷嚷着不许那个男生吃好吃的。那男生委屈地号叫起来，但表情可比刚才好多了，心里其实松了口气。

同学朋友之间的小吵小闹虽然不严重，可事情要是憋在心里，终究会是大家的一根刺，说出来了倒也好，算是把刺拔掉了。

女生们还是在意身材的，一块饼干掰开了相互分着吃，男生们就没那么多顾虑了，两三块地放进嘴里，痛快地嚼着。

甄蓉孤零零地站着等了一会儿，发现没有人理她，她无趣地打算回座位上，刚转过身，不知道是谁小声地说了句："她还真是不会看气氛。"

"我一看她走过来，就知道要尴尬了。"又有人接话，小声地说，"我看她才需要吃药让自己变得讨喜一点儿吧。"

其他人都吃吃地偷笑起来，他们以为甄蓉没听见，其实她听见了。甄蓉满腹委屈，她不知道为什么大家都要嘲笑她，难道她做错了吗？这也不是第一次了，每次她挺身而出说些什么、做些什么，明明是做了好事，但却从来没有人因此感激她。

笑声如细密的针刺在甄蓉背上，刺得她浑身不舒服。她愤然地回头一看，所有人立刻都把笑容收了起来，她刚要张口，上课铃便响起了，简直是救世主敲响的天籁之音。大家回到各自位置上，拿出课本和文具，谁也没多看甄蓉一眼。

甄蓉坐在几十个人的教室里，并不觉得拥挤，反倒觉得身边空荡荡的，偌大的教室里好像只有她一个人，她与其他的同学仿佛不是处在同一个空间里。

没有人喜欢她，甄蓉其实明白的，无论她多么努力想做好，大家还是讨厌她。她不知道问题出在哪里，也许那句话确实没错，她真的需要能让自己变得讨人喜欢的药。

2

平心而论，甄蓉长得虽然算不上标致，略厚的眼镜还有点土气，但属于那种带着书卷气，斯斯文文的女孩。

像甄蓉这个年纪的女孩，不管怎样都该有几个亲近的朋友，她却连个能说话的对象都没有。甄蓉表面上不以为然，心里却也百思不得其解，她不懂为什么大家都不喜欢她。

她希望自己成为一个正直坦率、可以帮助他人的人，她也一直向那个方向努力啊，为什么事情却总是不如她所愿呢？

甄蓉的父母都是名牌大学毕业的社会精英，父亲是外国留学回来的名校教授，母亲是大型外资公司的法律顾问。甄蓉小的时候，当同龄的孩子只知道抢玩具、争零食时，她就已经知道要维持秩序了，幼儿园的老师和长辈都会夸奖她，说她真是懂事，小小年纪就知道以身作则，是个好孩子的模范标杆。

她从小就比别人优秀，既然自己这么优秀，当然有纠正不够优秀的人的义务。

甄蓉为这样的自己感到自豪，所以看到她认为不正确的事情，她都会毫不犹豫地站出来，指导那些连这种小事都处理不好的人解决问题，却不知道为什么，大家反倒更不喜欢她了。

最近，就连父母都忍不住私下里疑惑地讨论。有一天她偷听到母亲苦恼地跟闺蜜打电话，说："哎呀，怎么我家的女儿就是不讨喜呢，到底是哪里出问题了啊？"

甄蓉以往对同学们的态度都能平静对待，因为他们都不够优秀嘛，自然不能理解她的用心良苦，她有信心，到了以后，她现在的这些同学们都会纷纷打电话或者写信来，向她表达迟来的、深刻的谢意。可是连母亲都这么说，她不禁动摇起来了。她想，我真的不讨人喜欢吗？为什么？我这么好，为什么大家还不喜欢我呢？

倒是像雷兴诺那样的人，长相和身材不提，成绩也一般，听说入学的成绩还是垫底的，居然还那么受欢迎。而且一个大男人居然喜欢烘焙烹饪，这就有点别扭了。

甄蓉觉得雷兴诺没有什么远大志向，心里有点瞧不起他，后来听说他家里双亲都是工人出身，才释怀地想，哦，原来是他父母没文化，那也难怪儿子会这样没出息。

然而就是她看来这么"没出息"的雷兴诺，在班上却人缘极好，成绩不算拔尖，但老师们也挺喜欢他的，不同班级的朋友也有不少。他也不是什么班干部，可是每当他有什么提议，大家都乐意附和他，跟甄蓉的情况完全相反。

好比上次搞班级活动，老师问同学们有什么意见，甄蓉信心满满地站起来，把自己的安排计划说了一通，她觉得自己做的策划十分完美，连班上每个人该做什么都安排好了，大家根本无需多想，只要照她的话做就可以了。结果她说完后，全班鸦雀无声，没有预料之中的热烈掌声，倒是连空气都好像冻得凝固了。

最后，班主任十分尴尬地点了雷兴诺的名，他倒是没什么准备，嘻嘻哈哈地说了一堆在甄蓉看来很荒唐的提议，然而班上的气氛却一下子大逆转，同学们七嘴八舌地讨论起来，班主任也松了口气的样子。

甄蓉很纳闷，她怎么都想不通个中逻辑，为什么她这么优秀却没人喜欢她，而雷兴诺那么差，但大家都喜欢他呢？

甄蓉越想越觉得委屈，虽然是难得的周末，但她一个人闷在房间里看书，怎么都看不进去。甄蓉决定出门散散步，意外地在路上看到雷兴诺匆匆忙忙的身影。

甄蓉原本对自己以外的人都漠不关心，可是不久前才想到自己与雷兴诺的差距而不甘心，于是便起了好奇心，悄悄跟了上去。

甄蓉跟着雷兴诺来到附近的一所学校，与他们就读的学校相隔并不远，设施还挺不错的。甄蓉想起附近有个学校的游泳队很厉害，是全省第一，好像就是这个学校了。

有个活泼得像是小狗的男生在学校门前等人，雷兴诺朝他走过去，两人打了招呼，很熟络的样子，眼看着就要勾肩搭背地走进学校里去。

甄蓉一看，连忙走出来叫住了雷兴诺。两个男生回过头来，看到个板着脸的女生，都不免愣了愣。

甄蓉说："你怎么能随随便便进其他学校呢？虽然你平时成绩不怎么样，但好歹也是我们重点学校的学生，我没别的意思，但我们学校很多设施都比这里的好多了，你要是学习上有什么需要都能满足，你到这种学校里干什么？"

"喂喂，我们学校哪里得罪你了？虽然不是重点学校，但你用得着这么说话吗？"那个小狗似的男生顿时不高兴了，他转头问雷兴诺："她是谁啊？你们认识？"

"不好意思啊，荣光，她是我同学……"雷兴诺有点尴尬，连忙打圆场，"她说话就这样，没什么恶意的，你不要往心里去……"

"我的话怎么了？我没说错啊。"甄蓉眼镜片底下的眼睛瞪大了，打从心底感到委屈，她作出了自认为的退让，说，"好吧，那这学校到底好不好我们先不提。雷兴诺，你跑来人家学校，也给别人添麻烦。你要知道，每个学校都有自己的管理，不能随便让外人进去的。旁边这位学生，你有想过你自己的行为，可能会给自己学校带来不好的影响吗？你带这个外校学生偷偷溜进去学校，万一出了什么事，责任算谁的啊？"

叫荣光的男生一脸"哈？你在说什么我听不懂"的表情，甄蓉看着他的模样心底猛叹气，看来学校水平不行，学生的水平果然也不行，她说得这么浅显易懂，他都不明白吗？

雷兴诺也算是了解甄蓉了，看她的模样就知道她在想什么，连忙赶在她开口前解释道："不是的，他们学校游泳队水准很高，游泳池周末都对在校学生开放，我是拜托荣光给我特训一下，我最近想减减肥呢。学校的门卫会看每个进出的人的学生证，不会有什么问题的。"

他的解释没有得到甄蓉的理解，她眉头皱起来，不赞同地说："周末有时间应该在家好好学习，你最近成绩排名下滑了吧？这样怎么考得上最好的大学？出国留学更不能指望了。"

"我、我也没想那么遥远啊……"雷兴诺无奈极了。

甄蓉还自顾自地继续补充："再说了，运动训练需要专业人员，你找个外行人，受伤了怎么办？你怎么知道他的训练方式有没有科学根据？"

荣光脑门上的青筋一个变两个，两个分裂成四个。他实在听不下去了，他觉得自己莫名其妙就被教训了一番，成了水果摊上被挑剩下的烂苹果。

说起来，这个女生到底什么人啊？她怎么什么都没弄清楚，就自以为是地评判起来了呢？虽然对女生这么说很失礼，但荣光还真没见过这么不招人喜欢的女生。

雷兴诺拦住了正要跳脚的荣光，耐心地说：“这位荣光同学是校泳队的正式队员，也是我初中的同学，而且他在最近的比赛上都有拿到很好的名次哦，我相信他。况且也就是指导一下动作，没你说的那么严重啦……”

“你是游泳队选手？”甄蓉这下真的有点意外了，有点不相信地上下打量对方。

荣光感受到甄蓉的目光，以为这女生终于明白自己是看扁人了，便骄傲地挺了挺胸膛，展示一下气魄。

没想到，甄蓉用惊讶的语气说：“我就觉得你们这种人也真的太不懂事了，这把年纪还热衷在游泳比赛里争夺名次有什么意义呢？难不成还能参加奥运会拿金牌？这学校该不会就靠游泳比赛名次提升等级吧？这么想真是太可悲了。”

荣光自问性格算是很好的了，班上同学也好，游泳队里的前辈也好，都喜欢逗他玩，他也从来没有真的生气过，可是这下他被气得不行了，忍不住气势汹汹地说：“哎哎，你这个人怎么这样说话啊？游泳怎么啦？有罪吗？也没得罪你吧？游泳是我和我们队员的爱好，强身健体，你用得着这样贬低吗？”

甄蓉大吃一惊，语气真诚地反问：“我哪里贬低你们了？这是实话啊，我是好心在给你建议，不希望你花费无谓的时间而已。”

荣光不可能指着个女孩子大骂，但他真的气得几乎要从那个诡异的魔方里扭一枚救心丹给自己吃。

雷兴诺眼看两边都劝不住了，干脆扯过荣光说：“好了，你看训练时间都快到了，今天就算了，我先回去吧……”

“可是我们训练只用半个池，你来也可以啦。”荣光挽留道，但雷兴诺给他使劲儿打眼色，荣光呆呆的，想了一会儿才回过神，雷兴诺是不希望弄得两边都继续难堪，所以才这么说的。荣光也只得无奈地耸耸肩，走回学校里，不然他真的要生平第一次打女生了。

甄蓉并没有发觉自己搅乱了别人预定好的计划，她很高兴自己劝阻了雷兴诺不理智的行为，同时也体贴地给那个叫荣光的男生提出了善意的建议。

雷兴诺看着她的模样，就知道她心里是怎么想的。在学校，两人虽然是同班同学，但也没什么交情，有些话不好多说，现在附近没什么人，而且给朋友带来了这么不愉快的经历，雷兴诺实在过意不去，忍不住说道：“甄蓉，你以后说话的时候，还是多替别人着想吧，你的那些话……挺让人不愉快的。本来大家都高高兴兴的，你一开口就泼人冷水，说些不合时宜的话，让大家都很尴尬，你知道吗？”

甄蓉还以为雷兴诺要跟她道谢，听到他的话先是疑惑了一下，继而振振有词地说：“我知道你们不喜欢听那种话，可是忠言逆耳利于行，我给你们说好话对你们才更没有帮助。”

“才不是这样的！”雷兴诺声音大起来，“是你根本不懂得体谅别人，一味按照自己的标准去要求别人，所以大家才不喜欢你的！”

——所以大家才不喜欢你！

这句话戳中了甄蓉心里最在意的那一块，她的神色顿时变了。

雷兴诺也觉得自己把话说重了，好声好气地说：“我想你也不是真的有恶意，所以……唉，总之，希望你以后注意吧。”

直到雷兴诺离开，甄蓉还没从他刚才的话里回过神。

她真的做错了吗？不对，雷兴诺的学习成绩、家庭环境、修养水平等等都不如自己，他的话怎么能当真呢？可是……甄蓉心思摇摆不定，只听一个人的话会有偏颇，那不如追上刚才那个男生，听听他怎么说好了。

3

但那个男生已经走进了学校，甄蓉坚持认为不应该随便进入别人的学校，正当她打算在外面等对方出来时，突然又看见那个叫荣光的男生慌慌张张地跑了出来。

甄蓉觉得他神色有点奇怪，以为他哪里不舒服，于是便跟了上去。男生跑得挺快的，好像在追着什么东西。

甄蓉看着他拐进了一条小巷，也跟了过去。小巷通往一座老旧的住宅大院，大院已经没人居住了，承包给一个工厂当宿舍，工人们假日也要上工，这时候里面也没人。

甄蓉看着荣光跑了进去，对着空荡荡的大院里的一棵树气恼地大叫：“够啦！快下来！”

过了好一会儿，甄蓉什么动静都没观察到，倒是那个男生焦急地在树下走来走去，还不住抬头看树上。他刚才追着的东西好像蹿到树上去了。

可是甄蓉什么都看不到，她只看到男生一个劲儿地盯着脚边，对着空气讲话：“狐狸，你也帮帮忙啊！”

狐狸？这里有狐狸？甄蓉左看右看还是没发现，她心想莫非这个男生精神有问题？不过看来更像他真的偷偷养了狐狸，这可不是规范合法的宠物，身上带着什么病菌细菌都不知道，可是要出大问题的！甄蓉悄悄打开了手机摄像，要是等下狐狸出现了，就把录像作为证据，把这个男生带到派出所去！

接着她听到叫荣光的男生说：“好啦好啦，我知道了！那个药我现在就给你！”接着不服气地嘟囔，“不是说等晚上再给嘛，我马上就要训练了。对了，说好了要拿那个卖药人的事情跟我交换的……”

什么？卖药？这男生还做买卖药品的违法事情！太可恶了！

只见那男生从身上掏出一个奇怪的魔方，魔方上只有红色与金色两种颜色的格子，这个诡异的魔方上似乎还有一只会眨动的眼睛。男生扭动魔方的同时，一个体积显然比魔方还大的药瓶掉了出来，男生把药瓶往树上扔去。

在甄蓉看来，那里什么都没有，然而药瓶却迟迟没有掉下来。

还不等她反应过来，就见一条深蓝色的三角泳裤从树上飘然落下，紧接着，一只比狮子还大的猫也一起跳了下来。大猫身上的毛是红色的，但仔细看去，才发现那不是普通的皮毛，而是正在燃烧的火焰！

身披火焰的大猫嘴里叼着药瓶，从喉咙里发出咕噜咕噜的声音，男生居然听懂了，郑重地说：“行，那说好了，你把事情处理好了就来告诉我。记得不要在晚上十二点后跑来我家里，不然下次不给你药了！”

甄蓉看着那只大猫讨好地挨过去蹭了蹭男生的脸，几乎把他整个人给蹭倒在地，接着突然又消失了。她正目瞪口呆，刚好与转过身来的男生打了个照面。男生脸色大变，从甄蓉的表情看来，她肯定也看见那只大猫了，真是的……现在的妖怪能不能不要一时兴奋就显形，很容易吓到路人啊！

荣光记得有一种可以消除人记忆的药，然而不等他扭动魔方，就听见甄蓉说道：“你……你就是那个传闻里古怪的卖药人吧？听说你什么药都卖？”

不过看来传闻跟现实区别还是挺大的，眼前这个毛毛躁躁的高中男生，怎么都不像那些女生口中所说的那么神秘、邪魅、优雅俊美啊……

“不不不，我真的不是他。”荣光连连摆手，这个锅他不背啊！

甄蓉没把他的拒绝当真，也没想过自己会有做出这种举动的一天，她对荣光恳求道：“既然你就是那个卖药人，请你卖给我可以让我变得讨人喜欢的药吧！”

“哎哎，我说了我不是那个卖药人啊！而且，你的问题又不是吃个药就能解决的……”荣光打量着这个刚见过一面的女生，也不是不能理解她的需求，他也是第一次对一个初次见面的女孩子毫无好感，可想而知她身边的其他人对她是什么感觉。

如果一个人讨厌你，那可能是对方的问题，可是如果很多人都不喜欢你，那就应该从自己身上寻找原因，然后自己作出改变才对。

但甄蓉从来没有考虑过这些，她拦在荣光面前，再一次说：“请你给我可以让所有人都喜欢上我的药！我刚才可是看到了哦，而且我还拍下来了！如果你不答应我，我就把刚才的片段发到网上！”甄蓉心一横，决定威胁荣光。

“喂，你这样……”荣光也为难起来，虽然妖怪不大可能被拍进视频里，可是他肯定被拍进去了，如果对方真的公布了视频，还是会带来不少麻烦的。如果真的是卖药人，那他肯定毫不犹豫就会拿出药来，不，都不用被威胁了，他一定会很乐意拿出来吧。

荣光还在犹豫，总觉得不能随便把药交到这个女生手上，他跟卖药人不一样，对于那些稀奇古怪的“药”会带来的后果，他始终保持谨慎。

他是不怎么喜欢这个女生，但也不希望她因此遭遇不幸。

“拜托你了，如果你真的有那样的药，帮帮我可以吗？我真的很需要这种药！”看荣光丝毫没有动摇的模样，甄蓉换了个语气。

她其实本性不坏，也不是真的打算把视频发布出去，她只是真的没有办法了。她连别人为什么会不喜欢她都搞不懂，在甄蓉看来，一切都是大家对她抱有误解。所以尽管她曾经对这虚幻的都市传说不屑一顾，可当真的亲眼见证了不可思议的事情发生，即便是甄蓉也想努力抓住这个机会。

眼前的女孩子都快哭出来了，荣光也不是铁石心肠，他其实是个对女孩子的眼泪毫无抵抗之力的普通男孩子。他抓了抓头发，无奈地答应了：“好吧，我确实知道有这么一种药。可是你要记住，绝对不能只依靠这个药，也许这个药能帮助你，但最终你的问题还是要靠改变自己才行的……”

甄蓉拼命点头，焦急又渴望地看着男生手上的那个怪异魔方。

4

甄蓉得到了她想要的“药”，然而跟她想象的有点不太一样。

叫荣光的男生交给她的“药”是一个草编的小球，稍微比弹珠大一点点，名为“瑶草珠”。甄蓉按照那男生所说，买了个随身携带的喷雾分装瓶，灌入干净的矿泉水，放进瑶草珠浸泡，使用时就跟喷香水一样，往身上“咻咻”喷两下就行了。

这样就能让大家都喜欢我吗？

甄蓉半信半疑，但今天上学前，她还是往自己身上喷了两下，出门前遇到出差刚回来的父亲，父女俩平时交流不多，以往这种情况下通常是互相点点头，当打过招呼。

甄蓉其实是很想多跟父亲说话的，但即便是父女，谈话也总是寥寥数句便结束。然而这次却破天荒的，父亲主动开口道：“上学去吗？感觉很久没待在家里了，我的小姑娘有想爸爸吗？”

父亲一脸倦容，抬起宽大的手掌摸了摸甄蓉的头顶，掌心的温度让她一瞬间眼睛发酸。以往甄蓉父亲也不太懂得怎么跟女儿交流，今天回来迎面遇上，突然觉得女儿好像有了什么变化。

虽然甄蓉还是那副一板一眼的老成模样，但就是越看越顺眼，比自己出差之前可爱可亲多了。又想到自己平时那么忙，父亲不由得心生愧疚，愈发怜爱起自己的女儿来。

甄蓉诧异又感动，才喊了声“爸爸”，母亲也从房间里出来了，前几天才抱怨过女儿怎么那么不可爱的女人现在笑眯眯的，看着甄蓉的目光又温柔又自豪，她对丈夫说：“难得回来了，这个周末我们一家人出去放松一下怎么样？我们家蓉蓉打扮一下，让我那帮姐妹都知道我家蓉蓉多漂亮。”

父母也很久没有这么亲昵的时候了，好不容易有了点儿一家三口和乐融融的感觉，甄蓉在感动之余却还是清醒地说：“节假日放松一下是很好，可是你们工作都那么忙，突然休假会给其他人添麻烦吧？还有爸爸，你才出差回来，公司里的事情还没完成吧？还是优先做正事比较好，你们都是成年人了，更要以身作则啊。”

父母同时愣了愣，他们的表情一瞬间有些古怪，眼神有些迷茫。原本和睦的气氛被破坏了，这让两位社会精英都有些错乱起来，可是看着眼前的女儿，那张平凡的脸如今不知为何特别有吸引力，这让两人最终还是没有生气。母亲平和地说：“蓉蓉长大了真是懂事多了，不过没关系哦，爸爸和妈妈抽点时间陪陪你还是应该的。”

“不用了，你们这样哪里是为人父母的榜样了嘛。”甄蓉说着有些难过，转身出门上学去了。关上门的时候，父亲困惑的声音传了过来，他纳闷地叹气：“这女儿怎么……唉……”

甄蓉走在路上，平时对人不理不睬的野猫挨过来蹭她的小腿。甄蓉抬脚把猫拨到一边，野猫身上不知道多脏呢，万一有跳蚤可怎么办？那猫不死心地跟了她一路，最后蹲在路边喵喵叫了两声，回头走了。

到了学校，平日对甄蓉不理不睬的同学们都热情地跟她打招呼，甄蓉还是第一次被这么多人热闹地包围起来，无论她说了什么话，都立刻有人附和，这让她开心极了，出门前跟父母闹的不愉快也暂时忘却在脑后。

那天稍微跟她吵过架的雷兴诺还拿来了他亲手做的蛋糕，说是那天自己不太礼貌，请她吃蛋糕作为道歉。

甄蓉其实不太喜欢甜食，但还是矜持地吃了一点儿，刚好她旁边一个同学跟雷兴诺玩得挺好的，得意地说：“这货手艺不错吧？我跟你说，他之前参加了一个全国性的业余糕点比赛，初赛过了，这个周末就要举行决赛了！”

雷兴诺不大好意思，圆呼呼的脸都红了。其他人都替雷兴诺高兴，纷纷祝贺他，有的人还提议周末自发组织拉拉队给雷兴诺加油，转过头来兴致勃勃地招呼甄蓉：“怎样，你也一起来吧？”

甄蓉扶了扶眼镜，所有人都期待而喜悦地看着她，她淡淡地说：“我不会去的，而且你们也别搞这种没意义的活动了。雷兴诺，我想说很久了，你以后的目标是什么你自己清楚吗？做点心什么的就算是兴趣，也不该是一个男子汉该做的。你搞这些东西，耽误了自己，还影响了同学，是一种很恶劣的行为，我要求你立刻停止！”

这番话简直是一大桶混了冰块的冷水浇在兴致勃勃的同学们头上，大家好像顿时清醒过来了似的，眼神跟不久前甄蓉的父母有些相似，大梦初醒一般，还有些迷迷糊糊的。

雷兴诺被甄蓉数落得如此不堪，气得有些发抖。他真不明白，自己怎么会把辛苦研制了很久的新款小蛋糕给甄蓉吃呢，当时的他是被什么迷惑了吗？他冷冷地说：“我从来不觉得这个爱好有什么丢人的，这也跟你没有关系。即使你不喜欢，你也不能干涉别人的爱好啊！”

“可你做这些事情除了浪费时间，还有什么好处吗？”甄蓉反问，她觉得雷兴诺实在太顽固了，自己怎么劝他都不听，真是冥顽不灵。

雷兴诺的神情也前所未有的认真起来，他说：“这个比赛的优胜者可以获得去法国传统甜品老店参观学习的名额，我觉得光是这一点就很有意义。之前参加比赛的时候，我还认识了不少相同爱好的人，交了朋友，交流了很多事情。我觉得这些都特别有价值，根本不是你说得那样一无是处！”

甄蓉呆了呆，她还真不知道做个点心烘焙都能有机会到国外去。她迟疑了一下，还是坚持自己的观点，不客气地说：“好吧，虽然我不觉得你会赢。即使万一你真的赢了，难道你以后打算一辈子做蛋糕吗？那你这几年的书不是白念了吗？”

同学们看不过去了，有人反驳：“甄蓉，你怎么这么说话？难得今天觉得你好像性格变好了一点儿，看来还是错觉罢了。”

其他人也纷纷附和起来，有人安慰着雷兴诺、替他打气。有几个女生还认真讨论起周末怎么到赛场上给雷兴诺应援，原本围在甄蓉旁边的人逐渐散开。不过眨眼，又只剩下甄蓉孤零零的一个人了。

“你、你们！”甄蓉不明白为什么他们这么的不争气，可不管她再说什么，都没有人理睬她了。

甄蓉又使劲喷了泡着瑶草珠的水，可是也没什么作用了。到了下午，一切又恢复到了平时的样子，大家对她还是不理不睬的。

甄蓉有点儿失望，瑶草珠的药效虽然有，可这不是她最想要的。她想要的，是她纠正了大家的不当想法时，大家都按照她的建议去做，并且非常感激她，这样才是她所渴求的，大家对她的真心喜爱啊！

5

这样过去了一周，瑶草珠的效力仿佛完全消失了，无论甄蓉再怎么往自己身上喷，大家对她的态度又恢复成以前的样子。

周五放学后，自发组织了拉拉队的同学们和雷兴诺一起去比赛场地踩点，不参与的人也各自与朋友们离开。

甄蓉看着别人的热闹，背后的影子在地板上拖得老长，形单影只的。

离开学校，她一个人走在路上，野猫远远地听见她的脚步声，跃上围墙快速地跑了。她心里很是烦闷，热闹的街道让她想起自己落寞的处境，就挑了一条没人的小路绕道回家。

为什么会这样？那什么瑶草珠一点儿用都没有！

甄蓉捏紧了手里的瓶子，抬手就要扔出去。然而，不知道从哪里伸出一只手，握住了她的手腕，阻止了她。

甄蓉身旁凭空多出了一个身材颀长的男人，他的外貌让人蓦然心里一惊，他穿着一身秀逸儒雅的长袍，像是从古画里走出来的文雅之士，然而脸上却覆着一层绣满各种眼睛图案的面纱，他握住甄蓉的那只手和其他裸露在外的皮肤上，缠满了素白的绷带。

“你、你是……”甄蓉看了对方一眼，发现根本不需要回答了，因为这个看不见面容的男人身上，还背着一个巨大的诡异药箱，那药箱有半人高，黑木鎏金，看起来十分华贵。

难道这才是那个传说中的卖药人？甄蓉惊讶地看着对方。

男人柔声说道：“小姑娘，你是否疑惑这‘瑶草珠’为何效用甚微？我告诉你吧，因为它不是这么用的。”男人的声音宛如吊在古瓦屋檐下的青铜摇铃，沉厚而清越，悠长地回荡着，“瑶草在《山海经》中有记载，是炎帝女儿死后所化，生长于姑瑶山，吃了瑶草的人，便会变得讨人喜欢。”

“啊！”甄蓉小小地叫出声，难怪她觉得没有用，原来那个叫荣光的男生骗了她！甄蓉也不需要男人多说什么，她把瑶草珠倒出来，囫囵吞了下去。

然而在她咽下去的一瞬间，甄蓉猛然发觉不太对劲，哪怕再着急她也不是听了陌生人的话后便立刻去做的人，为什么这个男人随口一说，她就控制不住自己似的……

一阵风吹过，男人的面纱被吹起一角，露出他带笑的嘴角。

风中，弥散着一股清淡的、却能魅惑人心的幽香。

甄蓉突然觉得无比心慌，她不知所措地看向那男人，对方淡淡地说：“服下一根瑶草能让人无条件地喜欢上你，而你吞下去的那枚瑶草珠，可是由几十、乃至上百根瑶草编织而成，所以……”

荣光不希望甄蓉依靠瑶草的力量，所以没有给她可以服用的瑶草，而是让她用水浸泡瑶草珠使用，借此减弱瑶草珠的效力。

可是甄蓉明白得太晚了，她结结巴巴地问：“那、那我会变成怎样……”

男人稍稍抬了抬下巴，甄蓉瑟缩着回头看去，只见一群不知道哪里来的野猫野狗聚集在她身后，对她虎视眈眈、目露凶光。

“服用了瑶草珠，天下间便没有什么生物能抗拒你了。人类也好，动物也罢，都会疯狂地热爱你、为你痴迷、为你疯狂，如果想平息这份激烈的爱意，那就只能彻底地占有你，比如……把你吞食入腹，一丝一毫都不分给他人。”

“不！不！我不要这样！你为什么要害我？”甄蓉尖叫道。

“我害你？”那人觉得可笑般摇摇头，“我哪里害你了？分明是你害了自己。”

甄蓉没有心思理会对方说了什么，那群失去理性的猫狗步步逼近，而同样被吸引来的乌鸦盘旋在她头上，伺机就要俯冲下来。它们之所以迟迟没有行动，是忌惮着那个身上带着奇妙药香的男人。

甄蓉捉住身边的男人，他是她唯一的救命草了，她哭喊着：“救救我！救救我啊！”

男人把她凌乱散落的发丝拨回耳后，被绷带包裹的手指轻抚甄蓉布满泪痕的脸颊，他俯身，贴在她耳边轻声道：“给你这瑶草珠的人手上，有个稀奇得紧的玩意儿，你把那东西拿过来，作为交换，我便帮助你。”

甄蓉根本没有其他选择，她记得那个叫荣光的男生的学校就在附近。她一把扔下书包，拼命地往那个方向狂奔。离开了那个男人，那些疯狂的动物也一拥而上，紧追着甄蓉。

甄蓉跑到大街上，每个看见她的人都直勾勾地看着她，不管男女都露出了陶醉沉迷的表情。人们疯魔一般涌过来，纷纷伸出手，企图捉住甄蓉，他们撕扯她的头发，抓破她的皮肤，仿佛要把她撕碎。

甄蓉就像是落入了地狱，她挣扎着想出去，然而无数双手紧紧抓着她，不让她离去。还好这条路上人不算多，而后面追来的疯狂的动物为了争夺甄蓉又跟这群人厮打起来，甄蓉逮着机会，拼尽全力地跑了出来，她身上的衣服破破烂烂的，眼镜早就被撞飞了，头发也被扯掉了几撮，血从头上流下来，流到了脖子上。

甄蓉不敢再往大路上走，她呜咽着、哭泣着，没头没脑地跑进小巷里，她狼狈地四处躲避，就怕又与什么人迎面遇上，再度陷入刚才那种恐怖的险境。

可是尽管她小心翼翼避开了人，但阴沟里的老鼠又被她引了出来，生活在污秽之处的虫子也爬了出来。

甄蓉绝望了，这时候，一个声音突兀地响起："哇靠！发生什么事了？你不是上次那个女生吗？你怎么这个样子……难道你把瑶草珠吃了？"

甄蓉慌忙抬头，看见了希望。

察觉到某种气息而赶来的荣光，看到甄蓉被老鼠和虫子围了起来，想也不想就从魔方里转出一包药粉撒下去，那些东西尖叫着四散而去。

荣光正想问甄蓉有没有受伤，她却发了疯似的扑上来，一头撞在他身上，趁他站不稳的时候抢夺他手里的魔方。

荣光自然是不肯放手，跟甄蓉纠缠起来。她疯了般大叫："给我！给我！快给我！没有这个，我会——"

"喂喂喂！你等等！可恶，偏偏狐狸不在……啊，好痛！"荣光吃痛，甄蓉狠狠地咬住了他的手腕，她咬得又狠又深，荣光手臂上立刻流出血来。可即便如此，荣光也没有放开那个魔方，魔方上的那只眼睛在六个面上乱蹿，好像也知道发生了什么大事，眨动不停。

甄蓉见状也越发凶狠，她现在的模样跟那些追着她的动物和人并没有区别。

她又去咬荣光的手指，她想把他的手指都咬断，看他松不松手！

一道火红的身影从天而降，以燃烧的火焰作为皮毛的大猫一爪拍开了甄蓉，咬着荣光的衣领将他往背上一甩，让荣光坐到自己身上，紧接着一跃而起，载着荣光远远飞离了地面。

猫脖子上早已经有另一位乘客，毛绒绒的狐狸钻了出来，惊魂未定地说："还好赶上了呢！我说你这孩子，做事不能鲁莽啊，察觉一点儿气息就冲出来很危险的呢！"

荣光被抛得头晕眼花，大猫身上的火焰并没有烫伤他，但他还是过了一会儿才回过神来，慌慌张张地说："那个女生我不能不管她啊……"

狐狸跟他一起从大猫身上探头往下面一看，甄蓉早已不见了踪影。

"奇怪，她去哪里了？她不会有事吧？"荣光虽然被她咬得满手是血，可一想到瑶草珠是自己交给甄蓉的，就非常担心。虽然不知道为什么她会吃了下去，但她身上发生的事情，他也有一部分的责任。

相比荣光的心急如焚，狐狸就不怎么关心甄蓉，它低头舔着爪子，说："没关系的呢，你刚才的药粉也撒到她身上了呢，足够在一段时间内抑制她身上瑶草珠的作用了。就算你不找她，她也会主动来找你的呢。"

说得也是……荣光想起甄蓉刚才那股狠劲，不免心里一阵恶寒，心想她要是再来找自己，他得做好防范才是。

这时狐狸又问："对了呢，你刚才怎么突然跑出去了呢？怎么叫你都不听呢！"要知道，荣光以前好歹还是会等它的。

荣光把目光收回来，若有所思地说："我刚才好像感觉到了，那个卖药人……就在附近。"

6

甄蓉迷迷糊糊中感觉自己被人抱了起来，她松了口气，那些疯狂的家伙好像没有再跟着她了。

她被人抱着，似乎走在一条特别安静的路上，她睁开眼，看见抱着她的是那个戴着面纱的男人。

他愿意救自己了吗？她拿到那个魔方了？

甄蓉脑子沉甸甸的，什么都想不起来了。等等，怎么他们好像走了很远很远呢？四周怎么黑漆漆的没有一点儿光？她到底在哪里……

甄蓉想开口讲话，却发现嗓子似乎被什么堵住了，呼吸也越来越困难，她鼻子里被什么东西塞住了。

甄蓉从自己的视野里看见一些长着黄色花朵的草，能从这个角度看见那就意味着……这些东西是从她脸上长出来的！

戴着面纱的男人眼里的甄蓉，身上长满了瑶草，它们从她的七窍里钻出来，还顶开了她的手指甲和脚趾甲，长势喜人，十分茂盛。

再过不久，甄蓉破破烂烂的衣服底下，就不再是她的肉体，而是一片瑶草。

甄蓉什么都感觉不到，她只觉得困倦，很想睡，她的意识逐渐消弭。最后，她依旧心有不甘地问："我不懂……为什么……大家……不喜……欢……我？"

男人低头，面纱下的他勾起嘴角优雅地浅笑，他回答道："你都无法真心喜欢别人，又怎么能要求别人都喜欢你呢？"

甄蓉没有再发出一丝声音，这句话她最后有没有听到，也无从得知。

男人背着的箱子上，金色的藤蔓般的花纹扭动着，从箱子上剥离出来，化作无数双小手缠住了甄蓉的身体，把她卷了起来，然后……拖进了箱子里。

这诡异的一幕，就像是药箱把女孩吃掉了一般。

戴着面纱的男人则自言自语道："得不到那东西是有些遗憾。不过正好，我的'蓬莱'里还没有瑶草，也算是一点儿收获吧。"

第八章

萤之火

萤火：又名夜光，熠耀，挟光。萤常在大暑前后出现，得大火之气所化成，故明照如此。萤火味辛，无毒，辟邪明目，《本草纲目》记载，将十四枚萤火塞入鲤鱼胆中，阴干百日后研磨成粉，每次往眼中点一些，效果神奇。

YING ZHI HUO

1

近日郊区出现大量离奇死亡的动物，多数为麻雀、青蛙等体型较小的种类。死亡的动物眼睛部位疑似受到毁坏，暂时不清楚是否人为造成。

经过兽医检验，确认这些动物均无病变，请市民无须担心……目击者表示在动物尸体旁边发现会发光的昆虫，有人怀疑是萤火虫，但专家认为该处并非萤火虫生存区域，而市内亦有数年未曾发现野生萤火虫……

一个神色憔悴、有点年纪了的男人跪在地上，额头紧贴着冰冷的地板，他面前是高出地面一截的台子，台子四周立着四根柱子，垂着半透明的绢纱帘，帘子后隐隐约约透出人影。

房间里还点着熏香，室内烟雾缭绕，香味浓得有些熏人。墙壁上绘着颜色艳丽的宗教壁画，然而要是来个真正的考古学家，估计只会苦笑着摇头说看不懂这些不伦不类的东西。

伏在地上的男人穿着干净朴素的中山装，看样子应该是个儒雅的知识分子，然而他着了魔似的不断叩头，哭喊着道："大师！您真的能看到她吗？我、我妻子她……如果您看到了什么，请告诉我吧！求求您了！"

男人是一名大学理科教授，他结婚多年的妻子是一名生物学的研究者。一年前，他的妻子在一次野外调查中失踪，至今搜寻不到踪迹，是死是活都不知道。

两人结婚多年，膝下无子，但感情很好，相濡以沫数十年，如今身旁少了一个人，那份寂寞孤单的滋味实在太痛苦了。他天天盼着有妻子的消息，然而日复一日，月复一月，依然没有消息，他整个人就这么衰老了十多岁。

他的同事和学生等一大群朋友都发动起来了，都在帮忙寻找，然而还是没有找到一丝线索。有一天，他突然听说了一位“大师”，据说开了天眼，能看到寻常人看不到的东西，十分灵验。

男人向来对这些怪力乱神的东西不屑一顾，甚至十分厌恶，可是人一旦被逼到了绝境，就不自觉地向不切实际的希望低头。什么科学、什么理论……都见鬼去吧，他只想知道关于妻子的消息。

帘子后的人一言不发，跪在地上苦苦哀求的男人并不知道，这所谓的“大师”不过是个十三四岁的小男孩，他穿着对他而言隆重华丽得有些可笑的古风大袍，被包裹得像个纤细苍白的人偶，呆呆地坐在软垫里。

他耳朵里塞着入耳式耳麦，一个女人的声音指示他：“小宝贝，别在这人身上花时间了，按照妈妈之前教你说的那样，打发他吧。XX 公司的董事长还在等着，今天预约的还有好几个人呢……”

“可是……”桑原咬了咬嘴唇，他不想敷衍这个男人，光是听他的声音都能清楚了解他心中是多么悲切，他思念妻子、迫切想找到她下落的心情，绝对是发自内心的、真实的。

“这人没给多少钱，哎……要不是看在介绍人的面子上，不好拒绝，妈妈不会让你浪费这个时间的。”女人不耐烦地抱怨。

桑原知道，妈妈根本不是为了这个而气恼，他记得之前也有人磨磨蹭蹭地弄了大半天，问了各种各样的问题，妈妈可没有不耐烦，她只是嫌弃这个男人给的钱不够多。

“说那个女人死了也好，活着也行，随你高兴吧。宝贝儿，等说完了妈妈马上进来请他走……”耳机里不断传出女人温柔的催促。

可桑原还是不想这么做，他看不见男人的脸，可不妨碍他感受到对方的心情。就在他犹豫的时候，冷不防帘子被一把掀开。原来跪在地上的男人久久没有得到回复，焦急万分地走上台阶，他并不是这么粗鲁、无礼的人，可是他等不及、也无法再继续等待了，每一分每一秒对他来说都是那么的煎熬。

然而在看到帘子后的男孩时，头发灰白的男人愣住了，不仅仅是因为帘子后的“大师”居然只是个小男孩，而是听到声音而抬起头的男孩脸上……没有眼睛。他脸上本该是眼睛的地方，只有两个凹陷的肉窝，他也没有眼皮，因为阴影的关系，空无一物的眼窝里仿佛栖息着一团暗影，像髑髅骨架黑漆漆的眼眶。

每一个看到桑原的人，都不会觉得这是个人类的小孩，这样的孩子简直像怪物一般，他是畸形的、扭曲的。

男人倒抽一口气，他来不及说话或惊叫，便捂住了胸口。男人身体本来就不好，妻子失踪后又伤神劳累，猛然看到如此怪异的小孩，猛烈地抽搐起来。

桑原什么都看不见，但他下意识知道出事了，耳机里没有传来妈妈的声音，而且他虽然没有眼睛，但也知道自己身边有人倒了下去。

“我又吓到别人了……”桑原难过地想，他从来不知道自己的模样，但从小到大的经历告诉他，他的脸一定很恐怖。

桑原不知所措，他想帮助那个男人，朝着发出声音的方向伸出手。倒在地上艰难喘气的男人突然一把捉住了他，断断续续地问：“求求你……如果你……真的能……能看到……求你……”

“你的妻子，是不是右边的耳朵上有个小缺口？”桑原突然问道。

“对对对！”男人激动起来，愈发地捏紧桑原的手，“那个小缺口是她自己弄伤的。当年结婚时我俩都穷，我攒钱给她买了珍珠耳环，可她舍不得花钱打耳洞，就自己……”

桑原仿佛没听他说话，又继续说：“她有一件灰绿色的上衣，棕色格子的裤子，脖子上有个围巾，戴一顶渔夫帽，手里拄着登山棍，她戴了两副眼镜……嗯，她年轻时穿过旗袍，很好看，白色的，绣着金菊……”

“是……是的，是这样的。”男人痛哭起来，要说妻子失踪时穿的衣服有被公布过，可是戴着两副眼镜这件事，他也是后来才发现的，也没跟警察说，更别提耳朵上的伤口和妻子年轻时穿的旗袍了。

“她小时候穿着青色的褂子学书法……”

“没错！没错！”

然而男人越是激动，桑原却越是难过。

他确实“看见”男人的妻子了，他看不见那个男人是什么模样，但他能看见一个长相慈祥的小老太太，一会儿是她四十来岁在大学讲台上授课的模样，一会儿是她二十出头穿着漂亮旗袍喜悦又害羞的模样，一会儿又是梳着两根麻花辫的小姑娘……她的一生走马灯般在他面前上映，像快进的老电影，一帧一帧翻过。

“抱歉，你的妻子……”桑原咽了咽口水，轻声说，“她死了。”

“不！不可能！你不是看见她了吗？你告诉我她还活着啊！”男人悲痛而愤怒地叫

起来，夹杂着沙哑的哭声。两个保安模样的人跑进房间里，把男人抓了起来，往大门外拽去。

桑原说："她死了，她真的死了，我不骗你。"

正说着，他突然被抱进一个充斥着浓郁香水味的怀抱里，女人的声音不是通过耳机而是在他耳边响起："我的宝贝儿，没吓到吧？还好吧？快把这人赶出去，不然我就报警了！"

"你骗我！你骗我！我妻子她没死！"被拖出去的时候，男人还在大叫，那模样像是发了疯。

桑原有点儿害怕地搂紧了妈妈，他是真的没有骗人。他天生没有双目，然而他能看见寻常人看不见的东西，他能看见的，是已经消逝之物。

最近，他偶尔会看见如零碎星光般的光点在眼前飞舞。

2

备受瞩目的数码世纪港正式动工，数码世纪港由市郊山林改建而成，工程预计在两三年内完成，云集游乐场、购物中心、美食城于一体的大型综合新经济区，将成为城市居民悠闲购物娱乐新去处。

但也有人反对牺牲自然环境建造商区，那片山林一直是多种生物的栖息地，相关研究人士担心会对当地生态区造成不良影响……

桑原生下来的时候，产房里抱起他的护士发出一声尖叫，怀里的小婴儿安安静静，用黑洞洞的眼窝注视这个世界。

刚生产完的妈妈没有察觉诡异的寂静，虚弱地说："我的宝宝呢？让我抱抱他……"

护士们和医生都不敢让她立刻看到这个畸形的孩子，他们把桑原从妈妈身边抱开，给他做了全身的检查，结果证实他除了天生没有双目，体质比较虚弱，一切还算正常。

做检查的时候，襁褓里的桑原咯咯地笑，他和任何一个普通的婴儿都不一样，他不怎么叫喊，总是笑，没有人知道他到底看见了什么。

只有空洞眼眶的小婴儿，稚嫩笑声反倒让人越发觉得瘆人，他不像个小婴儿，像一只小怪物。

桑原的爸爸没有办法接受自己的儿子是这个模样，他坚持要放弃这个孩子。医生也委婉地表示这个孩子天生畸形，虽然目前身体状况没有异样，但不能保证他能活到多大。不愿意放弃桑原的人是妈妈，她第一眼看到桑原时吓得晕了过去，醒来后却坚定地表示要照顾这个孩子。

爸爸最终因此与妈妈离婚，他说："这怪胎不是我的孩子，我们整个家族都不能接受他，我不许他用我的姓取名，不然我会亲手掐死他。"于是连"桑原"这个名字，都是用了妈妈的姓氏。

桑原的童年记忆，总是伴随着妈妈抽泣的声音，她一个人工作赚钱养活自己和孩子，还得支付高昂的治疗费——桑原小时候不爱跟人说话，被判断为轻度自闭，需要进行特殊的治疗和辅导。

那时候妈妈的身上没有现在这么浓郁奢华的香气，身上衣服的料子也是粗糙的，但透着干净的、洗涤剂的淡淡香气。桑原以前喜欢窝在妈妈的怀抱里，和妈妈挤在狭小的木板床上，嗅着那淡淡的洁净味道入睡。

现在他拥有自己的大房间，床大得可以在上面翻筋斗，妈妈也有了她的房间，不再跟桑原挤着睡了。桑原并不觉得失落，反而有些庆幸，他不喜欢妈妈现在身上那种刺鼻的香水味儿。

桑原一直很后悔，因为妈妈的改变，是从他把他看到的那个世界告诉她之后开始的。

所有人都以为桑原是瞎子，但其实他是可以"看到"东西的，只是他看到的世界是那么的与众不同。桑原看见的世界是活动的，无时无刻都在变化，他看见那些过去的、真实的历史在他眼前一幕又一幕地上演。

有时候他身处数千米的海底，宛如一座岛屿般巨大的龙王鲸从远处游到他面前，遮天蔽日，这样的生物的存在让人相信龙的传说是真的。桑原感觉到自己与这头巨兽对视了，他们相隔了千百万年，他们相隔着生与死，可他依旧感受到它目光中的威严与沉静，实在难以想象这种宛如霸主一样的生物，早已从地球上灭绝。

有时候，他看见漫天飞舞的蝴蝶，它们的翅膀是最顶尖的画家都无法调出来的颜色，它们有的拥有透明的翅膀，在明亮的地方飞舞时它们就像是活的钻石，光线在它们的翅膀上折射出千变万化的色彩，桑原仰着头看得如痴如醉。

他还曾经看见过恐龙，见过灭绝的庞大飞鸟，见过会开出奇异花朵的植物，见过会发出摇铃般脆响的果实……

他从出生那一刻起就能看见这些逝去的东西，他看见的是早已消失、成为历史的世界。

他像生活在一个庞大的电影储存库里，沧海桑田，斗转星移，在他看来恐怕不过是眨一下眼睛的时间。

桑原把看见的东西告诉别人，想当然的，不会有人相信他，所有人都说他是个小傻子，脑子有问题。他把这些事情告诉妈妈，妈妈也不相信，但妈妈不会说桑原是小傻子，她会抱着他哭，跟他说对不起。桑原知道说这些话只会让妈妈伤心，他就从此闭口不说。

这也是桑原跟其他失明的小孩子相比最麻烦的地方，由于他“看见”的是变幻无穷的过去，所以他根本无法辨认现实中的道路，也没有方向感，要是没人牵着他，他一步都走不了。

那时候桑原和妈妈因为没钱，住在人口混杂的大院里，桑原每天都能听到邻居的窃窃私语，说桑原的妈妈真是造孽，生了个怪胎，还是个脑子有病的小疯子，其实桑原的妈妈也算漂亮，要不是桑原这个累赘，她肯定能过得更好……

没有双目的男孩看见的世界是纯净美丽的，但讽刺的是，充满恶意的话语总是粗暴地涌入桑原眼中美丽的世界。

改变的契机是一次妈妈带他从医院回来，外出的时候为了不吓到别人，桑原都会戴上墨镜。路上，走到一座小桥前面时，他突然站住不肯走，有些害怕地说：“妈妈，不要走过去……”

桑原的妈妈已经很累了，以为孩子在闹别扭，实在没有力气哄他了，便拽着他继续往前走。没想到向来乖巧听话的桑原大闹起来，死活不肯走，这举动引来了行人的注目，妈妈也有些尴尬，只好牵着他往路边走去，打算找个地方好好跟桑原沟通。

结果她刚走几步，便听见身后“轰隆”一声，身后的小桥毫无预兆地坍塌了，上面正在行驶的一台小摩托和几个路人就这么掉了下去，坍塌过后，瓦砾里传出痛苦的呻吟。

妈妈张大嘴巴，定定地看着，她惊呆了，要是刚才他们踏上这座桥，那他们母子俩也会掉下去。妈妈呐呐地问：“原原，你是知道这座桥要塌了吗……”

桑原犹豫了一下，还是认真地点了点头。

最近几次从医院回来，他发觉自己能看到这座桥，一开始只是模模糊糊的影子，他还以为像自己一直看到的世界一样，这座桥或许也是过去的东西，直到他感觉到妈妈牵着他走上了这座桥。

后来他又从桥上走了几次，桥的模样一次比一次清楚，于是他明白了，这座桥快要从现实中“消失”了，所以他才逐渐看见这座桥。直到刚才，他清清楚楚地看到了这座桥出现在自己面前，于是才连忙叫住了妈妈。

“原原，谢谢你，你救了妈妈一命啊！”妈妈激动地抱住桑原，这个很少露出笑容的小男孩羞涩地笑了，他觉得能帮助妈妈实在太好了，他最最最喜欢妈妈了……

其实这座桥早就超过了使用年限，但又没有负责的部门愿意出钱修葺，会出现这样的意外也不算奇怪。而小桥倒塌的过程，恰好被正在附近的人拍了下来，还放到了网上，最初大家也只是感慨事出突然，感慨这对母子真是幸运，接着有人指出："你看那个小男孩，也太凑巧了吧？感觉他好像知道桥会塌似的，未卜先知啊！"

于是一夜之间，"小男孩疑似拥有超能力"的传闻就传了出来，刚开始大家也就半真半假地讨论一下，没想到现在网络太过发达，其中不乏也有认识桑原的人，把过去一些他们没有在意的小事翻了出来说。

"我知道这个男孩哦，以前住在我们家附近，我爷爷死了几十年了连我都没见过，但他能把我爷爷小时候的事情说出来，吓死人了！以前觉得他神经兮兮的，现在看了 PO 主的视频我懂了，人家是拥有特殊能力！"

"我前段时间住院的时候也见过这个孩子，他好像是个瞎子吧，我看到他盯着一间病房，然后悄悄跟他妈妈说'里面有个叔叔快要死了'……可那病房里没有病危的人啊，没想到第二天，那病房里还真有个男人死了……"

"我知道这孩子，我媳妇是护士，这孩子是她一个同学接生的，天生没有眼睛，长得可恐怖了，现在就在我媳妇医院继续看病，我说的是真的……"

一时间，电视台和报纸的记者纷纷上门，都快把桑原家的门口踏平了，桑原从未听过这么多繁杂吵闹的声音，吓得躲在被窝里不敢出来。桑原的妈妈瘦小虚弱，挡都挡不住这些人，就在她筋疲力尽准备放弃的时候，突然一个想法浮现了。

她说："你们要采访我儿子可以，但我们家有多困难，你们也不是没看见……"那时候女人胆小怯弱，心里想的也不过是趁机占点儿便宜，买点儿好吃的、改善一下家里条件，她心里七上八下的，提出条件——要采访可以，给钱吧。

有些正规传媒的记者觉得没意思走了，但有的小报记者付了钱，心想既然如此就把报道写得轰动一些吧！于是桑原的能力被加油添醋描绘了一番，引起了不少人的兴趣，名声一下子更大了。

也有不少质疑炒作的声音，这时候一个节目组上门了，邀请桑原参加一个超能力与科学对决的节目，出场费用十分可观，桑原的妈妈犹豫不决了许久，最终还是答应了。

桑原记得上节目那天，妈妈握着他的小手说："原原，忍耐一下吧，拿到这个钱妈妈可以找个好一点儿的地方和原原一起住。原原，为了我们你要加油哦……"

节目组其实也不安好心，邀请来的另一位嘉宾是历史协会的人，存心想看这个七八岁的小男孩出丑。在主持人别有用心的诱导提问下，桑原屡屡出错，他根本分不清大人们在问他什么，只觉得他们尖酸的语气让他十分难堪，很快桑原就把自己封闭在自己的世界里。

主持人和嘉宾开始把矛头对准桑原的妈妈，暗指她操纵自己的儿子撒谎，博眼球，趁机赚钱，还质问她为何要把桑原生下来，让这么残缺的孩子活在世界上难道不觉得残忍吗？你为了钱逼迫孩子撒谎，你这样算一个负责任的母亲吗……

“你、你们不要这么说！”桑原生气了，在直播的节目中大声说了出来，“妈妈没有骗人！我不许你们说我妈妈！”

主持人看热闹不嫌事大，故意问：“那这样，桑原小朋友，你能拿出什么证据吗？”

“城里……有一座古墓……”桑原的声音变小了，他明白自己不应该把这些话说出来的，他虽然还小，但从那些已经彻底在世界上消失的生物的眼神中，他懵懵懂懂地知道，有些事情应该成为永远的秘密。

但是为了妈妈，为了对自己那么温柔、那么善良的妈妈，桑原决定把自己看到的那些不可思议的瑰丽秘密说出来。

只说一点儿，不会有事的……他如此安慰自己。

那个古墓是桑原亲眼看见的，地点就在妈妈带过他去踏青的郊外公园。他在那里看见墓主下葬的整个过程，他看到一箱一箱奢华的陪葬品被抬进去，也看到一个一个殉葬的男女血淋淋倒下去……

可惜节目上没有人把桑原的话当一回事，奚落够了这对母子便结束了节目。然而没想到，看了节目的几个小混混把这事情记住了，想着横竖都是没本钱的生意，不如去试一试吧。

结果，一个某朝贵族的古墓就这样被挖开，等考古队闻讯赶来时，贵重的陪葬品已被搜刮一空，有考古价值的东西也被破坏殆尽，损失一言难尽……

虽然学术协会和政府部门坚称只是巧合，正规的传媒渠道也没有报道此事，但网络上还是被大肆宣扬了一番。

这之后，桑原的生活发生了翻天覆地的变化。

3

昨日，一批运入市内的活猪被发现全部死亡，死猪经检验后被发现眼睛严重受伤，无一例外。检验人员从死猪身上发现了昆虫尸体，而养殖场和运输公司均表示，他们从来没有做出任何违法行为。防疫部门已经加紧调查，请市民们不要相信谣言，胡乱猜测……

妈妈说有工作，桑原就被带到了电视台。具体是什么“工作”，桑原不是很清楚，妈妈告诉他只是上个电视节目，今天只是先来跟制作组沟通的。

妈妈说这是很重要的工作，一大早就让他起床。桑原难得地发了一点儿脾气，他现在越来越不喜欢出门了。以前，桑原总盼望着能跟妈妈出去，哪怕去医院接受那些奇怪的检查他也很高兴，但现在他一点儿都不想跟妈妈出去。

“宝贝，妈妈的宝贝，乖乖听话喔。妈妈知道的，外面浑浊的气息太强烈，会让你不舒服是不是？因为你的体质非常干净、纯洁……可是忍耐一下就好哦，回来的时候妈妈带你去好吃的餐厅，好吗？”

桑原抿紧嘴巴，他想告诉妈妈不是这样的，他不想出门的原因才不是她说的那样。可是他又不想让妈妈难过，于是桑原小声地问：“这一次，最后……一次？”

“好好好，最后一次，宝贝儿最乖了！”妈妈狠狠地亲了桑原一口。

桑原虽然看不见，但他知道妈妈身上的衣服不再是以前那种廉价粗糙的料子，她的新衣服摸起来柔软，哪怕他什么都不懂，也知道一定是很好的衣服。另外，妈妈的头发摸起来也不如以往那般干燥，非常的顺滑，还有着芬芳的气味。

他懵懵懂懂地知道妈妈变得漂亮了、体面了、精致了，妈妈还会买很多很多东西给他，可是有什么用呢？难道她不记得自己的儿子是个瞎子吗？什么游戏机、电子产品、玩具……他根本用不上。

桑原只希望妈妈能多点时间陪他，以前他们母子相依为命，桑原睡得迷迷糊糊地翻过身，就能抓到妈妈的头发，又安稳地睡过去。

现在他们拥有了宽敞的大房子，可妈妈总是不在家，她每个月花好几万，把桑原托付给专业的保姆照顾。

妈妈在家的时候，多数也是有“客人”来，妈妈会让他换上奇怪的衣服，坐进那个香味熏得桑原头晕的房间里，举办什么“法事”。

桑原讨厌这样，他有时候难过得想哭，但讽刺的是他没有眼睛，就连在悲伤的时候哭泣都做不到。

突然，一点萤火飘落在他脸颊上，桑原第一次看到萤火虫，以前只听妈妈讲故事的时候提到过。接着第二只萤火虫也落在他脸上，恰好停在眼睛的下方，像一滴发光的泪珠。

难道，就连你们也要灭绝了吗……

“相信你们也听说了最近发生的一些怪事，相信你们看过新闻也知道了，不少动物离奇死亡，而且巧合的是，它们的眼睛都被恶意毁坏了。”电视台节目的负责人说道。

桑原被安排坐在沙发上，但沟通是由妈妈来进行，她已经不是那个寒酸的家庭妇女了，她换上了顶级的套装，用最好的化妆品，妆容和发型都经过精心设计，颈脖和手指上还戴着昂贵的钻石饰品，看起来是个精致时尚的事业女强人。

“我听说那些动物的眼睛被破坏的方式十分的……”女人不太想把内容说完，她对此感到恶心。

“高温炙烤过一般，眼球就像是高温之下的黄油般融化了，只留下两个空洞的眼眶。”制作人说着，意味深长地看了眼坐在旁边的桑原——那些动物失去眼睛的模样不是很像这个号称拥有不可思议力量的男孩吗？

当然，精明的制作人自然不会把话说出来，他假惺惺地笑着问：“当然啦，我说的这些事情你们肯定也知道了，以‘大师’的力量，肯定是无所不知的嘛。”

“那当然。”女人自信地回答，这样的案件细节当然不会公开，但只要有钱，想查出普通人不知道的情报，还是很简单的。

敲定了节目内容和录制日期，接下来自然而然地进入了讨论出场费的环节。桑原从头到尾目光就没有落在制作人身上，现在他看到的是一群黑色的狼，狼的毛很短，就像紧贴在那流畅健美身躯上的第二层皮肤，皮毛在光下微微泛着红，是一种漂亮而威风的生物，可惜他不知道它们叫什么。

“这是佛罗里达黑狼，世界上唯一拥有这种黑色皮毛的狼，已经灭绝了，它们最后一头幼崽死在人类的猎枪下。”桑原蓦然听到一个陌生而优雅的声音，妈妈与制作人讨价还价的议论声一下子变得微弱了。声音的主人洞察了他的内心般，回答了他的疑问。

桑原东张西望，这对一个没有眼睛的人来说似乎是一种不可思议的动作，但他确实看到了，那是一个穿着古装的年轻男子，他淡淡地笑着，容貌是桑原从未见过的俊美秀雅，他的笑容里有种叫十三四岁的小男孩招架不住的魅力。

男子身上还背着一个半人高的巨大箱子，上面缠了一圈又一圈的绷带，把整个箱子都密密地裹了起来，像是这个箱子受了什么重伤一样，仔细看，那些绷带上还染着血。

“你是谁？”桑原问，他也“见过”不少穿古装的人，什么朝代的他都见过，可是他感觉眼前这个男子身上的衣服并不属于任何一个朝代，而且他也是第一个能与桑原对话的“人”。

“难得遇到一个能看见我的人。”男子对他的疑问并不意外，可他没有回答桑原的问题，他说，“我是个卖药人，我这里什么药都有，只要你想买，我就卖。”

桑原定定地看着对方，卖药人朝他走过来，抚摸了他的眼睛。他凝视着桑原那并不存在的眼珠，仿佛真的能看进他的瞳孔深处。

“你能看到一切人类已经永远失去的、美丽而非凡的东西，你喜欢你看见的东西吗？”

卖药人问他。

桑原点点头，卖药人又说：“但你想要改变，对吗？”

桑原看了一眼妈妈，又点点头。

卖药人的笑容更深了，他说：“我知道了，我有办法。不过，如你所见，我的箱子暂时不能用，我把它借给别人了，而那个人嘛……”他露出有些苦恼的表情，“他恐怕无法认同你的想法，是个有点麻烦的人呢。”

卖药人话音刚落，妈妈刺耳的声音又响起，她提高了嗓音，朝制作人发泄不满：“这个价钱太低了！我家孩子上一次节目的底价就是那么多，我怎么能接受你这个价钱！我可是要养这个孩子的，你知道他每天吃得都必须是无机、无污染的食品，为了保证他的灵力不受到沾污，可是要花很多钱的！”

桑原觉得耳朵一阵刺痛，他痛苦地捂住了耳朵。

以前他也看不见妈妈的模样，但他可以在脑海里勾勒出她的模样，她一定像那些拥有透明翅膀的蝴蝶一样美丽，她跟他说话的语气和抚摸他头发的动作，会让他想起那些有着温和香气的花朵，而为了保护他而挺身的时候，妈妈在他想象里就是庞大威严的龙王鲸。

可是现在的妈妈，在他脑海里只剩下狰狞的影子了。

好痛苦……好痛苦……

好想离开这里……

桑原在心里呐喊。

这时候有人牵起了他的手。桑原抬头，是那个卖药的男子，他说：“来吧，我带你走。”

而他身边，围绕着那些一点点的萤火，衬托得他的存在宛如梦幻。

桑原心中一动，卖药人说这句话的时候，并没有露出他惯常那种游刃有余的、旁观者般的笑容。桑原觉得他看起来很伤心，他不知道他想起了什么。

桑原被他牵着走，他不知道自己将去往哪里，他眼前是没有“路”的，只有各种过去的片段从他们身边飞快流逝，不同年代的色彩混合在一起，变成一团一团浑浊的色块，他们就在这逆流的历史与时光中，缓缓前行。

“我也曾经像你一样，疯狂地渴望离开某个地方，只要能脱离那里，让我做什么都可以，哪怕……”卖药人说，他的语气很沉重，“要对自己最重要的人做出最残酷的事情。”

桑原明白，卖药人是在提点他，一旦作出了决定，就无法反悔。

“你重要的人，是你朋友吗？”桑原歪着头问。

“嗯，他叫阿蜜。”卖药人的声音一下子变得柔和起来，桑原想他一定是很珍惜那个人的，因为他看起来既快乐又痛苦。

4

近日，陆续有市民反映在市内发现死去的流浪猫狗，双目均遭到破坏，这种情况与之前郊外发现大量死去的生物有关，专家暂无正式结论公布，还请市民不要惊慌……

一大片森林在桑原眼前展开，他惊呆了，他想眨眨眼证明自己没看错，但他没有眼睛。

他当然也见过森林，但远没有他此刻眼前所见的那么古老、沉静。这片森林是活的，他能感受到它的呼吸，它粗大的经脉在地底起伏，它宛如来自远古的王者，以一种凡人不可触及的高贵姿态，睥睨众生。

可是如此威严的巨大森林里，居然出现了一张摆放在公园里供行人休息的、与四周环境格格不入的长椅。长椅旁边，一个穿着普通衣服，戴了顶鸭舌帽的少年正仰头看着上方，急得团团转的模样。

桑原困惑极了，可回头一看，卖药人已经不在他身边了。

那个少年苦口婆心地劝说着："哎，你们别这样啊，大家有话好好说，总能解决的，你们这样我很难做的……"

少年似乎在跟什么东西交谈，看他满头大汗的样子，显然交涉并不成功。

"骗子！骗子！人类都不可信！都是人类害我们没了家！他们夺了我们的居住地，那我们也要把他们的存在夺回来！"

树上传出女孩尖锐的声音，她话语里充满了怒火。她刚说完，树上接连传出附和的声音，那些声音有年轻的，也有嘶哑苍老的，唯一的共同之处便是饱含着怒意。

"可是、可是……"少年十分愁苦，"我知道你们实在无奈，可是你们这么做也不是可以长久的办法啊……"

"不管！不管！我们不管！人类要偿还他们的罪过！"大片的声音响起，激烈得让大树都为之撼动起来。

因为没有人牵着，桑原不敢自己走，他不知道自己眼前所见是否真实，要是这森林只是幻境，他一步走出去，很可能就是川流不息的大马路。

但他刚才看了好一会儿，逐渐确定这与他之前"看见"的都不一样，那些过去的景象都是有点蒙眬的，而现在的森林有一种非常实在的感觉。他试着走出了一步，踩在了森林松软湿润的草地上。

桑原一步一步走到树下，抬头，只见树上站满了乌鸦，黑压压的一大片，恐怕有上百只。这些乌鸦的眼睛十分诡异，完全不是正常的乌鸦，它们的眼睛是绿色的，萤火灼灼，两盏小灯一般，既漂亮又有几分诡谲。

唰唰，乌鸦们的目光同时落在桑原身上，它们看到他了。

“这孩子……”为首的一只乌鸦似乎有些惊讶，从它嘴里传出来的不是乌鸦沙哑的叫声，而是一名少女清脆动人的嗓音。

“你……”正与乌鸦交涉的少年也发现桑原了，他震惊地看着桑原，“你的眼睛……”

桑原连忙摸了摸自己的脸，一直戴在脸上遮挡眼睛的墨镜不见了，肯定是那卖药人悄悄给他拿走了。桑原手忙脚乱，他想自己的模样一定会吓到对方，连忙想挡住脸，不料少年发出了崇拜的声音：“我知道！你就是网上那个、那个……能通灵的大师！”

桑原抬起的手臂放下了，少年比他要大上几岁，他的相貌清晰地出现在桑原眼前，浓眉大眼，有点小帅气，像一头活泼的小老虎，可是性格倒更像是亲人的小狗。

“我才不是什么大师……”桑原苦笑着摇头，“只是与你一样，能看到一些大多数人看不见的东西而已。”况且，自己恐怕还不如这个少年，他只能“看见”，而这个少年显然还能与它们交流。

“呀——”

他们才说了几句，树上有一只乌鸦突然发出痛苦的惨叫，只见那只乌鸦的眼睛开始融化，那对绿莹莹的眼珠子化作泛着绿色荧光的液体，伴随着痛苦的叫声，蜡滴一般滑落。那只乌鸦从树上掉下来，身体僵直地躺在地上，一动不动，已经死去了。

紧接着，第二只乌鸦身上也发生了同样的事情，一只接一只的乌鸦从树上掉下来，扑哧扑哧的，下了一场尸体的雨。

乌鸦们融化的眼睛流淌在地上，原本绽放着的淡淡绿色荧光随之熄灭，变成了一滩褐色的液体。

定睛细看，里面还躺着一些小小的虫子。

树上只剩下几只乌鸦了，寂静无声。

“呜呜……不……不要啊！”发出少女声音的乌鸦从树上飞扑下来，落到地上时，却成了一名娇小的少女，而原本的乌鸦茫然地转了一圈，扑着翅膀飞走了。

少女跪在地上掩面痛哭，她身穿绿色衣裳，有着人类的四肢与外貌，腹部则是虫子的身体，背后是一对薄纱般的翅膀，腹部末端长着一个发光器，她浑身都散发出一阵清透的淡绿色荧光，像是由宝石雕琢成的人偶。

树上的乌鸦纷纷飞走，取而代之的是点点荧光从树上飘下来，它们像是会发光的雪絮，轻盈地围拢在少女身边。

“它们是萤火虫，萤有三种，能飞会发光的，是飞萤；一种尾部有光，没有翅膀，是竹根所化，是萤蛆；还有一种居于水中，是水萤。它们这一族都是飞萤，因为原本的栖息地被人类占据了，所以利用依附在动物眼睛里的办法，从郊外迁徙到市区。最近新闻报道的那些暴虎的动物，就是被它们附体之后的下场。”少年说着，上前想安慰萤火虫少女，却被对方狠狠地一巴掌拍开了。

“说什么那片是没用的荒地！胡说八道！那是一座古老的大山啊，那里的树木经过了百年才长成，里面的河流、山溪都是日积月累才汇聚而成，他们、他们——只花了几天，就把山挖平了！”捂脸痛哭的少女抬起头，她有一双莹绿色的大眼睛，没有眼瞳，整颗眼珠就是一枚闪亮的宝石。然而这枚宝石里，此刻燃起了对人类仇恨的怒火。

但萤火虫本身寿命很短，铲平那座山的时候已经大量死去，从郊区到市内的路途对它们而言是登天般的漫漫长路，路上又有大量的萤火虫死去，它们一旦死去，被寄宿的动物也随之死亡。

可它们别无他法，因为它们想要活下去。

“所以我们要到城市里来，我们要住进人类的眼睛里！他们占据了我们祖祖辈辈的家园，那就用他们的命来偿还！”萤火虫少女恨恨地说。

“就算这样，也无法解决问题啊！”少年也急了，他也想帮助这些可怜的萤火虫，然而他也不愿意为此伤害无辜的人，“若不是心甘情愿与你们共生，你们双方都会很快死去的！”

“那就让我们跟人类一同灭亡吧！因为人类而灭绝的种族还少吗？好啊，那就让人类也一同从世界上消失！”

少年还想辩解什么，可他嘴笨，急得团团转也说不出一句好听的话。

萤火虫少女跟她的族人似乎下定了决心，她冷漠地说：“你跟人类是一伙的，我们不相信你！”

“那可以相信我吗？如果是我也自愿的话，就能与你们共生了吗？”桑原问道，他指了指自己的脸，“你们看我的眼睛，合适吗？”

听了他的话，少女与少年都愕然地看了过来，一个瘦弱的小男孩，脸上像是被造物主恶意挖空了两个洞般，是一对空无一物、黑黝黝的眼眶。

合适，他当然合适。

普通人看到的只是桑原空洞的眼眶，而在少年与少女看来，桑原的眼眶里是一个无尽的深渊，像是初生的宇宙，静候着第一片星云的诞生。

“如果随便挑一个普通人，你们最后还是会灭亡的，但如果住进我的眼睛里……”桑原低声说道，“你们就可以繁衍下去。”

萤火虫少女发光的眼眸盯着桑原，看得出她心动了。没有什么比活下去更重要，对人类的仇恨是无法抹去的，但族人的生存比一切都重要。

“可是，这样你会永远变成那边的生物，再也回不来现实的世界了！”少年连忙说道，想要桑原放弃这个荒唐的念头，他不能看着这个小男孩变成……妖怪。

“这样下去我也会逐渐失去人心，那我和傀儡有什么不同呢？还不如成为自由的魍魉更自在一点儿。”桑原淡淡地说，年幼的男孩说出的话，沉重得让少年难以置信。

“我天生没有双目，但我一直以来都能看见许多已经灭绝的事物。它们太漂亮，美丽得像是梦境一样，我第一次看到萤火虫呢……”桑原有些羞涩地看了眼萤火虫少女，真挚地说，“你们也很美丽，我不希望你们也从此消失。”

萤火虫族的小姑娘红了红脸。

“可是、可是……”少年绞尽脑汁地想说服桑原，无视了旁边萤火虫少女恶狠狠的目光，她对他的百般阻挠感到很生气。

少年不放弃地继续劝说：“你如果就这样消失了，你的朋友、家人会担心的……”

“我没有朋友，我从来没上过学，但我有个很爱我的妈妈，以前她都叫我‘原原’，我很喜欢她，世界上我最喜欢妈妈了。”桑原难过地说，“可是，自从她知道了我的能力，她就逐渐变得不像‘妈妈’了。”

很小的时候，女人把他抱在怀里，轻轻地摇着他，对他说：“原原，‘桑原’这个名字是妈妈给你取的哦，长满了桑树的原野，听起来是不是很美啊？有种广阔的、一望无际的感觉呢。原原，虽然你没有眼睛，但你的世界还是很宽阔的，妈妈很爱很爱你，所以希望你也不要讨厌这个世界……”

现在，女人张口闭口“小宝贝”“宝贝儿”地喊他，他已经很久没有听过她怜惜地叫自己“原原”了。

他如她所愿地尽力去喜欢这个世界，可是接纳他的只有那个别人都看不见的、已经灭亡的世界，现实的世界太可怕了，他只是个小男孩，他无力去热爱这个把他妈妈扭曲了、改变了的世界。

以前那些碎嘴的大妈们说得没错，他是妈妈的累赘。如果不告诉妈妈他的能力，他就是个祸害，让妈妈很累、很辛苦。她是个喜欢打扮的小女人，她想要过好一点儿的日子无可厚非，可只要有自己在，那就永远不可能。她只能天天辛苦地打零工，因为她要赶回家照顾桑原，要带桑原看病，要花很多很多钱，她要无时无刻地关心他，她整个人生都要为他葬送。

可把自己的能力告诉了妈妈又如何呢？他会为她带来源源不绝的金钱，过上可以任意挥霍的日子，但同时她逐渐丧失了她原本拥有的、美好的东西。

桑原想，所以只有他消失了，妈妈才会变回从前那个温柔的女人，而不是现在这个冷血刻薄、脑子里只有钱的女人。

他一直都为那些彻底湮灭了的美丽事物感到无比痛心。

一切美好的东西都在逝去，因为贪婪，因为贪慕，因为嫉妒，因为永无止境的欲望。

——现在有一群居无定所，濒临灭绝的萤火虫，如果你愿意与它们共生，那你将彻底抛弃人类的身份，成为魑魅魍魉一般的存在。你的妈妈再也看不见你，你也无法与她在一起，但你会跟那些萤火虫一起，在另一个世界存活下去。

这个办法，是卖药人告诉他的。

他早已作出了决定。

5

连续动物死亡事件现已告一段落，最后在某公园内发现了数十只死去的乌鸦之后，同类事件再无发生，专家认为这可能与气温、季节转换有关，广大市民可以安心。

接下来另一则新闻，数码世纪港工程进展顺利，负责人承诺数码港配备了非常周到的环境保护设施……

“大新闻！十三岁超能力大师失踪，离奇的生物死亡事件同步结束，个中是否有什么隐秘关联？”

荣光不耐烦地关掉了电脑，他对网上闹得沸沸扬扬的超能力大师失踪事件毫不关心。事情的真相只有他知道，消息灵敏的狐狸告诉他有一群被夺去家园的愤怒萤火虫要向人类复仇，他怕出事连忙去调查。

在某个公园苦口婆心劝说那些萤火虫的时候，那个叫做桑原的小男孩突然出现了，正是之前那个在网上被说得十分玄乎的“大师”。

荣光以前一直以为“大师”是什么骗人的东西，但看到男孩的那一刻，他相信那都是真的。

男孩似乎过得很痛苦，他最终选择了抛弃人类的身份，与萤火虫共存。

荣光想阻止他，但这一次他怀里的魔方静悄悄的，无论他怎么摆弄都毫无动静。

他永远记得那一幕，星星点点的莹莹绿光飘进男孩虚无的眼里，双眸中的黑暗被点亮了，那是一双汇聚了绿色繁星的眼睛，荧光闪动。拥有了这么一双眼睛的桑原，看起来更加不像是人类了。

“你有一天也需要作出这样的选择。”桑原对他说着，眨动了一下他的新眼睛。

看荣光好像一副不太明白的模样，他解释道：“选择人类，还是非人类，你和我是一样的。啊，对了，你的森林……很美丽，希望你能好好保护它。”

此后，荣光再也没见到桑原了，接着就是网络上铺天盖地的报道，他看到照片上的桑原，男孩一张呆滞的脸，戴着与他稚嫩脸庞不相称的墨镜，他能感觉到他的痛苦。但与萤火虫融合后的桑原，看起来很轻松、很愉快，像真正属于他这个年纪的小男孩，蹦蹦跳跳地走了。

可是他所在的地方明明是个公园啊，为什么桑原会说看到了森林？他说的森林该不会……是“蓬莱”？可是蓬莱不是被封印了吗？

狐狸窝在电脑桌底下睡着了，荣光爬上床，从枕头底下摸出桑原临走前给他的东西。

“是一个卖药人让我转交给你的，他说辉月已经断了，这给你防身用。”

说完之后桑原就走了，叫都叫不住。他与萤火虫同化之后，马上便有了妖怪们那种“我有重要的话告诉你但我不给你说完”的坏习惯。

枕头底下，是一柄雪亮的长刀，它比上次荣光看见它的时候短了一点儿，还多了刀鞘。刀刃流光溢彩，锋利异常——正是那把曾经穿透了春景胸口的长刀。

第七章

口中灯

安魂魄：以黄连、麦门冬、蓝汁、蛇茜子配置。熬煮后加入蜂巢调味去涩，熬煮成胶状晒干、研磨成粉，可治疗狂惑、惊燥、不眠，心神不定，安魂定魄。连续服用或者一次大量吸入，亦会造成昏迷、四肢乏力、意识不清等效果，对记忆有所损伤，需谨慎使用。

KOU ZHONG DENG

1

明晃晃的亮光落在粉白的墙上，一张古朴的四柱架子床与床上的两道人影清晰地出现在墙上，人影一大一小，是一名母亲正在哄她的孩儿入睡。带来亮光的并非烛火，床的影子不会随着摇曳的烛火晃动，只有随着人的动作，人影才微动，宛如一出趣味盎然的皮影戏。

突然亮光骤然一暗，四周伸手不见五指的黑。然而片刻之后，灯又亮了起来。

孩子正要睡着却被惊醒，有点害怕地问："妈妈，灯要灭了吗？"

"不会的，灯不会灭的。"母亲柔声地安抚孩子，"我们的灯是不灭的。"

登山靴的鞋底踩在山间厚厚的积雪上，发出嘎吱嘎吱的声响，突兀地在寂静的山林中扩散开。仿佛感应到冰凉空气中飘荡着的陌生气息，耐寒的野生动物都躲了起来，只是在人类眼睛难以捕捉的角落处，这些数不清的小眼睛一眨一眨的，注视着踏入山林的人类。

康世文扶着一棵松树稍作休息，习惯性地摘下眼镜擦了擦。他身后是被白雪覆盖的连绵苍翠山林，树木的叶子从春夏的浅淡绿色，转换成浓郁的墨绿，与皑皑白雪浓淡相映，如一卷挥笔泼墨的恢弘长画。

进山的路不算陡峭，只是康世文身为一个在大学里研究民俗学的文弱书生，即便也经常探访各种地方，有一定野外经验，但体力还是很有限。他正休息着，就听见急冲冲的脚步声从前方传来。

一个少年一路小跑，嘴里兴奋地说："老师老师，我在前面发现了一窝松鼠！它们怎么还不冬眠呢？"少年圆溜溜的大眼睛里闪动着光芒，兴奋之情溢于言表，这么冷的山里，他光洁的额头上是一层细密的薄汗。

"嗯，松鼠其实普遍是不冬眠的，但到了冬天，活动会减少也不怎么出来活动，并储存大量的食物，所以很容易让人产生错觉，以为它们也需要冬眠。"康世文把眼镜重新戴上，他的语气有种书香子弟的文雅，温吞吞的，透着好脾性，让人听着很舒服。

少年热情地问："老师，你要休息一会儿吗？很累吗？要不要喝茶？"他作势就要掏出背包里的保温瓶。少年把康世文的水壶也一并带着了。

"不用，我可以接着走。"康世文连忙说，少年看起来兴致勃勃就想继续往上爬，他不得不叮嘱道，"荣光、荣光！小心点，雪地滑，不要跑太快！"

"噢——"荣光回应他的声音已经是从前方有点儿距离的地方传回来的了。

康世文只得苦笑着摇摇头。他到这个山林进行一项调查，根据他得到的资料显示，这里应该隐藏着一个与世隔绝的神秘村落，如果能找到这个村落，那么随之也会有非常珍贵的古代文献，或许从中能得到重大的发现。

但他原本的助手碰巧出了事，他不得不另外找人顶替——进入山林或者前往偏僻地方进行研究存在一定风险，必须有人陪同相互照应。然而能用的人都抽不出空，康世文找到在生物研究中心工作的大学学长顾之行，他之前被选去北极研究一种稀有病毒，是非常优秀的科研人员，就是顾之行给他介绍了这个叫荣光的少年。

荣光是个高中生，虽然参加游泳队，体力方面确实及格了，但要当一个研究助理无论如何还是有点儿差距吧？康世文委婉地提出异议时，他的学长顾之行神秘地笑了笑："你要去的地方带上他是最好不过了，怎么说……虽然我也说不得太清楚。总之，他能帮上你的忙的。"

康世文无奈之下只好答应了，后来荣光告诉康世文，他有参加野营活动的经验，而且这次虽然是进山，但山脚下的小镇挺热闹的，并非与世隔绝，康世文也没有打算进入到深山，所以并不是十分危险。

到了后来，他就明白顾之行为什么会把这个少年推荐给他。荣光出乎意料地拥有非常丰富的野生植物知识，还会辨认一些动物，无论植物还是动物，在荣光眼里的共同点就是——可以入药。

他惊讶地问荣光日后是否打算进修中医学，没想到他连连摆手，只说这是他的兴趣。

这么年轻的孩子对这方面有兴趣，也是挺奇怪的，不过荣光这孩子本来就有点儿奇怪，经常一个人神神道道地自言自语。

这时，前方隐隐约约传来荣光的声音："……别追人家兔子跑啊！回去给你买烧鸡还不行吗？"

又来了，简直就像在跟谁讲话似的。

察觉到康世文走近，他立刻装出若无其事的样子。康世文觉得他这副拼命掩饰的样子挺可爱的，也忍着笑不点破。

康世文看着地图，两人继续往山上走。这份地图颇为简陋，是根据康世文的研究和村里老人的记忆绘制的，在很大程度上并不太可信，所以康世文打定主意，若是在天黑前还没什么发现，就及时回去。

现在距离他们进山应该有一段时间了，天色仍然明亮。

"老师，这么偏僻的地方你是怎么知道的啊？"荣光问道，他是个书看久了就头晕的人，特别佩服像康世文这种钻进书堆里一整天不抬头的人。虽然康世文并不是他的老师，但他就这么叫得顺口了。

康世文很自然地回答："是我网上打游戏时认识的一个朋友给我……"

"什么！"荣光没等他说完就大叫，"你会打网游？"

康世文被他吓了一跳："哎？是啊，看书累了就玩一下放松，我觉得挺好的……"

荣光惊讶地看着他，好像看到了外星人："你研究的不都是古书啊、古籍啊，总之什么老旧研究什么吗？打游戏这种娱乐你们不会觉得很肤浅吗？一脸严肃地下围棋啦、象棋啦之类的比较合适你啦！"他一边说还一边模仿起"上了年纪的老爷爷下围棋"的情景。

"哈哈哈哈。"康世文被他逗笑了，"没有的事，我的同事里面也有不少人喜欢玩游戏，就连我研究生的导师现在都会上网打斗地主了，我认为敬重传统和享受现代文明是不应该冲突的。比如给我这些珍贵资料的那个朋友，可是竞技场高手呢，可厉害了。"

荣光似懂非懂地点头，问："那你们怎么从单纯打游戏上升到高深的学术讨论的？"

"因为我的重点研究方向是一些少有记载的古村落，有着非常特别的生活方式……"康世文正准备慢慢细说，便发现荣光的眼神已经开始放空，感觉他说出来的话化作一溜儿的文字从他一边耳朵进去，又从另一边的耳朵哗啦啦地流了出去。

康世文十分明智地长话短说："咳咳，简单来说，我正调查一群生活在地底的人……"

"地底人！我知道！我在科幻电影里面有看过！"荣光的眼睛一下子亮起来。

康世文放弃了学术的解释："我从一些古代文献里发现了类似的记载，我觉得他们是存在的，但相关资料太少了。我在一些民俗研究的网站上发表了自己的初步意见，有个叫‘灯’的人跟我聊了起来,他对这方面研究了很多,给了我许多珍贵的建议。我留意到‘灯’这个名字跟我游戏里认识的人一样，也就随口提了下，没想到居然是同一个人，实在太巧了。”

“哎，像老师这样的怪人原来还有很多啊……”荣光很顺口地感叹起来，紧接着发现自己说溜嘴了，连忙捂住嘴巴，忙不迭地跟康世文道歉。他忘了手掌还盖在嘴上，声音跟透不过气般，脸颊都涨红了。

康世文原本就没有生气，这下反倒被荣光逗笑了。他笑着说：“没关系的，不过我刚才给你说的那个‘灯’，可是比我还要更奇怪呢。”

康世文不知道对方是男是女，但是从对话中能感觉到对方年纪并不大，估计也就跟荣光差不多，但是在传统民俗方面的知识量却跟自己不相上下，康世文吃惊于对方丰富的见闻。与此同时，“灯”的游戏操作又非常娴熟，康世文在游戏中结识的“灯”并不多话，感觉是个孤傲冷漠的人，但是一旦谈论到关于研究的方面，他就会变得话多，整个人都很热情。

正如荣光之前的疑惑一样，康世文其实难以想象现实中“灯”到底是个怎样的人，长相稚嫩却老气横秋、还是个游戏高手的高中生？

不过，话说回来，荣光你也是个怪人啊，不是吗？

2

两个人说着话又走了一段，根据那张地图他们逐渐走进了山林更深处，常青乔木的枝叶层层叠叠，遮盖了天空。两旁的山路愈发难走，康世文察觉到不对劲，低头研究起地图。

然而在密林的包围下，视野范围内昏昏暗暗，前方的路几乎都要看不清了。康世文急了起来，他想尽快找到出口，结果事与愿违，他们彻底地迷路了。

“怎么会这样……”康世文百思不得其解地翻来覆去看这地图，他心里有个想法，那就是这份地图出错了，然而他并不愿意怀疑“灯”。

网络交际产生的感情在大多数情况下颇为淡薄,能深入交流成为好友的情况当然存在,但康世文并不是那么擅长交际的人,现实中能真正称之为“朋友”的人也不多,唯独“灯”能让他感到如此志趣相投。

康世文觉得，比起游戏里姿态高人一等的“灯”，那个能用邮件与他聊上许久的“灯”

才是真正的本性。“灯”从字里行间中透露出对历史的喜爱，康世文很享受跟“灯”聊天的乐趣，他们没有其他聊天工具，“灯”就一个一个地敲字跟康世文聊。

“灯”在游戏里的操作很快，但是打字的时候却很慢，康世文就耐心地等，这种感觉就像听一个害羞的姑娘轻声细语地说故事。“灯”所知晓的东西很偏门，很多康世文连听都没听说过，内容玄乎得像一部《聊斋》。

比如这次告诉康世文的关于住在地底的人，根据“灯”的说法，这些人的外表与寻常人无异，世世代代都居住在地底。康世文觉得不可能，地底缺少氧气，首先生存条件就不好，其次无法获得光照，哪怕真的有人能生活下去，眼睛肯定会因此退化，而且肤色也会不一样，外貌与普通人相比怎么可能没有异常呢？

康世文把自己的疑惑发过去，“灯”没有立刻回复。每个人作息时间不一样，康世文也不着急，等到第二天他点开“灯”发回来的邮件，里面就是这份地图和一些相关资料，还有简单的一句话——“不相信的话你就来看看吧。”

这时候回想起来，康世文才猛然发觉这封邮件里“灯”说话的语气有点儿不一样，冷漠的语气倒像是在游戏竞技场里少有敌手的那个“灯”。

康世文打了个哆嗦，入了夜的山林全然没有白天时的宁静幽远，展露出了它本性中阴森恐怖的一面。大树茂密的枝叶化作诡异瘆人的黑影，随风而动，如群魔乱舞，风声在林间呼啸，宛如某种怪物在发出饥饿的低吼。

手机没有信号，因为没有料到会如此深入山林，也没带上信号更好的通信器材，康世文急得眼镜都歪了，鼻尖上满是冒出来的冷汗。他自己会怎样倒是其次，他首先担心的还是荣光，他还是个孩子，万一出了事自己难辞其咎，也无法向对方父母交代。

然而荣光却意料之外的淡定，也不知道他怎么辨别方向的，指着某处说：“老师，我们走到那边看看吧。”

“不行，不行，不能乱走了……”康世文说道，这种情况下留在原地等待救援才是最为正确的。然而荣光并没有听他的话，一个劲儿地就往他刚才说的方向走去。

康世文无奈之下，也只好先跟上去，走了几步他发现荣光似乎是在跟着什么东西走，因为他的脚步显得很果断。但是康世文摘了眼镜擦了擦戴回去，重复几次，还是无法从眼前的黑暗中看出什么。

“那里有灯。”荣光突然说道。

他说得没错，他手指着的方向，浓墨般的漆黑被灯光渲染成柔和的暖橘色。

康世文与荣光往那边走去，拨开面前遮挡的枝叶，看见一条铺着平整石板的通道。通道尽头是一个山洞的入口，两侧是两行古朴的石灯笼，石头表面上爬满了青苔，可以看见有残破和裂纹的地方，显然年代久远。

然而这般古旧的石灯笼，在呼啸的山风中，却神奇地保持着灯火不灭。

“这、这……是怎么回事？”康世文凑近了看，却看不见石灯笼里有任何火源，更没有灯泡之类的东西，然而这石灯笼却又是真真切切地亮着的！

高处突然响起短促的哨声，哨声清亮。康世文抬头一看，半山坡上站着一个人影，石灯笼的灯光照亮了对方的半张脸，然而那只是半边制作成野兽模样的面具。这人身影矮小，气魄却很惊人，他身上穿着兽皮做的衣服，嘴里含着一个短哨，面具下一双眼睛明亮如灯。

“有、有狼啊！”荣光叫了起来，从那戴着面具的怪人身后蹿出了几条灰扑扑的影子，从半山上朝两人扑了过来。

那是狼？还是……康世文眯起眼睛，然而不知从哪里扔出来的石块砸中了他。康世文一摸摸到一手滑腻的血，一股顺着风势飘散的香味让他觉得脑袋昏昏沉沉，身体不受控制地倒下。他看见荣光被那些毛茸茸的影子追着，慌不择路地跑进了漆黑的山林。康世文挣扎着想爬起来，可身后又有人往他头上砸了一下，康世文眼前一黑，晕了过去。

“他怎么还没醒过来……”“不会有事吧？”“谁下的手这么重，就不怕……”

康世文察觉到自己正处于即将醒过来却又还未真正清醒的状态，神志还不是很清楚，迷迷糊糊的，一会儿听到有不止一个人在耳边叽叽喳喳地讲着话，一会儿又听到黑暗山林里那可怕的狼啸，还有荣光惊恐地叫喊他的声音。

脑袋仿佛要裂开般疼痛，康世文努力地尝试睁开眼睛，可是就连掀开一丝眼皮的力气都没有。他听见自己喘着气，混沌不清的意识到身边好像有人走来走去。他觉得自己可能是醒过来了一会儿，他的眼镜被拿掉了，只看见好几张扭曲的、五官模糊的脸，四周的景物像是一盘打翻了的水彩，乱七八糟的。

他愈发地害怕起来，直到有个清冷严厉的声音呵斥了什么，那些奇奇怪怪的脸孔才从他身边离开，他身边总算恢复安静了。

稍微放松后，康世文又陷入了更深的昏睡。不知道是不是伤口的原因，他身体也发起热来，难受得他即使在昏睡中也不安稳。过了不知道多久，光怪陆离的梦做了一个又一个，终于感觉到脸上传来一丝凉意，有人正拿着湿布给他擦拭满头的汗。

康世文这时能睁开眼了，这次他没有再看见那些五官模糊的可怕脸孔，模糊的视线中，只有一个满脸关切地看着他的秀丽少女。

看到康世文张开眼，少女忧愁的脸蛋顿时焕发出光彩，似乎终于松了口气。可是她抿紧嘴唇，没有说话，她的眼神充满歉意却又带着几分欣喜。她握起康世文的手，贴在脸颊上，仿佛要表达什么意思，可是康世文并没有看懂。接着，少女轻轻从康世文身边站起来，在她离开的同时，康世文又再度合上了眼睛。

等康世文真正醒过来，已经不知道过了多久。

醒来时依旧头痛欲裂，康世文从床上坐起来，摸了摸额头，发现被包好了绷带。他找到眼镜戴上，发现自己躺着的是一张古色古香的镂空雕花架子床，床榻四周垂着纱帐，属于明代晚期较为常见的式样，雕刻之精美细致，绝对不是可机器批量生产，又或者普通木工能做到的，然而从材质看来，却又不是那么古老的东西。

康世文拨开纱帐，他身上衣服也换过了，这身打扮一瞬间让他有点儿疑惑自己是不是穿越到古代去了，然而低头一看，床边放着一双熊本拖鞋，立刻让他认识到他还身处现代文明社会的事实。

他身处的房间很宽敞，布置得十分雅致舒适，床边的矮柜上是一个木托盘，里面是粥和一些小菜，看来他是获救了，而且昏迷期间被照顾得很好。

靠墙边有一面多宝柜，放着些精巧的小玩意，四周装饰着山水挂画和字帖，正中有一套喝茶用的木桌椅，上面还有一套青瓷茶具和一盏灯。

灯罩以白纱制成含苞莲花的造型，灯中亮光莹莹。

“有人吗？”康世文问道，房间里静悄悄的。

康世文担心荣光，他虽然获救了，但跑进山林里的荣光却不知道是什么情况，但既然有人能救下他，那荣光也能获救的机会应该很大吧？可是这里到底是什么地方呢？

墙壁上有一扇窗，康世文走过去推开窗，窗外是非常广阔的空间，不禁怀疑自己是否还处于昏迷之中，不然眼前所见的一切根本无法解释。

他所在的地方是在石壁上挖空而建的房子，窗外便是几乎垂直的峭壁，宛如是天神用巨斧劈开一般，峭壁上渗出潺潺流水，形成了一道天然的水幕，这般的浑然天成，绝对不是人造的景观。

这巍峨的峭壁上还有不少类似的房子，往下看去，底端几乎深不可见，一条又一条的栈道在半空中纵横交错；往上看去，石壁继续往上延伸，峭壁上还长着一些植物，枝叶往半空中生长，彼此交叠，仿佛是为了妆点这个不可思议的空间；再往上，并不是开阔的天空，而是一层叠着一层的灰色岩石。

康世文感到难以置信，这居然是一个宽阔的地下空间！

他之所以能看得这么清楚，是因为这里明亮得如同白昼，但地下的空间为何会如此明亮？光源到底是什么呢？

这时，房间里有人进来，少年冷淡的声音响起：“哦，你终于醒了。”

3

少年长得眉清目秀，穿着T恤、牛仔裤，比现在穿着单薄内袍，搭配熊本拖鞋的康世文更像个正常人。他手里端着另一个托盘，上面是新鲜的、冒着热气的食物。少年看了眼康世文没有动过的食物，板着脸吐出两个字：“浪费。”

康世文连忙道歉，其实他一直昏迷根本吃不了东西，但看到少年气鼓鼓的模样，还是觉得自己确实不对。然而少年并没有因此缓和脸色，反倒更生气了，用力地放下托盘。

康世文观察着少年的神态，不明白自己是哪里招惹他了，小心翼翼地提问：“谢谢你救了我，我想知道这里是什么地方……对了！我还有个同伴，是个年纪跟你差不多的男生，他没事吧？他也在这里吗……啊，忘了介绍，我是……”

“我知道，你叫康世文，你的行李里面有证件。”少年用不耐烦的口气打断他，“我是朱明。也不算是我救你的，别乱谢，怪恶心的。”

名为朱明的少年充满敌意，让康世文觉得莫名其妙。这时外面有人敲门，可比直接闯进来的朱明有礼貌多了。随后进来的是个慈眉善目的妇人，先是恭敬地喊了声“朱明少爷”，接着看见康世文醒来了，顿时满脸欣喜地说：“哎哟，先生可醒过来了！觉得如何？精神还好吗？身体有没有哪里还不舒服？”

一边是冷冰冰的朱明，一边是热情洋溢的妇人，这到底是什么情况？康世文脑袋更痛了。

妇人是个照顾人的行家，她让康世文坐下来，麻利地把食物摆放好，在他吃东西的同时把那个晚上的经过告诉了他。听妇人说完，康世文总算知道自己所在的地方，就是他所发现的那个洞穴里面，当时里面的人听到了动静跑出来赶走了狼群，并把康世文抬回了洞穴里治疗。

“那个，谢谢你们。我想知道跟我一起的同伴怎么样了？他也获救了吗？”康世文还是很关心荣光的情况。

“这个……我们没有在附近发现有人受伤的痕迹，你的同伴估计是下山了吧，应该是很安全的。”妇人说道。

康世文又问：“那么我看到的那个戴面具的家伙，他到底是……”

妇人目光闪烁起来，含含糊糊的，下意识地看向朱明。朱明喝了口茶，说道：“附近的猎户吧，不认识。我们这里的人不喜欢与外界打交道，所以不清楚。”

这话也太可疑了，既然选择在深山隐居，那为何附近还会有猎户出没？按照朱明的说法，这里的人还十分排外，那为什么要救他呢？救了他又为什么要把他带到这么重要的、隐蔽在洞穴与地底的村子里呢？

“对了，还有一件事。”康世文说道，“我昏迷的时候，模模糊糊见到有个女孩子在照顾我，请问你们认识她吗？我想跟她道谢。”

“她现在身体不舒服，以后再说吧。”朱明说着，给妇人使了个眼色，待妇人收拾好吃完的餐具离开，关于那个女孩的话题就这样被搁置了。似乎是为了不让康世文继续追问，朱明又说：“吃饱了就多走动走动，不然你跟被养大待宰的猪有什么区别。”

……好像不能这么比较吧？

虽然朱明嘴巴毒辣，然而他这个提议也不见得存了坏心，康世文自己也想亲眼看一下这个奇妙的地方。

正如康世文从窗户俯视所见那般，这里整体是一个圆锥形，上窄下宽，洞穴深入地底不知道有多少千米。康世文还好奇他们如何上下往返，但他真没想到这里居然有电梯！

康世文瞠目结舌地进入金属材料制造的电梯厢，与他平日所见的电梯不一样，这里的电梯由金属和特殊玻璃打造，像一枚枚透明的胶囊般穿梭于地底，从上往下，从左到右，东南西北，可谓四通八达。

最底端是一泓深不见底的潭水，在不知名的光源照耀下波光粼粼，湖水凝结成大海般幽远深邃的蓝色。居住在这里的人乘着小艇，撒网捕鱼，动作十分娴熟，与外面的渔民并无二致。

稍微观察，他就得知人们一般居住在顶层，中间区域则是日常活动区，居然经营着餐馆、精品店、药店、超市、服装店等各种各样的店铺，甚至还有电子产品，简直就是一个大型的地下商业中心。要不是有朱明带路，他肯定早就迷失其中。

来来往往的人们跟朱明一样都穿着现代的服饰，倒是穿了件不伦不类长袍的康世文更另类。这里远远超出他过往的一切认知，这里并非什么传统落后的村落，文明与发达的程度并不比外面的社会逊色。没有任何人会相信，在某座山林的阴森洞穴里面，千米之下的地底存在着一座城市。

康世文一路走来，嘴巴都是合不上的。朱明告诉他，洞穴里还有其他通道连通着另外的山头，分别是农业生产的耕作区和养殖区。

“不、不可能！”康世文情不自禁地叫道，他狠狠捏了好几下自己的手臂，痛得都掉眼泪了，才确信这不是梦境。而在看到朱明若无其事地拿出手机上网时，康世文最后的常识观念被击碎了。

"这里还有网络？可是……能、能源呢？要照亮这么大的空间，能提供这么庞大用量的发电器根本不存在！况且这里还是地下啊！"他把自己的头发抓得乱糟糟的。

"照亮这里的东西并不是电。"朱明说，"我们有'灯'。"

他用手机登录了某个东西，然后把屏幕摆在康世文面前。康世文盯着上面显示的游戏界面，嘴巴一张一合，却是一个字都说不出来。

朱明第一次在他面前露出笑容，眼神里满是得意洋洋，说："'不相信的话你就来看看吧'，那么你现在看到了，相信了吧？"

"你、你、你……"康世文"你"了半天，才把一句话说完整，"你就是'灯'？"

"对，我是你游戏里认识的'灯'。"朱明暧昧地说。

康世文稀里糊涂地留了下来，朱明说他伤势还没好全，不许他离开。他的原话是"要是你出去没多久死在山路上，我会很没面子的，而且花在你身上的药和粮食也都浪费了"。

即使他话说得很不好听，可也就是嘴上说说而已，该给的照料一样不少。朱明在这里的身份似乎挺高的，还找了人来照顾康世文，其中就有第一天醒来时那个慈眉善目的妇人。

康世文的手机在那一晚的混乱中丢失，笔记本电脑也摔坏了，无法联网。但他本来也打算在这里停留观察，于是拜托朱明联络了家人和学校。

另一方面，康世文还在等荣光的消息，朱明答应他如果找到荣光的下落会马上告知他。

这天他在一条路上闲逛，这里地形太过复杂，他不敢也没办法去更远，远远地看见前方路边有个少女正安抚一个大哭不已的男孩。她给了男孩一盏花灯，摸了摸他的头，男孩慢慢止住了眼泪，破涕为笑地接过了那盏灯。

康世文看不见少女的脸，只觉得她背影如同彩蝶婀娜多姿，似曾相识，于是脚步就控制不住地走过去。然而等他走到那里，却只剩下那名男孩了，少女早已不知所踪。他傻傻地站在那里，朝着少女消失的方向，发了好一会儿的呆。

康世文在这里待了两天，不由得感叹这里可谓是地底下的桃花源，纺织、耕作，很多东西都能自给自足。通讯方面比较落后，虽然有网络，但信号不是很好，只不过在地底下这种地方，也没什么好挑剔的。

最为不可思议的，就是这地底世界里奇妙的灯，没有火光、不依靠电能，却依旧明亮的灯。这里最多的东西就是这样的灯，最多是竹编的灯笼，也有木或者石头制造的灯，遍布在每一户人家的家里、每一艘渔船的船头。

这些数不清的灯，照亮了大地千米之下的世界，并提供了能源。

这里没有“黑夜”，家家户户到了要睡觉的时候，便把门窗关上，把家里的灯放进柜子或者箱子里，令屋内的光线减弱。

康世文这几天身体好多了，这里每个人都对他很好，丝毫感觉不到朱明所说的排外，这种情况对于封闭的村落来说，也是十分罕见的。康世文没有证据，但他能隐约察觉人们在打量他的时候，眼神里似乎有着别样的意味。

他恍恍惚惚的，总觉得自己忘了什么事情。

知道康世文喜欢文献和古书，朱明便带他到一个类似藏书室的地方，里面存放着大量珍贵的古籍，有一些还是竹简，由于常年存于地底深处，保存得惊人的良好。康世文借了两三本回来，靠在床上看得入迷，觉得疲累的时候已经不知道是什么时候了。

在这个没有“黑夜”会降临的地方，时间逝去的感觉变得十分淡薄。

康世文靠着房间里的时钟推算了一下，感觉应该是深夜了。他关好窗户，房间内依旧明亮。床边，那盏莲花灯散发着柔和的淡光，康世文不知道为什么，并不是很想收起这盏灯。

灯光让他想起那个在他床边照顾他的少女，看见他醒过来时，她那张眼眸放光的脸蛋，也宛如这灯光般。康世文呆呆地坐在床边，他都快要以为那只是个梦了。

“先生！先生！”

他冷不防隐约听见了少女焦急的声音。

此时灯光猛然晃动了一下，灯，突然灭了。

黑暗如潮水般涌来，四周一片黑暗，康世文一时手忙脚乱，堆在床边的书掉了下去。

片刻之后，灯又重新亮起，康世文还没回过神，就听到不知道哪里传来一阵急促的脚步声，好像有好些人同时往某个地方跑去。

康世文弯腰捡起散落的书本，一本他拿回来却还没翻开的书里，掉出了一张纸片，上面用娟秀的字体写着——快离开这里！

4

康世文一开始没把警告放在心上，他去藏书室和会借什么书都具有偶然性，不排除对他相当熟悉的人能推测出他的行动，可是在这个地方应该并没有那样的人。

对了，也许“灯”除外。如果是跟他交谈愉快的“灯”，肯定知道他不会错过藏书室那样的地方，就连他会对什么类型的书感兴趣也很清楚。

可是“灯”不就是朱明吗？他又为什么要做这种事呢？

写这张字条的人肯定不是朱明，那会是谁？为什么让他离开，这里会有危险吗？可是这里的人都很亲切啊……不对，说不定，是有些亲切过头了。康世文仔细思考后，决定去藏书室碰碰运气，看是否会遇到写字条的人。

这个神秘复杂的地下城市本身就是一座巨大的地下迷宫，之前有朱明给康世文带路，可是走马观花地走了一圈，他根本没记住路，唯一能记住的只有去藏书室的路，但一路上还是问了好几个人才终于抵达。

藏书室与外界的图书馆也没什么两样，比较特别的是他们还在石壁上挖空了位置，用来摆放书籍。这个时间没有什么人，静悄悄的，都是不会说话的书本，若不是里面足够明亮，便会产生犹如走在地下墓室的错觉。

康世文觉得身后有人跟着他，可是转头却又没看到人影。他纳闷地随手拿下一本书，却发现书架后有一双眼睛正看着他。

“哇！”康世文被吓了一大跳，书架后的人影像一只蝴蝶般飘出来，伸出柔软的小手捂住他的嘴巴。

是那个康世文以为在梦中出现的少女，她总是紧紧抿着嘴唇的模样令他印象深刻。

少女把手指竖在唇上，示意康世文安静一点儿，然后握着他的手，在他手心上写了个“灯”字。康世文压低了声音，惊讶地问：“你是‘灯’？那朱明……”

自称是“灯”的少女轻轻摇头，接着又点点头，弄得康世文都糊涂了。

她又继续写道：“朱明是我的弟弟。”

康世文并不是傻子，这下顿时明白过来了，难怪他一直觉得与他交谈的“灯”和他在游戏里知道的“灯”性格差距很大，原来他们是两个不同的人！

“快走，你再不走就晚了。”“灯”写道，她似乎无法开口说话。

“可是，大家都对我很好啊……”康世文十分为难，他都有点儿爱上在这里的生活了，没有复杂麻烦的交际，可以舒心地做自己想做的事情，就连三餐食宿都有人准备妥当……

少女眼里浮现出悲哀的神色，她握着康世文的手变得冰凉，微微颤抖。

“到照顾你的人的房间看看。”

“灯”匆匆写完这句话，又钻进书架后面，康世文绕过书架，已经看不见少女的身影了。取而代之的是不知道从哪里跑来的陌生人，关切地询问康世文发生什么事了，也不知道是这里的管理人，还是跟他一样来借阅的人。

康世文没有把遇见少女的事情说出来，打发了对方。离开藏书室的时候，他突然明白为什么他身处如此舒适的环境，却还一直有所不安，因为无时无刻都有人在监视着他。照顾他生活的妇人，领着他四处走动的朱明，人们意味不明的目光，还有听到一点儿动静就突然出现的陌生人……

康世文不由得毛骨悚然，他以为自己融入了这里，其实恰好相反，这里的每个人都把他看作从外面世界溜进来的小老鼠，无时无刻不在观察他、监视他。

身后突然有人拍拍他，转头一看，是那位温和的妇人，她关心地问："先生，你怎么了？脸色很不好啊，该不会生病了吧？"

"我……"康世文本想说自己没事，话到嘴边却改了口，"阿姨，怎么这么巧，你就住在附近吗？"

"哎……嗯，是、是啊。"

想到"灯"的忠告，康世文觉得这是个好机会，于是借口说自己有点儿头晕，想到妇人家里休息一下。妇人犹豫了一下，可是她话说了出去，怎么都不好拒绝。

妇人的家确实不算太远，她应该有孩子和丈夫，但现在他们都不在。趁着妇人张罗茶水，康世文借口上厕所，其实悄悄钻进了妇人的房间，如果有什么秘密不能让他知道，那很大可能是藏在这里了。

可是并没有发现什么特别的东西，正当康世文对自己的行为感到愧疚时，他看到床底下露出了一小片毛茸茸的布料。他把那东西抽出来一看，是一件兽皮做的大斗篷，把这东西往身上一披，黑漆漆的夜里乍一看，很容易让人误以为是什么猛兽。

猛兽！野狼！站在山坡上吹响哨子，指挥群狼的面具少年……他当时就觉得朝他和荣光扑来的"狼"有点不对……对了！荣光！

康世文完全把荣光忘记了，怎么会这样呢？他身上到底发生了什么事？

"你见过真正的'灯'了吧？"朱明的声音响起，吓得康世文手上的兽皮掉在地上。房间里不知道何时来了许多人，手里拿着棍子等武器，听候朱明的指令。

"她说她是你姐姐……"康世文道，看来他身边确实时刻有人监视，妇人就是其中之一，她把自己带到家里来之后，马上通知了朱明。

"她才是这里的'灯'，你好奇的这些自然而生的灯光，就是因为她才存在的。"朱明挥挥手，让那些人放下武器，"康先生就是个文弱书生，你们还想把他再敲晕一次吗？那样姐姐会伤心的。"

果然，一切都是朱明联合所有人演的一场戏，他冒用了"灯"的名义给他发邮件，于是他拿到了那份地图。朱明戴上面具和披上兽皮的人们早早等候在那里，他们分散他和荣光，并把他打晕了带进山洞里。什么手机丢失，电脑故障……恐怕都是他们故意为之。

“你们为什么要做这种事？”康世文不解地问，要说他们对自己有杀意，那完全不是，他们对他好确实也是发自内心的。

朱明冷冰冰的脸上此时才出现一丝柔情，他说道：“因为你来了，姐姐会高兴。我，还有住在这里的所有人，都希望她能高高兴兴。姐姐本来就身体不好，因为认识了你，她的情绪和心境产生了波动，灯的任何变化都会影响这里的光源，所以我希望把你留在这里陪着她。”

“对啊，康先生，你就留下来陪着灯小姐吧。”“小姐跟你聊天的时候，总是特别愉快。”“她身体不好，但收到你给她的邮件就会打起精神。”其他人纷纷劝说起来，语气真切地哀求。

“这里不能失去照亮黑暗的灯，姐姐不能到外面去，可是她所喜欢的你是外面的人。”朱明说，“所以……”

“都够了！”轻而干脆的声音响起，名为“灯”的少女出现在众人身后，隔着朱明和其他人，凝视着康世文。随着她开口说话，所有的灯瞬间熄灭，整个地底陷入了绝对的黑暗。

康世文感觉到有人抓住了他的手，那只手娇小而冰凉，是少女的手。

“灯”趁着黑暗，拉起康世文从人群中钻了出去。黑暗中，其他人连方向都辨不清，想追也追不上了。

黑暗中本应该什么都看不见，可康世文却能清楚地看见眼前的路，过了好一会儿他才发现原来是少女身上散发着淡淡的光。错综复杂的地下通道，“灯”不费什么力气就能找到正确的通道。失去了作为能量的光源，电梯也用不了，困在里面的人发出惊恐的尖叫，“灯”的脸上闪过一丝愧疚与不忍。

她拉着康世文上了一部空置的电梯，只有她在的地方才有光，有光才有能源，电梯马上启动了。

“灯”在康世文手上写道：“我带你离开。”

然后，她又写道：“对不起。”

直到电梯抵达终点，“灯”都一直在他手心不断地写着：“对不起，对不起，对不起……”

她的眼泪大颗大颗地滑下来，她觉得一切都是她的错，因为她康世文才会被骗到这里，才会受伤，才会遇到这种事情……

5

两人回到了地面上，造型特别的电梯隐藏在洞穴内的石块之间，不容易被发现。康世文隔了许久终于又看到了久违的阳光，白金色的光线从洞穴入口的地方洒落。

“灯”松开了康世文的手，推了推他，示意他快点离开。没想到康世文突然一把抱起她，拔腿就往洞穴外冲去。

“灯”在他怀里轻得像一只蝴蝶，康世文不知道自己到底在干什么，他就是脑袋突然一发热，觉得不能把这样的少女留在幽暗的地底。

开什么玩笑？依靠一个女孩照亮整个地下城市？所以她永远不能离开那个地方，就连想跟志趣相投的朋友见面、聊天都不行？这样少女的人生还有什么意义吗？她就是那可怜的祭品，为了荒蛮无知的古老传统而牺牲自己的人生。

地底没有光又怎样？那就从地底来到地面生活啊！地下的文明发展如此完善，那里的人要融入现代社会也不是那么困难，不是吗……

怀里的少女紧紧抱住他，康世文跑进了山林里，冷不防有人突然冒出来拦住了他：“当然不是你想的那样，老师。”

是荣光，他没事！可是……他怎么知道自己心里在想什么呢？而且，为什么会有一只白色的狐狸跟着他呢？狐狸嘴里还叼着一个镂空的金属球。

“不要因为你一时的正义感就带走‘口中灯’，她注定只能生活在黑暗中，她只有存在于黑暗中才有意义。”荣光缓缓说道，他的脸毫无疑问是康世文认识的那个荣光，可是他说话的语气和声音，完全又是另一个人。

康世文不服气地反驳：“你、你又怎么知道呢？”真如他所说的话，那“灯”就太可怜了！

“外面的世界有太阳，有光，所以不需要‘灯’。”荣光看着康世文，又看了看“灯”，少女低着头，紧紧抓住康世文的肩膀。他接着说：“我当然知道，因为‘口中灯’就是我创造的。”

他的脸是麻木的，圆而大的眼睛里丝毫没有平时那种活泼的光泽，宛如一块暗哑的黑色石头。在荣光身体里的“人”并不是他本人，他朝灯说道：“张开嘴，让他看看吧。”

“灯”犹豫了一会儿，慢慢从康世文身上下来，站在他面前，张开了嘴巴。

“灯”的一切都与普通人无异，然而在她嘴里有一盏小小的灯，悬挂在咽喉上，若是看仔细一点儿，就会发现那是某种造型奇特的果实，结在少女的喉咙上。

“她本身就是‘灯’，有她在的地方就有光明，由她做出来的其他灯也拥有同样的功效。但是长着‘口中灯’的人不能说话，她一开口灯便会熄灭。不过若是很短的话语，灯熄灭之后还会亮起，但这样的机会在她一生中也只能有两三次。”

“灯”合上了嘴巴，她从康世文身边退开，走到“荣光”身边。“荣光”手里捧着一个古怪的魔方，魔方上一只巨大的眼睛瞪得大大的，眼珠仿佛活着般四处乱转。

“灯”拽了拽“荣光”的衣角，恳求地看着他，“荣光”知晓她的心思，手腕一翻，把什么塞进了“灯”的嘴里，说道：“含着，在这块药糖化之前，你能跟他说几句话。”

康世文看着“灯”动了动嘴唇，她肯定不习惯讲话，说的每一个字都非常慢、非常吃力，然而她的声音也非常悦耳，像是毫无污染的、最纯净的山泉水缓缓流淌在碧玉堆砌的河床上。

“我很高兴能见到你，你愿意带我走……很感动。可是……我不能离开……”“灯”说，“不能说话……很痛苦……可是……能够为大家照亮黑暗，很高兴……”

在地下城里居住的并非世世代代都是原住民，也有厌倦了外面的世界而机缘巧合来到这里的人，也有不得不离群独居的人……这些人都带着不同的理由找到这个地方，他们带来了外界的技术和科技，利用“灯”的力量，大家同心协力把栖身之所建设起来。

她在这里很久很久了，她在这里出生，在这里成长，暗无天日的地底因为她而明亮，失去家园或者孑然一身的人重新在这里找到了居所，这些……都是她存在的意义。

“所以，我……不会离开。”“灯”说完，含在嘴里的糖丸也化开了，她又再次闭上了嘴巴。

康世文心中怅然若失，还想说些什么，一阵药香包围了他，香气是从狐狸嘴里那个金属球里散发出来的，从刚才开始里面就燃着药粉，香味到此刻达到最盛。

康世文感到昏昏欲睡，提不起劲来。他还有很多话想跟“灯”说，他有一种预感，他要从此与“灯”分别了，但是他们明明才刚刚见面啊……

康世文倒在了树丛里，“灯”担心地跑到他身边，“荣光”安慰她：“别担心，这只是‘安魂魄’，跟朱明让人掺在他食物里的药是同样的东西，对身体没什么坏处，只会让他淡忘一些事情。‘灯’是无法长寿的，所以让他忘了你也未尝不是好事。”

“灯”含泪点了点头。

再过不久，进山救援的人便会发现康世文，把他救回去，当康世文醒来后，只会以为自己在山中遇险，失去了某段记忆。树林里传来纷杂的脚步声，是朱明带着人追过来了。朱明看到躺在地上的康世文，又看了看“荣光”，与把康世文绑架的那个晚上不同，他对“荣光”恭恭敬敬地弯腰行礼。

“荣光”轻轻推了把“灯”，柔声道：“回去吧。当年我为了一己私欲造出了你们，当时的造物经历了漫长的时光拥有了自己的生命，可是当初赋予你们的力量，如今却成了困扰你们的一种‘病’，实在是愧疚。”

“如果可以，我愿意顶替姐姐成为‘灯’，可是姐姐的力量比我强，所以由她担任‘灯’，如果姐姐死去，那么世界上也不会有朱明，只有‘灯’。哪怕是如此悲惨的命运，我们还是愿意延续，我们并不怨恨你。”说话的是朱明，他牵着回到自己身边的姐姐的手，说道，“因为如果不是你，我们甚至不会存在。”

朱明和“灯”离开了，与他们的族人一同回到地底。

“荣光”看着他们离去的背影，陷入沉思。那是多遥远之前的事情了呢？

千百年前的那一个寒食节，深宫中禁火禁灯，整座巍峨的宫殿昏暗幽冷，是非常适合从某个地方逃脱的时机。他为了能有东西照亮前方的路，从虚无中创造了“口中灯”。

当时的口中灯是一枚果实，含于口中可以令自己身上发出淡光，便于在黑暗中行走。但他万万没想到，当年的口中灯最后幻化出了人形，并延续了自己的种族。不过，想女娲当年以泥土捏出人类，也不曾料到人类会进化到现在的程度吧。

一旁的狐狸怪声怪气地问："卖药的奸商，你是要回来了吗？"

“荣光”低头对狐狸微微一笑，不置可否。

第八章

结羽扇

蜈蚣：味辛，性温，有毒。入药选头、脚皆为红色的最好。其行动迅疾，能截风，属厥阴之药。《南越志》记载，在南方晋安山上有蜈蚣，可达数丈长，能吞牛。山人点火将其捕获，以皮蒙鼓，肉制成肉脯，其味堪比牛肉鲜美。

JIE YU SHAN

1

欧小庄生活的城市中心有一座山，现在被打造为市内外知名的旅游景点，从地理学上来说，这座海拔不高的山应该称之为“丘陵”，它坐落在城市的中央，山峰连绵起伏，宛如一头镇守这座城市的巨兽。

虽然这座山有正式的名字，但人们比较习惯把这座山称为“凤章山”，因为从高空俯视，群山的沟壑勾勒出栩栩如生的展翅大鸟，传说是天上的神仙拿着一枚雕刻精美的凤纹印章在大地上盖下的。

欧小庄一直很好奇最初给山取了这个名字的人到底是谁，听外婆说，在她小的时候这座山就已经有这个名字了，也是外婆的外婆这么告诉她的。欧小庄小时候跟大多数孩子一样迷迷糊糊的，虽然听完觉得哪里不对劲但始终说不出来，长大了一点后终于明白了——在很久很久以前，那个没有飞机的年代，到底怎么才能从空中看到这座山的样子啊！

欧小庄又跑去问外婆，外婆笑呵呵地回答：“可能是那人骑着神仙的神鸟飞到天空中看到的咯。”

欧小庄向来认为外婆小时候是个爱幻想的少女，她老人家七十多岁的时候还津津有味地跟他一块儿看《叛逆的鲁路修》。欧小庄没有对外婆这异想天开的回答表现出不满，只是轻轻地说了句：“哇，好厉害啊。”

那时候欧小庄正埋头给病床上的外婆削苹果，外婆患了糖尿病，身体很虚弱。孙辈中欧小庄是来得最勤快的，他从小就粘外婆，外婆会给他讲很多有趣的传说故事。

外婆知道很多古老的传说，她说很久很久以前凤凰化身的神女在天上飞啊飞，因为喜欢这座山于是总在山顶盘旋，她展翅飞翔的影子深深地烙印在山顶上，就成了一枚“凤章”。

神女因为太喜欢这座山了，于是便化成一个美丽动人的少女住到了山林里，成为了这座山和这座城市的守护神，镇压着山里可怕的妖怪。

外婆身体还好的时候常带着欧小庄去爬山，过了半山往上走一段，山路上有一段往下的石阶，走下石阶，便会看到一座荒芜的院子，门上的朱漆发黑，黄铜铸的椒图门把不知所踪，然而欧小庄并不觉得多可怕，可能是外婆的传说故事起了美化的作用吧。院子里有一座塔，没上锁，但外婆也没有让他进去。

“神女就住在里面哦，我们不要打搅她。”外婆朝着塔拜了拜，慈祥地说，“小庄啊，神女现在还留在凤章山上，她会倾听人们的祈愿，为实现人们的愿望而努力哦。”

欧小庄听了后，也学着外婆的样子朝那座看着快倒的塔认认真真地拜了拜。欧小庄想起来都觉得自己蠢，外婆刚得病的时候他几乎天天跑到塔前祈祷，希望外婆尽快好起来。可是外婆的病依旧没有起色，反而越来越严重了。

欧小庄停下了削苹果的手，他的心思哪里瞒得过把他带大的外婆。外婆瘦骨嶙峋的手背上插着点滴，她用这双手拍了拍欧小庄的膝盖，说：“小庄，没事的，外婆年纪大了，生死有命，每个人都有时间到了要走的一天。小庄，外婆以前就跟神女许过愿，外婆也想早点儿去见你走得早的外公，所以神女大人现在只是实现外婆的愿望而已。”

“真的吗？”欧小庄的眼泪啪啪地打在苹果上，外婆微笑着点点头。之后没多久，外婆就去世了，她走的时候神情很安详，嘴角隐约带着笑。

外婆的丧礼上，欧小庄看到一只很漂亮的鸟，它张开翅膀从外婆的棺木上飞过，影子像纹章般落在棺木上。那鸟一身白羽，也说不上是什么鸟，只有翅尖和尾巴尖上有一抹红，欧小庄没看清楚它便飞走了。他看着飞远的鸟儿，又想起外婆的故事。

接下来的好长好长一段时间，欧小庄都认为外婆说的是真的，他经常瞒着父母背个小书包爬上凤章山，书包里是准备上供给神女的苹果雪梨桃子橙等等，还有些他爱吃的零食，他每次都认认真真地把这些堆在塔前。

好几次他想钻进塔里看看神女姐姐在不在，想起外婆的话又忍住，心想神女姐姐一定在忙呢，自己不能打搅她。欧小庄经常胡乱许愿，比如希望今晚晚饭没有茼蒿菜啦、明天语文课不要默写文言文啦、打游戏抽卡能出 SSR 啦……总之尽是些鸡毛蒜皮的小事。

这些愿望倒是有灵有不灵，欧小庄也不是很在意，灵的时候他就认为是神女姐姐显灵，不灵的时候他觉得大概是自己许愿时不够诚心，相当的会自我催眠。不过反正也不是什么重要的事情，确实是无伤大雅。

这一天，欧小庄一头冲进废院，他在怀里一掏，高举一只打火机，立在那座塔前气势汹汹道："不能替人实现愿望的神还算什么神嘛！再不出来我一把火烧了你的窝！"他抬头大吼，露出了红肿如核桃的双眼，外加两个大大的黑眼圈。

塔如山，巍然不动。风过树梢，吹得枝叶沙沙作响，不知道哪里的鸟儿叫了两声，欧小庄中气十足的吼声过后，空气突然安静。

场面十分尴尬。欧小庄又举了举打火机，聚一口气又喊："出、出来！我知道你在里面！我要跟你算清楚这么多年的账！哎哟——"

欧小庄痛呼一声，打火机的火燎到他手指了，他一松手，打火机就掉在地上，弹跳两下，卡进地面上的一道石缝里。欧小庄狼狈地趴在地上，撅着屁股要把打火机抠出来，他觉得自己真是倒霉透顶。

"要烧了我的窝？可以啊，你怎么不进来烧呢？"一个懒洋洋的声音飘来，仿佛刚刚睡醒，带着女孩子的软糯和娇嗔。

欧小庄大惊，吓得差点儿从石阶上滚下去。他左右张望，四周没有一个人。女孩子的声音又传来，这次语气里添上了更明显的嘲弄："来啊，怎么不进来？"

欧小庄稍微冷静下来，他张大嘴巴瞪着那座破旧的塔，女孩的声音就是从那里传来的。

"我可不是什么游魂野鬼之类的下等玩意儿，你这样子可有够蠢的，还说烧我的窝，可笑！"女孩子的挖苦越发刻薄了。

欧小庄怎么说也是个有血性的男子汉，被这么一激，麻利地从地上爬起来，几步走到塔前。他把手放在腐朽的门板上，深吸一口气，第一次推开了这扇门。

2

刚进塔里，欧小庄就失望了，里面没有什么别有洞天之处，塔的内部没有太多楼层，一条木板都腐朽了的楼梯旋转着通往顶部。角落处结着巨大的蛛网，一些野生的杂草从缝隙间强韧地冒头，地板上积了厚厚的灰，光线从大概只有一个人头大小的窗格子外落入塔内，因为欧小庄开门带来的气流，微尘浮动在光线中，像金色的粉末般闪闪发亮。

明明如此荒凉破落的建筑，内部却显得不怎么阴森恐怖。

"喂！谁……躲在这里？出来！"欧小庄鼓起勇气问。

"呵呵。"女孩铃响般的笑声从塔顶传来，"我没躲，你上来就是。欧小庄，我等着你哟。"

欧小庄心里“咯噔”了一下，这个藏在塔顶的女孩怎么知道他的名字？他不记得自己认识的女生中，有这么尖酸刻薄的类型。但欧小庄还是有理智的，他看了眼那摇摇欲坠的楼梯，他一个男孩子的重量加上去，会不会断了……

“你走就是了，没事的，摔不死你。”楼上的女孩说道，好像知道他在担心什么。

不得不说，激将法对年轻气盛的男孩确有奇效，欧小庄咬咬牙，心想既然那女孩都能跑到塔顶，他也可以的！

他一脚踩上楼梯，踩了踩，走了第二步，楼梯发出让人牙酸的嘎吱声，欧小庄心里一下子又发虚了。可是这时候他也不肯认输，只得小心翼翼往上走，木板一开始还嘎吱嘎吱大合唱般叫个不停，渐渐的脚下的楼梯变得结实起来。

发霉的扶手不知何时变得崭新光润，脚下的阶梯成了厚实的红木，一道刷了鲜亮红漆的楼梯宛如天梯，直通塔顶。两旁斑驳脱落的墙壁上，一幅幅色彩瑰丽的壁画浮现出来，飞天的仙女、骑着瑞兽的天神、硕果累累的百果图、栩栩如生的百兽群鸟……绘满了塔内的每一面墙。

欧小庄此刻完全停不住自己的脚步，仿佛被操控着的提线木偶般往上走。塔上垂下比蝉翼更轻薄的各色绫罗，徐徐响起的丝竹之声如流水潺潺，浓郁而不艳俗的香气悄然袭来，熏得欧小庄有些醉了。

他登上最后一级阶梯，这一层才叫他惊讶得合不上嘴。从外部看来根本不可能存在的宽敞空间，宛如一座大殿，四处金碧辉煌，六根气派的红木圆柱撑起挑高的天花板，美轮美奂的藻井，彩绘与雕刻精致得超出想象。

两侧是对称的长方形鱼池，金光闪闪的锦鲤在清澈得犹如无物的水中优雅游动，水面上漂着莲花与莲叶，重瓣的花朵冰清玉洁，无愧出水芙蓉之名。室内垂着一道一道的纱幔，无风而动，轻烟渺渺，从更深入的地方飘来。

“进来吧。”女孩的声音从纱幔后传来。

欧小庄小心翼翼地走过用金线勾勒出图案的地砖，掀起最后一道帐幔时，映入眼里的是一张古典的贵妃榻，榻上有一个年约十七八岁的少女，生得如花似玉，明眸皓齿，眼角有一抹飞红，衬得肌肤尤为雪白。少女的手腕、脚踝、颈脖处都戴着贵重的金饰，这里的一切都这么华美，唯独少女一身霞红的纱衣，却是破破烂烂的。

然而这么一位本该很是让人心动的少女，却盘腿坐在贵妃榻上，一手抓住自己赤裸的脚踝，一手举着把看着就很沉重的铁蒲扇摇啊摇，袖子都撸到胳膊以上去了。比起娇花般的美丽少女，她更像个豪爽的抠脚大汉。

少女一边摇着扇，一边问：“烧啊，你不是说要烧了我的窝吗？”

此情此景，无论是谁都会怂的，欧小庄绝对不会例外。更何况，那打火机还卡在塔外的石缝里呢，他拿什么烧，心火吗？

“你……你是神女？”欧小庄问，很自觉地把“姐姐”这个后缀省略，毕竟对着这么个徒有其表的美少女，实在喊不出充满崇拜意味的“神女姐姐”。

“我叫红鸾。”少女回答，既没有否认，也没有承认。她手里的大铁扇一挥，没扇出多大的风，但欧小庄觉得，普通人被这扇子刮到，肯定会被砸晕过去。

“过来吧，坐下，说说你这是怎么了。”红鸾问道，不等欧小庄回答，她摸着自己的下巴，自己就说了起来，“说起来，我从来没理睬过你那些乱七八糟的愿望，这么多年也不见你生气啊。这次该不会是因为你之前跑来跟我许愿的那件事吧？”

欧小庄脸一下红了，红鸾呱呱——对，是呱呱——大笑起来。她仿佛用尽了力气来笑，没有力气摇那把铁扇了，随手放到一边，揉了揉酸痛的手腕。

“怎么？你被喜欢的女生甩了？所以恼羞成怒，找我算账？”

欧小庄脸更红了，伸直了脖子申辩：“我、我才不是被甩了！”

“我想想啊，你是求神许了什么愿望来着……”红鸾笑嘻嘻的，“‘神女姐姐，如果这次全市英文演讲比赛赢过了季元海，我就去跟柳萌表白，请你保佑我顺顺利利。’呵，有够不害羞的，一个愿望里含了两个要求，你以为我是搞买一送一促销活动的吗？而且看你这样子，难道是两边都失败了？”

穿着古代服饰的少女噼里啪啦说了一通，牙尖嘴利得完全不像她看起来的那么古典婉约，还夹杂着时髦的用词，听得欧小庄一愣一愣的，嘴巴一张一合，许久才说得出话来：“你、你……你偷听！”

红鸾用铁扇掩着嘴“哦呵呵呵”地笑：“奇怪，你不就是为了让我听见所以才天天来唠叨吗？”

筹备演讲比赛的那段时间，欧小庄为了找个安静的地方练习经常跑到这里来。每次开始练习前，为了静心也为了给自己打气，他都会到塔前合掌嘀嘀咕咕地许愿。

欧小庄脸红得已经要烧起来了，比红鸾的衣服还要艳丽，他生气地问：“可、可是既、既然你听到了，怎么——”

“怎么不满足你的愿望？”红鸾掏了掏耳朵，慢悠悠地说，“如果求神祈愿能事事顺遂，那世界上还怎么会有这么多事与愿违。”

欧小庄终于幡然醒悟，原来传说里的一切都是骗人的，都是封建迷信害人不浅。少年懊悔地咬着嘴唇，感觉自己所托非人。外婆啊，你说的神女是存在的，可是外婆你心心念念的神女好凶残啊！

欧小庄抽了抽鼻子，迈着蹒跚的脚步正要离开，红鸾却在他身后拔高了声音问：“怎么？你这就要走了？”她把铁扇抓在手里，慢慢地摇，“难得本姑娘想着，吃了你这么多年的水果零食，也不是不能大发善心帮帮你。”

“真的？”欧小庄疑惑地问。

红鸾点点头，道：“过来，给神女大人说说这是怎么回事。对了，扇子你拿好，给我扇风，动作不许停。”

铁扇拿在手里沉甸甸的，材质似是青铜，却又像贝壳般隐约露出彩色的温润光泽，每一下扇动，这扇子随着角度变化色彩也渐次变换。

只是实在太沉了，拿一会儿就手腕发酸，欧小庄是个男孩子都感觉吃力，红鸾看起来与寻常女孩无异，这臂力却深不可测。

在红鸾的催促下，欧小庄无奈地说出了事情原委。

欧小庄与季元海无仇无怨，他不讨厌对方，甚至把对方看作推心置腹的好兄弟。季元海除了性格之外其他地方无可挑剔，但因为说话太直接又从不特别优待女生，所以女生们都讨厌他，觉得他太高傲。男生们也普遍对他感觉平平，虽然不会有欺凌事件发生，但也不会对他很热情。

欧小庄是唯一的例外，他之所以会跟季元海搞好关系，是因为班主任当时发现了季元海的不合群，就找了欧小庄让他多跟季元海一起玩。欧小庄百思不得其解，不晓得班主任为啥找上他，班主任大力拍着他的肩膀，语重心长地说：“欧小庄，老师相信你，你一定可以跟季元海当好朋友的，加油！”

当时班主任说得特别慷慨激昂，一副热血青年教师的模样，欧小庄当场就被感动了，跑去纠缠了季元海大半学期。所谓烈男怕缠郎，等到下半学期开学，季元海不知道是彻底死心了还是嫌麻烦，接纳了欧小庄这个从天而降的“朋友”。

欧小庄在班上人缘不差，当时很多人不理解他为什么要去倒贴季元海这个臭脸。欧小庄自己也说不上来，就觉得不能辜负班主任对他的信任，而且跟季元海做朋友后发现他这个人也不是很坏，死缠烂打之下还能得到优秀笔记和地狱式考前特训的福利。

柳萌是另一种情况，她比欧小庄大一岁，小时候两人念同一所小学，欧小庄从那时开始就对这个漂亮元气的小姐姐特别仰慕，巴巴地追着柳萌从初中到高中。柳萌与季元海截然相反，是个优秀而且受欢迎的女孩。欧小庄多次想跟他的小姐姐表白，可只要柳萌朝他温柔地笑一笑，他就连话都说不好。

季元海经常听他诉苦，终于忍不住对他说：“你给自己定个高一点儿的目标，达成了就去把这些话跟她本人说！这样就算告白失败，也算是达成原定目标了，两全不能齐美，好歹还有个保底。”

恰好欧小庄在参加的演讲比赛上晋级了，与他一同晋级的还有季元海。于是欧小庄搔着脑袋对季元海说：“那我就把赢过你作为目标吧！如果连你这么厉害的人我都能赢，我就会有信心了！”季元海不置可否，以欧小庄对他的了解，应该是随便他了的意思。

红鸾听得津津有味，问道：“然后呢？你比赛还是赢了吧？有什么好哭鼻子的。”她嘲笑的是欧小庄的红眼睛，并享受着这个可怜巴巴的少年给她扇的风。

“你不懂……”欧小庄有气无力地继续说，“我确实是赢了季元海。我鼓起勇气去约柳萌，她很爽快地答应了，说她正好有话要对我说。”

那天他到了与柳萌约好的教学楼天台，紧张得手心冒汗，心脏砰砰直跳。他眼前是双手背在身后的柳萌，少女窈窕的背影与清透的蓝天相映，裙角与衣摆，还有乌黑的长发一同飘扬在风中，美得让他舍不得眨眼。

柳萌转过身，害羞地把玩着发尾，吞吞吐吐地说：“小庄，你帮我个忙可以吗？我……那个……对季元海……嗯……很喜欢……所以……”

接下来柳萌还说了什么，欧小庄已经记不住了。一大盆狗血扑头盖脸泼他脸上，他原本紧张得过热的脑子瞬间都冷了。他恍恍惚惚地答应了柳萌什么，然后幽魂一般飘走，自己的告白此刻已经无关紧要了。

“这还没完！”欧小庄几乎就要哇一声哭出来，但铁扇倒也记得拿稳了一扇一扇的，十分听话，“我走到楼下，经过办公室刚好听到班主任跟季元海在谈话。老师问季元海怎么演讲比赛会输了，感觉他没有好好做准备，他回答说他根本就没有准备！他想专心准备考试，所以原本就打算放弃比赛！”

也就是说，他根本没有赢过季元海，演讲比赛的获奖证书，也不是他堂堂正正赢来的。

欧小庄犹在伤感，眼前突然红影一掠，红鸾站了起来，道：“这事交给我吧。”

3

红鸾说要帮忙，但她会怎么做欧小庄一点儿头绪都没有。那天红鸾看了眼天色，把他赶了回去，那是那一天她唯一次一露出十分正经的表情，窗外是黄昏日落，她对欧小庄说：“快回去吧，最近好像来了什么东西，有点儿不安全。”

接下来两天都有测验，欧小庄也没时间去凤章山。如果可以，他真想躲到山上去，也比回学校待在教室跟季元海大眼瞪小眼好。他现在看到季元海就尴尬，浑身僵硬，他表现得这么明显，季元海没发觉就有鬼了。

欧小庄的心情其实十分复杂，他早就明白季元海比自己优秀太多，柳萌只要不是口味清奇，喜欢上季元海那才是正常发展。但事实真的摆在眼前的时候，要说自己完全不介意那是不可能的，要承认自己不如别人，承认自己失败，其实远比追求目标更需要勇气。

另一方面，对季元海他更在意的是他怎么能在比赛里放水！也许在季元海眼里这是闭着眼睛都能赢的比赛，根本无关紧要，可是这对欧小庄来说却是付出了很多努力的比赛，更何况这次比赛里面还寄托着自己鼓起勇气跟柳萌告白的愿望，季元海不可能不知道啊！

因为怕被季元海问起而无法回答，又因为心存怨气，欧小庄这几天都躲着季元海。更让他烦恼的是，柳萌还记着之前拜托他的事情，总是到班上来找他，弄得班上的同学都以为全校有名的知性美女学姐对欧小庄有什么暧昧情愫，欧小庄有口难言。

欧小庄其实也很怕见到柳萌，失恋的创伤都还没好呢，他怎么有办法帮柳萌追求他那个欺骗了自己的优秀朋友呢？

“红鸾那不靠谱的神不是说会替我解决的吗？现在怎么越来越麻烦了啊？”因为两个人都不想见，欧小庄午休的时候干脆躲到了图书馆后面那一块空地上，咬着外卖盒饭的一次性筷子唉声叹气——为了避开季元海和柳萌，他连食堂都不去了。

“一个人自言自语说什么呢？是不是说我坏话？小心我拉一泡鸟屎在你头上哦！”红鸾的声音从他头顶上传来，紧接着一把铁扇从天而降。要不是欧小庄躲得快，肯定就被砸晕了。

一只拖着优雅的红色长尾羽的鸟儿落在欧小庄头上，除了尾羽，鸟儿的翅膀、背上，还有头部和鸟喙前端都是胭脂红，但是翅膀的地方不知道怎么了，羽毛稀稀拉拉的。

欧小庄试探着问：“红鸾？”

“赶紧扇风，愣着干吗？你说的两个人在哪儿，带我去见见。”鸟儿用红鸾的声音说道。欧小庄长这么大第一次被一只鸟命令，并且还得照做。

一只有山鸡那么大的鸟儿雄赳赳气昂昂地蹲在欧小庄头上，而欧小庄举着个铁扇一边摇一边穿过校园，引得众人瞩目，他觉得自己像神经病，但发现大家似乎都没有看到他头上的鸟。

“为什么你一定要带这把扇子呢？天气又不热，你毛也不厚……”欧小庄正说着，突然就被红鸾啄了耳朵。

欧小庄仔细研究这把扇子，虽然材质十分神奇，但要说有什么非常特别的地方，他却也没发现。他正研究着，冷不防有人喊他名字，是柳萌。欧小庄心里一慌，拔腿就想溜，没想到反方向也有人喊他，一看，是季元海。

完了完了，两面夹攻，逃都逃不掉了。两人走上来，柳萌脸颊微红地看了眼季元海，那小鹿乱撞的眼神在欧小庄看来心里挺不是滋味的。柳萌担心地问："小庄，你没有不舒服吧？这几天都没怎么见到你，你脸色不太好啊。"

相比起柳萌的关切，季元海就很不友好了，他板着脸问："你干什么？这几天见我跟见鬼似的。"

欧小庄演讲比赛时还算口齿伶俐，现在支支吾吾啥也说不出口。柳萌大概是想化解这尴尬的场面，瞅着欧小庄手上的铁蒲扇问："这是什么？哎呀，挺漂亮的……"柳萌与欧小庄也认识很久了，自然地伸手想摸摸扇子，欧小庄心里一急，下意识就躲开。结果柳萌不知怎么的没站稳，脚下踉跄，倒向季元海，季元海还不至于铁石心肠到眼看着女生摔跤，抬手就扶住了柳萌。

欧小庄目瞪口呆地看着两人亲密地搂在一起，柳萌烧红的脸蛋可爱极了，她是那种温婉娴静的性格，现在脸蛋红扑扑的模样，让人恨不得亲她一口。季元海不知道是否被吸引了，只见他怔了怔，居然亲切地开口问："你没事吧？"

晴天霹雳！这不是季元海！不是！欧小庄认识的季元海在这种情况下一般都只会说"站稳了就自己起来"或者"你撞到我了"之类残酷而不解风情的话才对！

欧小庄石化的同时，那两个人已经分开了，一个脸红红地理着头发，一个生硬地别开脸假装看风景，欧小庄这下蒙了，自己这算不算无意中给他们制造机会了啊？

柳萌大概是不好意思，找了个理由就走了，欧小庄茫然地看着她的背影，听见红鸾在他耳边悄声道："这个女孩，姻缘到了。"

欧小庄和季元海一同回了教室，接下来一下午他都恍恍惚惚。讲台上班主任在说周末活动的注意事项："周末活动在凤章山举行，最近山里出了几起原因不明的意外事故，有人现在还昏迷不醒，请大家一定要注意安全……"

讲台下，欧小庄目光呆滞地摇着那把铁蒲扇，没有人看到他肩头上还有一只眯着眼享受着微风的鸟儿，同学们都不知道他这是怎么了。

欧小庄偶尔偷看季元海两眼，向来是认真听课优秀模板的季元海居然好几次被他逮到低头猛摁手机。红鸾扑啦啦扇着翅膀飞过去，不知道是不是教室空间太狭小了，她飞起来似乎歪歪扭扭的。她看了眼之后又扑啦啦飞回来蹲在欧小庄头上，兴致勃勃地汇报："他在跟柳萌发短信呢！"

欧小庄一颗心都沉到太平洋底下去了。

放学后，季元海一个人先走了。他前脚刚出教室，欧小庄就一抓书包跟了上去，鬼鬼祟祟地跟踪着季元海。

季元海出了校门往商业街方向走，欧小庄小尾巴似的跟在后面，他太专注了，以至于不小心撞到了人。那是个不认识的男生，两个人不经意打了个照面，同时都瞪大了眼睛，欧小庄看到对方身边遛狗似的跟着一只浑身白毛的狐狸——那肯定不是萨摩耶，欧小庄可以发誓。

那个男生也一直盯着欧小庄的头顶，又看了看他的铁蒲扇，欲言又止。欧小庄不禁奇怪，莫非对方可以看见红鸾？但是两人最后还是没说上话，各自往相反方向走去。

凤章山就在商业街的反方向，班主任刚才是不是说了，凤章山上最近发生了不少离奇的意外？难道是巧合吗？

欧小庄觉得头上的红鸾分外安静，忍不住问："你认识那个男生吗？"

"是个旧识。"红鸾回答，然后没再多说什么，用爪子扯着欧小庄的头发问，"我还没问你呢！你这是干吗？"

"哎哟、哎哟……"欧小庄痛得直抽气，"等下，季元海呢？"他想起自己还在跟着季元海，连忙朝四周打量一圈，发现他进了一家星巴克，坐了下来。紧接着，柳萌出现了，她坐到了季元海旁边的位置上。

"果然……"看到这里，欧小庄长长地出了口气，他猥琐地趴在门外偷看，小声说，"红鸾啊，我改变主意了，我要撮合他们！"

红鸾差点从他头上滑下去。只听见一阵翅膀扑扇的声音，红鸾竟然变回了少女的模样，两条粉白的手臂从后绕住欧小庄的脖子，几乎整个人趴在他背上，对欧小庄的决定表示十分不解。

欧小庄觉得红鸾真轻啊，跟羽毛一样轻，她化作大鸟蹲在头上时也是几乎没有一点儿重量。她的脸颊靠过来，欧小庄都能嗅到她发间熏香的味道。

他伸出食指挠了挠脸颊，说："我喜欢柳萌，但季元海是我朋友，如果他们都对彼此有好感，我想我应该成全他们……"

他说这话的时候还是很难过的，抽着鼻子。可是他也是贪心的，还能继续跟柳萌和季元海当朋友，总比他继续闹别扭弄得连朋友都做不成要好吧。怂就怂吧，比起大家都不愉快，那么就只有他一个人难过好了。

"你啊……"背上的红鸾轻轻地叹气，"跟你外婆一样傻……"

红鸾认识外婆？欧小庄十分惊讶，但还没等他开口，季元海跟柳萌就一起从星巴克里走出来了，三个人再次尴尬地打了个照面。欧小庄发现两人目不转睛地盯着自己，他能从两人目光中感受到他们此刻十分震撼的心情。

"喂……"季元海皱着眉，很不愉快的样子，"你身上的这个女生是谁？衣服怎么穿得不伦不类的。还有，这里是大街上，你们多少注意一点儿。”

柳萌因为被发现了，也有些不好意思地插嘴：“嗯，小庄，你还认识玩 cosplay 的人啊？你朋友？”

“不、不是不是，她是……”欧小庄不知道如何解释，说红鸾其实不是人，是一只鸟，那么接下来季元海和柳萌就应该要关心他是不是脑子出毛病了！他搜肠刮肚，挤出一句解释：“是我表……”

“你想说是你表妹还是表姐吗？”季元海的目光犀利起来，“一般这么说的，百分之九十五点八的几率都是瞎说。”

欧小庄大窘，柳萌亮闪闪的眼睛好奇地在欧小庄和红鸾两人身上转来转去。

“哈哈哈欧小庄你朋友很有意思嘛！”红鸾大笑道，却一点儿替他辩解的打算都没有。她从他身上滑下来，若无其事地说：“我先走了，你知道去哪里找我，拜拜。”说完转身就跑得没影了，剩下欧小庄跟面前两人大眼瞪小眼，不知道从何解释起。

晚上，欧小庄回到家里，身心俱疲，洗了澡准备躺床上时才发现，红鸾那把铁蒲扇，还在他这里。

4

学校周末的活动就是到凤章山植树，说是自愿，但哪有这么多愿意把周末用在这方面的学生，最后还是抓壮丁地点了几个人。欧小庄事先知道柳萌参加了，她对这种活动还是很热心的，然后他就给自己报了名，还自作主张地替季元海也报了名，反正事后他知道了也不能真的打死他。

那天集体登山的路上，季元海一脸不情愿，一路都在抱怨，欧小庄讨好地给他递水拎包，都被恶狠狠地瞪回去。

“敢这么骗我的人你是第一个，也就只有你了，欧小庄。”季元海气得冷笑，这句话他今天都不知道反复说多少遍了。

“是是是，是我骗了你，不过我们就算是扯平啦。”欧小庄一脸傻笑，这么一来演讲比赛季元海故意输的事他也不那么介怀了。

“什么？”季元海没听懂欧小庄的意思，最近几天他皱眉的频率大大增高，眉心都快夹出皱纹了。

柳萌跟他们走在一起，季元海也参加活动这件事让她很惊喜，欧小庄又有意无意地总是找她说话，一路上少女的脸颊都是醉人的桃粉色。欧小庄感觉自己这天口才上的发挥比演讲比赛当天还好，各种抖机灵抖包袱，话题一个接一个，有时候就连季元海那张冷脸都绷不住，露出一点儿笑容，也不枉费他说得口水都干了。

季元海也一改他冷淡的个性，对待柳萌十分客气，有时候两人说着说着话，会把欧小庄落在一旁。欧小庄心里虽然失望，但见他们相处融洽，也算是达到目的了。

植树活动结束，就可以自由活动了，因为就在凤章山上，所以顺便游览一下也是不错的。欧小庄有计划地把季元海和柳萌带到那座小院里去，趁他们说话的时候找了个时机躲进了塔里，留给两人独处的空间。

他刚躲进塔里，红鸾便出现在他旁边，两个人一起鬼祟地蹲在门边，透过缝隙看着外面。红鸾懒洋洋地问："这样真的好吗？"她身上的红衣，似乎比之前见面时新了一些。

"你会保佑他们顺利的吧？"欧小庄小声问，紧张地看着柳萌轻轻地扯了扯季元海的衣角，有话要对他说的样子。躲起来偷看别人的告白现场确实很不礼貌，可是有什么办法呢？欧小庄觉得得做到这个地步自己才会死心。

欧小庄拉了拉她长长的衣袖，小孩子般恳求："求求你了，神女姐姐，成全他们吧。"

红鸾深深地看他一眼，没有说话。

塔外，柳萌鼓起勇气对季元海说了什么，季元海的脸色变得古怪极了，说道："抱歉，我不喜欢你。"

砰！欧小庄脑门撞到门板上去，季元海听到了动静，警惕地四下张望，大声问道："欧小庄！你躲哪儿去了？我说你最近怎么很反常，你到底在干什么啊？"

门内，欧小庄顶着红了一块的额头，恶狠狠地瞪着红鸾，悲愤道："你、你又骗我！你不是神女吗？"

"啧啧啧，非也非也。"红鸾不慌不忙地摇摇手指头，"我不是神女，是神鸟，也是紫微斗数中的红鸾星。"

红鸾星乃吉星，主姻缘婚配。这一点欧小庄还是稍有了解的，于是他更生气了，既然这样为什么季元海还拒绝了柳萌呢？

"就算是我也不能乱点鸳鸯谱啊。"红鸾看着满脸怒气的欧小庄，倒是柔柔地笑了，说，"我说姻缘到了，却没说是这女孩跟谁的姻缘啊。好的姻缘是两情相悦，丝毫勉强不得。这一点你跟你外婆是真的像，我认识她那一年，她就跟外面那姑娘年纪差不多。她哭着来求我让我保佑她的小姐妹和她喜欢的男孩在一起，她是个傻瓜，连那个男孩喜欢她都不知道，眼瞎了就要把自己好友跟他凑一对儿。"

欧小庄的表情渐渐缓和下来，红鸾伸手掐了他脸颊一把，说："我可是能看见凡人姻缘的，可是我并不能插手干预。你外婆就跟你现在做的一样，想尽法子制造机会撮合小姐妹跟那个男孩，就这样可笑地蹉跎了好多年，等他们心意相通的时候，战争就开始了。”

男人为了保家卫国去当兵，新婚的女人哭得肝肠寸断，每天都爬上凤章山来祈求丈夫能平安归来。后来战争结束了，当年英俊挺拔少年郎，回家时被战友捧在怀里，他的骨灰与他的勋章，都装在小小的匣子里。

已经面容沧桑的女孩再次来到塔前，她抱着丈夫的骨灰，拉扯着几个小孩，红鸾本以为她是要埋怨咒骂的，没料到她居然说："谢谢你，神女大人，让他回家了。"战场上多少英雄尸骨无存，哪怕只是白骨，爱人能再回到身边她便很感激了。

那是红鸾见过的最傻又最纯真的女孩，她那双哭得红肿如核桃的眼睛，和那天举着打火机叫嚣着要烧了她的窝的欧小庄一模一样。

"所以呢，有些事情你不要憋在心里。如果那真是你的朋友，没有什么不能说的。如果你真的喜爱那个女孩，那没有什么苦难是你不能陪她度过的。"红鸾伸手，替欧小庄拭去吧嗒吧嗒流下来的眼泪，取笑道，"你啊，爱哭这一点也跟你外婆一个样。"

"吱呀"，原本怎么也推不开的塔门敞开了，季元海与柳萌都吓了一跳，欧小庄从里面别扭地走出来，一个身穿红色绢衣的少女依在门扉上，以衣袖掩着嘴，笑眯眯地看着他们。

还没等季元海开口，欧小庄就主动坦白："我、我以为你们对彼此都有意思，所以才……才想撮合你们……"

"撮合我们？开什么玩笑，喜欢柳萌的不是你吗？"季元海说话的本色就是这么直接，也不管柳萌就在现场，就直接戳破了欧小庄那点儿小心思，"还有，我什么时候对她有意思了？"

柳萌站在一旁，先是为欧小庄喜欢自己而吃惊，接着又被季元海最后那句话打击到了。这已经不是过山车的刺激程度，是跳楼机啊！

"呃？你不是悄悄跟柳萌发短信吗？你们还一起约会，你们今天气氛明明也很好的啊！还有你故意输了演讲比赛的事，我听见了……"

"唉！"季元海揉着额头，"我是看你那几天很奇怪，就约了她商量而已。至于演讲比赛的事，没错，我是故意输了，可你不是说了如果赢了我就去告白吗？我怎么能让你输呢！"他粗声粗气地说，旁边柳萌的脸颊越来越红了。

"所、所以……"欧小庄这才发现自己误会大了，"你故意输是为了让我……"

"哼。"季元海很别扭地转过脸，"我没有什么朋友，死皮赖脸贴上来的只有你。谁让我倒霉认了你这个朋友，当然得推你一把啊！还有，既然知道你喜欢柳萌，我怎么可能对她摆脸色啊！”

“哈哈哈。”这时柳萌突然笑了起来，她擦着笑出来的眼泪说，“你们真的……好有趣啊。但是，小庄，对不起啊……”

“嗯。”欧小庄蹭了蹭自己的鞋尖，柳萌是不会喜欢他的，他知道的。

柳萌顿了顿，又说：“我呢，被季元海拒绝了，本来很难过的，但是一想到季元海是为了小庄才对我好的，而我又很不给面子地拒绝了小庄，突然就觉得……嗯，很好笑呢，我这么想很坏心吧？”

“不会，我也觉得挺搞笑的，他活该。”季元海也忍不住笑了。

欧小庄窘得不知道该说什么好，一双温暖柔软的手握住了他，是柳萌。她牵着欧小庄的手说：“小庄在我心里一直是可爱的弟弟，你喜欢我其实我很高兴哦，虽然喜欢的感情不一样，但我也喜欢小庄的啊。虽然这么说可能不太合适，但希望我们还是朋友。”

“嗯……”欧小庄点点头。

季元海难得地在旁边附和：“我同意，你也挺不错的，跟其他发花痴的女生不一样。”

“你就是这样才会被女生讨厌的！”柳萌和欧小庄异口同声地说。

红鸾一直看着他们，这才松了口气，愿望能不能实现并不是最重要的，毕竟即使愿望没实现，也还是会有值得高兴的事情发生啊。这么一来，欧小庄也就不再需要哭唧唧地来求她了，神和人类不该牵扯过深，红鸾正准备要把塔门封闭起来，冷不防听见一个男生的声音大叫：“小心！快躲开！”

欧小庄三人正聊得起劲，一时间没能反应过来，便已经觉得脚下的大地猛烈摇晃起来。小院内石板镶嵌的地面爆裂出一道道狰狞的裂纹，地砖龟裂，碎裂的石块耸立起来，几个人站不稳了，柳萌吓得尖叫起来。

只见底下的泥沙搅作一团，形成一个漩涡，一双赤红的巨目睁开，杀气腾腾地看着地面上的几个人类。

紧接着，一条通体发红的巨大蜈蚣蹿了出来，它还有一半的身体埋在土里，然而光是它露出来的部分，就已经比三个人叠起来要高了！随着它的出现，空气里一瞬间充满了一股浓重的腐臭气味。

巨大的蜈蚣扭动着身体，仿佛承受着什么巨大的伤痛而疯狂挣扎。虫子是不会发出声音的，然而它挥动那数不清的步足所发出的沙沙声让人头皮发麻。欧小庄站得离这条巨型蜈蚣最近，他听到季元海和柳萌尖锐地叫着让他快跑。欧小庄脸上露出难看的笑容，眼泪和鼻涕都滑了出来，他也想跑啊，但他吓得动不了！

眼看着巨大的蜈蚣就要朝他袭来，欧小庄认命地闭紧了眼睛，准备受死了。突然他觉得脚下一空，身体离开了地面，那令人作呕的腐臭味道也消淡了。欧小庄感觉到强风拍打在他脸上，他想睁开眼睛时，脑海里直接响起了红鸾的声音：“恐高就不要睁眼。”

但欧小庄最后还是睁开了眼睛，脚下是连绵起伏的山丘，这一瞬间他脑子里想到的是——外婆说的没错，从高空俯视的话，山体沟壑形成的图案，真的犹如一只翩然飞舞的凤凰。

红鸾这次化作一只巨大的鸟，双翼展开恐怕有好几米，她叼着欧小庄飞翔在高空，在千钧一发之际把他从蜈蚣脚下救了出来。

红鸾并没有盘旋太久，接着便疾速俯冲，欧小庄哇哇大叫的声音都隐没在狂风之中。红鸾的目标还是那座小院，欧小庄从高处往下看，那条蜈蚣爬出来了更多，糟了！季元海和柳萌！

欧小庄心急如焚地寻找两人的身影，发现两人被推到一个安全的角落，蜈蚣被一个跟他差不多大的男生挡住了，他肩上站着一只雪白的狐狸。

“好了，这里没你们的事了，快离开吧。”红鸾说着，在距离地面还有一点儿距离的时候松开了欧小庄，然后振翅一挥，除了那个带着白狐的男生之外，另外三人都被卷到了小院之外。

欧小庄目瞪口呆地看着小院的墙壁、建筑一点点崩塌，纷飞的碎石与瓦砾中，一只威风凛凛的红色大鸟正与那条可怕的蜈蚣激战。它时而飞起，用利爪攻击蜈蚣的身体，时而用尖锐的鸟喙啄蜈蚣的眼睛，它拍打那双美丽的翅膀，卷起守护的旋风，保护附近的人类不受伤害。

只是那条蜈蚣也不甘示弱，用它丑陋恶心的身体紧紧缠住红鸾。在数不清的步足蠕动下，红鸾一身漂亮的红色羽毛被抓得七零八落……这场缠斗惊心动魄。

“红鸾！红鸾！”欧小庄撕心裂肺地大叫起来，季元海和柳萌扯着他让他快点走，可他死活不动，大叫着，“红鸾还在跟那条蜈蚣搏斗，我们不能抛弃她啊！”

“你发什么疯啊！哪里有什么蜈蚣，是山体滑坡或者地震了，我们赶紧离开吧！”季元海吼回去，他跟柳萌完全看不到，刚才喊欧小庄快跑也只是因为看到地面塌陷。

一些附近的游人也赶过来救援和疏散了，欧小庄终究抵不过多人拉扯，被强制带走了。

5

凤章山突然发生了无法解释的塌陷事件，山内一处古旧建筑彻底被毁，原因至今不明。这样的新闻沸沸扬扬地闹了好几天，但是每当有人问起就在现场的欧小庄，他却只是摸摸脑袋，记不清到底发生了什么。

唯一还记得的，就是他几乎要死在那里了，但是多亏老天保佑，他安然无恙。不对，不是老天保佑，是有谁……有谁救了他。

是谁呢？好几个晚上，欧小庄躺在床上，总觉得迷迷糊糊想起了什么。好几次他从床上翻坐起来，去摸床头柜上的地方，他记得他随手把什么东西放在那里了，那是个很重要的、一定要还给某人的东西，好像……是一把扇子吧。

然而每一次，他都只摸到空荡荡的空气。

荣光跪坐在床上，被欧小庄遗忘了的那把铁蒲扇正握在他手里，他做了个还算舒适的窝，窝里有一只羽毛掉得七零八落的鸟儿，不比麻雀大多少。若是仔细看，随着那扇子每扇一次风，鸟儿身上的羽毛便会稍微多长一点点。

这扇子能修复神兽身上被毁的带有力量的羽毛，所以被称为“结羽扇”。

狐狸被荣光关到阳台上，正不忿地用爪子挠着玻璃。

“你不再去见那个男生了吗？”荣光小心翼翼地问。

“我现在就一只光鸡，见什么见啊……而且人与神的关联是很脆弱的，一旦疏远了，人类就会逐渐把我们忘了的啦。”红鸾懒洋洋地回答，跟大蜈蚣一场激战，落了个两败俱伤的下场，蜈蚣是死了，她养了好几百年好不容易长回来的一身羽毛也毁了。

“这结羽扇果然是你来用，效果最好。”红鸾说，窝里的秃毛鸟打了个哈欠，“这段时间就拜托你啦，我羽毛长好一些后，你就能把我放回凤章山了。”

“虽然凤章山上灵气很足，可是很危险啊，那样的大蜈蚣不知道什么时候又会出现……”荣光说完，吞了吞口水，鼓起勇气八卦，“呃，对了，狐狸说凤章山的图案，是当年你从天上摔下来的时候砸的？”

“哎呀，多少年前的事了，我都不记得了。”红鸾说，当年她是一只好战的烈鸟，为了什么事跟雷神打架也已经忘得一干二净了，当时她被雷神从天上劈下来，直接摔在凤章山上，砸出了这完整的“凤纹”。

“我以前一直想着快点好就再回去跟那废龙再干一架，才问卖药人要来这结羽扇，可是渐渐的我喜欢上了那些能带来温暖的人类。想来天庭有什么好呢？神都是冷冰冰地俯视世间，我都觉得厌倦了。”

她一身羽衣之所以还是破破烂烂，就是因为每次快好全的时候，总会出点什么幺蛾子，就跟这次一样。但哪怕一身的羽毛永远都不会好起来了，她也不后悔。

说到这里，红鸾想起了什么，道：“那条蜈蚣其实也不坏，它生活在凤章山地底也有许多年了。打死它之后我才发现它的腭牙被人生生拔掉了，所以才会这么疯狂。前段时间，我听树精们说，有个背着药箱的怪人在山里寻找些什么，可我知道那绝对不是‘他’……”

说着，她看了眼荣光身边的奇怪魔方。蜈蚣的毒牙，可也是一味上好的药材啊。

又过了一段时间后，荣光把红鸾放回凤章山，看着鸟儿飞不高的身影消失在山林深处，心里有些难过。明明与人类有过那么多珍贵的回忆，对方说忘就忘了，那么被遗忘的一方真的如她表现出来的毫不在乎吗？

他往山下走，与两个结伴来爬山的少年擦肩而过。长得又冷又酷的男生问："欧小庄，你又带我们来这里干吗？那地方因为之前塌陷已经是废墟了吧，你还带这么多水果干什么？"

"我外婆说那里有个很善良的神女姐姐，我来祈愿啊，希望哪天柳萌看透了你这个渣渣，然后抛弃你投入我的怀抱哈哈哈哈——"另一个少年笑吟吟地说，"就算那地方被毁了也没关系，我相信神女姐姐一定还会回来的。"

荣光停住了脚步，看着两人往之前那座塔所在的方向渐行渐远，不由得开心地笑了起来。

第九章

山珍说

石蟹：石蟹生于南海，本是螃蟹，因年月深久，水沫相融，化成了石头，所以形似螃蟹，加入各种药中能起辅助之效。味咸，性寒，无毒，能解一切之毒。又有石虾石鱼，酷似石蟹，却不能入药。

SHAN ZHEN SHUO

1

所有不合理的事都发生在遇到这个少年之后，虽然团队里没有人把话说出口，但褚森知道大家肯定都是这么想的，因为……实在太诡异了。褚森所在的这个调查原始森林生态的科研小组，正面临着接二连三的怪事。

褚森今年刚考入第一志愿的大学，他家祖祖辈辈都是大山里的猎人。据说他曾爷爷年轻的时候，村里庄稼总遭熊糟蹋，眼看着全村人过冬的粮食都不够了，曾爷爷一怒之下扛着一把破猎枪进山，三天未归，所有人都以为他死在山里了，但是在冬天第一场雪飘下之前，曾爷爷拖着一头巨熊的尸体回来了。褚森的老爹经常跟他说自己小时候就是被那张熊皮裹着长大的。老爹还说他们家族的人血管里都流着猎人的血。可现在不许猎熊了，大山虽还在，可土生土长的村庄由于水利工程而消失了。村里的人搬到镇上、搬到城市里，远离了大山，日子还是一天一天地过下去。

褚森自幼在山脚下长大，因为聪慧机灵，小时候大人便会带着他巡山，村里的孩子大多闭着眼都能在森林里跑。巡山的任务不再是猎杀动物了，猎人还是猎人，但猎人的猎枪已不再仅为了温饱而对森林的动物开枪。他们留意有没有受伤的动物需要救治，在食物短缺的季节在山里留下适当的食物，甚至还要留意动物的排泄物，以便了解它们有没有生病。

有时候会遇到死去的动物，大人们会对着尸体合掌祈祷，希望它们逝去的灵魂得到安息。说乡下人迷信也好，愚昧也好，这是他们对于生命的敬畏。

老一辈的人说，山里面有许多许多的珍宝，所以总有人觊觎。

可褚森当时毕竟还小，山林虽然有趣，但大城市里的电视机、游戏机、电脑更有趣，举家搬迁的时候大人们依依不舍，他却十分兴奋，向往着城市的生活。

然而生活总是很现实的，褚森逐渐发现城市与乡下其实并没有什么不同，只是树木的森林变成了高楼的森林，弱肉强食的法则在城市里依旧适用，只不过动物世界里用来作战的獠牙与利爪，在人类这里变成了各种各样的东西——金钱、成绩、地位、出身……

搬迁之后，父母都分配到不错的工作，但经济上始终算不上宽裕，去年父亲因意外去世，家里就更吃紧了。山野乡村出身的褚森一直在为自己的大学学费而努力，他有从小在深山老林里探索的丰富经验，脑子也转得快，知道现在很多科研组织会进行野生动植物的生态调查。特别是他过去经常活动的大山，那里已经被列为国家级的森林保护区，是不少研究团队的首选。褚森想办法在网上联系这些人，利用空档给他们当向导，毕竟熟悉山路又会使用电子产品的人是少数，褚森这兼职做得还不错。

这次又有一个团队联系他，领队是个说话很客气的中年男人，脸庞圆胖，一直笑眯眯的。但他的眼睛让褚森觉得很不自在，中年男人的两只眼珠往外拐，活像一只癞蛤蟆，他对着褚森说话时，眼睛却像是打量着四周。

他们约在学校里一个没人的自习室见面，中年男人自我介绍，说他叫田堃，在某大学研究院进行森林动物生态的研究课题，这次找上褚森，是希望他能带他的研究小组到大山深处对某些品种做记录，以便跟踪研究。介绍田堃来的，是跟褚森合作过数次的研究生，也算是他的学姐，现在正跟着她的教授做藏羚羊、黑颈鹤等高原动物的保育课题。

褚森还有点儿犹豫，他并不认识这个中年男人，以往合作的对象都会经过一段时间的相处，至少也会在网上或者电话里聊几句，但对于田堃，褚森并不了解，只能通过学姐探知一二。学姐为了让褚森安心，特意让田堃带来了可以证明身份的文件，见褚森还拿不定主意，她把他拉到一旁，对他说："学弟，你之前跟我说家里急需要钱，现在是个好机会。田先生人脉很广，他的课题得到了不少赞助，人也挺大方的。"

褚森的母亲最近不小心摔断了腿，他在异地念书，回去不方便，又担心母亲太过逞强，于是托人找关系请了个看护，价格已经压到最低了，可对于他们家来说依然是笔不小的花销，褚森也没办法考虑更多了。

之后过了半个月，褚森就带着田堃和他四个助手走进了故乡的大山。

褚森不是第一次给陌生人带路，可是这一次他总有种异样的感觉。田堃的四个助手里有三个是看起来十分结实的年轻人，还有一个精瘦精瘦的男子，目测三十岁左右，一般来说教授的助手都是自己的学生，学生中会有年纪这么大的人吗？

也许是看穿了褚森的疑惑，田堃先开口解释，这个瘦子叫邓朗，是他的一个朋友，一起搞学术的，这方面的经验很丰富。至于另外三个人，剃着板寸身材最高大的叫大钱，看着凶神恶煞；有点儿龅牙的是阿旗；最后那个看着就有些滑头，长着一双三白眼的叫三白。

褚森留意到田堃说的都是这几个人的绰号，田堃解释说这么叫起来顺口，褚森也就不说什么了。几个人提着大包小包的器材，褚森说自己可以搭把手的，结果都被拒绝了。看来真的是经常进行这方面的研究活动了，无需褚森多加提醒，几个人都穿着方便行动的服装。

快进山的时候，褚森站在大山山脚下，仰望这座庄严沉默的山林，山顶处雾气环绕，犹如仙境。他深深吸了一口饱含湿润水汽的空气，泥土混杂着树叶的清新，他从小便是在这样的土地上长大，除了绿意之外一无所有的地方，哪里比得上色彩缤纷、繁华热闹的大城市。

尽管如此，褚森还是按照以前大人教的规矩，在山脚下捧起一捧泥，合在掌心，闭上眼在心里默念。这是在告诉大山，她所生养的孩子们要回来了。

走进大山后，最初一切如常，这些研究人员跟着褚森，一路上拍拍照片，采集样本，偶尔拿出红外线摄像仪摆弄，可是并没有选到地方安置。

“我们要往更深入的地方走一点儿，可以吧？”田堃笑嘻嘻地问褚森。

“深山里面会很危险。”褚森老实地说，“会有熊、豹子、狼之类的猛兽出没。”

田堃的眼睛仿佛亮了一下，轻快地说：“没关系没关系，我们都是有经验的，而且越是深入原始的森林地带，资料才越珍贵嘛！”

褚森点点头，这么一来就要在森林里扎营过夜了，不过看他们装备齐全的样子，也不需要他烦恼。褚森走在最前面带路，一直落在最后面的是邓朗，田堃与褚森并肩走，经常找他搭话，所以他也没空去看其他人到底在做什么。

而那名奇怪的少年，是在日暮时分出现的。

2

一行人进了山，下午的时候遭遇了一场山中雨，原本便难走的地面变得更为湿软，每一步都像走在沼泽之上，粘软的泥土吸附着双脚，仿佛要把人拖入地底，每一步都走得颇为艰辛。也正因如此，褚森发现田堃这队人体力出乎意料的好，也许这也是因为他们之前经历过不少类似的野外调查吧。

山林里的雨和山外的雨是不一样的，山里面下得昏天暗地，外面却可能阳光明媚。雨停之后便开始起雾，乳白的雾气像浓郁的蚕丝，一层一层的，仿佛要把人裹进一个茧里。

褚森察觉到这样的雾的不同寻常，因为同时他发现夕阳的光照进了森林，既然光能到达，那么雾气也该被驱散才对，可是并没有，雾气依旧浓郁，并且因为落日的余晖而变得通红。

他们就像走在一片血海之中，这样奇异的景象就连褚森也从未见过。

田堃等人就更不用说了，他们疑惑不已地四处张望，满脸是警惕的神色，这样的表情让他们显得不像是一心钻研的学者，更像是正要行窃的小偷。

“田……田老师，指南针好像坏了！”叫阿旗的龅牙青年说道。

三白怪声怪气地说：“怎么可能？”然而他拿过来一看，指南针确实是坏了，指示方向的针胡乱旋转，根本辨不出东南西北。诡异的雾气一直不散，褚森也无法辨认方向，这时便听见一个少年的嗓音问道：“哎呀，你们是迷路了吗？”

循着声音望去，浓雾中浮现出一个人影，朝他们慢慢走来。那是个绝不超过十六七岁的少年，脸庞素净，眼角扬起却有几分妖魅，唇色艳丽。他一头微卷的短发，却穿着一身类似短褐色的古时衣服，更奇怪的是，他手里提着一个古色古香的木质药箱。

少年站在被夕阳染得赤红的雾气中，嘴角微微带笑，像极了传说中出没于山林间的精怪。

“你是什么人？”大钱粗声粗气地问。褚森留意到他的手下意识地伸向腰间，像是要摸索什么物件。

“我是上山采药的。”少年回答，“与诸位一样，不幸遇上了这罕见的异象，迷路了。”

看少年的服饰打扮不像是现代人，说话的方式也十分违和，像是久居深山未曾涉世之人。据说湖南山区一带还住着苗族人，可是他从来没有听说过这座山里还住着少数民族啊！

“反正大家都走不了了，不如做个伴吧？我叫秋茴，是个……卖药的人。”少年倒是大方，朝他们伸出手。他走得近了，便能听见他那小药箱里发出瓷瓶碰撞的清脆声响。

“我是褚森。”褚森也伸出自己的手与他握了握，但其他几个人却依旧警惕地看着这个突然出现的少年。

“这路是走不下去了，只能等明天太阳升起，看雾气是否会散去。”褚森说，“抱歉，田教授，这个情况若是有人在山林里落单是很危险的，我想还是让秋茴跟我们一起行动吧。”

田堃面露难色，他看了看邓朗，后者朝他使了个眼色，田堃虽然不太情愿，但还是同意让秋茴留下来。

大山里的夜晚特别深邃，与城市里灯火通明的夜晚完全不同，只有静默的黑暗流转在大树、灌木、草丛之间，偶尔响起某些兽类的喘息声、脚步声，让人心头发紧，却又不禁好奇那到底是什么。头顶上是贯穿夜空的浩瀚星河，比城市里人工制造的光河更梦幻、璀璨。褚森许久不曾见过夜晚的森林了，在大城市里，每个人都觉得自己无比重要，独一无二，可是待在大山里，人只会觉得自己太过微小，比尘埃都不如。

与他同样仰望着夜空的，是那个自称秋茴的少年，他把药箱放在身边，手臂搁在药箱上，手指一下一下地敲着花梨木的表面，像轻抚自己的小宠物。

田堃等人都低着头，忙着生火、支帐篷，那几个人很熟练地做好这一切，就开始啃起干粮。褚森自己也有带食物，见那几个人似乎没有打算给秋茴分一点儿，便打算把自己的口粮给他一些。没想到秋茴笑了笑，变戏法般拿出一个小号的营地锅，自顾自地架在了火堆上，然后倒入清水，掰了几块肉干和一把野蘑菇，炖起了汤。没过一会儿，锅内的汤咕嘟嘟地翻滚起来，一股鲜香的气味飘了出来，刺激得人舌底下直分泌唾液。

秋茴问田堃等人要不要喝一些汤，叫阿旗的龅牙眼看着就要点头了，被旁边的三白掐了一把，缩了回去。田堃笑呵呵地说："我们吃干粮就行了，这山里的野蘑菇……还是尽量不吃为妙吧。"

褚森笑道:"没关系，这种蘑菇无毒，味道鲜美，是山里的特产，出了这山可就没有了。"

然而那几个人还是摇头，秋茴也不在意，他拿出两个小陶碗，给自己与褚森各盛了一碗。热汤的温度透过陶碗传递到手上，夜里的大山气温非常低，湿气又重，寒意是从骨头缝隙间一丝丝地渗出来的，褚森捂紧了陶碗，喝了一口热汤，浑身都暖和起来，满足地呼了口气。鲜菌汤比起冷冰冰的干粮不知道好上多少倍，褚森把自己的干粮分给秋茴，配着一锅汤竟然挺有风味的。两人吃得脸颊红扑扑的，秋茴本就长得秀气，篝火映照着他的脸蛋，衬得他宛如小姑娘般好看，褚森目光久久地挪不开。

"怎么了？我脸上有东西？"秋茴问，他微微偏着头，上扬的眼尾仿佛会勾人。

"不、不是……"褚森一怔，心想该不会真的是山里哪只狐狸修炼成精了吧？因为盯着对方看太失礼了，他连忙说："这汤真是太好喝了。"

秋茴笑道："所谓山珍海味，穷奢极侈之人饮食追求也就如此，这可是山里的珍宝，味道自然不差。"

看着两人吃着没什么事，那个叫阿旗的青年忍不住了，在他同伴的白眼中凑过来想讨碗汤。褚森一看，锅里东西不多了，便从自己身上掏出一个小包，里面是一丛鲜嫩的野菜。

褚森从小跟着大人巡山时，每个人都有这样的习惯，看到路上新鲜的野菜野菌，便会顺手摘一点儿，带回家里给家人尝鲜。这都是大山的馈赠，所以摘下、烹煮、进食时，都带着感恩，他与山下的人就是吃着大山的一部分，一代一代地繁衍下去。

褚森拿水涮了涮野菜，然后放到锅里与汤煮在一起，加上阿旗三人分了吃。野菜爽嫩，吸收了浓郁的汤汁，又是别有风味，那叫阿旗的一口气吃了不少。

深山里自然没什么玩乐，几个人都早早地休息了。褚森与秋茴住一个帐篷，褚森莫名其妙地心跳加速，十分紧张，闭上眼却睡不着，倒是秋茴倒头就睡，死沉死沉的。

也不知道过了多久，帐篷外响起一阵窸窸窣窣的动静。褚森进山时带了一把弓和若干箭支防身，是他同为大山子民的父亲留给他的遗物。他以为是什么猛兽摸来了，山里的动物一般不主动袭击人类，可现在是食物稀缺的冬季，饥饿之下的野兽做出什么事情都不奇怪。

褚森摸着身边的弓，浑身绷紧，几个黑影来到他的帐篷前，是人类的脚步声。褚森连忙缩回手，闭上眼，有人往帐篷里看了眼，接着便听见田堃的声音："睡着了，我们动手吧。"

动手？他们要干什么？褚森手心黏糊糊的一层汗，握紧了随身携带的一把小刀。然而几个人远离了帐篷，三白的声音骂骂咧咧的："阿旗那小子还不起来？说好了今晚行动的，该不会睡死了吧？"

"你别说，我甩了他好几记耳光都没醒，也太奇怪了，不至于睡得这么沉吧？"接话的是大钱，"我们之中就他喝了那野菌汤，该不会里面下了药……"

"别傻了。"打断他的是邓朗，"两个小鬼而已，他们自己也喝了，别疑神疑鬼。"看来他才是这群人中握着主导权的。

接下来脚步声逐渐远去，而褚森捏紧小刀的手一直没有松过。

3

次日清晨，雾气已经散去，山林间一片澄明祥和。褚森在鸟语声声中起来，其他人也都醒来了，不过褚森猜测田堃那几个人可能一夜没睡，他们大晚上的在森林里做什么呢？

然而几个人看起来精神都不错，邓朗抽着烟，一脸凶相的大钱甚至还哼着歌，田堃与三白也心情很好的样子，营地收拾好了，他们便把一个个大旅行包背起来。唯独那个叫阿旗的，好不容易醒来了，却依旧哈欠连天，十分困乏的模样。

三白没好气地骂他："睡了一晚你还困！哥们儿几个还没……"他意识到还有褚森和秋茴在，忙闭上了嘴。

阿旗显得很委屈，不解地道："我也不知道是怎么了啊，就是困得不行……哎……"

不管怎样，田堃表示还要继续往深处走。然而指南针都失效了，他们为什么还执意要往前呢？这时候应该先下山调整好装备才是。田堃表示这个地方距离他们理想的观测地点已经很接近了，再往前走一点儿，如果情况不对再调头。

褚森没再说什么，秋茴很自然地跟着他们一同行动。幸亏天气好了，走起路来轻松不少，几人稍微商量了一下，都同意先到河边补充水源。可是没有人知道确切方位，褚森只能从风向勉强判断出方向，他领着一行人走到一半，却发现又回到了原来的地方。

地上，昨晚露营留下的痕迹还在，他们又尝试了几次，结果都是一样。就像是大山里有一股力量牵引着他们，不让他们离开。

一次是这样还能说是巧合、是不小心迷路，可是接二连三地发生就不是好玩的了，早上神清气爽的田堃几人都阴沉起来，唯独只有阿旗还不断地打着哈欠，一副非常想睡觉的模样。他一路上走路也是歪歪斜斜的，手里提着的器材好几次摔到地上，弄得大钱几乎要动手揍他。

再一次回到原地，田堃等人脸色铁青，只有阿旗就地一坐，脑袋一点一点地打起瞌睡来。

“这样吧，我知道附近有一处河流。”秋茴说，“可能与褚森知道的地方不一样，若是不介意，不如我来带路吧。”

事到如今，即便对这个神秘的少年仍存疑心，也只得照做了。

这次众人没有回到原地，他们沿着山坡的小路前进，山坡陡峭，道路也不算宽敞，他们拎着物件一次就只能一人通行，但只要注意脚下一般也不会出事。

一行人一个接一个地走，秋茴在最前，接着是褚森，后面是田堃等人，走在最后的是不知道为什么一直在犯困的阿旗。他两手空空，因为其他人都不放心让他拿东西了，大钱虽然气，可阿旗一副软绵绵的样子，哪怕揪着他领子拳头都挥到他面前了，他依旧迷迷糊糊，哈欠连天。于是现在其他人都不想理他，把他丢在队伍后方。

昨天下过雨，泥土湿滑松软，走到半路时所有人都听见了“噗”的一声，接着就是草木晃动的沙沙声，大家不约而同地回头一看，走在队伍最末端的阿旗不见了踪影，地面上留下了一些摩擦的痕迹，还有山坡上不断晃动的草丛。

过了一会儿，从深不见底的山坡下传来“咚”的一声，是某种重物掉落至底端的声响。

“阿、阿旗……掉、掉下去了？”三白颤抖着发问。

他真的摔下去好像也不是什么奇怪的事，他一整天都浑浑噩噩的，走路都走不好，一边走一边打瞌睡，这么窄的山坡狭道上不留神踩空了掉下去，也并没有什么好奇怪的。只是事情发生得太突然了，一个大活人，悄无声息地就掉下了山崖……而且，还是由于原因不明的嗜睡。几个人就这么呆呆地看了好久，在深山里遭遇意外是寻常事，但这么突然，还是让人难以接受。这时，褚森看到秋茴弯曲起手指放在嘴边，轻轻笑了一下。

虽然很冷酷，但没有人提出去寻找阿旗的尸体，命丧深山那就只能成为大山的养分，也许他的身体会被野兽吞食，又或许就那样化作白骨，成为滋养土地的肥料。

又走了一会儿，终于来到了开阔的河岸边，河岸由小石头堆砌而成，河水冰凉清澈，水流并不湍急，他们出现时还惊扰到几匹来前来喝水的鹿。

水源是每种生物活下去所必须的，田堃与邓朗等人显然也很清楚这里也是绝佳的观测地点，于是忙碌起来。他们仿佛已经把阿旗的死抛诸脑后，也没有流露出难过或悲叹的神色，他们迅速地接受了同伴死亡的事实，丝毫不为此动容。

田堃没有动手，他坐在一旁，身边是几个黑色的大型行李包，褚森不经意地瞥了眼，觉得包里有什么活物动了动，下一刻，田堃调整了坐姿，用他的身体挡住了褚森的视线，他热情地说："不如我们就在这里休息一下吧，也到中午了。"

褚森点点头，既然到了河边，那他就不想吃干粮了。他找准了一块河上的大石，身姿轻盈地踏着较小的石块跳了上去，动作轻敏得叫人叹为观止。他站在大石上，搭箭拉弓，箭指河面，箭尾处绑着一截绳子。

只见他凝神屏息，瞄准某一处放箭，再拉着绳子把箭回收，箭上已经刺着一条鲜活肥美的鱼。河岸边响起几下掌声，是秋茴，他刚刚不见人影，现在拖着一截竹子回来了。

秋茴那个小药箱简直是神奇的百宝箱，药箱正面是一扇对门，打开后才看到六七个小抽屉。褚森看着他从里面取出了一小包米，还有调料若干。连邓朗也被吸引了的样子，凑过来看他要做什么，秋茴说："你们谁有刀子？我要做竹筒饭啦。"

褚森提着几条鱼回来，本想拿出自己的小匕首，然而那东西用来破开竹子有些不够，就看到邓朗使了个眼色，大钱扔了个东西出来，是一把相当专业的砍刀，褚森的小刀跟这一比，就跟玩具似的。

也许是河边的风太冷了，褚森看着那把刀，打了个寒颤。

秋茴若无其事地拿起，把竹筒砍成几截，洗净，然后淘米，把米与昨晚吃过的肉干、蘑菇拌在一起，填入竹筒内，把洗过的竹叶缠成一团堵住竹筒的切口，然后把竹筒丢入生起的火堆里，待它烤熟。这期间褚森也没闲着，他把鱼开膛破肚清理过后，借了秋茴的调料，用洗过的大叶子包起，也放到火堆上烤。另外几个人眼馋地看着他们，竹子的清香伴随着鱼肉烤熟时的香气，从火焰里飘了出来。

最后田堃他们也忍不住了，大钱和三白挽了裤脚下河捉鱼，但他们毕竟没有褚森的技术，在冰冷刺骨的河里站了半天，才捉到了几条小鱼，然后也仿照着他们的模样烤了起来。褚森看他们笨手笨脚的，就替他们处理了一下鱼，此时刚好秋茴的竹筒饭做好了。

烤得发黑的竹筒很容易就能破开，露出里面热腾腾的、晶莹剔透的米饭，米香像一颗隐藏在竹筒里的炸弹，一揭开便如同爆炸般传开。肉干与野菌的鲜味完美地渗入了饭粒之中，浑圆的大米充满嚼劲，每一口咬下去，都是三重的香气与滋味层层展开。野生的河鱼肉质紧实细嫩，现捕现吃不能更新鲜了，裹着鱼的叶子是褚森挑选的一种大山里带有特殊香气的大片叶子，正好去除了鱼腥味。烤好的雪白鱼肉冒着热气，吃进嘴里满嘴是鱼肉的鲜美。

美味到让人感动的并不是什么昂贵食材，只是这片大地上土生土长的东西罢了，然而它们却有着城市里精细食品无法比拟的风味。

突然，有人发出痛苦的声音，田堃抓着咽喉，一脸痛苦地躺在地上，他的同伴围在他身边，也不见有什么行动，不知道是吓蒙了还是真的就如此冷酷，看着他凄惨地在地上打滚。

“怎么了？”褚森问道。

邓朗回答：“不知道，他突然就这样了。”说着，他眼珠转了转，目光落到秋茴身上。

秋茴仿若没有察觉，他端详了一下田堃的状况，说：“他中毒了。”

那几个人都是脸色一变，他们吃喝都是自己的东西，田堃毒发前唯一吃过的外食就是河里捞的小鱼。田堃嘴馋，刚烤好就抓起来吃了，其他几个人都还没动，现在只有田堃中了毒，那自然就是这鱼的问题了。

邓朗怀疑的眼神一会儿看着褚森，一会儿又看着秋茴。但秋茴没空理他，他打开药箱的一个小抽屉，拿出一块灰扑扑的石头，那石头造型也奇特，仔细一看，居然像一只螃蟹。

“这是石蟹，能解毒。”秋茴说着，又从怀中取出一柄小锤子，敲碎了石蟹，喂了几块给田堃。

“他怎么会中毒？”邓朗紧紧皱眉，这种河鱼本身是没有毒的，只可能是有人刻意投毒！

田堃服下了石蟹，症状果然缓解了许多，惨白的脸色逐渐恢复了。秋茴回答：“倒不一定，或许是鱼吃了毒物，但这毒物对鱼没有影响，而人一旦吃了中毒的鱼，自己也就中毒了。”

褚森跟着点头：“我也听说过会有这种情况。”

“这怎么可能？太扯了！”大钱一下跳了起来，他身材魁梧，逼近的时候宛如恶鬼般吓人，“老实说吧，是不是你下毒？”他恶狠狠地瞪着秋茴。

秋茴“扑哧”一声笑了：“我跟你们素不相识，为什么要对你们下毒？你们又是做了什么亏心事，觉得会有人给你们下毒呢？”

“你！”大钱愤怒地抬手就要打，还好三白拦住了他，褚森也赶紧把秋茴往后拉了一把。

大钱还在叫骂：“你出现后就没个好事！你到底是什么人？”最开始是那一场离奇诡异的浓雾，然后是得了怪病总想睡觉的阿旗，接着阿旗坠崖惨死，田堃又莫名其妙中了毒，这一切肯定都与这个古怪的少年脱不开关系！

“我若是要毒死你们，刚才干吗要救他呢？”秋茴指着田堃，反问。

“你、你是想要博取我们的信任！”大钱急吼吼地说，连邓朗的眼色都顾不上看了。

秋茴露出讥讽的笑容，问：“你们不是研究队伍吗？我取得你们的信任干什么？还是说……你们根本不是什么研究团队？”

一下子，邓朗等人不说话了，这些男人的面容都狰狞了起来。

4

阿旗死了，田堃中毒，不信任的气氛弥漫在几个人之间，也没有办法继续前进了。褚森提议既然如此，不如就在河岸边休息，明日一早下山，邓朗同意了。

秋茴休息过后，说要去采药，褚森不放心他一个人行动，提议自己也跟着去，田堃等人留在原地休息。才走没多久，褚森就发现秋茴没拎着那个从不离身的药箱，不禁问："你就不怕他们动你的药箱吗？"

"随便他们。"秋茴说罢，饶有兴趣地问，"倒是你，不觉得我是什么妖怪吗？怎么敢跟着我走进这深山？"

褚森脸上一热，原来自己的心思也被秋茴看出来了，他结结巴巴地摆手说："没、没有……我觉得……你人挺好的……"

"是吗？我倒觉得你比我好多了。"秋茴意味深长地说，"昨天见面时你跟我说过，你是从这山下乡村搬到大城市去的，却还愿意经常回来，虽说能赚钱，可你带人进山做研究的付出和收入总不是成正比的。大城市多好啊，比起这穷乡僻壤不知道好多少倍。"

褚森先是愣了愣，然后也笑了："嗯，城市里是很好，可是故乡的好，是任何地方都比不上的。"他确实向往过大城市，繁华、热闹、便利，那是人类文明汇聚之处，有许多许多他待在深山里一辈子都不会知道的知识，他在城市里获得成长，他看见了更广阔的世界，可是故乡的味道早已镌刻在灵魂里，他的根在这座大山的土壤里。

秋茴蹲下来仔细端详一株野草，褚森觉得他并不是真的来采药，忍不住问："你到底……"

"呐，我问你，你相信山神吗？"秋茴回头，仰着脸问，他眼角飞扬，瞳孔里闪动着狡黠的光。

"我老爹是相信的，他从小都这么对我说。"褚森娓娓说道，"山神守护大山的富饶平安，大山守护山下的子民，当有人要伤害大山和大山的子民，山神便会出来惩罚那些罪人。"褚森的声音有些颤抖，"我们搬到城市后，老爹去了保育站工作，工作就是守护这样的天然森林，巡逻、测量、记录、救治……可是……老爹死了，被那些伤害大山的人杀死了。"

他想起了老爹憨厚的脸，黝黑结实的皮肤，以及下巴上总是长满了的扎人的胡茬儿。有时候他一进山就是一个多月，回来时会给褚森说很多很多故事，打架争夺地盘的猴王啦，不小心上了树下不来的猎豹幼崽啦，还有守着伴侣尸首不吃不喝等着死去的头狼……

所以即便身处遥远的城市，褚森也感觉自己从未曾真正离开过大山。

可是后来他再也听不到老爹的故事了，他怀念被老爹紧紧抱住时，胡茬儿在脸上摩擦的瘙痒，怀念他在公共场合总是太过响亮的大嗓门，可他只能握着老爹留下的弓，小声地抽泣。老爹死了，在巡山的时候遇上偷猎贼，在与他们对抗的时候，被残忍地杀死了。

山神什么的……为什么那时候没能保护老爹呢？真心爱着大山，以生命守护大山的老爹，为什么无法得到山神的眷顾？所以，他决定了——

"砰"！河岸边发出一声巨响，是枪声！

褚森与秋茴对视一眼，赶紧往回跑。远远的他们听到三白气急败坏的声音："说了别开枪！那两个小鬼肯定听见了！"

接着是大钱骂骂咧咧地回应的声音："那就把他们一起杀了，反正原本也就是那么计划的，这好东西让它跑了可怎么办？"

这时两人已经回到了河岸边的树林边，秋茴刚要冲出去，就被褚森一把拉住。河岸边洒了一些血，一个娇小敏捷的东西跃上了石块，血也滴滴答答地淌了一地。那是一只毛皮美丽的猫科动物，体型比家猫稍大一点儿，有着猎豹般的纹路，它受了伤，眼神凶狠，嘴里还衔着一只幼崽。

"是豹猫。"褚森一眼就认出来了。

"赶紧带上东西走，跟着那只畜牲。"说话的是邓朗，"它现在是要赶回巢穴，我们给它来个一锅端！"

三白与大钱从那些装着"调查仪器"的行李袋里掏出枪支，狞笑着上膛，嘴里笑呵呵地说："等哥们儿扒了那些家伙的皮，又能卖个好价钱了！"

"那个小鬼真是好骗，没他我们还走不进这么深的地方呢，哈哈哈哈！"大钱狂妄地笑，"到时候给他个痛快，当是感谢他吧！"

田堃刚刚恢复，也不甘落后，抄了家伙就准备跟上，可是又想起什么，回头跑向秋茴的药箱，从里面抓了一块灰扑扑的石头放进怀里。

说到底他是怕死，担心自己余毒未清，于是偷走了秋茴刚才给他解毒用的石蟹。

秋茴耳边传来一声不屑的冷哼，接着是"嗖"的一声，一支利箭破空射出，正中爬上石块渡河的三白的脚踝，他惨叫一声，从石块上滚下去，掉进了河里。说来也怪，原本平静的河流不知何时变得湍急起来，旋涡一卷，三白顿时没了踪影。

"是那个臭小鬼！"田堃吼道，他跑得最慢，自然看清楚了褚森与秋茴二人，忙指着他们藏身的地方大叫，"他们就在这儿！快开枪！"

邓朗回头连发数枪，褚森按着秋茴的头让他趴下，子弹擦着他们头顶飞过，枪声震耳欲聋。枪声过后，褚森爬起来又是连发数箭，这次射中了田堃的肩膀，他发出杀猪般的号叫。邓朗与大钱早已到了河对岸，追着受伤的豹猫去了，田堃不舍地看了眼还留在岸边的一个大旅行包，最后咬咬牙，捂着伤口也跟着跑了。

褚森跳出树林，飞快地跑到旅行包前，打开拉链，看到里面的东西时，他心疼得几乎掉下泪来。

包里挤满了奄奄一息的蛇，这是闪鳞蛇，性格温顺，不会主动袭击人类，现在数量已经十分稀少了。它们的鳞片在阳光下会折射出电蓝、宝绿、血红、紫红的铜色光泽，像闪闪发亮的宝石，被大批量捕杀制作成皮包等物，可以卖出昂贵的价格。

其中一条虚弱地抬起头，朝褚森吐了吐信子，仿佛知道这个少年是来解救它们似的，把脑袋搁在他手腕上。

“对不起，我应该早点行动的……”褚森难过极了，这伙人昨晚就是去盗猎闪鳞蛇，他一直想方设法想把这些蛇救出来，可一直没有机会。

“交给我吧，它们会没事的。”秋茴拍了拍他的肩膀，“你还有更重要的事情，不是吗？”

褚森顿时领悟，连忙就去追赶那几个盗猎贼，临走前他回过头对秋茴说：“你问我是否相信山神，我是不相信的，因为……大山和它的子民，我都要靠自己去守护。”

说完，他转身离开，秋茴看着他的背影，苦笑着摇了摇头。

5

地面上散落着星星点点的血迹，褚森希望那只豹猫没有受到致命伤。他沿着血迹一路追踪，首先发现的居然是田堃的尸体。他口吐白沫，四肢僵硬地倒在地上，箭头已经被他拔出，伤口处的血是紫黑色的。

他是中了剧毒而死，然而褚森却不明白。他射田堃的箭头上只是涂了麻药，不至于致命才对，那他是被什么毒死的呢？脑海里一瞬间闪过秋茴神秘莫测的笑容，褚森摇摇头，决定先不考虑这件事。

盗猎贼里只剩下邓朗与大钱了，田堃表面上是领队，其实只是个出面张罗准备的人，真正的老大是那个邓朗，那绝对是个阴险恶毒的家伙，还有大钱，是这群人里最凶恶的一个，绝对不能与他们硬碰硬。

褚森辨认出地上的脚印，悄悄跟了上去，他没有发觉，地面上冒出了一个个细小的气孔，白色的烟雾从地底喷出来，林间再次弥漫起浓浓白雾。

邓朗与大钱跟丢了那只豹猫，正气得直骂脏话，又发现田堃迟迟没有跟上来，正疑惑着，便发现自己已经身处突如其来的浓雾中。大钱朝地上吐了一口唾沫，骂道：“真晦气！这回我们是赔本了！阿旗和三白死了，田堃搞不好也……”

“还有一袋闪鳞蛇呢，就只有我们俩分，也不赖嘛。”邓朗说道，但浓雾中他的脸已经看不真切，只能听到声音。

大钱是个心狠手辣的，眼里心里都只有钱，听邓朗这么说，顿时觉得也不错。他喜滋滋地盘算着那袋蛇剥皮后能卖多少钱，冷不防一支箭从雾中射来，他正要提醒邓朗小心，便觉得胸口剧痛，他还来不及开口，便已经倒在了地上。

浓雾让人分不清方向，不过这对经常穿梭于山林的褚森来说不算太困难，他还能依靠微小的声音辨别。他刚刚听到脚踩在落叶上的声响，判断出了邓朗与大钱大概的方位。只是他听到的是一个人的动静，那么还有一个人呢？

这时，雾中出现了一个高大的黑色人影，是大钱！他呆呆站着，大概也是被这浓雾干扰了视线，不知道该往哪个方向走。既然他与邓朗分开了那自然是最好，褚森的策略也是逐个击破，他小心地拉满弓弦，利箭射出，不偏不倚射中了大钱。

那高大的身影晃了晃，倒了下去，褚森又谨慎地等了一会儿，才慢慢往大钱的尸体靠近。走近了，便看清楚了，确实是大钱没错，身上也插着褚森刚射出的箭，可是……他不是被箭射死的，他胸口有大片血迹，衣服上留有一个弹孔！

他是被枪杀的！大钱尸体旁还有一截断木，刚才他站在雾中的身影，不过是用这根木头支撑尸体造成的假象！

褚森头顶上掠过一只大鸟的影子，它扑打翅膀的声音让褚森惊觉，身后一股杀气袭来，他条件反射地一滚，躲过了邓朗躲在旁边朝他射出的子弹。若不是那只鸟的振翅声恰好让褚森回过神来，他就要命丧在邓朗枪下了！

褚森也是毫不犹豫，抽出箭筒里的箭就向邓朗射去，原本雾中视线模糊，这一箭是偏了的，然而山林里吹过一阵风，恰好让箭头产生变化，一箭射中了邓朗握枪的手腕，他痛喊一声，丢下武器转身就跑。

这时雾气又逐渐散去，像有某种力量摆布着一切，褚森没有多想，对邓朗紧追不舍。邓朗虽然阴险狡猾，但年纪毕竟大了，也没有褚森那般敏捷的身手，脚下被树根一绊，重重扑在地上，鼻子都撞断了，满脸是血。

褚森追了上来，利箭直指邓朗眉心，只要松开拉紧弓弦的手，这支箭便会射穿这个可恨的盗猎贼的头颅。

“放、放过我！放过我！你要多少钱我都给你！我们好商量啊！”邓朗也顾不上形象了，向被他嘲笑为臭小鬼的褚森连连求饶。

“你连自己的同伴都杀，你的心太歹毒了！”褚森骂道，大钱就是死在邓朗手上的，他还用他的尸体故布疑阵，实在可恶！

邓朗紧张地舔了舔嘴唇，这一趟确实如大钱所说，是亏大了，剩下的闪鳞蛇虽然能卖个好价钱，可是两个人分就不够看了，他又怎么舍得把钱分给那傻大个，但他嘴上却说：“是、是他先要杀我的啊！你看，我可以给你很多很多钱，比你老往这山里跑轻松多了……”

“闭嘴！我不要你这些肮脏钱！我跟学姐不一样！”褚森怒吼，那坚毅的目光把邓朗都震住了，“我之前就听说有保育地的资料泄露，导致不少保护中的珍惜动物被盗猎，想来你们是跟学姐串通好了，她出卖资料给你们。这次之后不仅是你，学姐的事情我也会告诉警察的！”

“哎，小兄弟，我不就杀几只畜牲吗？它们死了也对你没啥影响啊，就是那些环保疯子胡言乱语的，动物哪能跟人比，我们很伟大的……”

褚森摇摇头，他与被利欲熏心的邓朗没什么好说的。是的，野生动物的生存与现代文明社会中的人类那么遥远，仿佛毫无关联，哪怕一个种群灭绝了，对人类来说也不痛不痒。可是如果我们任由这些动物死去，那终有一天，我们会连自己也失去。

但褚森不想杀人，他把箭头偏向邓朗的膝盖，邓朗知道他下不了杀手，便趁机抓起一把土往褚森撒去。褚森毫无防备，眼睛里进了泥土顿时睁不开，邓朗捡起一块石头，眼看着就要往褚森头上砸去——

然而，他脚下的地面突然塌陷，形成一个大坑，把邓朗吞了进去。褚森听见邓朗凄厉的惨叫，他擦掉眼里的泥土，勉强睁眼一看，顿时目瞪口呆。那坑里堆满了密密麻麻的毒虫，是一个天然的虫坑！

邓朗惨叫着在成千上百的毒虫中挣扎、嘶吼，然而虫子纷纷从他嘴巴、鼻孔、耳朵、眼皮下钻进去，细小的虫子不会让人立刻毙命，却能让人生不如死。

“救命！救命……救——啊啊啊啊！”

褚森定定地看着邓朗被虫子吞没，断断续续的惨叫最后归于平静，他长长地松了口气。

褚森回到河岸边，秋茴正等着他，袋子里的闪鳞蛇都不见了，只剩下刚才奄奄一息的那条，它现在精神地挺立起半个身体，阳光一照，身上的鳞片熠熠发光，宛如宝石，这是大自然亲手缔造的美丽生物。那蛇见到褚森，滑行到他脚边，绕着他的腿转了一圈，仿佛在向他道谢，然后才钻回草丛里。秋茴合上了他的药箱，说：“它们都没事了，哦，它也是。”

褚森这才看到他怀里还抱着那只受伤的豹猫，真不知道他是怎么做到的，豹猫身上的伤口都愈合了。豹猫舔了舔秋茴的手指，身姿矫捷地落地，它的一窝幼崽在一块大石后毛茸茸地挤成一团，看到母亲回来了，跟小鸭子似的紧紧跟在身后，摇摇晃晃地一同向山里走去。

褚森问：“这次真的谢谢你，不过……你其实不是来采药的吧？”莫非……他心里一惊，想起秋茴问他关于山神的事情，呃……那他说的话岂不是大不敬？

“我没做什么。”秋茴说，“昨天晚上你往汤里加的是睡菜，对吧？吃了睡菜会令人昏昏欲睡。那个叫田堃的家伙之所以中毒，是因为你有两把小刀，你给他们处理河鱼的时候，用的是涂过毒的刀。”

“可是我没想过让阿旗死，只是想让他无法行动而已。”他坠崖而死，确实是意外，“田堃……他后来中毒死了，是怎么回事？”

秋茴得意地笑了：“那是他自找的。他怕死，于是想偷我的石蟹，然而有一味药材名为石鱼，与石蟹十分相似，但却是含毒的。”

这就说得通了，田堃中了褚森涂了麻药的箭，以为自己中毒了，便找出偷来的石鱼当作解毒的石蟹服下，结果便一命呜呼。

“你到底是什么人？”褚森小心翼翼地问。

“我？”秋茴淡淡一笑，上翘的眼角别提有多狡黠机灵了，“我是个卖药人，不过这次是来找人的，因为发生了很严重的事情，我必须尽快找到他。”

褚森问自己是否能帮上忙，秋茴便问他是否见过一个跟他差不多打扮，却背着一个巨大药箱的男人。他说：“那人是我……嗯，算是我师弟吧。虽说如此，但他外貌上看起来却是比我要大的。”

褚森呆呆地摇头，如秋茴所说的那么奇特的人，他见过是一定不会忘记的。

6

最终，褚森还是无从得知秋茴到底是什么人，可是那些怪雾、莫名湍急的水流、突然出现的虫洞，还有等等巧合搞不好都是这人做的，能做到这些的绝对不是人，而是神明吧。

两人结伴走出大山，到了山脚下他们就要分别了，褚森要做的事情还有很多，从此以后，他还是会用自己的方式守护大山。若是来的是诚心研究，打从心底热爱生命的人，他会为他们展示大山最神奇美丽的一面，与他们分享山珍美味；如果来的是心怀不轨的家伙，那他也会让他们感受到大山的可怕。

秋茴谢绝了褚森的陪同，往另一个方向走去，他翻过了不少山，却始终没有找到他要找的人，不过已经能感受到他正在接近，出乎意料的……是在前方的城市里。

秋茴正要启程，突然感觉到什么，他回头往山林间看去，隐约可见一头浑身发光的白鹿，它头上长着华丽的金色鹿角，如神明的神冠，神圣威严。它眺望着褚森离去的方向，那是父母凝视孩子的慈爱目光，温情脉脉，让人倍感暖意。

然后，白鹿也看向秋茴，朝他低头致敬，然后缓慢优雅地消失在大山深处……

第十章

如蜜舌

讹兽：外表长得像兔子，仪态可爱，所以也叫讹兔。讹兽能言善辩，总能聚集很多人和动物在它身边。讹兽说话动人，却喜欢骗人，它话里真话不多。其肉鲜美，吃了讹兽的肉的人，就再也无法说出真话了。

RU MI SHE

1

霍宝儿还是第一次做这种事，她现在很紧张，目不转睛地盯着从校门口出来的男生女生，眼珠子滴溜溜地转，时不时拿出手机比照上面的一张照片，看看自己要堵的人出现了没有。

她并不是这所学校的学生，而她现在要做的事情是堵住一个男生，为了这件事她今天特地十分英勇地逃了最可怕的英语老师的课，提早来到人家学校门前蹲点，跟做贼似的。她身上还穿着自己学校那一身十分醒目的制服，她念的是平民眼中的贵族学校，学费贵得要死，校服也好看得要死的那种。

霍宝儿很清楚自己有多么的显眼，她特意躲在校门口对面的士多店里假装喝汽水，但她现在已经喝得满肚子二氧化碳，打个嗝都是汽水味儿，甚至连士多店老板都关心了她三次要不要上厕所。

霍宝儿很尴尬，感觉这很丢人，而且明天肯定要被英语老师喊去单独训话，不，搞不好晚上电话就会打到她家里去。可是即便有这样那样的不良后果，为了蓝朵，她还是决定豁出去了。

谁让她最好的朋友蓝朵，喜欢上那个男生了呢？

她等了大半个下午，就是怕那个男生跑了，听蓝朵说那个男生是这个学校游泳队的，有时候下午会拿到申请去市体育中心那里训练，霍宝儿就是怕被他溜了。

然而她的蹲点情报显然没做好，游泳队今天没有特训，学生自然得老老实实上课到放学。现在问题来了，游泳队平时训练是在放学后，霍宝儿看着一大堆学生走出校门却看不到她要找的人，感觉自己膀胱快爆炸了。

“是他！”霍宝儿突然眼前一亮，汽水瓶子往小桌板上一砸，一个箭步冲了出去。

几个男生有说有笑地从校门走出来，其中一个看起来有点儿心不在焉，朋友说话他也是应付两声，甚至没有专心看路，所以霍宝儿猛然出现在他面前，两臂一展拦下他时，他差点撞到霍宝儿胸前去。

“你想干什么？”霍宝儿紧张地收起手臂，挡住胸部。

她也不管是自己先找上门的，用警惕和怀疑的目光打量着眼前的男生，眼睛大大的、圆圆的，长相嘛……在男生中倒是可以用“可爱”来形容，不是像女孩子的那种可爱，而是像小狗似的，但这只小狗目前的状态却是耷拉着耳朵，尾巴都摇不起来的样子。

“不、不好意思。”男生吓了一跳，意识到差点儿就要发生解释不清楚的非礼事件了，然后他眯着眼睛看了看不肯挪开的霍宝儿，有些疑惑，“呃……你是？”

“你就是荣光？X年X班，学号XX，游泳队的？”霍宝儿问，噫，蓝朵到底是喜欢他哪一点？

“哦，是我啊。”荣光一脸迷茫。

此时，霍宝儿依然在心里把荣光各方面都扣成了负分，虽然手机上的照片她反反复复看过了，她怀疑那照片是加了美颜滤镜，当时她就觉得照片看着也不怎么样，然而真人看上去更加是毫无优点嘛。

霍宝儿清了清嗓子，开口：“那你给我感恩戴德地听好了——”

旁边有一人嘀咕：“她成语是不是用错了？”

霍宝儿气结，荣光也低声道：“真的啊？我也觉得听起来怪怪的……”

“总之你给我听好了！”霍宝儿眼睛一瞪，“我有很好很好的朋友很喜欢你，我就问你答应不答应！”

“哇！”荣光的一群朋友顿时起哄，有用手臂顶荣光的，有捏了拳头意思意思揍他肚子的，还有人用手臂开玩笑地架住荣光的脖子。作为男生，能被女生主动告白是多有面子的事啊，立刻就有好事之徒八卦地问：“谁啊谁啊？在哪里？”

“她没来，有我在不就行了吗？”霍宝儿理所当然地说。

原本兴致勃勃的男生们顿时又安静下来，你看看我我看看你，荣光也从朋友的戏弄中挣扎出来，其中一个人恍然大悟道：“什么啊，原来是开玩笑的啊，枉费我们还那么兴奋。”

其他人也点头附和，作为当事人的荣光一脸疑惑，自言自语：“今天不是愚人节啊。”

“你是不是得罪了什么人自己不知道，人家才故意来捉弄你啊？”男生们七嘴八舌地讨论起来，全然不把霍宝儿的话当一回事。

“我是说真的啦！我朋友喜欢你，我替她来告诉你的！跟你说，能被我朋友喜欢，那可是你好狗运！”

“等一下，你口口声声说是你朋友要来跟荣光表白，可是你朋友呢？”这群白痴男生中看起来比较稳重的一个问道。

“徐明子学长说得是啊，你朋友呢？这种‘我有个朋友怎样怎样’通常其实说的是自己哦，难道是你对我们家的小荣光……”有男生故意打趣问道。

“什、什么啊！我眼光可没有这么差！”霍宝儿的脸颊顿时涨红了，“这、这点小事才不需要蓝朵自己来呢，交给我就可以了！”

“可你这么说不就是说你朋友眼光差吗……”荣光也忍不住吐槽，他对眼前的女生一点儿印象都没有，更别提她口中提到的“蓝朵”了。他最近被那些稀奇古怪的事情烦得不轻，前几天还被一个自称“秋茴”的人抢了那个奇怪的魔方，现在什么药材都转不出来了，偏偏那些来问药的各路神仙妖怪们却不放过他，他正消沉着呢。

霍宝儿咬着嘴唇无法反驳，她傻傻地带着一腔勇气而来，可惜却没有任何计划。那个较为稳重的学长徐明子又说：“先别说其他的，向喜欢的人告白是很慎重的事情吧，怎么会让朋友来说呢？哪怕自己不好意思当面说，怎么也会一起来吧，可是就只有你一个，也不能怪我们这么想啊。”

其他人纷纷点头，荣光显然也没把这当真，他迟疑了一下，很委婉地问：“那个啊，虽然很不想这么说，可你朋友会不会是……在捉弄你啊？”

嘭！霍宝儿抡起书包往荣光身上打去，生气地大骂：“不许你这么说蓝朵！蓝朵最好了！她是我见过最好最棒最温柔最漂亮的女孩子了！不许你们说她坏话！”说完，她气冲冲地跑了，留下一群面面相觑的男生。

霍宝儿跑得太匆忙了，荣光在后面喊她都没听到。看着连名字都不知道的女孩跑走了，徐明子看了眼神色有点不自然的荣光，问他是怎么了。荣光顺口说道：“她身上有股奇怪的甜味……”

“嗯？”徐明子没有听明白，倒是旁边的朋友又起哄，取笑荣光怎么连女孩子身上是什么味道都闻到了，是不是对人家有意思啊？

荣光也随着他们开玩笑，他想，那个甜甜的、宛如蜜糖的味道，徐明子他们肯定是闻不到的。荣光最近越来越有自觉了，只有他发现的话，那就说明这个女生身边一定发生了什么……

2

每个人都有黑历史，霍宝儿也不例外。霍宝儿的黑历史集中在她初中阶段，那是小学快结束的时候，霍家在乡下，守着几片贫瘠的土地，穷得连亲戚都不愿意跟他们家扯上关系。偏偏谁也想不到，国家要修公路，就要从她家那几片贫瘠得农作物都种不好的田里过。

霍宝儿家摇身一变成了巨富，热门点儿的说法就是实打实的土豪，钱光是放在银行里吃利息都够花好几辈子了。霍爹爹虽是个农村人，可从小看着别人白眼吃着冷饭长大，心里还是挺精明的，拿到钱跟霍妈妈一商量，便拿去城里一口气买了好几套房子。

霍宝儿最不愿回想的黑历史之一，就是跟着爹妈进城，三个人脚上都还穿着脚趾头都露出来的破鞋子，一身泥土气，拎着几个塑胶桶大摇大摆走进城里最好地段的楼盘的销售中心，就在保安要把他们赶出去的时候，霍爹爹把盖在塑料桶上的脏衣服一揭开，满桶的钞票把销售经理吓得差点跪下。

霍爹爹财大气粗一声吼："你们这儿挺好的，我们买下了！"话里带乡音，张嘴满口黄牙，扬着钞票叫嚣着要买下人家的样板房。霍家爹妈后来还很热衷于提起这件事，特别喜欢把这事儿讲给别人当笑话听，每次霍宝儿若是在场，都恨不得打个地洞钻进去。

自从有了钱，买了房子，霍宝儿一家自然也搬到城里去了。购置了房产后又遇上楼市狂涨，霍家爹妈又赚了一笔，他们卖了一部分房子，剩下的用作出租，舒舒服服地过日子。

霍宝儿自然也不读那乡下学校了，她家有的是钱，成绩不够拿钱来凑，霍爹爹财大气粗地把霍宝儿搞进了市内一家挺不错的学校。跟着爹妈去学校办手续那天，乡下出身的霍宝儿第一次知道还有跟花园似的学校，里面的男生女生穿着时髦又漂亮的校服，跟她以前穿的那种米袋似的校服完全不一样。

同时，霍宝儿也发现自己土里土气的外表跟这漂亮的学校格格不入，在这些花儿般的同龄人之中，她就跟个刚挖出来的番薯似的，难看死了。

或许是本能的直觉，霍宝儿觉得自己不能以原本的形象入学，会被人瞧不起的。她抓紧了开学前的一点点时间恶补时尚知识，可是这方面她一个乡下女孩完全不懂，第一时间只想起村口那些小发廊的酷炫造型。

初中开学的第一天，霍宝儿顶着个她精心挑选的头顶蓬松如鸟窝、发尾小波浪玉米烫的杀马特发型来报到，还自我感觉十分良好。而且为了让皮肤显白，她在家里不见天日地窝了好久，霍妈妈要开个窗帘她就跟要被阳光照到化灰的吸血鬼般惨叫，还特意抹了一点儿她妈的粉底，却不知道脖子跟脸成了截然不同的两个色。

她还选了个特别庸俗的粉红色书包，也不知道点缀了什么饰品闪闪发亮的。当全校师生都用惊诧的目光注视她时，霍宝儿还自鸣得意，以为自己也是个时尚漂亮的城市女孩儿了。

霍宝儿就这样成了全校学生大半个月的笑柄，当她后知后觉察觉到同学们的目光和笑声，还有这大半个月偷瞧着她的低声讨论意味着什么时，她几乎无法抬起头来，太难堪、太尴尬、太难受了，她简直无地自容，躲在家里足足一个星期，哭闹着不肯去上学。

这时候，作为全体同学和老师代表的蓝朵就登门拜访了。蓝朵来的时候，霍宝儿正举着她爹的剃须刀要把自己那丢人的发型剃个精光，她爹死命阻止，父女俩争得难分难解，无法插手的霍妈妈听到门铃声就去开门。

门外是一名打扮得端庄得体的少女，她符合一切童话和传说中最美好的女孩子的描述，长发及腰，白皙漂亮，文静秀丽。正与父亲缠斗中的霍宝儿一看到她，便认出她是自己班上的同学，蓝朵。蓝朵与被全校嘲笑而不自知的自己不一样，学校里每个人都喜欢蓝朵，她太美好了，像甜甜的、晶莹剔透的蜜糖一样。

“宝儿好几天没来上学了，所以我来探望一下，看到你还精神，我就放心了。”蓝朵笑着说，她还会用手轻轻掩住嘴巴，宛如出身高贵的淑女。

“你、你是来看我笑话的吧！一定是老师喊你来的，我都知道！回去！给我滚回去！”霍宝儿朝她大喊，与温和有礼的蓝朵相比，霍宝儿活脱脱就是个野蛮的女土匪。

蓝朵说：“嗯，是老师让我来的。不过，也是我自己提出要来的，啊，这是上课的笔记。”她说着，从带有蕾丝装饰的可爱编织包里拿出几本时尚杂志。

这是在取笑我吗？霍宝儿差点儿又要跳起来，便听见蓝朵用柔柔的声音说：“啊，我没有其他意思，这几本杂志介绍的搭配都很不错哦，我以前也弄过很糟糕的发型，可搞笑了，这种事情很平常的。我觉得宝儿很可爱，稍微打扮一下，一定会好看到让那些笑话你的人都目瞪口呆的。”蓝朵说话的方式就跟她本人一样，非常柔和，没有拐弯抹角的难以捉摸，也不会直白到令人难以接受。

蓝朵说如果不喜欢的话可以把杂志扔掉，霍宝儿最后还是留下来了。她躺在爸妈给她新买的那张四柱公主床上，一页一页翻着杂志，觉得杂志上身穿各种衣服的女孩儿哪一个都没有蓝朵漂亮。

又过了一个周末，霍宝儿重新回到学校，她把头发重新修剪成了清爽的短发，虽然看着像个男孩子，却也不难看。那些等着看她笑话的人都没话说了，转而开始取笑她是个男人婆，但比起之前的丢人这都不算什么了。

霍宝儿没有理会那些人，径直走到蓝朵面前，把自己新买来的杂志递过去，别扭地说：“还你，最新的。”

蓝朵又掩着嘴笑起来了，霍宝儿觉得她真是好看极了。她知道城市里的姑娘都比自己好看，可从那之后到如今，她再也没有见过比蓝朵更漂亮的女孩。

以此为契机，霍宝儿和蓝朵逐渐走近了，但霍宝儿“男人婆”“乡下妹”“村姑”之类的外号还是被传开了，不过当时蓝朵在学校里是有名的气质美少女，霍宝儿作为蓝朵的朋友，拿她开玩笑的人也不敢那么猖狂了。

霍宝儿把蓝朵当作自己的标准，天天看着画一般的蓝朵，学习她的一举一动。初中时的霍宝儿还没有摆脱身上的乡土气，即便其他同学并没有刻意排挤她，但农村出身的霍宝儿与大城市里长大的同学们存在太多隔阂，于是除了蓝朵，霍宝儿也没有其他相熟的朋友。

蓝朵与霍宝儿不一样，她漂亮、聪明、有气质，班上的男生女生都喜欢蓝朵，所以除了霍宝儿之外，蓝朵有很多很多的朋友。蓝朵身边总是很热闹，相比之下，霍宝儿却总是形单影只。

霍宝儿从不知道这个年纪的女生之间还会争风吃醋，有一天她无意中听到几个同班的女生在说闲话，话题中心正是她。

一个说：“那个男人婆脸皮真是厚，昨天有学长请蓝朵喝饮料，她臭不要脸地跟着蹭喝。”

“又穷又丑，也亏得蓝朵能忍她。”另一个女生附和，“蓝朵心地好，老师跟她说要团结同学，她才对霍宝儿那么好的吧。想想蓝朵也真可怜，平时被霍宝儿粘着就算了，学长那么帅还主动请客，那个霍宝儿一点儿眼力都没有，看着真是碍眼。”

霍宝儿躲在角落里认真地想了想，才想起昨天放学她跟蓝朵走一块儿，确实有个长得挺帅的高年级男生过来跟蓝朵说话，可是问自己要不要一起喝饮料的人是蓝朵啊，要不是想跟蓝朵多说一会儿话，她才不屑喝那学长请的饮料呢！

“搞不好人家也喜欢学长，故意给蓝朵捣乱呢！”又一个女生尖声说道。

“哇，那她可真看得起自己，学长审美才没那么差呢，我就是瞎了也不选她。”第一个说话的女生连忙说道，其他人也跟着笑起来。

“这么下去蓝朵会被她害惨了的，我们哪天去给她提个醒吧。”女生们讨论起要怎么帮着蓝朵对付霍宝儿，说得挺头头是道的。

霍宝儿不是个逆来顺受的乖乖女，也没有城市女孩儿那么多的小心思，从小就是直来直往的性子。霍宝儿一秒也不能忍，她直接从角落里跳出来，大摇大摆地从那几个背地里说她坏话的女生面前走过，也不说话，欣赏了一下她们尴尬的脸色，然后跑去找蓝朵了。

蓝朵正在走廊上与昨天那个学长聊天，有说有笑的，霍宝儿一个天降神兵出现在两人之间，开门见山地问："喂，蓝朵，你老实说，你嫌我烦吗？觉得我碍事吗？"

课间时间走廊上不少同学都顿住了，霍宝儿继承了她老爹的大嗓门，周围的人全都听得一清二楚，表情微妙。蓝朵似乎也被吓到了，但很快她脸上重新露出了笑容，对霍宝儿说："怎么会呢，我没有嫌你烦啊，也不觉得你碍事。"说着，她又觉得很好玩似的笑道，"不过啊，你这个急性子可要改一改了，把大家都吓到了。"

"噢。"霍宝儿挠挠头，得到了蓝朵这么果断的回复，她心里喜滋滋的。她一高兴，便大声宣布要请全班同学喝饮料，她现在零花钱有得是。看着那几个刚才说她坏话的女生脸色都发青了，她觉得痛快极了。霍宝儿心想，哼，不就请喝个破饮料嘛，我怎么就请不起了？

后来，蓝朵私下找了她问是怎么回事，知道了来龙去脉后她哭笑不得，让霍宝儿不要把这种闲话放在心上。

"在背后悄悄说人坏话的人最讨厌了！你要对自己，还有对我更有信心才行。"蓝朵这么说完又补充道，"不过我们这些话你可不要粗心说出去了哦，免得她们找你麻烦。"

霍宝儿用力地点头，由衷地觉得蓝朵既体贴又细心。看吧，她们果然是好朋友吧，朋友之间怎么会嫌弃对方嘛！

3

"呃，那所以呢？你们是好朋友我知道了，但跟我有什么关系？"荣光一头雾水地问。今天是周六，他原本是要去训练的，训练结束后便发现霍宝儿又在校门口蹲守他，他心里也很介意霍宝儿身上的气味，于是干脆两人一起来到附近的一间咖啡厅。

霍宝儿气呼呼地说："你真是个笨蛋诶！我这么说就是为了让你知道蓝朵有多好啊！让你赶紧去追求她！"

"等等，我都还没有见过她呢！"荣光委屈地说，他的脚边，一只雪白雪白的狐狸蜷成一个白团子在睡觉，听到他的声音抬起头翻了个白眼。

"喏，那你现在可好好地看看。"霍宝儿拿出了以前跟蓝朵一起拍的大头贴给荣光看，荣光挺佩服她居然还保留着这种东西，大头贴机子现在都很少见了。现在的学生们基本上都有手机了，自拍合照掏出手机咔嚓就行，谁还会用这么老土的东西啊？难不成她们其实很久不见了，连拍个新照片的机会都没有？

照片上的女孩确实很清纯漂亮，却也没有霍宝儿说得那么夸张。大头贴是几年前她们还是初中生时拍的，照片上的霍宝儿头发很短，那时候她刚从乡下搬到大城市，身上确实有一种土里土气的感觉。

现在的霍宝儿可要时髦亮丽多了，同样是一头短发，但现在的发型是专业发型师精心修剪的波波头，身上穿着朋克风格图案的 T 恤和背带裤，怎么看都是个活力十足的青春少女，丝毫没有照片上那种格格不入的拘谨。

荣光心想，一定要说的话，现在的霍宝儿任谁都看不出她以前曾经有过土气的模样，甚至要比照片上的蓝朵更好看。

荣光动了动鼻子，今天霍宝儿身上那种甜如蜜糖的气息变淡了。这么看来，霍宝儿本身并不是那个奇怪甜味的来源，那她到底是从哪里沾到的呢……

他让狐狸跟着霍宝儿，却也没有什么发现。

如果不是之前有个妖精似的、自称秋茴的少年忽然出现，把魔方抢走往自己怀里一塞，就如一缕青烟般从他眼前消失了，荣光只要凭借着记忆回想起那个甜味，然后转动魔方，魔方里面便会掉出与之相关的药材。

说起来，春景与他一起的时间不长，但学习上明明连个单词都背得很辛苦的荣光，却能轻易记住许多稀奇古怪、甚至无法查找出处的奇怪药草。

果然，是因为那个森林吗？那个名为“蓬莱”的神奇森林。

尽管已经许久不曾再遇见那座森林，可荣光总觉得“蓬莱”仍然在呼唤他。他没有对任何人说过，连敏锐又狡猾的狐狸也没有察觉，他不说，是因为这种朦胧的感觉让他既害怕又期待……

荣光想得正入神，霍宝儿却因为他一脸发呆的表情而不耐烦地拍起桌子，质问道：“你回答我啊！现在人你已经看过了，你打算怎么做？”

“只是看过照片，还是几年前的照片，这不算见过本人吧……”荣光为难地提醒对方，“再说了，我真的对她没有印象。别说你了，她为什么喜欢我，我也没有头绪啊，这样我要怎么回答嘛。”

霍宝儿怒气腾腾地瞪大眼睛，荣光缩了缩脖子，说：“既然你非要答案，那我拒……”

“你好意思拒绝？你看看自己什么样子，再看看蓝朵，她哪里配不上你，你还想拒绝？”霍宝儿眼神凶狠极了。

我也没有很差吧？我在班上无论男女人缘都还挺好的啊！荣光心里大喊委屈，虽然……女生们对他的喜爱跟对小动物的喜爱是同一个范畴的。

“可是我真的不认识她嘛。再说了，如果她真的有你说得那么喜欢我，那她怎么不亲自来呢？回复这种问题让别人转告也不太好吧……”荣光绞尽脑汁地回答。

“我才不是别人呢！”霍宝儿双手抱胸，自信满满地说，“我是蓝朵最好的朋友！NO.1 的！”

“可是你也不能代表她，她也不能代表你啊。”荣光无奈地说，“你最近天天跑到我学校蹲点，已经很引人注目了。你们学校离我学校很近，她却一次都没有出现，这好像有点儿奇怪吧？”

“哪里奇怪了，蓝朵跟我不是一个高中的。”霍宝儿说了一所比较远的学校的名字。

听到蓝朵目前就读的学校，荣光更想不通了，因为那并不是很好的学校，倒也不是很差，位于中等水平，但霍宝儿现在就读的贵族学校却并不是塞钱就能随便进的，对成绩的要求并不亚于重点高中，是一所学费高昂，同时要求也很严格的学校。

所以霍宝儿虽然粗鲁野蛮，但她能入读现在的学校说明她成绩不差。而听霍宝儿的形容，还以为蓝朵是个学习非常好的优等生呢，没想到却只是资质平平。

霍宝儿这时又说:“她学校比较远，而且她今天跟我说要补课啦，她也很想来的……”

来了！是那个味道。荣光突然抬起头四处张望，他脚边的狐狸也醒了过来。

咖啡店的自动门打开，几个女生有说有笑地走进来，荣光盯着其中一个长发飘飘的女孩眨了眨眼，是蓝朵，她和霍宝儿给他看的大头贴上没差多少，所以他一下就认出来了。

几个女生找了个卡座坐下，并没有留意到坐在角落里的霍宝儿和荣光。荣光纳闷地问：“那不就是蓝朵吗？你不是说她今天补课？”可是看她的样子显然是在跟朋友们逛街啊！

霍宝儿也一脸困惑，荣光看她是真的不知情的模样，忍不住小声地说：“呃，该不会是她骗你吧……”

“怎么可能！”霍宝儿义愤填膺，不过她控制了音量，这几年她也不再像以前那样动不动扯着嗓门大喊了。但她看着就要冲过去直接问，荣光连忙拦住她，建议先看看情况。

蓝朵和几个女孩点了点心和饮料，她们每个人看起来都像花朵般可爱，卡座上多余的位置放着不同商店的袋子，想来今天的购物应该很愉快吧。她们纷纷拿出手机给精致的甜点拍照，然后发布到社交平台上，与之相比，蛋糕一端上来就两三口吃完，吃得比荣光还快的霍宝儿，真的是一点儿少女的感觉都没有。

因为相隔比较远，所以无法听到她们到底在聊什么，只知道蓝朵似乎说了什么，然后店老板就给她们赠送了一份丰富的甜点。

“还是朵朵厉害！”“最喜欢跟朵朵出来玩了！”“就是啊，可爱即正义！”其他女生因为高兴而稍微提高了声音。

“哎呀，看你们说的，明明是因为你们都很可爱啊，尽算到我身上，你们真是太小看自己了。”这是蓝朵的声音。每当她说话的时候，荣光便觉得空气里的甜味更浓一分。

“切，什么‘朵朵’啊，好恶心。”霍宝儿不屑地说，她都直接大咧咧地直呼其名的。她盯着那几个女生看，都是她不认识的人，是蓝朵现在的朋友吗？

趁着她不注意，荣光丢了个松饼喂狐狸，狐狸一边嚼一边惟妙惟肖地模仿荣光的声音说：“给她打个电话看看怎样？”荣光想捂住它的嘴巴都来不及了。

霍宝儿也觉得是个好办法，她拨通蓝朵手机的同时，就在他们面前的蓝朵手机响了起来。蓝朵把手机放在桌面上，她瞄了眼来电显示，一边与几个女孩谈笑风生，一边手指轻轻一划，拒绝接听霍宝儿的来电。

霍宝儿自己也纳闷了，她又再尝试了一次，蓝朵依然没有接通。几个女生聊得比较兴奋了，声音大了点，能依稀听见她们的谈话内容。一个问：“朵朵，怎么啦？是男朋友给你打电话啦？”

“才不是呢，我没有男朋友啊。”蓝朵笑道，“是个不认识的号码，可能是推销吧。”

骗人，蓝朵明明知道那是她的电话号码。霍宝儿攥紧了手机。

这时，有个女孩突然说：“是追求你的人吧？朵朵这么漂亮，一定很受欢迎啦，之前不是在微博里发了跟男生一起打羽毛球的照片吗？”她语气有些酸酸的，仔细一看，她虽然是几个人中打扮最用心的，可是身材微胖，外貌也最平凡。

“那个是班级活动，发出来是给同学看的啦。再说了，受欢迎有什么用啦，我倒觉得像你那样去烘焙教室，会做好多好多好吃的，那才叫心灵手巧呢，而且做得那么美味，身材也没怎么发胖嘛，真是让人好羡慕呢。”蓝朵嘟着嘴，一脸真诚地说，“再说啦，跟你们一起我才开心呢。”

咖啡厅里蜜糖一般的甜味愈发浓郁，太过甜腻的味道反而让人不舒服，空气都像蜜糖般粘稠了，荣光有些想吐。

而听蓝朵说完，先前那个女孩脸色缓和了许多，不知道接下来蓝朵又说了什么，那个女孩最后还豪迈地买了单，其他人笑呵呵地道谢。

荣光有些咂舌。这间咖啡厅比较高档，荣光本来只想去隔壁麦当劳，霍宝儿嫌那里吵才改来这里，虽然她主动说让她来买单，可荣光也不能真的让女生请客，于是忍痛决定 AA 制。那边的女孩全桌结账，家境应该是挺殷实的，不然这可是远远超出了一个学生的消费水平的。

那个微胖的女孩起身去前台结账，当她背对着其他几个女生时，荣光和霍宝儿看到她们几个凑在一起，咯咯地偷笑起来。虽然听不到她们说了什么，可是她们脸上的笑容让人很不舒服，并且在那个女孩结完账回来的时候，她们又恢复成若无其事的样子。

看着这一幕，霍宝儿猛然发觉，不知从什么时候起，她跟蓝朵一块儿玩就没让蓝朵付过账。这时，她收到一条信息，是蓝朵发来的：怎么啦？刚刚在上课呢，没听到电话，抱歉哦。

几个女生要离开了，荣光看了眼表情僵住的霍宝儿，不需要狐狸的恶作剧，也主动提议道："我们跟着去看看吧。"

4

几个女生没有再去其他地方，微胖的女孩提着大包小包打了车回去，其他人跟她招手告别，然后走去坐地铁。荣光和霍宝儿跟在她们后面，听着她们说话。

"她都那个身材了还打车，多走几步当运动啊。"一个女生说。

"她刚刚在店里还吃了好多呢，害我也多吃了点儿，讨厌。"另一个女生抱怨起来。

"她还学烘焙，这样只会越来越胖啦！"一个女生说着，"对了，她刚刚还说朵朵来着，是嫉妒吧？她也不看看自己什么样子。"

蓝朵笑呵呵地说："不管怎样她人还是很好的，还请我们喝了那么贵的下午茶呢。"

"嘻嘻，对啊，那家店很有名，我一直好想试试看，可是太贵了。还好今天有人请客，都多亏了朵朵呢，能想办法叫上那个人来结账。"

"那是因为她为人很大方啦。"蓝朵笑着说，但听起来并不像是真心地在称赞对方。

"对了，朵朵你不是认识一个土豪同学吗？好命卖了乡下的地突然暴富那个，还去念贵族学校了是吗？那种只需要花钱不需要念书、天天吃喝玩乐的轻松学校，真羡慕啊。"

"你羡慕个乡下妹干吗啦，有出息点好不好？那些人农村来的，不讲卫生，脏死了，又没文化又粗鲁，你肯定受不了的，只有朵朵这么温柔的人才愿意跟她来往吧。"

"不是吧，朵朵现在还有跟那种人来往吗？"有人语带嫌弃地说，显然说的是霍宝儿。

"没有啦，已经没怎么联系了。怎么说呢，大家学习都挺忙的。"蓝朵笑眯眯地说，可是对于她们贬低霍宝儿的那些话，却并没有反驳。

荣光担忧地看了眼霍宝儿，这个强势的姑娘现在脸色发白。这些人霍宝儿都不认识，可是她们为什么对她有着这样的偏见呢？她与她们唯一的交集就是蓝朵，是蓝朵在她们面前给她塑造了这么不堪的形象吗？

没多久，那几个女生坐了一趟地铁离开，因为方向不一样，蓝朵独自留下来等另一个方向的列车。然而就在那几个女生乘坐的地铁开出后，蓝朵却并没有坐上地铁，而是原路折返，从闸机通过后回到地面，一个年纪稍大一点儿的男生正等着她。

“抱歉，等很久了吗？”蓝朵小跑着上前，亲昵地挽住男生的手臂，“陪妈妈逛街逛太久了呢。”

那男生也不介意，连忙说：“小朵，现在像你这样愿意陪父母的女孩子不多了，跟你同龄的女孩里面都没有几个像你这么懂事的。”

“哎呀，明明是我太老成了，朋友们总是取笑我呢……”

每当她张嘴说话，浓郁的甜蜜气味都会从她口中溢出。看着两人亲亲密密地走远，荣光拍了拍旁边的霍宝儿，问：“你还要跟上去吗？”

霍宝儿摇摇头，懵懵懂懂的终于有些了解自己看到了什么。

“你知道讹兽吗？”荣光说，见霍宝儿继续摇头，他解释道，“那是一种传说中的神兽，外表长得像兔子，十分可爱，所以也叫讹兔。相传讹兽能言善辩，总能聚集很多人和动物在它身边，但是讹兽说话动人，却喜欢骗人，它话里真话不多。所以吃了讹兽的肉的人，就再也无法说出真话了。”他在蓬莱里见过讹兽，却被春景警告他绝对不能靠近。

因为人是有欲望的，喜欢听好听的话，所以容易被讹兽所迷惑，你会把讹兽对你诉说的赞美信以为真，再也无法正视真正的自己——春景是这么说的。虽然并不确定，但蓝朵看起来好像就是这样。

不过，那股甜蜜的味道又是怎么回事？

“你是说，蓝朵是吃了讹兽的肉才会变成这样的？”霍宝儿突然精神起来，焦急地问，“那、那有没有办法让这个效果消失呢？”

“等等，只是有这个可能，你怎么一下子就相信了啊？也可能她本性就是如此……”

“不可能的！蓝朵不是那样的！”霍宝儿斩钉截铁地说。

趴在荣光背上的狐狸嘻嘻地笑起来，大尾巴一晃一晃的：“真是个性子急的小姑娘，宁愿相信不知真假的传说，也不愿意相信自己朋友拥有虚伪的一面吗？人类啊，真是有趣又可悲呢！”

“求求你了，让蓝朵变回原本的样子吧！”霍宝儿情急地抓起荣光的手，恳求道。

看着她睁大的眼睛，荣光好像明白为什么那么多人愿意相信卖药人的话了。春景说得对，人是有欲望的，只相信自己愿意相信的事物。因为承认自己和自己所爱之人的不堪是很困难的事，与其承认这一点，还不如承认世界上真的有不可思议的事情。

他以前觉得卖药人随意地给出危险又古怪的药物是不负责任的行为，可是面对眼前的霍宝儿，他居然也没有办法拒绝她。因为无论他如何选择，她都必然是会受到伤害的，那么最起码能让她看清楚自己所相信的“朋友”的真心，也算是有意义吧。

“我只剩下这个了。”荣光说，他拿出的是一枚巧克力球似的东西，是他前段时间多做的。因为魔方不见了，他也无法配出更强效的药，“这是一种有中和作用的药，药粉包裹在里面，捏碎之后药会迅速挥发，只要吸入就会产生效果。”

霍宝儿郑重地收下了药，她迟疑了一下，问道：“那个……你能陪我去吗？”这个强悍的少女露出了不安的样子，她害怕独自揭露一直相信的朋友的真面目。

荣光答应了，他也想见一见蓝朵，她为什么莫名其妙就喜欢上自己这件事，他得亲自向她问个清楚。

霍宝儿发了个信息，说是约到了荣光，并且荣光表示很希望与蓝朵见面。消息刚发出没多久，蓝朵便打了电话过来：“真的吗？他马上就能跟我见面吗？”

蓝朵反应这么热烈，霍宝儿和荣光都吓了一跳，霍宝儿说：“呃，应该是吧，那个……”

不等她说完，蓝朵便定下了时间和地点，就是今天晚上八点钟，在蓝朵家小区附近见面。蓝朵还特别慎重地追问：“他反应怎么样？对我有什么看法吗？”

“蓝朵你这么漂亮，知道自己被你喜欢，那家伙当然很高兴啊。”霍宝儿强忍着恶心的感觉，如此说道。原来说违心话是这么难受的，蓝朵，你为什么能说得那么自然呢？

蓝朵在电话那头发出轻快的笑声：“你这么说人家都害羞啦，明明变得更漂亮了的是宝儿你嘛。这次真是多亏你了，让人家主动去说那种事挺不好意思的，想着你学校离得近就麻烦了你，真是不知道该怎么谢谢你呢。”

原本在她听起来无比体贴的话，现在却怎么都觉得刺耳。霍宝儿不知道自己是怎么结束通话的，为什么自己去就会觉得不好意思，让她去就无所谓呢？丢脸的事情就让她去做，回头轻飘飘一句“谢谢”就足够了吗？这只是在利用自己吧，因为知道自己是真心把她当朋友看，所以更加的理所当然了。

霍宝儿又连连摇头，不行，她怎么可以这么想蓝朵呢！

荣光看着摇摆不定、心思全显露在脸上的霍宝儿，无奈地叹了口气。

5

荣光一个人在蓝朵家小区楼下的花园里等着，他找了个凉亭坐进去，距离约定的时间很近了，霍宝儿已经躲在了后面的花丛里。这个小区比较旧，这个角落里的凉亭也没什么人来，石凳上落了不少树叶。

刚才打电话的时候，蓝朵没有主动问荣光的联系方式，也没有让霍宝儿告诉荣光她的联系方式，虽然荣光早就知道她对霍宝儿说的肯定不是真话，但这种“以后不会联系了所以也没必要交换联络方式”的感觉，还是令人觉得十分无情。

虽然他觉得这应该是蓝朵的本性就这么虚伪，但如果她真的吃过讹兽的肉，那么又是谁给她的呢？是卖药人吗？如果真是这样，那么能从蓝朵口中得知关于卖药人的线索也算是有收获了……

这时候，夜色中一个女孩的身影逐渐靠近，是蓝朵。她见到荣光，很开心地说：“哇，你真的来了，我好高兴哦。”她确实是个漂亮的女孩，有种小鸟依人的怯弱感，荣光也不得不承认这样的女孩子不管男女都会很容易对她产生好感。

然而，她眼里一点儿喜悦的感觉都没有，就像一个蹩脚的演员在出演一出拙劣的戏。

“那个……我们是在哪里见过面吗？”荣光很老实地问，他经常会和校泳队出去比赛，如果真的在哪里见过也不奇怪，徐明子就经常收到外校女生的情书，但荣光对自己的受欢迎程度还是很有自知之明的。

“我是听别人说起你的。”蓝朵款款地在荣光身边坐下，那股粘稠的、过于甜腻的味道差点儿让他喘不过气。

气味……太浓了，荣光头晕脑胀，眼前，蓝朵唇形姣好的嘴唇一张一合。

“宝儿呢？哦，她不在吗？真是个懂事的女孩呢。”蓝朵好像笑了起来，“想知道我怎么认识你的吗？有一天我遇到一个很神奇的人，他跟我说到你，说你是一个非常、非常、非常……”

蓝朵靠得更近了，她挨在荣光身上，他感觉到她的手指轻抚自己的脸颊，她甜腻的气息吹拂在他脸上，荣光看到那双惑人的嘴唇更近了，好像……就要亲上来了。

荣光想挣扎，可气管里仿佛涌进了粘稠的糖浆，连呼吸都困难。这时候，腻人的甜味中突然渗进了一股清凉的药味。荣光顿时觉得好多了，是霍宝儿捏碎了那个药丸吧。

“愚蠢的白痴。”蓝朵说完，紧接着捂住了自己的嘴，她推开了荣光，表情惊惧不定。

“你其实不喜欢我吧？”荣光问。

“废话，我怎么会看得上你这种一无是处的家伙嘛。可是没有办法啊，我一定要接近你，所以就让霍宝儿那个傻婆娘去咯，反正她最好骗了。而且，我长得这么好看，只要让她给你看个照片什么的，像你这种一看就不会有女生喜欢的家伙，马上就会高兴得摇头摆尾巴不得马上来见我了吧。”

蓝朵一股脑儿地说出口，荣光被吓得不轻，倒不是因为她突然口吐真言，而是她的本性也未免太可怕了吧！

蓝朵不知所措，她不明白自己怎么就把心里话说出来了，喃喃着反复说："不对啊，不会这样的，我吃了那个人给的药，不会这样的……"

"蓝朵！"霍宝儿钻了出来，焦急地问，"你、你是不是吃错了药才变成这样的，你以前不是这样的！"

"你傻啊你？我一直都是这样，你自己好骗怪得了谁咯。不过也不怪你就是了，谁让你爹妈农村乡下人，没文化，教出来的女儿也就像你这样了，粗鲁得要死，说话那么直接，我反而奇怪你怎么长这么大还没被人打死呢！"

霍宝儿呆若木鸡，许久，才眨了眨眼，泪珠滚了出来："可是、可是初中的时候……"

"哈？那是老师拜托我的啦，我要当个人人都喜欢的好孩子、乖乖女嘛，所以麻烦死了也没办法咯。那时候你大声在走廊上瞎喊，害我差点穿帮了，有你那么让人难堪的吗？丑八怪不自知，还蠢得要命！"蓝朵嘴里不断地吐出丑陋的话语，而她的表情也变得很奇怪，她竭力想让自己住嘴，却毫无办法。

霍宝儿难以置信："你的嘴里一句真话都没有，所以我是你朋友这件事也是假的吗？"

"我可从来！没有！说过……我们是朋友！这种话啊！哈、哈哈！"她恶毒地说，"我讨厌你！看见你就烦，一个家里是暴发户的农村妹而已，有几个臭钱就显摆起来啦？用的穿的吃的都是最贵的，以为那样子自己也高贵起来了？那些好东西就应该用在我身上，那些衣服鞋子都只有穿在我身上才有意义。还有贵族学校，明明是我这样的淑女才有资格去的，凭什么反而是你这个乡下丫头——"

蓝朵的表情完全扭曲了，那是一种吐露了压抑已久的心里话的痛快，无法控制自己身体的惊恐，还有对于自己真面目显露出来的不知所措搅合在一起的诡异表情，她无力地瘫倒在地面上。

霍宝儿捂着脸难过地哭泣起来，她一直相信的朋友居然是这样的人，她从来没有把她当作朋友，自己在她眼里到底算个什么呢？她真的太傻了！

"怎么会这样……蓝朵……蓝朵不是这样的……不应该是这样的！"霍宝儿痛哭起来。

"不是的，她这样其实也很普通啊。她一点儿都不完美，只是个普通的、爱慕虚荣、喜欢被宠爱的小女孩而已。"荣光说道，"还有啊，虽然你把她说得很好很好，但其实真的见到面后，我反而觉得……你比较好呢。"

是什么出身有什么重要的吗？没有。

有话就说，想到就做，为朋友尽心竭力，努力改变自己，让自己变得更好，让自己去接纳更多人，也让更多人接纳自己。这样的霍宝儿，在荣光看来要比蓝朵好得多。

荣光又说："你身边的朋友也不止她一个吧？虽然你并没有跟我提起，但是在现在的学校里，你也结识了新的朋友，这不就够了吗？"

霍宝儿怔怔地擦了擦眼泪，她最后看了眼地上的蓝朵，嘴唇动了动，像她这样个性激烈的女孩子，恐怕是想痛快地骂蓝朵一顿吧，毕竟被欺骗了那么久的感情。可是，最终她还是没有说什么，倒是跟荣光说："你有空可以找我玩哦，这次真的会请你喝下午茶的。"然后，便慢慢地离开了。

荣光这才看向蓝朵，肯定地说："你吃的不是讹兽的肉，是我搞错了。有一种鸟叫喏喏，它唱歌的声音非常动听，让人听了会有陶醉的感觉。它们生下的蛋，在孵化前敲开，会流出金黄色的、蜜糖一样的蛋浆，喝下这些蛋浆，舌头会变得灵活，能言善辩、口齿伶俐，讨人喜欢。"

蓝朵吃下的，就是这种鸟的蛋液，而虚伪则是她的本性，蛋液只是让她把两面三刀、人前一套人后一套这样的把戏玩得更自然而已。

"可是，你到底为什么要找我……"荣光正问着，突然觉得背后一阵凉风，他转身一看，奇怪了，狐狸哪儿去了？

再回过头，凉亭里多了一个穿着古装的男人。他背着一个十分熟悉的巨大药箱，可是脸上却蒙着一块面纱，面纱上绣满了叫人毛骨悚然的各种眼睛，只露出带着诡异笑容的嘴。

荣光立刻就知道他并非是自己认识的那个卖药人，这个男人……可怕得多。

"你说得没错，我给她的确实是喏喏的蛋，不过你有所不知的是，那种蛋液虽然甜美，却也是有毒的，所谓口蜜腹剑，甜美的话语也能作为毒剑伤人，当然，也会毒死自己。"男人缓缓说道，"她服用那种蛋液很久了，舌头上裹满了毒汁，我让她把毒汁喂给你，这样我就交给她解药，救她一命。"

荣光吓得跳了几步远离蓝朵，所以蓝朵刚才是想杀了他？她难道是想把舌头伸进来……恶……他想想都觉得恶心。

蓝朵爬过去抱住男人的腿，求他救自己，这时候来后悔……不是太晚了吗？

"不过，可惜她失败了。"男人略带遗憾地说。只见他突然俯身，轻抬蓝朵下颌，捏紧她脸颊让她张开嘴，然后……扯出了她的舌头。他动作太快了，荣光还来不及反应，便看到男人飞快地拿出一把小刀，割下了蓝朵的舌头。

"呜呜、呜咯——"蓝朵挣扎着，却发不出声音，她伤口也没有流出血，可是她的舌头……已经没有了。

“这活生生腌制好的‘如蜜舌’，是一味上好的药引。不管她成功与否，这舌头我都是要割下来的，看这光泽，倒是刚刚好呢。”男人说道。

荣光没有空管他，他冲上前去抱住了满地打滚的蓝朵，连忙拨打了急救电话。这时，他突然感到男人贴在他耳边，轻轻说道：“暂时放在你身上的那东西，我马上就会来取走的……”

他浑身一阵恶寒，抬头一看，身边空无一人……

第十一章

树之心

艾：也称冰台、医草、艾蒿。味苦，性温，无毒。有艾成长如人形，五月五日鸡未叫时采集为佳。晒干、研磨成粉，制成艾条。点燃时其气味能驱赶毒虫毒蛇，能驱散邪物。

SHU ZHI XIN

1

医院最好的加护病房里，老人形同枯木的身躯躺在病床上，好几台精密的医疗仪器围绕着他，发出规律的“嘀嘀”声响，屏幕上是各种不同颜色线条组成的图表。

然而这些数值都不太乐观，主治医师和几名护士在老人病床旁边低声讨论着什么。老人闭合着双眼，由于药物的作用他看起来很安详，然而他脸上仿佛笼罩着一团不祥的阴影，那是死亡的气息在他身边打转。

谁也没法把这个濒死的老人与当年叱咤风云的商业狂人联系在一起，他拥有几乎无限的金钱，财富同时赋予他非凡的地位和权力，然而人类的一切在死亡面前脆弱得如一张发黄的旧纸，一碰就碎。

老人名叫李周平，他年轻时从乡下到大城市打工，可能是天赋异禀，他白手起家，打造了属于自己的商业王国，是一位非常了不起的大人物。现在，李老爷子七十多岁了，恐怕他辉煌的一生也即将走到尽头。死后，无论他曾经拥有多么响亮威风的名号，也不过是刻在墓碑上的寥寥数字。

病房外，一名少年透过病房的玻璃窗默默注视着病床上的老人，他有一张素净的脸庞，鼻翼上几点雀斑，显得很年轻，又还有点儿孩子气，应该是个还在念书的学生。然而他的表情很沉重，目光中并没有孩子的天真。

突然，病房里的仪器发出了尖锐的声音，原本神情安稳的老人突然面露痛苦，与此同时医生神色大变。窗外关切的少年也焦急起来，明知道是没有用的，他还是把手放在了玻璃上，好像想紧紧捉住老人的手。

一旁的护士扑过来，把玻璃窗上的百叶窗帘关上，顿时便什么都看不见了。少年孤零零地站在病房外的走廊上，他知道里面正在进行一场生死搏斗，那是现代科技与死神的斗争，这样的情况隔一段时间就会发生一次，最近是越来越频繁了，医生也委婉地表示，李老爷子恐怕是该准备身后事了。

这时，少年听到熟悉的高跟鞋和皮鞋踩踏地面的声音，他知道是什么人来了。果不其然，远远的便已经听到亲戚们的说话声。

“我说啊，爸爸情况都这样了，我们还得等到什么时候去啊？结果不都是一样的吗？就没人跟律师谈谈吗？”一个女声嘟嘟囔囔地抱怨着。

“哎哟，姐姐你这么着急呢？都巴不得老爸早点死了？可惜啊，老爸死了公司也落不到你手上，不然我怕老爸死不瞑目啊！”一个男人搭话，语气相当刻薄。

“你们别吵了，这可是医院呢……”还有一个人说道，听起来有气无力的，马上就被最开始那个女人的嗓音压过去。

“哦哟，这时候才来摆大哥的架子，早干吗去了？早些年不是信誓旦旦说绝不会回来求助家里吗，怎么知道爸爸快死了就巴巴地回来了？我替你说了吧，你就是想回来分遗产的！”

“……既然你知道要喊我一声‘大哥’，那就说明我还是李家的一分子。”

三人吵着吵着，来到少年面前的时候不约而同地停了下来。这三人是李老爷子的三个儿女，分别是长子、三女和幺子，也就是少年的大伯、姑姑和小叔。但是这三人看到少年却都没有露出多少温和的表情，也只有大伯点点头当作打了招呼，另外两人对少年视若无睹。

这也不奇怪，因为少年虽然名义上是李周平老爷子的孙子，但其实他与李家并无血缘关系。除了这三人，李老爷子还有一个排行第二的儿子，他娶了离过一次婚的女人，那女人是带着一个小孩嫁进来的，那个拖油瓶就是他。他记得那时候自己不姓李，妈妈嫁到了李家后，他才改了名字叫李海风。

明知道他们不喜欢自己，李海风还是礼貌地打了招呼。姑姑脸上堆着笑道：“海风，你妈妈又让你来看望爷爷啊？她也真是有心呢，其实你们母子俩也不用这么辛苦的，毕竟二哥过世后你们跟我们家也没有关系了嘛。”

姑姑的笑是奚落的笑，是轻蔑的笑，是说身为李海风继父的李家第二个儿子死后，他这个毫无血缘关系的人就该远远地滚开了。

“姐姐，你这可就不懂了吧。这时候才是该表现的时候啊，人家妈妈清楚得很呢，指不定老爸什么时候清醒一点儿，睁开眼一看，呵，这不是海风吗？这孩子多有心啊，指不定一时感动，就——”小叔没有把话说完，但他右手拇指和食指碰在一起蹭了蹭，做了个大家都心知肚明的动作。

李海风很清楚姑姑和小叔不喜欢他和妈妈，也清楚一旦自己在这些人面前露出受挫的表情只会让他们更加得意洋洋，于是他紧紧咬着牙，不管他们说的话有多么难听，他都绝对不能显露出一点点被打击到的模样。

“这孩子真是的，老是这么板着一张脸，真不像是我们李家的孩子。”姑姑脸上的笑容明显地减淡了，眼底露出嫌弃的神色。

“他原本就不是姓李的，你也就别为难人家了。”小叔只会在针对李海风母子的时候与他的姐姐站在同一战线。

“够了。”还是大伯挺身而出，“别在小孩子面前说这些话。”他丢了个眼神给李海风，让他快点儿离开。大伯个性软弱，早些年受不了李老爷子的铁血教育，毅然离家出走，却因为自己没有多大本事，还得偷偷问家里拿钱，这时候回来，家族里的人对他大多也评价不好。虽然不能说大伯对李海风母子有多么好，但在李家里面也算是比较亲切的了。

就在他准备离开的时候，另一队医疗人员从大伯他们来的那一头走廊上冲过来。病床的滑轮摩擦地面发出哗啦啦的声响，伴随着的医护人员大声叫喊“让开让开”。

病床被推进李老爷子的病房，没过一会儿，李老爷子躺在病床上被推了出来。姑姑和小叔紧张得不得了，抓着一个医生问道：“我爸情况怎么样了？”

医生急得满头是汗，快声说着：“病情忽然恶化，情况危急，得马上做手术。”

姑姑和小叔依旧抓着医生不放，接二连三地问：“危急是什么情况？”“救回来几率大不大？”“这情况是不是要发病危通知书了？”

医生急得都跳脚了，可姑姑和小叔似乎非得要对方说个清楚明白，大伯看不下去上去把他们分开，却又被姑姑和小叔指着鼻子骂他根本不关心父亲。李海风在角落里默默地看着这一出闹剧，姑姑和小叔关心爷爷吗？当然了，他们关心他什么时候死，才好继承遗产！

李老爷子的病来得突然，这之前他叫来了律师准备修改遗嘱，打算重新分配遗产。老爷子自己找的律师口风严密，姑姑和小叔两人想尽了法子旁敲侧击，都没打探出什么消息。李海风知道他们最后收买了律师事务所里的一个小助理，想方设法要知道老爷子准备如何修改遗嘱，后来得知老爷子是要减少留给几个亲生儿女的财产。

所以姑姑和小叔自然不希望老爷子情况好转，按照原本的遗嘱他们能拿到的不少，大伯肯定也是抱着这样的想法吧。不过他们同时也对李海风与他妈妈也能分到遗产十分不满。

爷爷被送去急救，三人还争论不休。李海风不想继续看着姑姑和小叔令人生厌的脸，便离开被李家单独包下的这一层，来到医院的庭院里透透气。

李海风不希望爷爷死去，他希望爷爷能长命百岁！要说在继父因为意外不幸去世后，李家还有人平等对待他与母亲的，反倒是与他并无血缘关系的爷爷。

正午艳阳高照，树叶在阳光下油亮透绿，耳边是夏蝉鸣叫，四处都是生机勃勃的模样。甚至连只能活一个夏季的虫子都要比李老爷子来得精神奕奕，李海风突然觉得有些好笑。他现在的处境也很不妙，即便按照李老爷子原本的遗嘱，他跟母亲可以得到一笔不菲的遗产，可是不甘心的姑姑和小叔，还有那些早已虎视眈眈的旁系亲属，肯定会用各种手段把自己与妈妈榨干后赶出李家。

那时候他要怎么活下去？他还是个学生，母亲身体也不好，嫁到李家之后也多年不工作了。爷爷身子骨还硬朗的时候，还是挺喜欢李海风的，他总说他有着“狼崽子一样”的目光，恰似李老爷子年轻的时候，所以对他与母亲关照甚多。

“起死回生……不，这不过是神话故事罢了。”李海风刚冒出一个想法，立刻就被自己摇着头否定了。他也是走投无路了，才会有这么可笑的想法。

“起死回生乃逆天而行，不可为之。”冷不防，树阴底下传来一个声音，“不过让濒死之人得以续命，却并不是全无办法。”

在大树的阴影下，一个男人如同从树影里走出来一般，他穿着层层叠叠的古代服饰，正午炙热的气温里，却连一滴汗都没有。李海风因为突然出现的古怪家伙警惕地后退几步，那人脸上垂着一层面纱，隐约可见带笑的嘴角，他双手缠满绷带，身后还背着一个巨大的箱子。箱子上仿佛有着什么图案，被掩盖在斑驳的树阴之下，李海风眯着眼也看不真切。

李海风并不相信鬼神之说,可直觉知道这个男人绝非善类。他知道自己应该转身就走，不要与他扯上丝毫关系，可是男人说的话，却又让他动弹不得。

“你说……能让濒死的人恢复健康？无论多重的病都可以？”李海风终究还是问了。

“你听说过‘树之心’吗？”男人以带着笑的声音，如此询问。

2

树长千年便会有心，将心剜之，生咽服下，可获得树木的生命力，虽不至于长生不死，可也能延年益寿，若是濒死之人食用树之心，便可将此人性命从阎罗王那里抢回来。

李海风对这个说法半信半疑，可是爷爷的病已经被现代医术宣布毫无治愈希望，他只好孤注一掷，来到眼前这个毫无特色、人口稀少的小镇。从摇摇晃晃的长途车上下来，看到的是这个连正式名字都没有的小村落，所谓的长途汽车站也不过是个简陋的棚子。

李海风背着背包从车上下来，就被这淳朴的风景吓了一跳。就连汽车司机都不愿在这鸟不拉屎的地方多待一秒，油门一踩，那辆脏兮兮的长途车绝尘而去，留下一屁股滚滚烟尘，呛得李海风咳嗽起来。

跟他一样咳个不停的还有一名少年，比李海风要小个一两岁，头发短短的显得很爽利，眼睛圆溜溜的，让他看起来宛如小狗般讨人喜欢。他也背着一个背包，感觉也是趁着难得的小连休独自出来旅行的。

李海风早就注意到他了，在车上的时候他便装作不经意地跟对方说过几句话，现在很自然地迎上去说道："这么巧，原来你也是要到这里来吗？"

少年眨眨眼，对于有个能说上话的同伴也挺高兴的，连连点头："是啊！没想到除了我还有人会来这种地方啊！"他伸出手来，热情地自我介绍，"我叫荣光，你呢？"

李海风报上自己的名字，两人就算是认识了。因为要到村里去只有一条路，两人自然而然便一起走了，李海风好奇地问："你来这里是旅行的吗？"

"唔，算是吧。"荣光含糊地应道，"你呢？"

"我喜欢摄影，大城市啊、文艺小镇之类的地方都看腻了，听说这里挺不错的。"李海风说，这当然是假话，他来这个地方另有目的。他问道："听说这里有一棵古树，非常独特，你知道吗？"

"啊？哦，嗯……稍微，听说过吧。"荣光抓了抓耳垂，他是个不会说谎的人，李海风一看就知道了。

"很有名哦，听说那棵树长了一千年以上了。"李海风继续说，一边留意观察荣光的神情，"我在网上看过一些传闻，说那棵古树是守护这个村庄的神木，还有人说那棵树会化作人形，偷偷到村里玩耍，不知道我们会不会遇见呢。"

"哈哈哈，不可能的啦，说好了建国之后不许成精的嘛。"荣光干巴巴地笑起来，眼睛总看着一个地方，好像在跟什么人或者什么东西互瞪。

从简陋的车站到村口，沿着一条小溪一直走便能到小镇。凹凸不平的泥地走着走着就出现了铺着青石板的小路，一路上走来两旁都是高大的树木，即使在艳阳天下走，也不觉得炙热难受，反倒有一丝丝的清凉。偶尔还有人赶着牛车从他们旁边经过，他们甚至还看到了一群放牧的羊，羊儿懒洋洋地在溪边吃草，无论是赶牛车的人还是放羊的人，都是上了岁数的老人家，看到两个陌生的年轻人时，还热情地跟他们打招呼。

村口的地方拉起了红布的横幅，上面写了一些宣传用语，什么“发展淳朴美丽乡村”“清幽消暑度假计划”“全力打造森林度假基地”之类的口号，只可惜一看就知道收效平平。

明明是珍贵的小长假，但是来这里观光的人大概就只有李海风与荣光，甚至连旅馆都不用提前预定，两人在村里绕了一圈，找了个客栈住下。其实也没有太多选择，村子本来就不大，听老板说原本还有几家小客栈的，可是由于一直没什么生意，纷纷关门大吉了。

他们现在住下的客栈，也是因为老板夫妻原本就住在这个大院落里，儿子们纷纷到城里打工，谁也不愿意回来，房间空着也是空着，干脆改成了小客栈，有没有客人都是空置着的，偶尔遇到一两个像李海风与荣光这样的客人，便算是聊胜于无。

老板也是这里的村长，鼓励大力发展观光和旅游业务的正是他，这也是客栈能坚持下来的另一个原因。老板娘给李海风和荣光泡了茶，庭院里摆着一张小茶几，老板好不容易逮到活人，话匣子一开就停不下来。

“我们这里真的很好的，你看空气多好，溪水清澈，无污染！晚上给你做个蒸鱼尝尝，一点儿都不腥，还有那鸡，都是我们放养着的，肉质鲜美，保准你们说好吃！回去之后，千万要记得跟你们朋友多多推广，让大伙儿一块儿来这里玩啊！”

老板兼老村长的老人眉飞色舞地给他们介绍村庄，只可惜来来去去也就是空气清新、民风淳朴这几个优点，确实没有什么值得让人非来一趟不可的卖点。

李海风忍不住主动问：“你们这里好像有一棵上千年的古树吧？我还挺有兴趣的，请问是在哪里呢？”

老村长眯着眼想了半天，仿佛是第一次听到，果然，想了好一会儿，老村长还是摇摇头道：“这……你要让我说，这里的树几乎都比我年纪还大呐！千年的古树，怕是长在那山里头吧！”

老人站起来，把他们带到客栈门外，遥遥一指。沿着门外的石板路往上看，有一座巍巍青山，山顶罩着云团，阳光一照，云影变幻，落在青山上，仿佛是天上仙人们翩翩起舞的身影投影在山上。

“我听我太爷爷说，那山上有一个巨大的石窟，以前菩萨住在里面，石窟里留下了壁画和佛像。我倒是想过要是能找到，可不就是极好的观光点吗？可是我年轻时跟朋友们去找了好久，后来又领着城里找来的专家团队，又是找了好久，却什么都没有发现。”

“所以我们村啊，也就这样子了。”老人说着，缓缓垂下手臂，长叹一声。

“你们要是感兴趣可以到山脚下看看，可是别走进去，天黑之前记得回来哈，我让老婆子给你们把鸡炖上。你们年轻人也不喜欢佛像啊什么的，不如吃点山珍野味来得过瘾，吃了喜欢可别忘了回去跟朋友们说说哈！”老村长强打起精神，挪着脚步回屋里了。

李海风拿起相机说要在村里游览一番，荣光却说有点累了要在房间里休息，李海风也没有勉强他。他带着相机走出门，却没有走远，只是在门外待了一会儿就折返回客栈内，村长那对老夫妻在厨房忙活，也没有留意到他的行动。

李海风躲在荣光房间外，头顶便是半开的窗户，他听到里面传来说话的声音。荣光自言自语地说："你确定是这个地方？可是就连老村长都说不知道那千年古树诶……你该不会是搞错了吧？呃，不要生气嘛，我没说你骗人吧……啊，好了好了，我们晚上再去看看吧。"

虽然从头到尾只有荣光一个人说话的声音，可李海风感觉他在跟其他人对话，这里头信号不好，也不像是在打电话。

李海风心里有了打算，他在村里漫无目的地转来转去。这里的房子是白墙黛瓦，如墨意悠远的山水画作，到处可见有一定年岁的树木，四处郁郁葱葱，村外的溪流哗啦啦地流进村内，流淌在不知道多少年前挖好的渠道里，清越的水声在村里回响着，确实是风景别致的清幽之所。

可是光有这些是不够的，村里甚至连学龄前的孩童都不多见，基本上都是老人，如同村长所说的，现在的年轻人根本不愿意待在这么乏味无趣的地方，都纷纷离开了。

李海风拍了一些照片，他并不是真的对摄影有兴趣，只是拿这作为借口，那自然还是得把戏做足了。待到天色稍晚，他回到客栈，已经闻到鸡汤香喷喷的味道。李海风想起妈妈以前熬的鸡汤，那时候妈妈还没有认识他后来的继父，母子俩住在一室一厅的小房子里，熬鸡汤的时候，香气会盈满整个房子。

后来他们搬到了李家的大房子里，妈妈也不用自己熬汤了，无论做什么事情都有佣人代劳，那股怀念的味道离他远去，却没想到在这么个破落的小村庄里，又被重新勾起。

"喂！不许偷吃！"角落里传来荣光的声音，好像在责骂谁。可是这里不就只有自己与他两名住客吗？李海风悄悄靠近，看到厨房外荣光好像在跟一团空气进行搏斗，在什么都没有的天井里跟跳舞似的扭来扭去，嘴里骂道："你这馋嘴狐狸！"

李海风轻轻咳嗽一声，荣光连忙摆出一副若无其事的样子，看着慢悠悠走出来的李海风，表情僵硬地打招呼。走了几步，李海风感到有个东西从他脚边跑过，感觉毛茸茸的……像是某种动物。

李海风按捺着心里的疑惑，假装自己什么都不知道，与荣光一起等待夜晚降临。晚饭对于老村长一家来说已经十分丰盛，只是再好的农家菜还是农家菜，虽然味道鲜香，却也实在谈不上精致。

不愧是只有老年人的村子，不到九点，几乎家家户户都熄了灯睡觉，老村长夫妇也不例外。李海风洗了澡出来，看见荣光搬了个小板凳坐在开阔的天井里，仰着脖子看天。

李海风下意识地跟着抬头一看，只见漫天繁星，星子多得仿佛要把整个夜空拽下地面，无数的星星汇聚成巨大的光之河流，奔涌在漆黑的夜空之上，令人叹为观止。

“在城市里就看不见呢。”荣光蓦然开口，“想想也有点儿可惜，真希望叫上大家一起来看。”

“你这么说老板会很高兴的。”李海风说，“可是，路途遥远，网络信号差，也没什么可玩的地方，根本不会有人愿意来吧。”

“不是啊，你不是来了吗？这样也就够了，毕竟星空不是为了得到赞美所以才这么美丽的啊！”荣光把目光转向他，那清亮的眼神看得李海风很不自在，他心虚地把目光移开了。

“这么说来，你不也是吗？”李海风说，“我们都很走运呢。”

“我才不是呢，我是有目的才来的，我来找一个人……”荣光很小声地说，如果在城市里或者发达的村庄，这样的音量是会被其他声音盖过去的，可是在这里，李海风就听得一清二楚。

可他还是假装没有听见，转身要回房间去，不忘提醒荣光：“这时候在村里也不算早了，你也早点睡吧，我看全村人就只有我俩没睡觉了。”

说完，他回到自己房间，却是换上了方便活动的外出服，然后屏息等待。大概过了半个小时左右，他听见有人打开院落大门的锁，他把门打开一道缝隙，只见荣光背着个背包，鬼鬼祟祟地出门去了。

李海风等的就是这一刻，待荣光出去了之后，也紧紧跟了上去。他摸了摸胸前的口袋，里面有一个药囊，是之前医院遇见的怪人给他的，让他务必随身携带，说是自有妙用。

3

月亮悬挂在青山一侧，仿佛是从山里升起似的。淡淡的月光照着青石板路，走在前方的荣光的身影投影在地面上，李海风跟在他身后，有一种他们正沿着一条银光闪闪的小路，要走到月亮上面去的错觉。

正如李海风所料，荣光是要进山，山里的路对于村里住了几十年的老人来说都是极为复杂的，但荣光好像并不在意。他身边还多了一只雪白雪白的狐狸，狐狸跟在荣光身边跳来跳去的，一开始李海风还以为自己看错了，但又看到荣光真的在跟狐狸说话，看来这狐狸早就在了，只是白天的时候他并没有看见。

月夜仿佛有不可言喻的魔力，它赋予了李海风奇妙的能力，让他看到了平日里看不见的东西。他还听见溪水里传来几声少女的娇笑，转头看去只见一个曼妙的身影飞快地钻进水里，说不清到底是真是假，他感觉自己走进了一个幻境，一个在此复活的神话世界。

但李海风没有忘记自己的目的，他没有被其他的东西分散注意力，一直很小心地跟着荣光。

荣光走进山林里，也没看见他拿出什么照明工具，只是伸手在黑暗中停了一会儿。点点荧光在草木中亮起，森林仿佛成了另一片星空，那些闪动的“星星”宛如风中的棉絮般飘荡起来，汇聚到荣光的手心上。

李海风目瞪口呆地看着这一幕，山林里的萤火虫聚在荣光手上，成了天然的照明，萤火的光与刺目的灯光不可比，那由不可思议的生物焕发出来的光亮柔和动人，把漆黑的山林都照亮了。

更不可思议的是，这些萤火虫自觉地排成队伍，在头顶上方漂浮着，一直往山林深处延伸，仿佛在指明方向。李海风跟着荣光在山林里走动，感觉异常轻松，好像树木都会为他分开，露出前进的通道。

不知道走了多久，一座嶙峋的山出现在面前，山上有一个巨大的山洞，这便是老村长今天早上说过的那个怎么都找不到的奇怪洞窟！

李海风看着荣光走到洞窟里，然而里面黑漆漆的，伸手不见五指，不是萤火虫那点点荧光能照亮的。李海风犹豫了一会儿，最终还是跟了进去，然而里面却与他想象的不一样，山壁上长着一种会发光的苔藓，数量之多简直不可思议，把整个山洞照得亮堂堂的。

墙壁上确实绘着壁画，因为一直被保存在山洞深处，色彩依旧艳丽。墙壁上还雕刻着佛像，有的慈眉善目，有的怒目圆瞪，有的表情悲戚……数不清到底有多少的佛像，或许上千，或许上万，均是表情各异，栩栩如生。

李海风边走边看，一不小心就把荣光跟丢了。不过这里只有一条路，他感到前面吹来阵阵凉风，便知道前方一定有出口。

果然，又走了一小段路，李海风眼前豁然开朗，原来这是一个天然的山谷，在谷底正中央有一棵前所未见的参天大树，树冠茂密，枝丫无限延伸，几乎长到山谷之外去。月亮走到了山谷上方，月光正好笼罩着这棵威严的古树，它的姿态就像一个正舒展柔软四肢的舞姬，把双手伸入空中，恣意地延展。

一瞬间，李海风觉得这棵树正在舞蹈，在朦胧月色下，跳一支千年的舞蹈。

山谷底下遍布着这棵树的根部，它最细的树根都要比李海风的腰粗上一圈，粗壮的树根宛如沉睡的蛇群蛰伏在地面上，看起来有些阴森可怖。连绵的树根组成了一座诡异的迷宫，李海风在树根与地面构成的曲折小道里走来走去，却发现怎么都看不到荣光的身影了。

不过既然已经来到此处，对于李海风而言已经足够了，他抬头看着在月光下闪耀着白银光泽的茂密树冠，那里就是他此行真正的目的地。他自然不是来这里观光的，在医院遇到的那个奇怪男子告诉他关于“树之心”的秘密，一开始他只是半信半疑来这里碰运气，可是现在他相信那个人说的一切都是真的！只要拿到树之心，他就能把爷爷治好了！

那个怪人还指点他，只要找到这个叫荣光的少年，便能找到千年古树，开始他还不明白到底为什么，不过他现在已经知道了，那个叫荣光的笨小子，应该也不是普通人。

来到千年古树之下，李海风才真正感觉到这棵树到底有多巨大，沿着它的树干往上爬，仿佛能爬到天上去，堪比一座摩天大楼，若是把树干挖空，住进几十个人也绰绰有余。

李海风失神地惊叹了好一会儿，才想起自己的目的是要找到树之心，可是树之心在哪里呢？那个戴着面纱、背着一个大箱子的奇怪男子只说了树之心在树上，可没有告诉他具体的位置，若是要爬到树顶上去，那即使他来到了古树跟前，也没有任何意义啊！

李海风一边绕着古树走，一边在树干上四处摸索，又拿出那个药囊凑近树干，却也不见有什么动静。走了好一会儿，他自己都有些头晕眼花了，却还是一无所获。这棵树是大，可是也没有什么与众不同的地方，植物不是动物，鬼才知道一棵树的心脏长在哪里。

不知道今天爷爷的情况怎样了，早些时候还有信号，他给妈妈打了电话，听妈妈说爷爷上次抢救过来后到现在依然昏迷，姑姑和小叔他们已经开始跟医生探讨起安乐死的可能性，再这么下去……

姑姑和小叔刻薄的话语在脑海中隐约浮现，还有那些丝毫不掩饰轻蔑眼神的亲戚，还有大伯软弱无奈的唉声叹气……李海风越想越是心烦气躁，他气愤地把药囊往树根上一扔，对着树干底部一轮狂踢，又觉得不解气，用尽了力气捶打树干，好像根本不觉得痛。

然而这不过是蜉蝣撼大树，大树分毫不动，而李海风已经累得只能瘫坐在树根上。狂暴的发泄过后，随之而来的是对自己无力改变现状的空虚和绝望，他抱着脑袋，仿佛已经看到自己与妈妈在阵阵恶毒的嘲笑声中，被赶出李家的大门的场景。

“树之心……如果没有树之心……”李海风绝望地喃喃自语。

突然，上方的树冠里发出沙沙的声音，好像还传来了“嗷嗷”的小动物叫声，李海风以为听错了，但那声音过了一会儿又响起，并且越来越清晰了。他纳闷地抬头一看，从天而降一团雪白的毛茸茸的东西，直接摔在他脸上。

软绵绵的，温热的，确实是活着的动物！李海风被砸得眼前一黑，抓着那东西想把它拽下来，那小动物受了惊四肢乱抓，把他脸上抓出了几道血痕来，好不容易扯下来一看，是一只白色的狐狸，好像……正是刚刚跟在荣光身边那一只！

它怎么会从上面掉下来呢？李海风疑惑不解，再次抬起头，冷不防看到树冠里探出一张人脸，把他吓了一大跳！定睛一看，好像是一个头朝下正要掉下来的人，看着又是要往他脸上摔下来的节奏！

一个大活人可不比一只小狐狸，真砸下来可是要出人命的！李海风想站起来躲开，可无奈他刚刚耗费了太多力气，又受到了惊吓，一下子动弹不得，身体完全不听指挥，只得眼睁睁看着那人离自己越来越近——

李海风绝望地闭上眼睛，没想到他来找树之心拯救爷爷不成功，反而要比爷爷先走一步了……然而他闭着眼等了好一会儿，预想中的冲击没有到来，倒是听见一阵窸窸窣窣的声音，然后是一个人发出的难受的哼哼声。

李海风睁开眼一看，那人确实是掉下来了，不过他身上缠着数十根藤蔓，这些藤蔓编织成一个天然的吊篮，把人稳稳地接住了。李海风小心翼翼地看着对方，问道："荣光？"

荣光四仰八叉地躺在吊篮里，也是头晕眼花好一会儿才回过神来，听到有人喊他名字，也吓了一跳，发现居然是李海风，忍不住问道："你怎么在这里？"

"我……我看到你半夜出门，村长说了不要在晚上出门的，我本来是想把你叫住，不知道怎么的，不知不觉就跟着你来了……"李海风撒了谎，"你呢？你为什么大半夜的出来？这又是什么地方？"

荣光一脸便秘的表情，显然是不知道该怎么圆过去，刚才先掉下来的狐狸蹲在树根上打了个哈欠，尾巴甩了甩，努力假装自己只是一只普通的狐狸。

"原来你们是一伙儿的！"突然，山谷里响起一个诡异的声音，又尖又细，乍一听像是小孩，但又不像是人类能发出的声音，像是什么尖锐的爪子在玻璃片上刨刮发出的，落入耳中仿佛全身都被刮了一下。

诡异的声音在山谷之中形成回音，宛如海浪般一波接一波地回荡，李海风大惊，四处张望却不见有别的人影："谁、谁在说话？"

"哼！"这一声冷哼是在李海风耳边响起，可他身旁只有树干，哪来的人！

李海风侧头一看，那树干上赫然浮现出一张人脸！李海风被吓得不轻，那张脸虽然酷似人形，本质还是一张树皮，五官仿佛无法定型般蠕动着，又像某种沸腾的粘稠物。

"坏人！坏人！贪婪！愚昧！人类多少年来都是这样！"那张人脸激动地叫喊着，它一会儿是垂暮的老人，一会儿是眼神妩媚的女人，一会儿是怒目圆瞪的大汉，一会儿又变成了皱着脸大哭的婴孩，比川剧中的变脸戏法更叫人目不暇接。

人脸气鼓鼓地对荣光说："本以为你是'蓬莱'选中的人，还想客气对待你，你却带那么危险的东西来，原来是想挖我的心！饶你一条小命是对你的恩赐了，现在你们都滚！都给我滚！"

荣光也急了，连忙解释道："您误会了！什么'树之心'我并不知道啊！我没有想对您怎样，我只是想问问您知不知道一个背着大箱子的卖药人……"

背着箱子的卖药人？李海风听到荣光的话，心里一动，想起了医院里遇见的那个奇怪男子，可他没有立刻说出来。

"滚！我不听你的解释！人类都是骗子！"人脸歇斯底里地大叫。

"果然是有树之心的！"李海风听了古树的话眼前一亮，"求求你了，把树之心给我吧！我爷爷快要死了，我——"

"闭嘴！"古树发出一声怒吼，整个山谷都为之震动起来。

李海风原本好不容易刚站起来，这一晃他差点儿整个人摔进树根形成的沟壑之间，幸亏荣光拉了他一把。

"你看你们果然是一伙的！"古树更生气了，树干上的人脸尖叫着消失后，地面上的树根却好像蛇群般涌动起来，像暴怒之人挥舞着手臂，搅得地动山摇。

狐狸吓得赶紧蹿到荣光头上，用爪子紧紧扒着他的头发以免自己掉下去。只见树干上又冒出千千万万的人脸，凸起的人脸仿佛瘤子长满了树干，这些脸五官残缺，不似人形，却都长着一张嘴巴，此时异口同声地发出愤怒的声音。

"吾乃神木，乃守护一方水土之木，区区人类最长不过寿命百年，是生是死，与吾何干！"

荣光与李海风捂上耳朵，表情十分痛苦。这棵巨树的怒吼不仅回荡在山谷内，甚至还在胸腔与脑内回响，激烈愤怒的声音撼动内脏与骨头，痛得两人都说不出话来。尽管如此，李海风还是勉力张嘴，不服气地说："凭、凭什么……你只是……一棵树……而已！"

"吾是神木！是一方神明！"

"放屁！说什么……神明！连山下的村民……都不见的……神……算什么鬼……"李海风把话一字一字地挤出来，也许是被拒绝的愤怒让他无端生出勇气来，敢对着暴怒的古树大声斥责，"守护……个鬼！山下的人……都走光了！只剩下老人……萧条、孤寂……等这些人……都死了……那就是一片……荒地！"

"哇！你不要再说了！"荣光突然跳起来，捂住李海风的嘴。

然而还是晚了一点儿，古树的树干里发出一声低沉的怒吼，顶上噼里啪啦有什么东西往下掉，一看，居然是各种颜色鲜艳的毒虫和毒蛇！不仅如此，树根搅动着泥土，一些藏在地底深处的不知名的虫子也纷纷爬了出来。

因为山谷的晃动，还能听到小石子从山壁上滚下来的声音，恐怕这棵树是要把山也摇塌了！大片大片的毒虫爬动发出密密麻麻、细细碎碎的声音，叫人头皮都发麻了，更别论掉在身上传来的恶心触感，这下李海风也没有余裕跟古树对骂，跳起来尖叫着拍打身体。

那些虫子与蛇倒不太敢靠近荣光，他趁机掏出一个打火机，狐狸也机灵，不用吩咐就用嘴巴咬开了背包的拉链，扒拉出一把线香塞给荣光。线香点燃，冒出大量带着药材气息的烟雾，虫子与毒蛇顿时都散开了。

神奇的是，这一把线香点燃后不可思议地产生出大量烟雾，山谷里一下子烟雾弥漫，古树的骚动似乎稍微平息，不等李海风反应过来，荣光已经扯着他飞快地跑走了。古树的怒吼不肯停息，宛如海啸来袭时的巨浪在两人身后穷追不舍，那洪亮的声音仿佛诅咒——

“贪婪无耻之人！吾会让你们付出代价！”

4

李海风被荣光带领着，总觉得来的路跟此时的不太一样，枝叶拍打在他脸上，伴随着阵阵轻微刺痛，他来不及看清自己到底走过什么路，只知道眼前突然豁然开朗，竟然已经跑了出来。

天色已微亮，然而却并不是想象中小村落安宁的清晨，只见人们纷纷跑出房屋——大部分是老人，也还有几个较为年轻的妇女和孩子。村里最响亮的声音是孩子的啼哭，人们惊恐未定，满地狼藉。

“这是怎么回事？”荣光看到了老村长，上前问道。他们这才得知下半夜的时候，村里突然发生了地震，山石滑坡，导致靠近山体的地方几乎都被碎石砸坏了，幸好那里没什么人居住，倒也没有人因此丧命。

不过地震来得突然，人们多数在睡梦中，有人撤退不及被碎石压倒，虽然人挖出来了，但是受了重伤。通讯设备也坏了，溪流被截断，现在只能派人到距离最近的另一个村联系救援。村长虽然年纪老迈，却也义不容辞地前后帮忙，甚至没有空问荣光和李海风为什么会从山里出来。

荣光环视四周，只见都是面容悲怆的无辜村民，地震多半是那棵古树发怒造成的，只是没想到山里引发的骚动，居然波及了山下的村民。荣光觉得这件事他有责任，正内疚的时候，突然地面又是一阵强烈摇晃，逃出来的人们纷纷相拥着发出尖叫，留下来的都是老人妇孺，稍微健壮的人已经去了邻村，正是最困难的时刻。

荣光也帮忙疏散村民，古老的青石板路露出又黑又深的裂缝，并且不断增多，耳边都是房屋倒塌的声音，他背着一个老太太，眼睁睁看着前面一棵大树倒下，这次是李海风拉了他一把。

这次余震并不强烈，待人们都撤退到比较安全的地方后，李海风突然拉住了荣光。李海风带着荣光到一个没人留意的角落，抹了一把脸，他脸上全是尘土，一抹脸都黑了，唯独眼睛明亮得吓人。荣光觉得他的眼神有些可怕，李海风说："这事……是我们引起的，对吧？"

跟着荣光的狐狸却冒出来说："才不是呢！明明是你的错呢！都是你惹得那棵树生气了——"

李海风现在也没有空对狐狸会说表示话惊讶了，他沉声说："对不起，之前是我骗了你。我来这里是为了那棵千年古树的心。你知道李周平吧？"

荣光当然也听过这个富豪的大名，李海风接着说："他是我爷爷，我们没有血缘关系，我是我妈妈带进李家的孩子，说难听一点儿，连野种都不如。"他难看地笑了笑，"那个家里所有人都财迷心窍，你也知道爷爷他得了重病，可能不久于人世了。他还活着，他的子女们便想着要他死，要分他的财产，现在还想让爷爷安乐死！"

李海风说着说着红了眼："我不能让他们这么对爷爷，爷爷对我就好像亲孙子一样，如果他的病没有起色，他们是真的做得出来让爷爷安乐死的事的！我不能让这件事发生！"

听完李海风的话，荣光多少能理解他想得到"树之心"的原因，可是……

"你要那棵树跟你爷爷一命填一命，它不高兴也有道理啊。"他隐约记得"树之心"是一棵树的精魄所在，千年才能凝结，对于那棵古树而言也是极为重要的。古树也说得有理，人类的性命，与它的确无关。

"不是的！"李海风激动地说，"不会死的！即使被拿走了'树之心'树也不会死，只是……"他吞吞吐吐，"会变回普通的大树，再过千年，又能长出新的树之心，这是一个背着很大很大药箱的人告诉我的！"

荣光对他的形容立刻有了反应，连忙问道："真的？你在哪里见到他的？"可他也不笨，又补了一句，"你见到的那个人，脸上有戴着面纱吗？"

李海风斩钉截铁地说："没有！"接着又问，"那棵树说你带了危险的东西，那是什么？"

荣光不疑有他，老实地打开背包，里面是一把长刀，套在刀鞘里，正是某天他在枕头下发现的，那把之前杀死了春景的刀。这东西他记得卖药人说是他创作出来的东西，能斩杀一切非人类的生命，所以那棵古树才那么不满意吧……

但他带着这把刀也不是要做些什么，狐狸告诉他这棵古树活了千年，可能知道卖药人的一些事情，他才带上这把唯一还在他身边的、与卖药人有关的刀，想问那古树是否知道什么线索。

不过说来也奇怪，一般来说植物的性情都是比较温和的，昨晚他刚刚到那棵古树面前，向它请教关于卖药人的事时，它明知道自己身上带着这把刀，却还是让自己进入了树干之内，就连突然被从树干里抛出来时，古树还伸出了藤蔓保护了他。

为什么到了后来，古树一下性情大变，像发疯般驱赶他们，还引发地震连累村庄呢？荣光正疑惑不解，突然手上一轻，那把刀居然被李海风抢了去！

李海风跑得飞快，早在他听到那棵古树的话时他就有这个计划了。既然荣光身上有东西让古树认为“危险”，那东西肯定能对古树造成伤害，古树才如此忌讳。真多亏荣光是个天真的老实人，让他轻易就得手了。

这次没有荣光带路，他却轻易地找到了古树所在之地，一路上他总觉得有什么在引导着他，不过也不容他细想，因为刚踏入古树树根的范围内，一根藤蔓便如同蛇般向他扑来。他堪堪避过，却冷不防被脚下的树根绊倒，还未散去的毒虫围了上来，却好像害怕他手中长刀般，不敢靠近。

李海风大喜，举着刀安然无恙地前进，直到来到树下，他仰着头大声说：“把树之心交出来吧，不然——”

不然怎样，他并未来得及说，因为古树与那些毒虫不一样，似乎并没有过分畏惧那把刀。从树冠上探出的藤蔓如同灵活的触手，把李海风卷了起来，藤蔓勒紧他的手腕，几乎要折断他的骨头。

李海风吃痛，手一松，长刀落在地上。越来越多的藤蔓缠上来了，一寸一寸地辗轧他的骨头，仿佛要把他捏碎！荣光赶到这里时，看到的正是这一幕，李海风一看，连忙用尽气力大叫：“救命！这棵树疯了！是、是妖怪！快……用刀……把它……”

“不行！”荣光断然拒绝，他快步走到古树跟前：“我是来道歉的！请您放过他吧！”

可是先前疯狂咆哮的古树此刻沉默不语，继续收紧勒住李海风身体的藤蔓。荣光觉得有什么湿滑的东西滴在他脸上，一摸发现居然是血！悬在他头上的李海风可能内脏已经受伤了，嘴角溢出血来。

“没办法沟通了……这棵树已经疯了……杀了它……”李海风虚弱地喃喃说道。

“不……”荣光还是摇头。

“它拒绝与我们沟通了……你没有发现吗？”李海风的声音越来越虚弱，“一棵会杀人的树……你要留着它吗……”

荣光捡起刀，拼命敲打缠住李海风的藤蔓。他没有抽出刀，即使只是刀鞘碰到藤蔓，那些藤蔓便已飞快躲开。“我会救你的！但不会杀了这棵树！”荣光说，可他话音刚落，更多的藤蔓一口气伸出来，不但把李海风紧紧勒住，还把他往树干拖进去。

“它要吃了我……”不可思议的，居然还能听见李海风的声音，“这棵树病了……得了疯病……你知道吗？长出树之心的古树，是会变成这样的怪物的……”

这声音听起来是李海风，可又好像不是，荣光觉得他的话听起来像是诅咒一样，让他脑子变得模模糊糊的。那声音又继续说：“你想想村里的人……若真是守护这地方的神木，怎么会做出那种事来！”

荣光想起对振兴村庄满怀热情和希望，一直努力不放弃的年迈老村长，想起不久前他那满是眼泪的苍老的脸，想起被古树引发的地震毁了的村庄，还有妇女和孩童的哭泣，无辜的村民茫然和惊恐的眼神……

地面又在摇晃了，这么下去村里的人在得到救援之前恐怕都要在地震中丧命了！那声音又在荣光耳边细语：“想想那些人……放任这棵树发疯……所有人都要死……要死！能救他们的只有你，只有那个办法了，对的，唯一的、正确的……”

“并不是死亡……只是又一个千年……它能重新长成树的……所以不用担心……”

荣光的手动了起来，他握紧了刀柄，一口气把刀抽了出来。长刀出鞘，锋利的刀刃上流转着异光，挥刀时仿佛织出一片白光。白光切开了树干，荣光不太清楚自己怎么动起来的，他圆亮的眼内仿佛失了神气。

树干上露出一个裂口，他撕开缺口，把手探入，从里面掏出一个绿色的、跳动着的、被纤细枝蔓包裹着的“心脏”。

晃动的地面顿时平静下来，抓住李海风的藤蔓瞬间枯萎，他掉了下来，无力地瘫在地上。遮天蔽日的树冠也快速枯萎，翠绿的叶子变得枯黄干脆，漫天散落，树根失去了活力，这棵活了千年的古树正在死亡。

荣光跪在树根上，手里捧着还跳动的树之心，茫然极了。他抬手碰了碰树干，只见树皮片片剥落，如同摩天大楼般粗壮的树干眨眼间化作飞灰。

此时此刻，他终于明白过来，他被骗了！挖去树之心的古树立刻就会死去！他想要找李海风问个清楚，身体却动弹不得。一个人影蓦然出现在荣光身后，他的影子如同被阴云笼罩，他背着一个巨大的箱子，脸上是一块绣着无数眼睛的面纱。

“感谢你们，替我得到这‘树之心’。”那人说着，从荣光手里取走“树之心”，又走到昏迷的李海风身边，给了他某样东西。

“多亏他，才能将让古树发狂的药囊带到这里。作为回报，我给他能让那老人回光返照一段时间的药。借此机会，他便能让那位以为自己逃过一死的老人写下对他最有利的遗嘱，这才是他心里最真实的愿望。”

那人顿了顿，仿佛笑了：“是‘欲望’才对。”

直到那人再次消失在眼前，荣光的身体才松下来，能够自由活动。然而他呆呆地看着枯萎的古树，他知道自己犯下了多么无可挽回的大错，悔恨无比却也无济于事。悲痛、内疚、愤怒……单纯如荣光，第一次尝到这般滋味。

“终究是来晚了吗？”一声叹息回荡在了无生机的山谷里，抢走了魔方，名为“秋茴”的少年再次出现。

第十二章

恶人骨

蛊：《诸病源候论·蛊毒候》有记载，蛊多取虫蛇之类，以器皿盛贮，任其自相啖食，唯有一物独在者，即谓之为蛊，便能变惑，随逐酒食，为人患祸。

E REN GU

1

李环晚上从医院回到家，刚开门就踩在一块碎片上，发出“咔哒”的声音。屋内没有开大灯，落地窗的窗帘拉得严严实实，她摸索着打开了门边的开关，玄关灯光亮起的时候她并不意外地看到了满地狼藉。

碎片来自于一套打碎的进口茶具，当初买的时候她可是非常喜欢的，因为很憧憬外国上流社会的夫人们在阳光充沛的庭院里优雅地享受下午茶的生活，所以特意托人从欧洲带回来这套高级茶具，以往清洗的时候也从不让佣人动手，都是亲自清洗。

但就是这么宝贝的茶具被打碎了，她也并没有生气，虽然还是有点心痛啦，但她永远都不会对那个孩子发火的。因为怀胎十月生下来的宝贝儿子才是无价的，不能用任何东西衡量。

除了打碎的茶具，高档木地板上还散落着被割破的抱枕、被撕坏的书本杂志，立式台灯也被人用力踹倒了，可怜兮兮地横在地板上，大屏幕的液晶电视也被摔在了地上，这场面……简直像是有人在里面厮打过一般。

“哎呀哎呀。”她一边摇头，一边换上拖鞋进屋，心想一定是最近学习压力太大了，儿子康永达今年念高二了，这个时期的孩子总会有突如其来的恶劣情绪，但作为母亲当然得包容他才行呢。

他们家是高级的复式公寓，康永达的房间在二楼，从玄关抬头看到那个房间掩着门，从门缝里透出电子屏幕的淡蓝色光芒，还有电动游戏的逼真枪击音效，康永达显然没有在学习，不过她认同学习中需要适当的放松，儿子这是在合理地调整状态。她不愿意把家里这异常的情况和儿子联系起来。

因为只打开了玄关的灯，屋内还是黑漆漆的，她一边往屋里走一边小心地避开地上散落的东西，终于来到了儿子的房间前。她吸了口气，作为对儿子的尊重，她没有立刻推门而进，而是敲了敲门板。

里面的人没有回应，游戏里“砰砰砰”的枪声愈发激烈了，逼真的音效听得人心里有些发毛，好像里面的人手里真的拿着一把枪，激烈的枪声就像在发泄着什么。她又耐心地敲了几次门，儿子依然没有反应，她这才推开门走进去。

康永达身高一米七出头，在男孩子中不算太矮也不算太高，因为缺少运动而有些虚胖，但作为母亲她对此还是挺满意的，她相信康永达还会再长个儿，到那时候体型就会匀称了。在她的预想中，康永达将来必定是一个仪表堂堂、高大挺拔，并且事业有成的年轻人。

到时候，她是一定要让永达接管李家的企业的！哪怕她是出嫁了的女儿，可永达是她的儿子，就是堂堂正正的李家人，李家的钱一分一毛都不能落入其他人手里！李环心里暗暗发誓，她的父亲是闻名商界的传奇人物李周平，李老爷子前段时间身体突然恶化，目前正住在医院里，情况却一直没有好转。

李老爷子的病情按理都是要撑不下去的，可不知道是不是天生的倔脾气在作怪，居然又撑过去了。这么反反复复的还真是烦人，李环不禁在心里埋怨，都怪那老不死突然发作，被送去急救，才害她这么晚回家。对了，家里不是雇佣了保姆吗？怎么不见她的人呢？饭菜看起来也没有做好，永达一定是饿了才生气的。现在的人真是的，一点儿责任心都没有，也不用等合约期满了，等下就打电话到家政公司去，立刻就把她解雇了吧。

李环一边想，一边走近了儿子。康永达完全沉浸在游戏的世界里，并没有留意到母亲的靠近，房间里也没有开灯，屏幕的蓝光让昏暗的房间如同浸泡在冰冷的水里。她拍了拍儿子的肩膀，温柔地叫唤他的名字。

却不料手背上传来一阵疼痛——康永达用力挥开她的手，并猛地跳了起来，手里紧紧握着游戏机的手柄。游戏里由玩家操控的角色因此死亡，发出逼真的悲鸣，康永达眼睛瞪得大大地看着自己的母亲，他脸上被阴影覆盖，如同罩着一张鬼面，那死亡的悲鸣简直就像是他发出来的一般。

李环连忙开口：“哎呀，妈妈吓到你了吗？对不起哦，可是妈妈有敲门，你大概没有听到吧。玩游戏没关系的啦，虽然学习是很重要，最近也快模拟测试了，可是妈妈知道你心里有数，所以不会说你什么的，但是声音开这么大对耳朵不好，所以你要……”

李环的话没有说完，突然觉得有什么东西擦着自己的耳朵飞过去了，听到“咚”的一声后，她满脸震惊地回头一看，游戏手柄落在身后的地板上，刚刚……是康永达朝她扔东西了？

“闭嘴！闭嘴！你吵死了！吵死了！”康永达大吼大叫起来，一副歇斯底里的模样。

“永达，你这是怎么了？”李环察觉到儿子的不对劲，永达平时就是个十分纤细敏感的孩子，小时候为了做观察作业养过兔子，兔子死的时候他还难过地哭了呢。

康永达又不说话了，他抱着脑袋蹲下来，像受伤的刺猬般把身体缩起来。李环心痛极了，最近校园暴力、校园欺凌之类的事件层出不穷，永达是不是在学校被欺负了？永达这么温柔的孩子，又那么优秀，学校里一定有嫉妒他的坏孩子！

游戏的声音太吵了，李环自作主张地把机器关掉，房间顿时安静下来，只剩下儿子猛烈喘气的声音。李环抱住儿子，轻轻地拍打他的背，她听见“呜呜呜”的类似哭泣的声音，怎么了？永达哭了吗？

可是很快她便发现不是的，宛如哭泣的声音并不是从儿子身上发出的，没有了电子游戏嘈杂的背景音后，便能清晰地听见从儿子衣橱里传来的、细微的呜咽声。

她从儿子身边站起来，慢慢走近衣橱，那是抽泣的声音，没错，越是靠近便越是清晰可闻了。她站在发出哭泣声的衣橱前，用发抖的手猛地打开了衣橱。

衣橱里蜷缩着一名小女孩，还是小学生的模样，她的手脚被捆绑起来，嘴巴也被堵住了，衣橱被打开的一瞬间她抬起头来，用哭得红通通的眼睛惊慌地注视着李环。

李环正要惊呼出声，但马上又捂紧了自己的嘴巴。公寓的隔音效果很好，当初买下这里也是有这方面的考量，所以康永达在家里大吵大闹的时候还从来没有被邻居投诉过。尽管如此，李环还是谨慎地没有让自己发出声音。

“这、这是怎么回事？”李环回头紧张地询问自己的儿子。

衣橱里的小女孩激动地扭动起身体来，康永达面对妈妈投来的目光，却一言不发。女孩挣扎得更厉害了，捆住她四肢的是缠了一圈又一圈的尼龙绳，绳子因为女孩的激烈扭动磨破了她的皮肤，几乎要流出血来了。

李环见状，连忙说道：“你、你不要怕，阿姨会解开你的，好不好？你先冷静下来……”

“妈！”康永达听到她这么说，顿时瞪圆了眼睛。

“嘘！你安静点！”李环大声地呵斥回去，少见地用上了严厉的语气和表情，向来在家里横行的康永达也被震住了，紧接着李环放柔了声音说，“交给妈妈，永达，你要相信妈妈……你走开一点儿，不要吓到人家。”

她说着，蹲下来靠近女孩，女孩吓得一哆嗦。李环用比刚才更温柔的语气说："阿姨是刚刚回来的，不知道发生了什么。阿姨不想把事情闹大，我解开你，但你可以答应阿姨绝对不吵闹、不尖叫吗？当阿姨求求你了，好吗？"

女孩迟疑了一会儿，点了点头。李环取下了塞在女孩嘴里的毛巾，拿下来的同时女孩深深吸了口气，接着喘息起来，过了好一会儿呼吸才平缓下来。

"很好，很好。"李环露出笑容，试探着朝女孩伸出手，女孩本能地躲了一下，李环也很理解她现在还很紧张，连忙安抚道，"别怕、别怕，阿姨给你解开绳子。"

女孩放松了警惕，李环也如自己所说那般替她解绑了。这个过程中，康永达一直站得远远的，紧张地看着母亲与被自己绑架回来的女孩，并不知道母亲这是在打算什么。

2

荣光与秋茴面对面坐着，因为山中千年的古树被剜走树之心造成的地震，他们目前只能待在这个偏僻的山野小村庄里等待救援。救援队很快便赶来了，但由于地震引发的山体滑坡，下山的道路被截断了，救援队正在全力疏通，在此之前没有任何办法可以离开。

他们目前身处勉强还能容身的房屋里，救援队带来的帐篷数量有限，都优先分配给伤者和老人，这个村里本来就只剩下留守的老人和年幼的孩童，荣光对于这样的分配当然没有意见，现在这样他反倒能避开其他人的目光与秋茴独处，他有太多事情要问他了。

那个蒙着脸的奇怪男子是谁？他到底有什么目的？他与自己认识的卖药人有什么关系吗？还有……秋茴之前从他手上抢走了那个魔方，到底又为什么呢？

虽然心里有许多问题，但等真正到了能与秋茴面对面坐下来，却又花费了不少时间——秋茴赶来后，看到因为地震而出现的伤者，二话不说便抢先在救援队抵达之前开始了治疗。他随身带着一个手提式的药箱，荣光看着他从里面取出各式各样的药材和工具，配制出急救止血的药物，为正被伤痛折磨的人进行治疗。

不仅如此，他还命令呆站在一旁的荣光过来帮忙，很不客气地说："基础的调配方法，春景好歹教过你吧？傻站着干什么，还不快点儿过来！"

荣光再怎么迟钝，还不至于这样都没察觉秋茴与卖药人还有春景之间肯定有某种关系，他把诸多疑问吞回肚子里，开始给这个年纪看起来比他还小的少年忙前忙后地打下手。专业的救援队伍赶来的时候也十分震惊，既惊讶又庆幸地称赞荣光他们处理及时，才使这场意外导致的伤亡损失降到最低。

这时，屋外下起了雨，大颗的雨滴敲打在破碎的屋瓦上，透过残缺的窗框往外看去，天地与山林都被笼罩在灰蒙蒙的雨幕之中，像是为那棵被生生剜去心脏的古树落下的眼泪。

荣光顿时又觉得心脏难受地揪紧起来，刚才被秋茴指使得团团转，连内疚和忏悔的时间都没有，现在空闲下来，他又再次回想起自己到底做了何等愚蠢和残酷的事情。不过，虽然心情还是难以平复，但比起刚清醒过来得知自己做了什么的时候还是冷静了许多，那份悔不当初的消极心情在被秋茴使唤着帮忙的过程中，分散消减了一些。

难道对方是为了让他不要沉浸在过于悲观的自责中，所以才不客气地命令他做这做那的吗？可能他意外的是个温柔又体贴的人吧……

“你现在后悔也没用了，你自己又蠢又冲动，能怪谁呢？天啊，我真不敢相信有人被随意煽动一下就真的做出那种蠢事。”秋茴说话刻薄又毒辣，荣光立刻收回一秒前自己对他的正面评价。

荣光低垂着头不吱声，感觉到秋茴的目光正盯着他的头顶，都快把他脑壳烧出洞来，像是在严厉地审视他，在荣光快要扛不住这充满魄力的目光时，秋茴说道：“把那个东西拿出来。”

“什么东西？”荣光顺势抬头，正正撞进秋茴微微眯起的眼睛里。

“你用来挖出树之心的那把刀。”秋茴说，他相貌极为出色，有几分雌雄莫辨的气质，性别在他身上仿佛模糊了界限，眼前的少年宛如妖精，在让人觉得美丽的同时却也有一种难以亲近的疏离。

“快点啊，愣着干吗？”被秋茴瞪了一眼，荣光急忙翻找那把刀，找了半天没找着，还是狐狸从被他扔在一边的背包里叼出来给他的。

“还会差遣妖怪了，也不算太没本事嘛。”秋茴接过刀的同时，扫了眼狐狸，得到了狐狸气鼓鼓“我才没有被差遣呢”的激烈申辩。狐狸似乎有些怕秋茴，把刀交给荣光后连忙找了个不漏雨的地方，远远躲开了。

“你知道这把刀……”荣光吞吞吐吐地开口，既然从秋茴口中听到春景的名字，那他是否知道春景正是死于这把刀下的呢？

“这把刀是凭空出现的，对吗？”秋茴仔细端详着轻薄且锋利的刀身，得到荣光肯定的回答后，他叹了口气，“确实是他做的东西。”

“你说的他指的是一个很奇怪的、笑起来十分狡猾，不笑的时候非常阴险，还背着一个很大……”荣光夸张地直起身子比划，“的箱子，里面都是些稀奇古怪的药的人？你认识他？他现在在哪里？他到底——”

秋茴不悦地皱起眉，手一挥打断荣光的话，却不回答他的问题，反而理直气壮地教训起荣光来："上次你怎么不早把这东西拿出来呢？我还以为你是什么恶人，你知不知道这样白白浪费了多少时间？"

荣光被训得一愣一愣的，可是突然一想，不对啊，你上次根本没有给我机会解释啊！

"喏，这个给你。"秋茴说着，朝荣光抛出一个东西。荣光手忙脚乱地接住一看，正是上次秋茴从他这里抢走的奇怪魔方，与他之前拿着的时候不同的是，魔方上那只巨大的眼睛如今紧紧闭合着，仿佛沉睡了一般。

"我从你手里拿走那天起就是这样了，我怎么都叫不醒他。"

"叫、叫醒？"荣光一头雾水，虽然他一直知道这玩意儿不同寻常，可是按照秋茴的说法，这东西难道还是个活物？

"什么？你没有发现吗？"秋茴看到他这副莫名其妙的模样也有点吃惊，"你刚才不是一直嚷嚷着要找我师弟吗？他就在这里啊，你不是一直都跟他在一起吗？"秋茴说着，伸出纤长白皙的手指，指向荣光手里捧着的魔方。

啊？卖药人……是这个魔方？荣光脑子完全转不过来了，呃，他以为卖药人是个怪人，可没想到他原来是个变形金刚！

秋茴看不下去荣光这个呆呆的模样，伸手就是一记耳光，把他从震惊中抽回神。他表情又变得凝重起来，手指指向这间小破房的一个角落，问道："好了，接下来，你先告诉我，你跟那家伙是怎么扯上关系的。"

在他指着的那个角落里，一个人影动了动，原来一直有人蜷缩在那里，正是受到戴着面纱的古怪男子蛊惑，特意来到这里企图剜走树之心的少年，李海风。

3

李环把吓得浑身没力气的小女孩从衣橱里抱出来，又把康永达赶到一旁，牵着女孩把她带到房间外。一走到房间外，便能看到一片凌乱的客厅，李环刚开始以为是儿子发脾气乱扔东西所致，现在看来恐怕是他为了捉住这个女孩，在这里发生过争执所造成的。女孩被她牵着手从二楼下来时，看到客厅似乎回想起发生过什么，好不容易平静下来的情绪顿时又绷紧起来。

李环小心翼翼地牵着女孩穿过客厅，让小女孩在餐桌旁坐下来，亲切地问她渴不渴，喜欢喝什么饮料，她脸上笑眯眯的，语气温柔。女孩原本还很害怕紧张，但毕竟年纪还小，李环态度又如此温柔，还一再保证立刻就联系她父母来接她，女孩再次放松下来。李环本来也是为人母的，自然懂得如何哄小孩。

李环说让她喝点东西冷静一下，又拿出一大堆高级的糖果零食。整个过程中康永达一直纳闷地站在二楼走廊上，不明所以地注视着母亲的一举一动。

“等下阿姨给你把你爸爸妈妈叫来，可是家里太乱了，阿姨先把这里收拾一下，你自己乖乖在这里休息，好吗？”李环柔声问道，看着女孩点了点头，她开始收拾一片狼藉的客厅。

借助收拾东西的动作，李环把大门落了锁，并检查了家里的每一扇窗户，确保都已经锁上了，然后不动声色地拉上了窗帘。

李环打开了电视，女孩很快就被屏幕上闪动的画面吸引住了。李环看了下时间，将近晚上七点了，女孩的家人恐怕已经开始着急了。李环的丈夫要到外地出差一段时间，家里只有她跟儿子，李环看了下确定女孩在全神贯注地看电视，便上了二楼把儿子拉到一旁。

“这到底是怎么回事？”李环问。

康永达还想躲，没想到被母亲一把紧紧捏住了手腕。康永达平时在家里横行霸道惯了，父亲骂他他也是听不进去的，母亲任何时候都会包容他，很多时候只要他发发脾气，母亲立刻就会拦在他身前，不许其他人再多说一句。

也正是因为这样，他从来也不把母亲放在眼里。康永达正要甩开母亲的手，骂她多管闲事，却不料被母亲的表情吓到了，他从来没见过母亲露出这么阴沉可怕的神情。

“快说，你到底做了什么？”李环压低声音催促，抓住儿子的手都在颤抖。

她向来溺爱儿子。以前康永达曾经把邻居养的小狗偷回家，那时候他还在念小学，因为喜欢那只小狗，但邻居家同岁的小姑娘不肯把狗借给他玩，所以才找了个机会把狗带回家。

发现小狗不见了之后，邻居家的小姑娘哭得很伤心，一家人跑到小区里找了一晚上，还到处找人询问。李环的丈夫下班回家也被问了，当时他什么都不知道，回到家看见儿子正在逗那只“走丢”的小狗玩时，别提多惊讶了。

丈夫立刻让康永达把小狗还回去，康永达死活不肯，李环见状连忙说道：“永达喜欢小狗，就让他跟小狗玩一会儿嘛，玩够了我们给人家送回去就是了。大不了给他们道歉赔钱嘛，不过是一条狗，有什么所谓呢。”

丈夫娶李环的很大部分原因在于李家的资产，他自己生意上也少不了妻子娘家的帮忙，所以家里很多事情他都让李环做主，不想跟她起争执。既然李环这么说了，他也不再多说什么，只好随儿子去了。

可是一晚上过去了，第二天康永达还是没有要把小狗还回去的迹象。这天李环送康永达出门上学的时候，正好看到小姑娘和她家人一大早就在小区里叫唤小狗的名字，小姑娘眼睛哭得又红又肿的，看起来十分可怜，她叫喊小狗的名字时，听得出来嗓子都哭哑了。

李环匆匆从他们身边经过，儿子突然开心地笑了，得意洋洋地说了句："活该！"然后想起母亲就在旁边，他顿时收起了笑容，忐忑地等着挨骂。

李环明白过来，原来康永达是为了报复小姑娘不肯把狗给他玩。等跟儿子走到那家人看不到的地方时，她蹲下来与儿子视线齐平。康永达以为要被骂了，害怕得缩了缩脖子，没想到李环却轻轻拍了拍他肩膀，给他比了个大拇指。

"永达真聪明，就是要这么做！"李环却是夸奖了他，"都是那个小女孩坏，这样以后她就不能再欺负永达了。以后要是还有人欺负你，你也要懂得这么聪明地还击哦。"

没过两天，那只小狗就死了。康永达根本不会照顾小狗，也不会喂食，玩腻了就扔到一旁不想管。小狗想回家于是开始吠叫，康永达怕被邻居听到声音，跑去买来杀虫药拌在饭里给小狗吃，把小狗毒死了。李环发现后，把小狗尸体塞进垃圾袋里扔了。

可是这次康永达带回来的可不是一只小狗那么简单的，那是个活生生的小女孩！作为母亲，她必须问清楚这到底是怎么回事！

"她……她是我班上同学的妹妹……"康永达被母亲紧紧盯着他的目光吓到了，结结巴巴地说道，"那家伙很讨厌，总是跟我作对，他瞧不起我……我讨厌他……"

"所以你就把他妹妹带到家里来？"李环有些理解了。

康永达缓缓地点头，小声地说："那家伙很疼妹妹，天天在班里说自己妹妹的事……我就想让他急一下。我知道他妹妹读的小学，跟她说我是她哥哥的同学，她哥哥让我带她玩，然后……"

就好像当年的那只小狗一样，康永达把人家妹妹骗回家，是对班上同学的报复。

原来……只是恶作剧嘛！李环松了口气，小孩子间有些摩擦再正常不过了嘛，儿子只是跟同学开个玩笑而已。而且肯定是永达那个同学不好，是那个同学欺负他，对他使坏，永达忍无可忍才会这么做的，都是那个孩子不好！

李环连忙把康永达抱进怀里，安抚着说："可怜的孩子，妈妈差点儿就错怪你了！"

康永达在母亲的怀里睁大了眼睛，一脸困惑不解，可是李环没有留意到他的表情。她关心地问："你带这个小女孩回来的时候，有被别人看到吗？"

康永达缓缓地摇头，小声地说："我带她走消防梯上来的，骗她说玩捉迷藏。但是走进大楼和小区的时候，有摄像头……"

"别怕，那种摄像记录过段时间会被覆盖的。"李环赞许地摸了摸儿子的头发，"永达真的好聪明哦，是妈妈的好孩子呢。"

康永达没有露出高兴或者放松的表情，他脸色更暗沉了。

“阿、阿姨……”这时候，原本在楼下看电视的小女孩不安地轻轻叫唤，那声音就跟小猫似的细小，她在楼下的客厅往二楼张望，不是很敢走上去。

女孩也知道出来得太久了，她也想回家了，这个阿姨说好了会让她回家的。虽然把她关在衣橱里的大哥哥很可怕，可是这个阿姨救了她，还给她果汁和点心，她觉得她是个好人。

李环放开儿子，用目光告诉他不要担心，然后走了下去，朝女孩笑道：“怎么啦？”

“我想回家……”女孩细声细气地说。

“好啊，不过你可以跟阿姨做个约定吗？绝对不可以把今天的事情告诉别人哦。”李环笑眯眯地说。

“可是……”女孩有点犹豫，她今天这么晚不回家父母和哥哥一定都会很生气的，她该怎么解释呢？而且……“爸爸妈妈还有哥哥都说，不能撒谎……”女孩十分为难。

“只说一次而已，没关系的。”李环耐心地诱导着女孩。

女孩虽然年纪小不懂事，可也隐约知道这种事是要告诉家人的。看到她犹豫不决的模样，李环的笑容顿时僵住了，她继续说：“可是你看，你家人也应该跟你说过不能随便跟别人走啊……你如果把事情告诉爸爸妈妈了，他们也是会生气的哦，而且还是生你的气，觉得你不听话呢。”

女孩好像被吓到了。看到女孩惊慌的模样，李环脸上的笑容又恢复了自然，对，就是这样，只要她保证不往外说……

最终，女孩下定了决心，说：“我已经骗了爸爸妈妈还有哥哥一次了，所以……不能再骗他们了……挨骂也没关系，因为确实是我不听话……”

女孩因为惭愧和害怕，说话的时候一直低着头，所以她并没有看到李环原本灿烂的笑脸在刹那间扭曲了起来。

“你要是把刚才的事情说出去了，会让阿姨很困扰的哦，也会给那位哥哥带来很大的麻烦呢，你知道吗？”

“可是，大哥哥那样做是不对的啊……”女孩疑惑地说着，当她抬起脸，看到的是眼睛瞪得大大的、脸上全无笑意的李环正死死盯着她。刚才还对她无比亲切，笑着承诺会把她送回家的好人阿姨突然变成了故事里那些可怕的女巫！

“真是个坏丫头！”李环说着，一把抓住了女孩企图反抗的细小手臂，“我都跟你好好地说话了，你怎么就是不听呢！你这个麻烦精，自己不听话到处乱跑，一点儿教养都没有的野孩子，自己使坏还想害我儿子！”

李环的突然转变把女孩吓坏了，她想尖叫可是被李环先一步捂住了嘴巴，她年纪小力气也小，被死死捂住嘴巴不但发不出声音，就连张开嘴巴都做不到。楼下突然转变的状况把一直缩在二楼的康永达也吓到了，他连忙跑下来，慌乱地问："妈、妈妈，你这是——"

李环把女孩推倒在地上，用自己身体的重量压制着女孩，又伸手从旁边的沙发上抓过一个靠垫，压在了女孩的脸上。女孩一开始在李环身下激烈挣扎，可是过了一会儿，康永达眼睁睁地看着女孩的身体一点一点安静下来，再也不动了。

李环这才喘着气松开靠垫，她把散落的发丝顺了顺，朝康永达笑了笑，说："没关系的，永达，妈妈会保护你的。"

女孩安安静静地躺在地板上，一动不动。康永达哑口无言地看了看女孩，又看了看母亲。李环撑着下颌，思索着该怎么处理女孩。

女孩不像以前的小狗那样，小狗的尸体塞进垃圾袋里扔掉就可以了，可是小女孩如果被人发现了的话事情就麻烦了。如果能让她彻底消失就好了，像烟尘一样消失得无影无踪，会有这样的办法吗？

李环突然眼前一亮，是的，如果那个人……那个人肯定有办法的！她认识一个脸上蒙着面纱的男子，那人背着一个很大的药箱，那个大箱子里有各种各样无法想象的、神奇的药。

她曾经向这个男人讨要过一种药，一种无色无味、能让人无法察觉的毒药，服下毒药的人就会像是患上急病一般倒下，任何医学手段都没有办法检测出这是药物所造成的，中毒之人会陷入昏迷并逐渐死去。

没错，她的父亲李周平就是服下了这种毒药，才变成现在这样的。

如果找到那个人……李环正想着，猛然看到面前的地板上出现了一双男人的脚，她颤巍巍地抬头，就见她心里正想着的古怪男人竟然出现在了她面前。

面纱下，他的嘴角微微弯起，似笑非笑。

4

依旧是刚经历完一场浩劫的山中村落，雨势突然转大，乱石碎瓦堆中残缺的房屋成了一个个剪影，像浓墨遇水散开的黑影。其中一栋还未倒塌的房屋里，荣光和秋茴听李海风说完了他是如何遇到那个戴着面纱的奇怪男子的事。

据李海风说，他担心爷爷李周平的病情，所以前去医院探病，因为遇上了几个亲戚而心情烦躁，在医院庭院里瞎转的时候遇到了那个男人。

“你其实也不是真的担心你爷爷吧？”荣光说道，开始在前往这个小村落的巴士上遇到李海风，他还觉得两人之间算是有缘，可以交个朋友，没想到李海风原来早有目的，他就是为了利用自己剜出树之心，所以才来的。

等等，荣光觉得这其中好像有什么被自己忽略了的重点，到底是什么呢……

他正苦苦思索，那边李海风对他的话作出了回应：“我确实很尊敬爷爷，我是妈妈改嫁后带到李家的，本来不是李家的孩子。那个家里的人全是势利眼，继父过世后，他们恨不得把我和我妈赶到大街上去，让我们活活饿死！”

他说着，眼神里流露出狠厉的光，察觉到自己过于激动，他缓了缓，接着说：“爷爷对我还算不错，他说过只要我愿意，他会允许我进入李家核心产业工作。他突然病倒之后，李家根本就没有人会替我和我妈妈着想了。对，我说要救爷爷是有目的的，希望他能立下对我有利的遗嘱，可是他对我好又何尝不是有目的的呢！他那几个有血缘关系的孙子都是废物，他不也是想利用我，好让李家的生意能够维持下去。”

说到那些不成器的同辈，李海风不屑地说：“大伯和小叔的孩子就算了，姑姑的儿子才是被惯坏了，成绩学位都是花钱买的，结果还经常不去学校，说什么学校里的人都排挤他，也不想想既然这么多人讨厌他，那肯定都是他自己的问题。姑姑还觉得自己的儿子是最优秀的，非要说以后李家的所有产业都会交给她儿子接管。”

所以当爷爷在某天的家族聚会上突然公开表示很看好李海风，希望他以后能进入李家的管理层学习时，姑姑当场勃然大怒，不过那时候爷爷中气十足，反倒把姑姑骂了回去。李海风顿了顿，好像就是那天之后，爷爷就莫名其妙地病倒了。

“你会遇到那个男人并不是偶然。”秋茴这才开口说道，“为什么让你一个什么都不懂的人来这里拿树之心？虽然不知道那人要做什么，可树之心是非常宝贵的东西，我实在无法想象他会放心交给你，除非……”秋茴仿佛想到了什么，“除非，他还有更重要的事情要做，无法抽身。”

荣光摆弄着刚刚拿回来的魔方，上面的眼睛闭得紧紧的，依旧没有睁开，他还是有点儿难以接受这个玩具似的东西就是卖药人这件事。

“那个奇怪的男人你真的不认识吗？”荣光问秋茴，虽然问卖药人更好，不过卖药人现在就是一个魔方，他还是不抱希望了。

“我并没有直接与他见过面，只听你们的描述，我并不记得认识这样的人。”秋茴说道，“而你们所说的那种巨大的药箱，虽然我认识的人之中也有使用这种药箱的人，不过也不是什么独一无二的东西，还是有不少人使用那种药箱的……”

“啊！我想起来了！”荣光突然跳起来，就连墙角里窝着的狐狸都被他吓了一跳，荣光急急忙忙地说，“那个人手上还缠着绷带！整只手连手指尖都包起来了，好像被烫伤了还是怎样的，是吧？”他看向李海风，向同样见过这名男子的人寻求确认。

李海风回想了一下，听荣光这么一说，他也想起来了，确实如此。

秋茴又认真地回想起来，双手受伤的人……不，他并不记得有这样的人，但要是说到双手都缠上了绷带一定是有什么见不得人的伤，或者那双手长得特别怪异……

想到这里，他瞳孔骤然紧缩，紧接着连连摇头，不，不可能的，不可能是那个人，那个人应该死了啊！

然而一股不安的情绪从心底涌起，秋茴又看向李海风，带着几分急切地问：“你身边最近可发生过什么奇怪的事？比如突然有人病倒，或者有人病重又突然康复？”

李海风立刻想到自己爷爷病倒的事情，秋茴顿时了然，他那张总是冷淡又有点傲慢的脸上浮现出焦急的神色。

“我们必须马上离开这里，不管怎样，必须赶回去。”秋茴说。

可是这里位置偏僻，又因为地震道路堵塞，更又遇上恶劣天气，正下着倾盆大雨，根本无法从正常的道路离开啊！李海风与荣光都一脸迷茫地看着秋茴，就差异口同声地问一句“那你想怎么走”了。

秋茴这时候淡淡地笑了起来，那笑容让人觉得心里发毛，荣光一看他这笑容便知道秋茴与卖药人绝对脱不了干系，这么阴险并且一看就知道不对劲的笑容真的是跟卖药人一模一样啊……

秋茴提着荣光的衣领，拖着他就往雨幕里冲，原本躲在角落的狐狸见状也紧跟着两人跑了出去，剩下李海风在后面远远地问：“你们要去哪里？”

秋茴的声音传回来：“我们要回去了，不过不能带上你，因为那不是活人能走的路。”

李海风颓然地跪在地上，他拿着好不容易得来的药，却发现一切都是徒劳无功。拿了药有什么用，他被困在这山里根本无法离开，而可笑的是，引发地震导致道路崩塌，与外界断绝联络的始作俑者也正是他自己。

等他回去的时候，爷爷恐怕已经……那自己所做的一切，到底有什么意义呢？荣光和秋茴的身影已经消失在雨幕中，李海风孤寂地在一片废墟中苦涩地笑了起来。

5

这一边，李环正与儿子吃力地把一个大行李箱抬进车子里，行李箱里自然放着那名被康永达拐骗回来的女孩。李环坐在驾驶座上，系上安全带，紧张地调整了一下后视镜，那个行李箱正放在后座上。

她摸了摸衣服的口袋，里面放着那个古怪男人交给她的一种药，只要把这种药倒在女孩的身上，她的身体就会瞬间化作尘埃，随风飘散，不留下一丝痕迹，任何人都不可能找得到她了！

虽然在家里也可以做这件事，可是一旦想到这里是自己还要继续生活的家，她就对这事充满了抗拒。她可不想每次在浴缸里泡澡的时候，都要想起这个女孩是如何在浴缸里化作一堆灰的，实在太让人不愉快了。于是她打算趁着夜色，把女孩搬运到郊外，随便找个空地再把她处理掉。

她看到儿子满脸冷汗，脸色惨白，顿时心疼起来。康永达一言不发地坐上副驾驶座，李环本想劝说他在家好好休息的，接下来的事情交给她去做就行，她作为一个母亲，自然要保护自己的儿子不受任何伤害。可是康永达坚持要一起去，李环不禁被儿子感动了，这孩子多么的坚强、多么的勇敢啊！

李环并不觉得康永达的做法有什么问题，儿子是无辜的，如果不是这个女孩的哥哥欺负永达，永达怎么会想到报复他的妹妹呢？而且这女孩也不好，这么轻易就跟人走了，以后长大了也不会是什么正经的女孩儿。

李环甚至想，即便不是遇到自己儿子，这女孩早晚还是会被其他人拐骗的，要是被永达以外的人拐骗了，指不定现在还会更痛苦呢，所以遇上永达，也算是她的福气了呢！

永达是一个多么善良的孩子啊，上天却让他遭遇这种残酷的事情，一旦被别人知道了，永达这辈子就完了！她暗自发誓，绝对不会让这种事情发生，她的儿子可是要继承李家的，怎么可以被这点小事拖了后腿。

“妈……”康永达发出轻微的叫唤声，可是只喊了一声，又安静了。

李环没有在意，车子驶出停车场时，正好与一个人擦肩而过。这时候车速较慢，那人正好往这边看了一眼，而康永达为了透气打开了车窗，与对方四目相接。那是个一身狼狈的少年，穿着康永达他们学校的校服，他立刻认出了康永达，攀着车窗大喊：“停车！停车！你把我妹妹弄哪里去了？有人看到你带着她走了，你——”

“哇啊啊啊！”康永达害怕地大叫起来。

李环连忙说：“你可不要乱说话！你自己妹妹走丢了，怪我们家永达干什么！”

“你们是想逃跑吗？”少年机灵地察觉到了，“停车，如果你没做，就跟我一起到警察局对质！”

“什么逃跑，说得真难听。”李环嘀咕着，脚下油门一踩，让车子加速，少年不过是血肉之躯，不管他再怎么努力攀住车窗，还是被甩了下来。

李环叮嘱儿子赶紧把车窗关起来，不料康永达死死抱着自己的脑袋，嘴里喃喃地说“完了、完了、都完了”，而且不管李环怎么安慰他都没有用。她叹了口气，又加快了车速，想着尽快了结这件事，儿子才能安心下来。

后视镜里一个人影闪过，本来只放了行李箱的后座上凭空出现了一个男人，他一身儒雅的古代服饰，脸上蒙着一块面纱，面纱上布满了各种眼睛的图案，每一只眼睛都仿佛在注视着前方的李环。

李环眨了眨眼的工夫，男人又消失了。李环觉得自己大概是看错了，那人把药交给她之后就消失了，一定是她太紧张了所以出现幻觉了。

荣光跟着秋茴走在一片漆黑中，耳边仿佛能听见潺潺流水声。他抬起头，同样漆黑一片的上方横着一条银光闪闪的河流，宛如一条柔软的银色绸带，他并不是第一次看见这条河流，他记得它叫忘川。

他们正穿过黄泉，秋茴说这不是活人能走的路，秋茴和狐狸也就算了，怎么看他们都不能归属到“普通人”的范畴，可是自己呢？荣光作为一个再普通不过的人类男孩活了这么久，他也一直不觉得自己有什么异常之处。

可是，在做了关于“蓬莱”的梦之后，在遇到卖药人之后，他就变了。他能看到妖怪，能与妖怪接触，现在的他还能算是人类吗？他自己到底是个什么东西呢？

荣光攥紧了手里的魔方，哪怕进入了如此不同寻常的地方，魔方依旧毫无动静。

“你走过这条路，对吗？”秋茴问道。

“嗯，以前……有个卖药人带我走过，他说我头上长了幽灵草……”荣光回忆起那时候的事情，当时他可是吓得魂飞魄散，以为自己就那样挂掉了。

“你虽然不聪明，不过肯定也猜到了，我与你所说的那个卖药人还有春景都是认识的。”秋茴缓缓地说，“我跟他们在同一个地方学习修行，那地方我们以前称之为‘蓬莱’，我比他们都来得早，然后是春景来了，再后来他也来了……”

“那你知道之前发生了什么事吗？”

“我当时在一个很遥远的地方，当我知道春景企图唤醒蓬莱，让它在现世复活的时候已经太晚了。我知道是谁杀了她，可是，她也早已不算是还活着的人了。”秋茴说，他的声音听起来十分难过。

“那你呢？”荣光问道，如果春景在自己认识她之前就已经死了，那么秋茴又如何呢？

“我吗？”秋茴轻轻笑了起来，“当年出事的时候我并没有在蓬莱上，现在的我不能算是活着，可也并没有真正死去。关于我的事，那可是另一个很长很长的故事了……”

荣光忍不住偷偷打量他，秋茴身上不但没有男女性别的界限，甚至连生死的界限都很模糊。秋茴又说道：“走在黄泉，每个人看到的都不一样，我想知道你看见的……是不是一片森林？”

荣光看着秋茴的目光变得诧异，是的，如今他再次走在黄泉之中，看到的依旧是一片森林，只是此时的森林宛如毫无生命的陈列品，隐没在黑暗之中。他十分确定，这片森林正是“蓬莱”。

可是“蓬莱”不是随着春景一同死去了吗？他清楚地记得卖药人的刀尖贯穿了春景的身体，然后一支利箭不知从何处射来，穿透了卖药人的胸口。

“我们会走到哪里去？”荣光问道，其他的问题暂且放在一旁，他并没有忘记秋茴刚才有多么焦急。

“你是被‘蓬莱’选中的人，黄泉之路自然会把我们都带到与‘蓬莱’有关联的地方。”秋茴咬着牙说，“如果……真的是那个人……”

他话音刚落，前方突然出现一团亮光，把他们笼罩在内。

李环把女孩从行李箱里抱出来，女孩的身体还很柔软，好像只是睡着了一般。她特意找了个荒郊野外，与康永达一起把女孩抬到这里，放在杂草丛生的地上。

“呼、呼。”李环喘着气，从怀里取出药瓶，只要把药倒在女孩身上，事情就结束了。

“嘀嘀嘀”，手机不合时宜地响起来，李环手一抖，差点把药瓶摔了。李环拿出自己的手机一看，并不是她的电话，转头看向康永达，就见儿子一脸呆滞地看着屏幕亮起的手机，上面显示来电的号码是“爸”。

康永达颤巍巍地接通了电话，父亲气急败坏的声音传过来：“你又干了什么好事？警察都找上门来了，说、说你和一个女孩子的失踪案有关。我的天啊，你这是做了什么？不说这个了，你到哪里去了，警察说找不到你的人，你妈呢？这次不管你妈怎么说，我都——”

康永达的手机被李环抢走了，她挂断了电话，并且把手机关机了。最后关头了，赶紧把事情解决吧，这时候康永达却突然跪下，反反复复地说：“不是我的错，不是我的错，不是我……”

李环连忙搂住儿子安慰道：“当然不是你的错啊！”

不料，康永达一把推开她，指着她大声说道：“是你的错！都是你的错！”

李环一脸愕然，康永达情绪激动，压抑许久的话语一下子全部脱口而出：“是你的错！从小到大你什么都不阻止我，不管我做什么你都说我是对的！如果不是你，我不会做这种事！而且人也是你杀的，我根本不想杀她，我只想吓唬她！”

“我这是为了保护你啊！”李环委屈地说，儿子怎么这么跟她说话呢。

康永达彻底崩溃了，歇斯底里地大喊：“不是！你才不是保护我！真正的妈妈应该在孩子做错事的时候斥责他，为什么你不阻止我，我一直希望你可以阻止我的！你只是……你只是……为了自己！你根本不是为了我！”

“好了好了，是妈妈不好。你乖乖听话，妈妈会负起责任来的……”李环耐着性子哄劝，康永达却不领情，疯了般大吼大叫：“我不会再听你的了！我要去自首！我要去找警……”

啪！一记响亮的耳光狠狠打在他脸上，他长这么大第一次挨打，而且还是被从小到大把他宠得无法无天的妈妈打，这一巴掌打得他脑袋嗡嗡作响。

“开什么玩笑！自首？”李环尖声说道，“你要是自首去了，那我这么多年的心血不都白费了吗？我好不容易找来毒药让那老不死的病倒了，我可是一门心思要培养你接管李家的，你这样、你这样……你这样以后妈妈可怎么办啊！”

李环终于说了出来，她所说的一切都是为了孩子，其实只不过是为了她自己。

康永达看着母亲此时此刻终于露出来的狰狞面貌，泪流满脸，喃喃地说：“你根本不爱我，你只爱你自己……”

李环可不想再搭理这个没出息的儿子了，转头就要把药倒在女孩身上，她可不想自己的未来全都毁在这里呢！然而她定睛一看，躺在地上的女孩不见了！

“你这心肠可真是恶毒。”黑暗的草丛里走出来两个人影，她把自己的手机当做手电筒往那边一照，看见两个少年，刚才说话的是一个妖精般精致的漂亮少年，他手里拎着一个药箱似的东西。

另一个少年看起来很平凡，正抱着女孩，用圆溜溜的大眼睛瞪着她说：“这女孩还没死呢！你不想着救她，居然还想杀了她！”

李环正想说“关你们什么事”，突然耳边有人悠悠叹了口气，她突然觉得浑身乏力，倒在地上动弹不得。只见那个给了她两次药的男人出现在身边，俯视着她，摇着头说道：“按照我的计划，你应该把这女孩活活化作灰，而你儿子因为受不住良心的谴责企图阻止你，你却不惜把他也杀了，当你完成这两件事，才能算得上一个彻彻底底、毫无良知的恶人，而我便能得到你的骨头，真真正正的‘恶人骨’。”

“恶人骨……”秋茴吸了一口凉气，“你要那种东西想做什么？”

“用来养蛊。”那人轻描淡写地说，“以恶人颅骨为皿，置百种毒虫，相互厮杀，最后活下来的可不就是最厉害的蛊虫吗？秋茴，当年授予你的，你都忘了吗？”

秋茴呆呆地瞪着眼睛，说不出一句话来。此时，夜晚凉风吹起，男子轻薄的面纱翻飞，露出绽放出浅笑的嘴角，他说："狐狸，你还等什么？"

荣光看到一团白影朝自己扑来，脖子上一阵撕裂的痛，血花四溅，狐狸一身白毛染上了鲜红的血。他依稀听见秋茴的叫声，仿佛从很远很远的地方传来，倒在地上的时候，他松了手，一直紧紧握着的魔方滚在地上。

荣光逐渐朦胧的视线里，狐狸叼起了魔方，走向那个男人……

第十三章 移魂灯

朱心果：外壳坚硬，类似核桃，打开后对称长着白色的果肉。两人同时服用，可短暂交换外貌。但若并非出于本心，吃下果实后反而会立刻中毒，也称『诛心』。

YI HUN DENG

1

眼皮重得睁不开，身体也很沉重，感觉困倦得很，仿佛正溺于一场酣睡，懒得动一根手指。荣光昏昏沉沉地想着，就这样睡下去也不错，然而有一股亮光隔着眼皮逐渐亮起，他紧闭着双眼，觉得这光有些烦人，好想它尽快熄灭。

“醒醒，你可别睡了。”有人说道。这声音让人怀念，荣光恍恍惚惚地想着，猛然察觉这是春景的声音。

荣光努力想睁开眼，但实在太困了，他感觉到自己的眼珠飞快地转动，意识逐渐清晰，身体却纹丝不动。他愈发心急了，他很想很想再看少女一眼，想跟她说说话，哪怕只是看看她的脸也好。他有些生气，他不想睡觉了，可他醒不过来。

“哎呀，你可真是个笨蛋！”少女恼怒的声音传来。

接下来她很可能会稍微用力地敲一下自己的脑门，荣光有点儿紧张、又有点儿期待地等着。可是春景没有像以前那样敲打他。虽然身体动不了，荣光还是能感觉到有人在自己旁边躺了下来。肩并着肩，轻轻挨着，他仿佛能闻到她发端的香气，熟悉的气息在他脑海里勾勒出少女端丽的面庞，带一点儿淘气的笑容，狡黠的眼神，像珍珠一样的肌肤。

他心跳有点儿加速，闭着眼时身体的触感更加敏锐，他感觉到有什么冰凉的东西轻柔地潜进他指缝里，与他交握——好像是春景的手指。

“快点醒来吧。”春景在他耳边呢喃，“可不能与我一起就这么睡着了，因为……”

我已经死了啊。

春景话音刚落，荣光的身体骤然失去支撑下坠，好像被一股力量抓着拽向深处。他的惊叫堵在喉咙里发不出来，他想睁开眼，眼皮却死死地盖在眼睛上，他在坠落中感到绝望，只能徒劳地抓紧手里唯一的东西。

荣光以为那是春景的手，可那些柔软的“手指”滑动起来，他才发现原来是植物的藤蔓——在身体往看不见的黑暗深处坠落的同时，藤蔓从指间、从四面八方涌来，紧紧抓住了他。

这是怎么了？荣光茫然失措，突然觉得脸颊上隐隐作痛，有陌生的声音大喊着：“起来！快起来啦！你要睡到什么时候？师父要骂人了！金宝儿！快起来！金宝儿！”

见了鬼了，我又不叫金宝儿，为什么要吵我？荣光不耐烦地伸手一推，想把这烦人的家伙推开，没想到身体居然能动了，一下就把那人推开了，只听“哎哟”一声，好像还摔地上了。

“你、你没事吧？”荣光急急忙忙爬起来，眼睛自然而然就睁开了，只见一个十七八岁的少年坐在地上，皱着脸揉着后脑勺。他一身布衣，虽朴素却也整洁，头顶用布巾绑了个发髻，荣光见过这种装扮——在电视上。

荣光瞪着地上的少年，还没反应过来这是怎么回事，这不争气的身体好像还不乐意听从他的摆布，突然使不上力气，害他一头撞在了床边的围栏上，痛得“嗷”地大叫一声。

他摸着撞痛的地方，眼泪都冒出来了，这才打量起自己所在的地方——一张垂着蚊帐的架子床，倒也没有多精致气派，墙边放着条案，案上有一个香炉袅袅生烟。房间内古色古香，每样物件皆透着古韵，不像是现代景点刻意打造出来的复古，荣光感觉自己似乎是到了一个不得了的地方。他迷糊地看着少年，结结巴巴地问：“你……你是……”

“我是阿桂啊！你是不是睡傻了？”地上的少年哼哼唧唧地爬了起来，奇怪地盯着荣光看，“金宝儿你怎么了？身体不舒服？”

荣光很确定对方口中的“金宝儿”就是他，他低头看了看自己，黑色的头发垂到颈窝处，可他的头发向来都是剪得很短很短的，再往下，是一身与少年差不多的衣服。

他再怎么迟钝，也明白现在的“他”不是他。不过既然他成了“金宝儿”，那真正的金宝儿呢？原本的自己又怎么了？

脑海中的记忆逐渐复苏，他记得自己跟秋茴去阻止一个女人活埋一个无辜的小女孩，然后遇到那个蒙着脸的奇怪男人，那男人说要做“恶人骨”，他对秋茴说了些什么，秋茴的脸色一瞬间变得很可怕。

魔方！对，还有那个魔方，原来那就是他一直在找的卖药人，他找了他那么久，没想到他一直就在自己身边！自己好像还曾经在洗澡的时候把魔方带进浴室里悄悄研究……还有什么？哦，对了，还有狐狸突然朝他扑过来。他第一次知道野兽的牙齿原来那么锋利，能把脖子划出那么大一道口子，血像泉水一样涌出来……

伴随着记忆中皮肉被撕裂的剧痛，荣光额上猛地冒出冷汗，他手忙脚乱地扯开衣服，检查自己的脖颈，脖子完好光滑，并没有任何伤口，这才忽然想起自己现在是“金宝儿”了。

阿桂看“金宝儿”脸色不好，小心地问：“你这是怎么了？昨天你随师父进了宫，可是只有师父一人回来，说宫里的贵人让你帮忙做事，晚点儿再让你回来，师父是当朝太医令，也不好拒绝。”阿桂教训起荣光来，“宫里那可是不容出错的地方，我们都担心得很，就怕你闯祸。你倒好，不知道啥时候回来了，在自己房间睡得跟死猪似的，可把我们太医院的面子都丢光啦！”

阿桂噼里啪啦说了一通，荣光只勉强听懂了一些——金宝儿和这个叫阿桂的少年一样，是太医令身边学医的徒儿，他们一同在这个叫太医院的地方学习。昨天金宝儿跟随太医令进宫办事，中途被人叫走了，一夜未归。然而今天一大早，被人发现原来金宝儿早就回来了，正在床上呼呼大睡呢！

荣光还是无法立刻接受这个现况，这里早已不是他熟悉的现代都市，不知道倒回去了几百几千年，也不知道到底是哪朝哪代，不过事到如今，也只能顺其自然了。

“金宝儿，你真的没事吧？你看起来怎么跟死人似的？”阿桂说道，他这句无心之言，却让荣光想到了真正的金宝儿身上发生了什么，他可能……已经死了。

“没、没什么……就是……做了个噩梦……”荣光结结巴巴地说，“有一只狐狸……扑上来……咬断了我的脖子……”那样的伤口，自己还能活着吗？荣光有些恍惚，好像有点儿明白到底是怎么一回事了。

他说的确实也是实话，加上脸色出奇得苍白，冷汗津津的，阿桂没有起疑，只是担心地问：“这是挺吓人的，噩梦惊悸使人体虚，你要是不舒服就去药房里抓两副药吧。你可是师父的得意门生，连自己的身体都不注意，以后还怎么当御医啊？”

“得意门生？我？”荣光除了在游泳比赛获奖以外，从来都没听过这么高评价的赞美。

“你怎么了啊，金宝儿？”阿桂露出疑惑的目光，“师父最喜欢的弟子就是你了，不然怎可能带你进宫办事嘛！想当年，你乡下的妹妹得了重病，普通大夫根本治不好，眼看着就要死了，却遇上师父他老人家为了增进医术云游民间，救了你妹妹一命。你因此决心拜师学医，发誓要成为像师父一样悬壶济世的善人。”

荣光听着阿桂逐一道来。金宝儿原本也是大户人家出身，却一心要从医，师父一开始拒绝了金宝儿的请求，不料金宝儿独自离家，跟了一路。明明能当个养尊处优的公子闲散一生，却情愿吃尽苦头，只为拜入师父门下。师父最终被金宝儿的毅力与决心打动，收了他为弟子，金宝儿也没有辜负自己的理想，刻苦奋进，成了太医院弟子中最出类拔萃的一位。太医院里的各位在职太医，包括为数不多的几位御医，都对金宝儿相当看好。

而金宝儿的师父，目前掌管太医院的当朝太医令，每当听到别人夸奖金宝儿，都会露出吹胡子瞪眼睛的模样，连连摇头，说金宝儿资历尚浅，距离大有成就还早得很呢！其实谁都知道他心里高兴，因为每当有人夸金宝儿之后，太医院里各位弟子的晚餐都会多加一个香喷喷的酱油鸡腿。

荣光不禁唏嘘，金宝儿少时离家，一直跟在这位太医令身边，亦师亦父，感情想必很好，如果那位太医令知道金宝儿死了，不知道会有多难过。

“对了，既然你无事归来，就赶紧去给师父报个平安吧。他老人家昨天回来脸都青了，说起话来手都在发颤，别提多担忧了。他老人家年纪也大了，还一整夜把自己关在房间里，我偷偷听了下，好像是给你念经祈福呢！”

荣光觉得这话有理，便笨手笨脚地换了衣服，在换衣服时，因为房间里没有大的镜子，只有一面模糊不清的铜镜，所以没办法检查得很仔细，不过荣光并不觉得金宝儿的身体上有什么严重的伤口。

阿桂只带他到太医令的房前，然后便离开了。荣光还没想好该如何面对金宝儿的师父，实话实说对方会相信吗？还是继续假装金宝儿呢？犹豫许久，荣光还是硬着头皮推门而进，其实他心里多少存有疑惑，就算对历史知之不多，也知道皇宫里规矩又多又严厉，若是金宝儿在宫内走散，当师父的也是要被重罚的吧，怎么就那样回来了呢？

对了，这屋内怎么如此安静？推开门的一瞬间，好像有一股冷风从里面吹了出来，荣光抖了抖身子，小声地喊道：“那个……师……”

他话没有说完，就看见屋内房梁上挂着一个人，那是个长眉白发的老人，他双目紧闭，早已气绝身亡，徒留下一具尸身，吊挂在房梁上徐徐转动。

荣光惊讶得全身僵硬，无法动弹。他自然不认识这个老人，不过也知道这位死去的老人就是阿桂口中的太医令大人。他突然觉得心脏一阵剧痛，回过神时，脸庞湿漉漉的，伸手一摸，居然已泪流满脸。

哭的人不是他，而是金宝儿吧，他还在这具身体里吗？抑或仅仅是残存的一丝意识呢？

荣光上前想把老人放下来，没想到碰到尸体的瞬间，突然头痛欲裂，脑袋里好像被人点了个炸弹，随着炸弹爆裂，涌现出一幕幕金宝儿死前的记忆。

他看到金宝儿走在通往宫殿的长廊里。皇城的威压让金宝儿不敢轻易抬头，他紧张得要命，一直低着头，抱着药箱规规矩矩地跟在师父身后。他们从长廊走到花园，沿着曲折小径，来到一座看起来很可怕的院子——四面的围墙很高很高，是灰白的石头砌的，摸上去像死人的皮肤，冷得彻骨。里面的人招了师父进去，金宝儿在外等候。这里奇怪得很，来的时候守卫森严，到了这里却没有任何侍卫把守，四周死气沉沉，好像连风都不敢吹进来。

金宝儿这才鼓起勇气打量起四周，皇宫就像个大迷宫似的，让人头晕眼花。这时，他发现师父进去得匆忙，居然连药箱都忘了拿。四下无人，想到没有这药箱，宫里这些主子发起脾气来，师父可要挨骂了，金宝儿便急急忙忙进了院子。

院子里只有一座门户紧闭的宫殿，金宝儿大着胆子走进去，听到深处有人说话的声音，他走进去，这石宫里可真冷啊，像是埋葬了白骨的坟墓一样毫无温度。

一扇房门半开，金宝儿走上前去，推门前，他先往门内看了眼。师父正守在一张床前，床上躺了个人，不细看还不打紧，金宝儿又看了一眼，几乎要吐出来。

床上是一个血淋淋的人，浑身紫涨发肿。那是身中剧毒的表现，却不知道是怎样凶狠的毒，让那人的身躯仿佛烂掉了一般，脓血都浸湿了床褥。金宝儿以为那人已经死了，却看到那团肉块像是手的地方动了动。

师父似乎正在救治这个人，可这个样子根本不可能活下来吧？金宝儿吓得不敢喘气，只听房内一个声音说道："怎么，还活着是吧？多么神奇，即使被放进有百种毒虫的大缸，受虫噬咬三天三夜也不死。"

居然不是为了救人！说出这话的人到底是谁，为何这么歹毒？然而从金宝儿的角度根本看不见说话的人，他只看到师父哆哆嗦嗦地割开那人身上的一个脓包，挤出浓稠发黑的血来。

"哐当"！金宝儿手抖得捧不住药箱，药箱落地，房内的人肯定已经听到了，只见师父冲了出来，死死地瞪着金宝儿，眼神里满是惊惧、绝望、愤怒、悲伤……

"杀了他。"房内的声音淡淡地说。

"不——我不——"老御医咽喉间发出嘶哑的声音，几乎是恳求，"求求您，这孩子是老夫、老夫——"是他引以为豪的弟子，也是他珍贵的孩儿。

金宝儿哀求地看着他的师父，他是他唯一的希望，却又听到房内的人说："你动手，算是给他个痛快。"言下之意，若是师父不亲自动手，那等着金宝儿的恐怕就是生不如死的地狱，就好比……床上如同一团烂肉的那个人。

金宝儿被师父抱进怀里，那袍上淡淡的药草芳香是他习惯了的气息，他身上也有着一样的气息——他尊他为师，视他如父，他的梦想都是因为这个人，他立志要当一个像他一样的仁医……

金宝儿嘴里被放进了一颗药丸，他从不曾怀疑过师父，下意识地一吞一咽。他感觉到老人紧紧抱住他，号啕大哭，而自己的身体渐渐失去力气，就连再轻抚一下这位被迫亲自给爱徒喂下毒药、伤心欲绝的老人都做不到。

金宝儿茫然地想，晾在院里的药草还没收，恐怕是要晒得过头了；灶上熬的药师弟们有注意看火吗，那是师父每天都要吃的药，他老人家年纪大了身体不如当年……还有老家的妹妹快出嫁了，披上鲜红嫁衣的她会是多么漂亮呢？自己答应了要回去的，可惜做不到了，真想看一眼啊……还有爹和娘，是不是已经两鬓斑白了呢？少时离家是自己不孝，可怎能想到他再也回不去了呢……金宝儿对这尘世还有无限眷恋，可眼中却逐渐失去神采。

“行了，回头给你把尸体送回去，就说在宫里闯祸给赐死了，跟你无关。来，继续吧。”

说话声断断续续的，然后荣光就什么都听不见、看不见了，一切归于虚无，金宝儿死了。

荣光又回到那无边无际、没有尽头的黑暗里，感觉身体轻飘飘地悬浮着。但荣光此时心里却很沉重，金宝儿被自己尊敬的师父杀死，而老御医回来后也承受不了这份负罪感上吊自杀。那房里到底发生了什么？床上的可怜人是谁？那个命令老御医杀了金宝儿的人，又是谁？荣光至今还能感受到金宝儿的悲痛和不甘，还能看到师父老泪纵横、布满悲痛、绝望的脸……到底是谁，竟然如此残忍无情……

这时，黑暗中突然浮现出一点光源，那光柔和明亮，泛着淡淡的青蓝色，眨眼之间，那光已近在面前，原来是一团诡异的火焰，荣光懵懵懂懂地伸出手，抓住了火焰……

火焰在手心里燃烧，却并不灼热，就像是抓住了一股花香、一颗星星、一阵清风，感觉妙不可言。火焰一下子燃烧得更旺盛了，青蓝色的火焰从指缝间溢出，宛如绚丽绽放的烟火从他手心往四周溅射，像从他手里降生了一场青蓝色的流星雨。

黑暗犹如被阳光照耀的雾气般迅速散开，黑暗被撕去伪装，露出底下真实的容貌——一片看不见尽头的湖面，而荣光正站在正中间。湖水是幽幽的青蓝色，仿佛是由荣光手里倾泻的火焰凝聚而成，湖面平静如镜，四周空无一物。在他脚边，湖面上静静地荡漾开一圈一圈的涟漪，水面的倒影是一座茂密的森林，它像沉睡在水底的古城遗迹，看不到尽头。这情景似曾相识，荣光想起来了，在遇见卖药人之前，他曾经无数次做过这个梦。

他觉得手里有了重量，低头一看，手里的火焰消失，取而代之的是一盏仙鹤造型的青铜灯。正当他疑惑着这是个什么东西时，脚下突然失去支撑，他一头摔进了青蓝的湖水里。

2

落入水中，荣光便一股脑儿地扑腾起四肢，然而马上他就意识到他并不是真的掉进了湖里，只是在做梦，明白了这一点后，他尝试着清醒过来。

他感觉到自己正处于“清醒中”的状态，过了一会儿，他终于能如愿地睁开眼睛，身体硬邦邦的，想抬头，却发现脖子动起来不怎么灵活，是睡太久了吗？

荣光吃力地转动颈脖看向天花板。咦，这天花板怎么这么高、这么宽、这么大？恐怕有几十米高吧，在他看来就跟天一样高，不对不对，那不是屋子的天花板，更像是……一个巨大的笼子的顶端。他身处一个巨大的笼子里，而笼子外是一个与冰冷铁笼截然相反的奢华房间，房间四面墙壁上是色彩艳丽的大幅壁画，然而太暗了，只能看见画面上模模糊糊的人影，浓重的色彩暗了一层，显得十分诡异。房间里还有很浓的熏香气息，然而再浓的香气也掩盖不住空气中令人作呕的气味。

荣光下意识惊呼起来，可是从喉咙里滑出来的却是“嘎啊”这样奇怪的叫声。

荣光闭上嘴，叫声就消失了，他张嘴试探着叫了几声，没错，那“嘎啊”的怪叫声就是从他嘴里发出来的！荣光转头看着自己的左臂，那明明是一只羽毛黑亮的大翅膀，他尝试抬起手臂，那翅膀也随之展开。

“嘎嘎嘎嘎嘎……”因为过于震惊，他只能瞪着自己的翅膀发出一连串不知所以的怪叫。

往下看，是鸟类圆滚滚的肚子，上面缠着一块布，好像是用来包扎伤口的。

旁边，一个虚弱的声音叹道：“……你这家伙真是命大。”

一道影子笼罩在荣光身上，笼子里还有另一个人，应该是个十岁左右的小男孩，说“应该”是因为这孩子脏得简直没法看，巴掌大的小脸上全是一片片干涸发黑的污垢，头发披散着，不知道多久没有清洗打理了，发丝纠结成块。

这个令人压抑的房间里唯一的照明工具，是一盏放在笼子里的仙鹤青铜灯，微弱的灯光照亮了男孩的身影，一件过大的袍子披在他瘦骨嶙峋的身躯上，松动的领口底下可见遍布全身的各种匪夷所思的伤痕。有些伤口还是新鲜的，正渗着血。荣光不禁为这个男孩感到痛心，到底什么人会对一个这么小的孩子下这么重的手？

唯一还略有神韵的是一双淡漠的眼睛。男孩神色冷淡，明明是小孩儿却一副苦大仇深的样子，眼神冷冰冰的，清透的眼瞳仿佛是两颗冰珠子，冷冷地注视着荣光，让荣光不由得浑身一颤，一张口就是“嘎”的一声。

荣光不得不悲伤地承认，继金宝儿之后，他现在又变成了一只乌鸦，但到底是什么原因让他从金宝儿又变成了乌鸦呢？荣光觉得单凭自己可能永远都搞不清了。

男孩朝荣光伸出手，他的手也很干瘦，细得仿佛小树枝般的手腕上却戴着一副沉重的石铐，光是举起双手的动作，恐怕都让这个瘦弱的孩子用尽了全身的力气。

男孩捧起了乌鸦，凑近面前仔细看了看，宛如枯井的眼内逐渐露出生动的神采。

“呱呱。”荣光为这个男孩十分忧伤地叫了两声，却冷不防脑门被弹了一下，力度不大，但足够让他吓一跳。

"呱呱！嘎嘎——"这次他不但大叫，还跳了起来，展开翅膀惊慌失措地扑腾。

"哈哈……"小男孩被他的模样逗笑了，五官一下子灵动起来，"真是只傻乌鸦。"

荣光瞪大了他现在的乌鸦绿豆小眼，他觉得男孩似曾相识，却又说不上来到底是谁。

男孩伸手摸了摸乌鸦的羽毛，自言自语："你受了伤闯进来时，本以为你死定了，想你若是真的死了，那我就吃了你。吃一只死鸟，也比吃这宫里的食物好，反正他们也不会给我什么正经的东西吃。"

男孩的话多了起来，荣光这才听出他声音嘶哑破碎，气管或者声带应该是受了伤，听起来就像七八十岁的老人般。

绘有壁画的墙壁上方是一排透气用的小窗，人是钻不出去的，就连光也落不进来多少。不过鸟儿要出入倒是没有问题，这只乌鸦应该就是从这小窗里进来的。男孩抱着乌鸦走到铁笼边，他一走动便会拖动脚踝上绑着的长长铁链，发出刺耳的声音。

男孩吃力地攀着笼子的铁栏，艰难地爬到稍高的地方，他高高举起手，让乌鸦尽可能靠近小窗。他手上还有石铐，石铐的边缘卡在栏杆之间，但他还是尽可能地把手伸出去，石头磨破了他手腕的皮肤，好像要刮下一层皮来。

男孩却毫不在乎，只注视着小窗外透进来的光芒，好像已经感觉不到疼痛了。荣光被阳光刺得眯起眼，只觉得外面一片白茫茫，什么都看不清。

"我被困在这个地方，但你还可以飞。飞吧，离开这个恶心的地方。"男孩低低地说，淡漠的声音里带着恨，带着绝望。他把手轻轻一抛，乌鸦从小窗飞了出去。他松了口气，从笼子上直接摔回地面。

荣光听见男孩倒下去的声音，想回去看看男孩怎么了，可又自身难保，他拼命在半空中扑打翅膀，身体却还是一直往下坠，没办法，就算身体是鸟，但内在是个人类，荣光……不会飞！

一双手恰好接住了他，那双手洁白柔软，像暖玉一般温润、细致，毫无瑕疵。得是何等娇贵的人才拥有这么一双漂亮的手啊？荣光卧在那双手里抬头一看，一个唇红齿白的少年也正看着他。少年惊诧地眨了眨眼，那双眼睛又圆又亮，像两颗黑珍珠，亮晶晶、水灵灵的。

小窗外有一棵杏树，荣光刚才觉得满目雪白，就是因这满树杏花开。杏树的一枝分叉恰好长到窗边，少年爬上树，坐在云团般的杏花之中，接住了从窗内飞出来却又飞不高的笨乌鸦。少年一身华贵的杏黄衣袍，衣摆袖口滚着金边，乌发金冠，长得唇红齿白，看着十五岁左右，贵气天成，眉目间却还留有一股孩童的天真稚气。他看着手里的乌鸦眉开眼笑，笑时露出一点点洁白的小虎牙，就更像个小孩子了。

但是荣光看着这个精致动人的少年，总觉得有一种说不上来的违和感。

“哇，好大的大黑鸟！”少年欢呼着手舞足蹈起来，身上环佩叮咚作响，很是悦耳，然而少年的动作带着一股蛮劲，荣光差点被他抛出去，“可是，你怎么会从这个屋子里飞出来呢？他们都说这里面关着阿爹抓来的妖怪，你是差点儿被妖怪吃了吗？”

他这语气、神态、动作都仿佛四五岁的幼童，与他的外貌截然不符，荣光终于明白那种违和感是什么了，这个少年是个傻子啊！

荣光想告诉这个少年，里面没什么妖怪，只有一个十分凄惨可怜的男孩，如果可以真希望他能帮帮那个男孩。但如今他自然是无法回答他的。

“咦？里面有人？”树上的少年探头探脑，透过小窗看到了里面的男孩。

笼里面的男孩也缓缓爬起来，亦从狭小的气窗里看到了树端被杏花围绕的娇贵少年。

他们一个高高在上，洁净无瑕，一个身处牢笼，满身污垢，他们谁都没有说话，只安静地注视彼此，直到一阵风起，吹落满地杏花。

“你是谁？你为什么会被关在里面？”先开口的是树上的少年，“你是他们说的妖怪吗？你会吃人吗？”不知道是没看清楚男孩的惨状，还是以他的智商无法理解里面男孩的模样有多凄惨，他并没有露出意外或者惊吓的样子。

“你又是谁？”男孩的目光从沉静变成阴狠，“我不是妖怪，我也不吃人，可若我能出去，我恨不得杀了这皇宫里所有的人。”

“我叫阿蜜！”少年高高兴兴地回答，“这还是第一次有人问我的名字呢，在这里除了阿爹和嬷嬷，都没有人跟我说话。”他兴奋过后，想起男孩说的后半截话，皱起眉来，“不可以杀人啊，他们没有做错什么，不可以不可以！”

阿蜜？荣光记得这个名字，这个傻子是阿蜜？卖药人与他第一次见面时用的就是这个名字，他还以为是卖药人的名字或者别名什么的，可这个少年怎么看都不像卖药人啊！

“你要不要跟我玩啊？都没有人跟我玩，好无聊。”阿蜜嘟着嘴，眯起眼打量小窗内那个昏暗的房间，“你在里面很不舒服吧？如果你愿意跟阿蜜玩，我就让阿爹放你出来！”

男孩大约也察觉这个少年脑子不太正常，不愿与他废话，但从他话语里捕捉到了什么，阴恻恻地问道：“你爹有这么大的本事？”

“对啊！我爹是皇帝！”少年露出毫无心机的笑容，丝毫没有察觉笼子里的男孩一瞬间变得狰狞的面容，还喜滋滋地问，“你也认识我爹吗？”

荣光大脑里又是“哐当”一声，什么？这傻子……居然是个皇子？

知道了他的身份后，阿蜜那张笑眯眯的脸在男孩看来就变得无比可憎。“认识！当然认识！”男孩猛然大笑起来，那不是快乐的笑声，更像是野兽的咆哮，“就是你爹，把我和娘亲抓到这宫里来！还让我们母子分离！”

“可、可是……我爹为什么要抓你……”阿蜜有点儿被男孩的表情吓到，他长在深宫，锦衣玉食，备受呵护地长大，恐怕从未见过如此狰狞的笑容吧。

“就因为你爹是个变态的疯子，他妄图得到不属于他的力量。”男孩一字一顿地说，“我原本与我娘亲住在山里，与世无争。我娘亲心地善良，会替山下的人治病……”

男孩自从有记忆时起，就与娘亲一同居于深山，山中不知时日，与世隔绝。他对自己的父亲没有太多印象，娘亲说这是因为父亲死去太久了——父亲是一名凡人，寿命与他们不可同日而语。可男孩依然看得出娘亲深爱父亲，所以在父亲死后的漫长时间里，她一直住在这座山上，守护山下那个父亲与她共同生活过的小镇。

最初，是偶尔有误入深山的猎户被毒蛇咬伤，被娘亲遇见了，便以药草救治。然后，有一个身患重疾的农夫因为不愿为了治疗自己拖累家庭，走进深山等死，娘亲听了他的遭遇和决心后潸然泪下，治好了他的病，让他重回山下共聚天伦。

久而久之，深山里住着一名能治百病的神女的传说就传了开去，而神女使用的药草竟都是世间从未见过的，她用这些治好了不少不治之症。越来越多的人为了求神女治病而闯入深山。男孩面对络绎不绝上门的人类，心里隐隐有了不好的预感，他问娘亲："他们难道不知生死有命吗？凡人寿命最长不过百年，为什么他们那么执着呢？”

娘亲笑着摸了摸他的脸，道："因为人类心里有不同的欲望，活下去是他们最强烈的欲望之一。想要活着，这对于他们来说，是再正常不过的事了。”

某一天，来了一个以前被娘亲救治过的男人，他怀里抱着一个奄奄一息的孩子。那孩子不过七八岁，浑身长满脓疮，被痛苦折磨得一直啼哭，连话都说不出来。男人抱着孩子在山里不断寻找，想求神女救他孩子一命，哪怕要用他的命相抵也无所谓。男孩的娘亲被他的诚意打动，又见那孩子实在年幼可怜，便动了恻隐之心，出现在男人面前。男人哭着说山下起了瘟疫，好多人都得了这种怪病，尤其是孩子，他家里几个孩子都得病死了，只剩下这最后一个了。娘亲一听，想到自己避世的时候山下居然出了这种大事，总觉得心里愧疚，于是在稳定了那孩子的病情后，答应随男人下山治疗瘟疫。

“结果一切都是高武帝设下的陷阱，根本没有什么瘟疫。他早就听闻了关于娘亲的事，一门心思想将我们带回皇宫。他也知道娘亲不会轻易服从，就找了个七八岁的孤儿，对他下毒让他变成那副鬼样子，然后收买了曾经见过娘亲的男人，把我们骗下了山。”男孩恨恨地说着，“那些过去受过娘亲恩惠和帮助的人，全都胆小地躲了起来，没有一个人愿意挺身而出帮助我们！你看——”

男孩挽起衣袖，把伤痕累累的手臂伸到窗下，稀少的光线落下，只见细瘦的手腕上，是密密麻麻还未完全愈合的划痕，光是从皮肉外翻的伤口看来，就知道每一刀割得有多深。

“你的疯子父亲每天都派人来取我的血！剜我的肉！”男孩发出怒吼，因为情绪过于激动，他猛地咳出一口血来，“我不知道他到底想从我们身上得到什么，但我知道他能这么对我，就能加倍残酷地对待我娘亲！你还想让我和你玩？我发誓，你若是敢走到我面前来，那些人对我做了什么，我都将原封不动加诸到你身上！”说完这话后，男孩似乎是耗费了太多力气，被粗暴虐待的身体再也承受不住，他倒卧在地上，一点一点蜷缩起身体。

阿蜜被男孩吓呆了，他根本无法理解男孩的话，可是男孩遍身的伤痕与痛苦的表情，让阿蜜知道他有多么难受，他急切地问道：“你、你没事吧？”

里面没有一丝声音。

荣光蹲在阿蜜怀里，震惊于刚才听到的话，接着，他听到上方传来抽鼻子的声音，抬头一看，阿蜜圆圆的眼睛里泛着泪光，一副很可怜的模样。男孩刚才一番话不过是迁怒而已，他的愤怒和怨恨都没有错，可是阿蜜也没有错。荣光用自己毛茸茸的脑袋蹭了蹭阿蜜的手心，以作宽慰。荣光看得出他有点儿怕里面的男孩，他虽然看着比男孩要年长，但内心或许还只是个三四岁的小孩。阿蜜抽着鼻子，憋得眼睛红通通的，他伸长了脖子往屋内看，不过大约是看不见什么了。

傻里傻气的小皇子结结巴巴地说：“对、对不起啊……我不知道……可是阿爹对我很好的。你是不是很痛啊？我明天给你带点心，好吗？我喜欢吃甜的，你呢？还、还有……阿蜜也见不着娘亲了，而、而且我们年纪差不多……所以、所以……”

所以怎么样？所以想和对方多说说话？想做好朋友？想一起玩耍？就连荣光也觉得他过于天真。

阿蜜坐在杏花树的枝头，笨拙地把同样的话翻来覆去地说，里面的男孩一直没有回应，他就渐渐安静了，呆呆地看着屋内。天色一点点暗下去，荣光也觉得奇怪，这里怎么没有看守呢？他们说了好一会儿话了，居然没人发现。还有，这不是个顶顶娇贵的小皇子吗，好像还挺受宠的样子，怎么一直没有人来寻他？

“小殿下、小殿下，你在哪儿？”终于有人找了过来，是个宫装打扮的老嬷嬷。这位嬷嬷五十多岁的样子，头发盘得一丝不苟，鹅蛋脸上长了皱纹，年轻时大约也是个娴雅秀丽的美人。她神态端庄，说不上满脸笑容，但注视阿蜜的目光很是怜爱温柔。

荣光被阿蜜抱着带到外面，外面不知何时还站了两列掌灯的宫女，她们躬着身，只看着自己的脚尖，手里数十盏宫灯灯火辉映，只为了照亮小皇子脚下的路。

阿蜜一蹦一跳地跟着嬷嬷走到外面，外间早就停好了一辆华贵的辇车，四面挂着轻纱珠帘，身披轻甲的侍卫和随行的宫人们跪在地上，额头贴在地面上，无一人抬起头来。

嬷嬷把阿蜜搀扶上辇车，又整理起辇车的遮挡物，一层纱帘四面落下，接着垂下半副轻薄竹帘，最后拉下一层珠帘，把辇车内坐着的人遮挡得严严实实。

此时，跪着的侍卫和宫人们才站起来，载着小皇子的辇车队伍缓缓移动，开路的、掌灯的、捧香的……只看这阵仗，便知道这痴傻的小皇子有多么宝贝。然而荣光依旧感到奇怪，宫女也好，侍卫也好，这些人也不知道什么时候来的，行动悄无声息。当阿蜜走过时，他们全都伏在地上，头颅好像被一只无形的大手重重压着，叫他们不得抬起头来。

3

辇车在一座宫殿前停下，阿蜜要下来了，刚才接他上车时的场面再度上演，众人哗啦啦跪倒一片，头也不抬。嬷嬷上前来一层一层撩起珠帘、竹帘、纱帘，坐在里面的阿蜜一脸消沉、提不起劲儿的样子。

老嬷嬷转过身，弓着腰道："小殿下，到老身背上来吧。"

阿蜜听话地爬到嬷嬷背上。五十多岁的妇人背个十多岁的孩子，怎么都不算轻松，荣光有些于心不忍，可嬷嬷并不嫌辛苦，笑眯眯的。

"小殿下抱着的可是乌鸦？"

"是大黑鸟，不是乌鸦。"阿蜜认真地纠正嬷嬷，他大概也不清楚什么是乌鸦。

"那小殿下可是想带回宫里？"

阿蜜用力地"嗯"了一声。嬷嬷背着他慢悠悠地走，一边走一边说道："这种鸟不是很好，若是带到宫里，怕是不合适。因为这种鸟是凶鸟，会带来坏事的。"嬷嬷也知道阿蜜不懂，耐心地解释。

"不，我的大黑鸟是好的，是吉祥的，我就要养在我的宫殿里。"阿蜜任性地说，"阿爹是天子，这天下他说什么就是什么。我是阿爹的孩子，我就是小天子，我的宫殿里我说什么就是什么。"

他这话就像是在预言自己会是下一任皇帝，阿蜜孩童心性，浑然不觉自己说这话有多狂妄，可那些伏地低头的人无比惊惶恐惧，连背着阿蜜的那个老成沉稳的嬷嬷都脚步一顿。

一个捧香的宫女吓得一哆嗦，手上的青玉香炉落地，摔得粉碎，香灰飞扬。听到香炉落地的一声脆响时，所有人的身体都绷紧了，寒凉夜风中的不安和紧张达到了顶点，却无人敢动弹，打破了香炉的宫女更是匍匐在地，浑身发抖。随行的宫人之中，有一位小宫女被惊得失了魂，不小心抬起头来，脸上顿时血色全无。她拼命叩头，颤声尖叫到："奴婢什么都没看到！奴婢什么都没看到！求殿下饶命！饶命啊——"

荣光压根儿不明白她为什么会吓成这个样子，打破香炉的又不是她，即便要罚也不该惩罚她，她到底在害怕什么？

“既然看到了，那就将她双眼剜去，然后处死吧。”一个男人从宫殿里踱步而出，悠然地说出冷酷的话。

荣光听到他的声音的瞬间，金宝儿死前的记忆再度被唤醒，在那个宛如坟墓的石宫里，他曾经听过一模一样的声音，就是这个冷酷到极点的声音，轻描淡写地让太医令亲手杀死了自己的爱徒，就是这个残酷到极点的声音，让一个好端端的人变成了床上的一团烂肉。

“参见皇上！”人们用恐惧的声音高呼。

“阿爹！你来啦！”只有阿蜜若无其事地喊了一声。他像寻常百姓家的父子般称呼身为皇帝的父亲显然是不合礼数的，但高武帝并没有责罚他。

高武帝一把抱起阿蜜，揉了揉他白净的小脸，一脸慈爱地问道：“嗯，我的乖儿子，今天又去哪儿玩了？给嬷嬷添麻烦了吗？”

“没有没有！”阿蜜摇着头，又献宝地举起乌鸦，“我今天还捉到了一只大黑鸟！”

高武帝看了眼乌鸦，荣光触碰到他的眼神，第一次相信眼神也能淬了毒般叫人心寒。这位皇帝拥有霸气的称号，却长得相当斯文儒雅，一双细长的凤目，皮肤白腻柔软，穿一身绣了金龙的长袍，并不见得有多么威武，反倒有些文弱。

阿蜜被高武帝抱着往殿内走去，老嬷嬷连忙紧跟其后。等高武帝抱着阿蜜进了室内，马上便有人按照旨意拖走那名宫女，那年轻的女孩抽泣着，声音令人心碎，因为她年轻的生命如同那个落地的香炉般即将破碎。

荣光真恨自己没有双手，不能捂住耳朵，也恨自己此时只是一只乌鸦，什么都做不了。可即便他是人又能如何呢？君主皇朝的时代里，皇帝便是至高之尊，掌控天下人的命运。

“阿爹，那个姐姐为什么哭了？”屋内，阿蜜不解地问。他坐在高武帝腿上，乍一看还真是稚儿承欢膝下的和睦画面。

“因为她做错了事，所以阿爹处罚了她。”高武帝答道，他的语气就好像在说一件再普通不过的事情。

“是很厉害的处罚吗？因为……她真的哭得好难过啊。”阿蜜哆嗦了一下，可能是想起了昏暗房间里的那个男孩。

“是哦，因为她犯了很严重的错误，所以阿爹按照规定处罚她。”高武帝笑眯眯地说。荣光真是不明白，不过是抬头看了一眼阿蜜，怎么就罪该万死了？

阿蜜露出害怕的表情，怯怯地问：“那如果有一天，阿蜜也犯了很严重很严重的错，阿爹也会处罚阿蜜吗？阿蜜今天去了你说关着妖怪的平宁宫，因为那里的杏花开得最好看，阿爹你说过不许我去的，这样你会生气吗？”

高武帝沉默了一会儿才说：“你若是喜欢，便去吧，不过是小事。”继而又温柔地摸了摸阿蜜的头，说，“无论阿蜜闯了什么祸，阿爹都不会生阿蜜的气。来，给你带了御膳房做的点心，都是你喜欢的，快吃吧。”

嬷嬷这时才上前来，把各式精致点心一一摆开，这些点心一看就是专门为阿蜜精心制作的，都是些小孩儿才会喜欢的形状，色彩也分外缤纷。

“阿爹真好！”阿蜜兴高采烈地一头扑进高武帝怀里。

荣光悲惨地被挤在两人中间，发出难受的叫声。高武帝肯定早就发现了，只是现在才问道：“这就是你刚才说着要养的大黑鸟？”

阿蜜正吃得满嘴糖霜，腮帮子鼓鼓地点了点头。高武帝漫不经心地说：“昨天也有只这样的鸟儿，在窗外吵得厉害，被侍卫射伤了，想来应该也活不了。没想今天你就捡了只同样的鸟儿，这可巧得很。”

想到自己上一次附体在死去的金宝儿身上，荣光觉得这只乌鸦搞不好还真是高武帝说的那只。他被高武帝打量着，明明很不喜欢这个人，想反抗他，可是身体却在他的注视下僵硬起来。这便是真真正正的、万民之上的君主，与生俱来的威严不容任何人忤逆。

阿蜜忙放下手里的糕点，抱着大乌鸦辩解道：“大黑鸟会很乖很乖，不吵闹的！”

“那就好，你只能在北边这片宫殿走动，想必也很寂寞，不然今天也不会偷偷溜去平宁宫了。”高武帝说，不愧是能坐上宝座的男人，言语间不动声色地就把话题引导至对自己有利的方向，“你是怎么过去的？有人看到你吗？”

阿蜜连连摇头，肯定地说：“阿蜜很小心避开所有人了！而且还用布巾把脸挡了起来。”

“皇宫守卫森严，你是怎么做到不被发现的呢？”他像是不经意地把阿蜜的头发往后拨去，露出少年白生生的颈脖。不知为何，荣光脑海里蓦然出现了高武帝双手掐紧了阿蜜脖子的画面。

明明是父亲，明明这么温柔，但为何总有股隐约的、挥之不去的杀意？

“捉迷藏！”阿蜜朗声回答，“阿蜜跟大家玩捉迷藏！阿蜜很厉害的！”

看来他是把这当成玩游戏了，虽然听起来很牵强，可一个傻子又不会撒谎，可能是他运气好吧。

高武帝笑了笑，把阿蜜从自己膝上抱到隔壁椅子上：“这样啊，你要是想去平宁宫也没关系，不过得让辇车仗队送你过去，不然像今天这样偷溜，大家找不到你会很焦急的。”

这个皇帝也太好说话了吧？荣光严重怀疑他是不是在骗人，也只有阿蜜会傻乎乎地点头答应。

高武帝的笑容和眼神里含着无限深意："还有，你要是喜欢这只大黑鸟，就给它做个记号吧，不然侍卫不小心把它误杀了就不好了。"

纵然现在只是一只鸟，但荣光仍感到背脊上蹿起了一阵寒意。

高武帝又待了一会儿才离开，他一走便带走了几乎所有的人，偌大的宫殿里瞬间变得冷冷清清，原来与阿蜜一同住在这里的，竟然只有那个嬷嬷。

明明那么得宠的孩子，为什么要让他过得这么孤单？看他一眼的人都要被处死，是因为这个孩子格外珍贵吗？可这样只会让所有人都认为阿蜜是个恐怖的存在吧？若真的把他当做宝贝般疼爱，为什么要这样对待他？

荣光跳到了桌子上，环顾这个富丽堂皇的宫殿，这里不缺奇珍异宝，不缺锦衣华服，却没有一丝人情的温度。这个傻乎乎的小皇子，又何尝不是被困在这个精美华贵的牢笼里。

阿蜜吃着吃着点心，趴在桌上睡着了，手里还捏着半块糖糕，嘴巴上都是碎屑。嬷嬷轻轻走进来，瞧了瞧灯下睡着了的小皇子，叹着气给他仔细擦了擦脸。

荣光站在桌上，歪头在一旁看着，嬷嬷注视阿蜜的眼神比高武帝真挚得多。她有些吃力地抱起他，把他安置回卧室里，又替他盖好被子。荣光现在稍微习惯了乌鸦的身体，一路磕磕碰碰地跟着飞进了卧室，落在阿蜜枕边。

嬷嬷起身去收拾桌上没吃完的糕点，荣光看着她绕到了院子里，便跳上窗台，正好看到嬷嬷一脸憎恶地把那些糕点全扔掉了。

4

高高的宫墙上，一只漆黑的鸟儿滑翔而过，它脖子上系了一根红绳，分外醒目。它飞得不算太高，偶尔还会差点儿碰到屋脊的琉璃瓦。

这只乌鸦正是荣光，那根红绳是阿蜜给他系上的，以防他真的被误杀。一开始荣光还以为这乌鸦的身体支撑不了几天，上次他在金宝儿身体里时就没有待上多久。可是过去了好几天了，他都学会如何用这身体飞翔了，还丝毫没有再转移到其他身体上的迹象。

眼前是前所未见的广阔天空，没有高楼和大厦，一眼仿佛能看到天的尽头。整片整片的琉璃瓦在阳光下闪闪发亮，鲜红的宫墙、白玉般的小道串联起一座座宫殿，亭台楼阁、琼楼玉宇，有荷塘莲花点缀其中，亦有千树万树花团锦簇。那是穷极想象也无法描绘的精美绝伦，后世之人竭尽全力所仿造的建筑，根本不及这巍峨壮丽的千万分之一。

他飞在皇宫上空，俯瞰如棋盘般精密有序的大小宫殿，这么做当然不是为了当一只称职的乌鸦，也并非单纯为了观光，他还记得金宝儿临死前进入的那座院子。

那地方并不难发现，因为与金宝儿当日所见不同，外面建起了一个平台，上面有一个巨大的炉鼎，底下没日没夜地燃烧着薪火。一群医官模样的人频繁出入那座墓碑般的石宫，高武帝每天也会出现，不知道他们到底在忙活什么。

荣光想起金宝儿死前所见，不由得怀疑床上那个被折磨的不似人形的正是被关起来的那个男孩的母亲。当时他根本不敢多看那个浑身腐烂的人，别说是男是女，就连是否还活着都难说。

荣光从空中好几次看见高武帝，每一次，这个男人都像是有所感应般，用目光捕捉到他的身影。好几次，荣光都觉得下一秒他就要下令让侍卫射杀自己，然而他却只是似笑非笑地看一眼，又收回目光，实在是让人捉摸不清。

荣光发现阿蜜的日子过得确实相当无聊，他连识字都是嬷嬷教的，可是这个年代，一个女人也没读过多少书，能教给阿蜜的东西实在不多。高武帝也没有安排任何老师来教导阿蜜，不知道是不是认为反正是个傻子，也没什么需要用功的。

阿蜜没事就趴在地板上玩珠子，他有一个锦囊，里面装满色彩缤纷的小珠子，每一颗都有一枚弹珠那么大。这些珠子猛一看像是普通的琉璃珠，但其实均是用各色宝石仔细打磨而成，甚至还有饱满滚圆的珍珠，每一颗都是价值连城的珍宝。

荣光觉得阿蜜这孩子很可怜，便陪他玩了起来，用爪子把弹珠弹回给阿蜜，或者用鸟喙叼起来，一人一鸟还挺乐在其中。

而从高武帝答应阿蜜可以去找那个男孩后，阿蜜天天都盼着辇车来接他过去，可是不管他怎么等，辇车却始终不来。阿蜜缠着嬷嬷撒娇，嬷嬷也毫无办法，辇车仗队那边要不是说没有空闲，就是说辇车坏了需要修理，总之有不同的借口来拒绝。

除了阿蜜什么都不懂，荣光和嬷嬷都知道高武帝那番话只是随口说说哄孩子的，他根本不打算让阿蜜出去。高武帝每天都亲自给阿蜜送点心，他要糊弄一个傻孩子实在太容易了，可怜阿蜜每次都会被骗，每天从天亮等到天黑，每天都失望之极。

荣光今天没有再去探查那个神秘的宫殿，他收起翅膀，落在平宁宫的一棵杏树上，正是阿蜜曾经爬上的那棵。能看到关押着男孩的小窗就在旁边，荣光从杏花枝头跳到窗台上，往里面张望。之前他也来过几次，可是男孩却不在里面，血迹斑斑的笼子里只留下一盏照明的青铜灯，还有一片片干涸的血块和没有被清理掉的呕吐物痕迹。

男孩被带走了，他还会回来吗？荣光甚至想过是不是因为高武帝知道阿蜜来过，所以干脆就把那个男孩杀了。不过那男孩不是普通的人类，身上有那么多严重的伤，换做一般人可能已经死了，他却还顽强地活着。

或许因为男孩不在，熏香的味道也淡了，腥臭与腐烂的气味便更加令人作呕。笼子里放有给畜生喂食的碗盘，里面放着坏掉了的食物。

还有那盏青铜灯，荣光很在意这盏跟自己之前在梦境里见过的十分相似的灯，于是跳过去用鸟喙敲了好几下，不过这似乎就只是普通的灯，丝毫没有反应。

今天荣光也飞进了笼子里，依然没有看到男孩的身影，他不由得担心起来。这时，他听到脚步声，连忙躲了起来，这屋子里无比昏暗，他一只乌鸦简直随便往哪里一站都能隐形。

他听见好几个人的脚步声，有什么被拖动着来到笼子前，沉重的铁锁被打开，一个东西被扔进了笼子里，落地的声音就像一个残破的麻袋，那是个血肉模糊的幼小身体。亲眼看到这样的惨状，荣光几乎就要叫出来。

“呸，又没死，害兄弟们还得把他拖回来！”一个侍卫恶狠狠地骂道。

另一个人安慰他：“就是怎么都死不了，所以才是‘异人’啊，不然陛下怎么会对他这么感兴趣。”

“哼，怎么都死不了，弄成这个样子，跟鬼有什么区别。”最初说话的那个侍卫道，不知想到了什么，有些心寒，“要我说……当个普通人也没什么不好，不然被陛下这样天天折腾……生不如死啊。”

“嘘，你小声点儿，这孩子算好了，他母亲……”

地上趴着一动不动的男孩突然动了，他强撑着身体抬起脸来，半边脸上全是血，发丝与血肉纠结在一起，皮肤下好像有无数虫子在钻动，脸上偶尔会浮现起诡异的虫纹。

看到这样的一张脸，那几个侍卫也不免被吓得倒退了几步。

“你、你说……我母亲……”男孩每说一个字，都有鲜血从嘴角溢出，“怎样……了……”

没有人愿意回答他，不知道是谁嫌恶地踹了男孩一脚，匆匆忙忙地关上了笼子。尽管男孩已经虚弱如此，他们还是毫不放松地给他戴上了石铐和脚镣。

确认所有人都离开后，荣光连忙从黑暗中飞扑出来，还没走到男孩身边，他的爪子已经踩到了从男孩身上流出来的血。

“乌鸦……”意识模糊中，男孩勉强辨认出靠近自己的是什么东西，“你是……那天的……你身上……没有伤口？”

荣光不知道该怎么回答他，急得呱呱叫。男孩看着乌鸦的反应，灰暗的眼睛里逐渐有了亮光，他在地上挣扎着，说道：“你是不是……根本不是乌鸦？是的话，你就叫两声。”

荣光叫了两声，男孩眼睛更亮了，又问：“你是人类？”听到乌鸦又“呱呱”叫了两声后，他笑了起来，却因此引起一阵猛烈咳嗽。男孩喘着气，激动地说：“……是移魂灯，一定是！”

乌鸦歪着头看他，并不理解他说的是什么东西。男孩咽下一口血，似乎连抬起手指的力气都没有了，只能用眼神示意那盏其貌不扬的青铜灯，突然，他眼皮下有一条小虫蠕动，从他眼球上方滑过。

“你也是……死在这个皇宫里的某个冤魂吧？移魂灯……我特意把它做得跟这里的灯一样……这样……他们就不会起疑心……移魂灯……可以把游离的魂魄暂时收入灯内，再……转移到另一具刚咽气的尸体上。”男孩用渴求的目光看着乌鸦，“就这么死去，你也不甘心吧？你……”

男孩说的话并不能完全解释荣光此时的遭遇，他并不属于这个时代，可他也无从解释，不过想来他之所以会来到这里，还是与这移魂灯脱不了关系。

男孩还有话要说，却突然咬住了嘴唇，目光凶狠地瞪着上方。荣光循着他的目光看去，那个小窗里突然出现了一张脸，是阿蜜。

他又爬到了那棵杏花树上，想来即使是傻子，也知道高武帝的话多半是骗人的，所以终究还是偷偷跑过来了。不过他今天看起来脏兮兮的，束发的金冠歪了，头发里夹着杂草和树叶。“你、你……”阿蜜看着男孩的惨状，不太知道应该说什么，最后，他鼓起勇气问，“你要吃点心吗？我、我带了糕点来，很好吃的……”

“我不要！你怎么又来了……真烦！”男孩竭尽全力地嘶吼，他现在最不想见到的就是与高武帝有关的人，更何况是他儿子。男孩浑身都是伤口，一激动起来，身上的伤又渗出血来。

阿蜜也急了，连忙道：“你、你别生气……不吃也没关系的！”他在杏花枝头一脸踌躇，犹豫着又开口，“你是不是很痛……阿蜜这里还有药……我偷偷从嬷嬷房间里拿的，谁也不知道……你……”

男孩深吸一口气，道：“我最想要的就是离开这里！你能帮我吗？不能吧？所以你若是能从我面前消失，我就会好过得多了！”

荣光又听见了阿蜜抽鼻子的声音，他肯定又要哭了。跟阿蜜相处数日，荣光知道他真的是个再单纯不过的孩子，那么大的皇宫里，他一直是一个人，孤零零地被他称作“阿爹”的男人关在冷清的宫殿里。高武帝还有别的孩子，他飞在皇宫上空时曾经远远地看到过，那些小皇子和小公主在花园里玩耍欢闹，稍微大一点儿的孩子会有人教导他们学习。他们身边不是有兄弟姐妹，就是有年龄相差不多的伴读，宫人们前呼后拥，百般讨好，高武帝虽不常见这些孩子，但他们总归也有母亲日夜相伴。

没有一个人像阿蜜，和一只乌鸦趴在地上玩弹珠，都足够他开心一整天。

荣光想，他真的是太寂寞，太想要一个朋友了。

阿蜜难过地问：“……为什么要这么说呢？我只想帮助你……”

“帮助我？那你能得到什么好处？”男孩讽刺地问，“还是说，这是高武帝的新把戏，让你来装可怜，套我的话？”

阿蜜拼命摇头，笨拙地解释：“不是的！阿爹不知道我来找你！我只是……”他红通通的眼睛里浮现出几分期许，“只是想跟你说说话，玩游戏，我有很多漂亮的弹珠哦，你喜欢的话可以全部给你。”

那大概已经是阿蜜最宝贝的东西了，并不是因为那些“弹珠”是价值连城的珠宝，而是因为那是他唯一仅有的、能带给他快乐的东西。

但这却只换来男孩一声冷笑，他说：“我不稀罕你的东西。这个皇宫里的任何东西我都讨厌，包括你。”这是男孩第一次直视阿蜜，他一字一句、无比清晰地说，“我讨厌你。”

荣光觉得他说得太过分了，可是一只乌鸦能说什么呢？而且谁也没有资格指责男孩的愤怒。阿蜜消失在杏花枝头，荣光抖了抖翅膀，要从小窗飞走，他有些担心阿蜜。

身后，男孩突然叫住了他：“如果你愿意帮我……今天晚上……到这里来。”

荣光在窗台上回头看他一眼，“呱呱”叫了两声，男孩欣慰而疲惫地合上眼，第一次露出了笑容。

窗外，阿蜜蹲在杏花树下哭，荣光轻轻落在他肩膀上，才发现阿蜜还带了个小包袱，里面想必是他精心收拾好的点心和药品，或许还有他的宝贝小弹珠。他哭了一会儿，才拎着他的小包袱一步一回头地离开。

阿蜜并没有走会被人发现的路，荣光终于知道他今天怎么弄得一身脏了，他从宫墙下的狗洞钻过来的。小孩子果然是关不住的，不过他从哪里知道这些通道的？

钻洞的时候，阿蜜把乌鸦抱着。虽然可以飞，但荣光还是乖乖让他抱着，他感觉阿蜜的眼泪都快把乌鸦的羽毛打湿了，单纯的小皇子哽咽着问：“为什么大家都不喜欢阿蜜？阿爹还有其他孩子，是阿蜜的兄弟姐妹，可阿爹从来不许阿蜜跟他们见面。一个人好难受啊，为什么会这么难过呢？”

只是这个问题，荣光也不知道该如何回答他。

5

晚上，阿蜜哭得累了已经睡着了。荣光悄悄飞出了房间，阿蜜住的宫殿十分宽广，但只有两个人住着，空置的房间自然不少。荣光听到的动静是从最里面的一个房间里传来的，好像是有人在低声说话，仔细一听，是嬷嬷。

那房间里透出火光，老嬷嬷佝偻的影子被火光投影在墙上，异常的巨大。

嬷嬷跪在房间的角落里，她用一个铜盘装着拜祭用的纸钱等物，点火焚烧，火光跃动，铜盘前竟然有两个小小的灵牌。那应该是她自己随便做的，并不十分精致，只简陋地刻上了名字，荣光看得不太真切，只看到一个上面写着“奉安帝”。

嬷嬷对着灵牌低声诉说：“陛下，娘娘，小殿下最近又长高了，你俩唯一的骨肉依旧冰雪可爱，只可惜已不复当日聪慧……你们泉下有知，不知道是该悲叹还是欣慰。”她一边往铜盘里添上纸钱，一边对着盆中的火焰絮絮叨叨地说起往事。

“……十年前的谋反叛乱，如今已经无人敢再提起，但当夜情景，老身如今仍历历在目，无丝毫忘却。六王爷连同朝臣逼宫，弑兄夺位，自封高武帝，屠杀了不知多少人。如今还敢记着两位恩德的故人，恐怕也只剩老身了……”

“高武帝愈发疯狂，没有人知道他到底想做什么。他执着地搜罗天下的异人，几年前派船出海寻找仙山，因为仙山上有仙人，他要活捉那些仙人来炼丹。他一定是疯了……他还捉了一对母子回宫，太惨了……实在太惨了……户部的李大人是个好人，他出面痛斥其暴行加以劝止，希望高武帝放那对母子一条生路，却被灭了门，连他年幼的女儿都被带上了船充当祭品……”

荣光原本还想听下去的，可他与男孩有过约定，而且嬷嬷的声音也越来越小，他便只好离开了。

说来也怪，今日的宫中灯火并不明亮，哪里都黑漆漆的。

关押男孩的地方虽然有看守，可那个房间位于最深处，而且男孩虚弱又被手铐、脚镣等束缚着，所以看守的侍卫也不太上心，不然阿蜜早就被发现了。

到了深夜，看守的侍卫便更加松懈了，甚至喝起酒来，大约是觉得里面关的不过是个快要死的小孩，插翅难飞，与其认真看守，不如把这当做闲差，趁着无人注意，偷偷取乐。

荣光绕到后面，从小窗进入里面，他一开始没在笼子里看到男孩，还以为他又被那些残暴的家伙带出去了，再仔细一看，原来男孩只是蜷缩在笼子的角落里。

荣光听到抽泣的声音，是男孩在哭。

他落到男孩脚边，男孩屈膝抱头，把头埋进手臂里，肩膀微微颤抖，那盏青铜灯放在他脚边，与之前所见不同，正幽幽地绽放着蓝光。

“呱。”荣光叫了他一声。男孩抬起头来，他皮肤下的小虫子似的东西还在动来动去，更恐怖的是，男孩半边身体的皮肤开始剥落，露出底下的血肉。

他摸了摸自己的脸，自嘲地笑道：“很可怕是吗？他们在我身上种了蛊虫……他们对我的血没有办法，于是用这个方式，让蛊虫吞噬我的血肉，然后对付我。”

那些人这么做到底想干什么呢？荣光既痛心又困惑，男孩却没有继续说下去，他看了眼移魂灯，道：“我本来打算让自己的灵魂进入移魂灯，然后拜托你把灯带出去找我娘亲。

可是太晚了，娘亲她……已经死了。我从移魂灯里听到了她的声音，移魂灯只会收集死人的灵魂，娘亲跟我说的最后一句话便是……让我赶快离开。”

男孩说着顿了顿，他抬起脸来，眼神变得毅然：“既然如此，我哪怕死也不要死在这里。乌鸦，你回来就代表你愿意帮助我，你能……把钥匙偷来吗？”

荣光“呱呱”叫了两声，代表愿意。恐怕高武帝也没想过，男孩居然会与一只乌鸦合作越狱。荣光花了一点儿时间带回了钥匙，趁着那个负责拿钥匙的小头目上茅厕解手时，从他裤腰带上偷偷把钥匙叼走了。

男孩解开了石铐和脚镣，小心翼翼地拿着移魂灯，打开了笼子走了出去。可是他身体受伤太多也太重，光是走出房间已经很吃力了，扶着墙才能勉强走路，一步都是一个血印，墙壁上也染上血迹。

那小头目酒喝得有点儿多，也不太上心，但用不了太久还是会发现钥匙不见了，到时候只要循着这些血迹，便能毫不费劲地找到男孩。更别说还有看守，还有皇宫的卫兵，男孩想要离开这里的愿望似乎太过勉强了。

荣光正心急如焚，男孩却笑了，他问：“你觉得这样是逃不掉的，对吗？别担心……”

他正说着，迎面走来一个人影，还没来得及看清楚到底是什么人，男孩手里的移魂灯蓝光一闪，荣光眼前一黑，正在扇动的翅膀失去力气，一头栽在地面上。待他再慢慢醒来时，一眼就看到躺在地上的乌鸦。

“怎么回事？”荣光惊叫出声，本以为自己是乌鸦不会发出声音的，结果被脱口而出的话吓到了。男孩连忙示意他安静，荣光低头一看，自己有手有脚！他变回人了！再一看衣着，赫然是侍卫的衣服。

“这、这、这……”荣光还没回过神来。

男孩得意一笑：“移魂灯还有一个作用，可以将两个活物的灵魂互换，我刚刚把你跟这个来巡逻的侍卫的灵魂调换了。今天是寒食节，宫中许多地方禁灯，是最好的时机。”

“那他……”荣光指着那只醒过来的乌鸦，那乌鸦似乎受了不少惊吓，正呱呱大叫。男孩眼中闪过狠厉的光芒，飞快地伸出手捏住了乌鸦的颈脖，然后提着乌鸦的身体往墙上一砸，乌鸦顿时脑浆迸裂，死了。

男孩猛烈喘气，以他虚弱的身体，这样的爆发实在太耗费体力，他这一击完全是靠着被长久关押的怨恨来支撑的。荣光虽然心里知道乌鸦体内的是虐待男孩的共犯，他这么做完全情有可原，但还是不免被他的凶残与冷酷吓到。

“喂，发生什么事了？”刚才的动静好像引来了其他侍卫的注意，若不让他们安心恐怕就要过来一看究竟，这样男孩就逃不掉了。荣光急中生智，连忙回答：“没事没事，突然飞来一只乌鸦，吓我一跳！”

“啧，胆小鬼！”那人听到熟悉的同伴声音，自然不会有任何怀疑，骂骂咧咧地走开了。

“走吧。”男孩说道，朝荣光伸出了手。荣光背起男孩，终于明白他这么做的用意了，有一个身体健壮的侍卫帮忙，逃跑起来自然简单得多。

原来是把我当坐骑啊，荣光无奈地想，虽然自己也很乐意帮助他，不过这种奸狡的心思总觉得有点儿熟悉啊……

两人顺利地离开了囚禁男孩的宫殿，皇宫如此宽广巨大，若是搞不清方向很容易迷路。男孩自然是不认得路的，但荣光成为乌鸦的那段时间里，天天在皇宫上盘旋，大致的方向和道路他还是记得的。

深宫要道上总有卫兵巡逻把守，他们不得不挑选比较偏僻少人的小路。巡逻卫兵手持火把，投射出人们长长的影子，荣光依靠这些影子辨别前方有没有人经过。人影绰绰，在火光照映下却又有如鬼影重重，巨大的皇宫中仿佛百鬼夜行，幽魂汇聚，即便不刻意联想，也让皮肤上起了一片鸡皮疙瘩。

两人没有火把照明，然而走在暗处却也总有一片清亮的光照亮前路，是因为男孩口里含了一枚果实，他说这叫“口中灯”，含于口中可以令自己身上发出淡光，便于在黑暗中行走。

他们这么走虽然没被发现，却也是绕了远路。正当他们躲在一面宫墙后静候巡逻队伍过去时，远远地传来一阵钟声。

“他们发现我不见了。”男孩低声道，却不见有多慌乱，似乎早有预料。

“呃？这大晚上的？”荣光觉得是不是男孩多虑，除非要在这时候把男孩从笼子里带出去，不然那些看守的侍卫估计都懒得去查看的，可这大晚上即便要抓，又是要去哪儿呢？

可现况不容他多想，正因为这突如其来的钟声，他们身后原本无人注意的路上也传来了纷杂的脚步声。如此一来，被找到也是早晚的事，男孩一咬牙，道：“硬闯！”

现下也没有更好的办法了，也来不及等前方的巡逻队走远，荣光便背着男孩从藏身处跑出来，没命地往感觉安静人少的方向跑去。没想到突然传来一声尖锐哨声，原来还有侍卫从上方监视，一下便发现了他们的行踪。

“在那边！快追！”伴随着高亢的命令声，四面中有三个方向都迅速被火把照亮，荣光没有空隙多想，只能硬着头皮选了剩下的一条路。

他无头苍蝇般乱蹿，听到脚步声或看到火光便迅速调头，这样虽然暂时没有被追上，可体能终究有限，这么逃下去早晚还是要被捉住的，只能先找个地方躲起来了。荣光看到前方，突然觉得有些熟悉，他想背上的男孩可能不乐意，不过也由不得他挑剔了。

荣光背着男孩，跑进了被高武帝列为禁区的、阿蜜所住的那一片宫殿。

身后追逐的人果然迟疑了，他听到有人问道：“那地方是皇上下了令不让进的禁区，据说那里住着的是皇上的天生畸形的孩儿，皇上从来不让人看到那位殿下的相貌，谁敢看一眼，格杀勿论！”

“可我听说那是皇上在外的私生子……”

趁着他们犹豫不决的时候，荣光背着男孩跑远了。当他终于能停下来喘口气时，突然响起的声音差点儿把他吓得岔了气。

“你、你们……”黑暗的宫殿中突然出现一个少年，茫然又迷惑地看着两名不速之客，正是阿蜜。

“我、我……”荣光抓耳挠腮，不知道该如何表明身份，说“你好，我是你养过一段时间的乌鸦”，不知道阿蜜会不会信，就算他是个傻子，也不是这么好糊弄的吧！

“咳咳咳！”男孩猛烈咳嗽起来，对于这样跟阿蜜见面，不知道他是生气还是尴尬。

这时，外面隐约有火光亮起，荣光感到一股寒意，外面的人没得到允许是不会进来的，而他们能得到允许也就只有一种可能性……高武帝也来了。

“快、快躲起来。”阿蜜轻声说，拉着陌生侍卫的手带他走到一个房间，房间里有一个空置的神龛，还有一张空荡荡的床，几个柜子。荣光想了想，带着男孩躲到了床底下。

才刚藏好，高武帝的声音已经传来：“来人。”

嬷嬷也醒来了，刚刚披好了衣服出来，阿蜜也一副没睡醒的样子被带了出去。荣光和男孩躲在房内偷听，进来的似乎只有高武帝，他问道：“阿蜜，刚刚有人进来吗？”

没听到阿蜜的声音，大约是摇了头，只听嬷嬷问道：“陛下深夜驾到，不知出了何事？”

“平宁宫的人逃跑了，有人说看到往这边跑了。”高武帝缓缓说道，“那人会妖术，阿爹怕他会伤害你，所以特意来看看。”

呸，一个皇帝这么晚不睡觉，说来就来，想必是准备做什么坏事！荣光愤愤地想。

“回禀皇上，奴婢没有发现任何动静，是不是从别处逃跑了？”嬷嬷回道。

这时，殿外传来侍卫回报，他们搜查了其他的宫殿没有任何发现。高武帝颇有深意地说：“若真不在此处，那恐怕真的是从别处逃跑了。”

“定是。”嬷嬷道。

高武帝却不理睬她，他问道：“阿蜜，你说呢？有人进来吗？”

阿蜜紧紧闭着嘴，怕也是知道自己嘴笨，一开口就要露馅儿了。高武帝又问：“对了，你的大黑鸟呢，怎么不见了？倒是平宁宫里发现了一只死乌鸦，脖子上还系了红绳，阿爹想，这不是阿蜜的大黑鸟吗，怎么死在那处了？实在可疑。”

荣光不由得倒吸一口冷气，他看不见身边那男孩神色如何，不过他能感觉到男孩的身体也僵硬了。高武帝看来是心里有数了，他定然知道阿蜜心软又想与这男孩交朋友，确实很有可能撒谎，而事实也正是如此。

“呃？”阿蜜瞪大了眼睛，“我的大黑鸟？”完全是一副被蒙在鼓里的茫然，语气倒是十分真挚，他又怎能想到乌鸦会变成人呢。

高武帝看他的样子，也知道他不会撒谎，不禁犹豫起来，可想必阿蜜看起来也是一副心虚的模样，因为高武帝接着问道：“阿蜜，你老实告诉阿爹，你是不是偷偷藏起了什么？”

“没有！没有！”阿蜜尖声道，“真的没有！”

一听他的声音，荣光心都凉了，阿蜜真的是太不会撒谎了，这声音一听就是心虚无比，就差没说“是的，我藏了东西不想被人发现”。

“阿爹是为了你好。好了，嬷嬷，你把他带到别的房间去，朕让人进来搜查。”高武帝心里有了判断。

荣光感觉到男孩的手紧紧绞住了他的衣领，他们现在无处可逃，若是被高武帝捉住……那必然是生不如死。

“不要！不要！不可以进去！”外面又传来阿蜜的尖叫。荣光叹了口气，阿蜜心地是好，可也太能坏事了……这下肯定是要被捉到了！

高武帝心中肯定也是同样的想法，因为荣光都能听见他大步走近的声音，他甚至懒得让侍卫进来，亲自推开了一扇又一扇门，砰砰咚咚的声音中，荣光觉得自己的心脏也跳得快要炸开。男孩拿出了移魂灯，虽不知道他打算做什么，不过他肯定宁愿死掉，也不愿被高武帝带走……

砰！房间的门被推开了，从床底下可以看到高武帝抬起了脚就要跨进来，荣光心脏提到了嗓子眼，却不想阿蜜这时抢在高武帝前面冲进了房间，往神龛前一挡，哭着说：“阿爹，没有，真的没有！什么都没有的！”

高武帝从床前走过，走到神龛那边去了。门外还有一双脚，是嬷嬷的，她定定地站在门外，仿佛僵住了。荣光和男孩都看不见发生了什么，只能靠声音推断。

高武帝推开了阿蜜，阿蜜坐在地上大哭起来，接着神龛被移开，死一般的寂静过后，是高武帝怒不可遏的声音：“好啊！奉安帝与德明皇后的灵位！居然藏了这么久，就在朕眼皮子底下！你这老不死也是心不死啊！”

门外，直直站立着的嬷嬷默不吭声，荣光想起今天晚上他曾经看到嬷嬷在焚烧什么，那时候他没有在意，没想到她居然是在偷偷拜祭被高武帝一手推翻的前任皇帝。

“哇！哇啊啊……嬷嬷！对不起！阿蜜……阿蜜不是故意的……嬷嬷……”阿蜜撕心裂肺地大哭着。

在高武帝的怒火和阿蜜的痛哭中，嬷嬷却像是松了口气，道："小殿下，莫哭了，无论你做了什么，只要是你的心愿，嬷嬷都不会怪你的。"

接下来，高武帝拎起阿蜜，粗暴地将他塞到一旁的衣箱里，盖上后便传唤了侍卫进来，把神龛后藏着的东西还有嬷嬷都拖走了。知道阿蜜心虚的不过是嬷嬷偷偷藏着东西，不是藏了逃跑的男孩，高武帝怒火中烧，被拖延的这段时间内估计又逃远了，这么一想，他头也不回就走了，甚至没有把衣箱里的阿蜜放出来。

等高武帝和侍卫都走远了，荣光才从床下爬出来，打开衣箱。阿蜜蜷缩在里面，哭得浑身发抖，一直念着："嬷嬷……对不起……嬷嬷……"

荣光不禁想，怎么会这么巧呢？阿蜜恰好就让自己和男孩躲在嬷嬷藏了东西的房间，不但声东击西，且正好是犯了高武帝心中大忌的事，只有这样他一气之下才会判断失误，制造出让他们逃跑的机会。

如果真是这样，那就是阿蜜牺牲了从小照顾他、恐怕是世上唯一对他好的人，来成全男孩逃跑的愿望。

——我最想要的就是离开这里！你能帮我吗？

荣光想起那天男孩对阿蜜说过的话，看了看从床下爬出来的男孩，他沉着脸，不知道是否想到了同样的事。

这时，阿蜜揉着眼睛从衣箱里爬出来，他走到男孩面前，从贴身的衣服里翻出一块黄金的令牌，递给他。

"是通行的令牌，有了它就可以出去了。"阿蜜说，他声音还是哑的。

"你怎么会有这种东西？"男孩没有接，而是疑惑地问，"高武帝怎么会给你这么重要的东西？"

阿蜜低着头，轻声说："嬷嬷说，是另一位皇帝留给阿蜜的。"

男孩犹豫再三，最后还是接过了，说道："我现在承认，你确实可以帮助我。可是还不够，这样我还是离不开。"

"你还想怎样？"荣光也急了，阿蜜已经没什么可以奉献的了！

男孩没有理会荣光，他看着阿蜜，这是他第一次真正看着阿蜜。

6

深夜的皇宫，到处是吵吵嚷嚷追捕着逃跑着的人，然而在皇宫北门出口，却依旧十分安宁。守门的侍卫站得笔直，追捕不是他们的工作，他们的职责是看守皇宫重要的出入之道。

一个陌生的侍卫披着夜色来到门前，他背着一个睡着的小孩，小孩头戴纱笠，脸贴在侍卫背上，仿佛正在熟睡。

“来者何人？”守门卫兵质问道。

背着小孩的侍卫悄悄出示了一面只可能是皇帝亲赐的通行令牌，压低声音道：“宫里出了大事，我奉命把这位小主子带出宫外躲避，你们快快开门。”

那卫兵看到令牌时几乎跪下，正当他招呼同伴一同打开大门时，他们的将领正好赶来。守门将领可不同一般卫兵，对此颇有疑惑，问道：“各宫的小主子属下都有幸面见过，不介意让我看看是哪一位吧？那我也好给上头交代。”

背着孩子的侍卫把将领拉到一边，悄声说道：“大胆！你看了还不知道吗？皇上下过令，谁也不许看他一眼，违者格杀勿论！”

守门将领一听，额上也是冷汗直流，他原本想过宫里头追捕的那人会不会伪装逃脱，可听说那是个十岁的小孩，而且特别瘦弱，而侍卫背上这个看着年纪更大，体型也不相符，连忙二话不说开了门，小心翼翼送两人出去。

终于，他们走出了这座巍峨皇城。

荣光背着男孩走在茫茫夜色中，心里忐忑不安，记挂着还在宫里的阿蜜。

他背上背着的人摘掉了纱笠，露出的虽然是阿蜜的脸，却拥有男孩那一双冷漠的眼睛。

在离开皇宫前，男孩让阿蜜做的一件事，便是让他与自己一同吃下一种奇妙的果子。那果子是红色的，乍一看像是人的心脏，然而外壳是硬的，像核桃一般，轻轻摇晃能听到里面有碰撞的声音，打开之后，里面对称长着白色的果肉。

“这是朱心果。”男孩说，“我与你同时吃下一半果肉，可以短暂交换外貌。然后我带着令牌以你的身份离开，你冒充我的样子在皇宫引开卫兵的注意力，这样我才能逃出宫外。”

阿蜜没有多想，一口答应，就在他伸手要拿朱心果时，男孩的手缩了回去，补充道：“你要知道，若吃下这果实并非出于你本心，那就会立刻中毒而死，所以‘朱心’也是‘诛心’，你要想清楚了，是不是真的要帮助我。”

阿蜜没有回答，他毫不犹豫地吃下了朱心果。

“那个……”荣光开口问道，“朱心果到底是怎么来的，还有那个口中灯……”那些奇奇怪怪的果子，他即使在蓬莱里面也没见过。

“是我创造的东西。”男孩说，他逐渐恢复了原本的面貌，“这就是我与娘亲的力量，我们能造出本不存在于这个世间的东西。娘亲用造出来的奇珍异草救治病人，被高武帝发现了，他对我们很感兴趣，才会把我们捉起来。一开始，他想我们自愿为他效力，可这不是可以随意使用的力量，也不该为了满足一个帝王的私欲而使用，他见我与娘亲不从，于是……”

大约是回想起那些痛苦的遭遇，男孩过了好一会儿才继续说道：“那个异想天开的疯皇帝，想把我们做成药人，然后炼化成丹服用，以为这样就能与我们的血脉融为一体，把这个力量据为己有。我娘亲生下我后，力量便不如从前，抵不过他的折磨而死……”

“你说在移魂灯里听到你娘亲的声音，那她现在……”

“她已经不在了，彻底消散了。移魂灯只会收容不甘心的灵魂，她向我传递了最后的消息，又见我顺利逃脱，如今已经不在了。”

从男孩的回答中，荣光察觉到什么，他问：“你娘亲说你必须今晚逃跑，是为什么？高武帝之所以这么快发现你逃跑，他本来是准备做什么……”他的声音已经在颤抖，因为他想起飞过高空时，看见的那个薪火不熄的炼丹炉，还有男孩刚才说的药人、炼化成丹……

荣光不走了，他把男孩放在地上，高高地瞪着他，他突然明白了。

“如果阿蜜维持着你的样子被捉走，他……他会怎样……那他是不是就会被当成你？然后原本高武帝要对你做的事，岂不是……”

“你想多了，时效一过，他就会恢复原貌，高武帝再狠毒，也不会杀他吧。”男孩说道，却不敢看荣光的眼睛。

“那如果……他很快就被抓了呢？如果……他来不及变回来呢？”荣光大吼道，“那会怎样？那他是不是会代替你被投入那个炼丹炉？你明知道，你怎么可以——”

荣光的话没能说完，脚下突然失去了可支撑的大地，一头栽了下去，他感到天旋地转，一阵恶心，不得不闭上眼睛。直到一切平复之后他才睁开眼睛，却发现自己居然又回到那片古老的森林中，是蓬莱，不会有错的，可这是怎么回事呢？

仿佛能读懂他心中的疑问，一个声音回答他：“因为时间到了，你要回去了。”

荣光四处张望，在森林里看到一个人影朝他走来，那是个十五岁左右的少年，一身华贵的杏黄衣袍，衣摆袖口滚着金边，锦衣玉带，乌发金冠。少年长得唇红齿白，贵气天成，笑容温和地看着荣光。

荣光呆住了，他和阿蜜长得一模一样！可是出现在蓬莱里的这个少年眼睛神采奕奕，十分灵动，完全不像他在皇宫里见到的那个傻傻的小皇子。

荣光惊讶地问：“阿蜜？你怎么在这里？”

阿蜜笑着回答：“我一直都在这里，因为现实令人难过。”

“你不傻啦？”荣光眨了眨眼，又惊又喜。

“我本来就不是傻的。”这个阿蜜笑道，“高武帝每天送来的点心里下了药，那种药少量服用没有什么害处，可是日积月累分量多了，便会影响脑子，令人变得痴傻。你大概也知道了，我并不是高武帝的亲生儿子，我是奉安帝与德明皇后的儿子，也是前朝的太子。高武帝弑兄夺位，是个无情冷血之人，却唯一对我母亲动过真心。我母亲死前求他留我一命，保我平安长大，他允诺了，于是把我关在深宫。他看着我时，会想起母亲，这让他心情愉快，可也会让他想起他的兄长、我的生父，又会极恨我。”

所以，他才会对阿蜜又宠爱又冷落，他恨这个孩子，却又割舍不了他。

“如果没有发生那些事的话，他大概也愿意一辈子把我当做一个傻瓜般养着。”阿蜜云淡风轻地说。

“对了，那之后你怎么样了？还有你知道这里是什么地方吗？”荣光连忙问道。

“我知道啊，这里是蓬莱，我一直都在这里。不然你以为一个傻乎乎的小孩子，怎么知道‘他’关在平宁宫，怎么会知道宫中那么多密道，怎么能避过侍卫的巡逻……”阿蜜说着，身影渐渐淡了，好像快要消失在蓬莱之中。

“等一等！等一等！”荣光大叫着追上去，却怎么都追不上。

“我们还会再见面的。”阿蜜的声音远远传来，“到那时……”

到那时……

“到那时怎么样啊？”荣光大叫着从床上坐起，定睛一看，雪白的病床和天花板，还有空调、电视机，以及坐在床边被他吓了一跳的自己的亲妈。

“吓死我了！你这臭小子！吓死妈妈了！”妈妈一边揍他一边哭，“好了好了，醒来了醒来了！孩子他爸！他醒来啦！”

荣光愣愣地看着欢天喜地的父母和突然冲进来给他做全身检查的护士医生，摸摸自己脖子，哇，还真的有好大一道伤口！而且还在痛！

等妈妈冷静下来后，荣光才得知自己发生了什么。前段时间发生了性质恶劣的高中生诱拐女童事件，那个高中生的母亲得知后非但没有阻止自己儿子，还企图杀害女童并抛尸，这时候是荣光出现，见义勇为，救下了还有一口气的女童，但在与犯罪者的搏斗中被利器割破颈脖，送院紧急救治，这才捡回小命。而从事发到他醒来，已经过去一周了。

荣光揉着脑袋，感觉自己一口气做了好多好多的梦，都有点儿搞不清了。魔方呢？狐狸呢？那个戴面纱的男人呢？秋茴呢？还有……阿蜜，这都是什么事啊？对了，还有卖药人呢？

这时，他眼角不经意一瞥，看见病床边的柜子上摆着一样东西，那是一盏仙鹤造型的青铜灯。

后记
HOU JI

感觉自己这半年一定是被不可思议的力量诅咒了，写《胆小鬼侦探2》结局篇的时候因为过敏倍感痛苦，写《问药2》的结局时再次得了重感冒，嗓子痛，每天咳得上气不接下气，真心想要找卖药人要个止咳特效药，哪怕会后患无穷也不管不管啦。

在结局篇快要收尾的时候，奶奶身体也出了一点儿状况，幸好最后还是好了起来，现在九十多岁的老人家精神还不错，满头白发里还长出了新的黑发，也总算是松了口气。真的是兵荒马乱的一个月，因此给编辑部添了很多麻烦，还好最后总算是拼了最后一口气赶上了。

《问药》已经写到第二部了，在我最初的构思中，《问药》是一个三部完结的系列故事，一眨眼就已经进入尾声了。关于《移魂灯》，相信各位都能看出写的就是卖药人的过去，这是在第一部结局篇之前发生的事情，在这之后就是卖药人被带到岛上，遇到春景的故事了。

而误打误撞的，荣光也作为旁观者参与进卖药人的过去中，而这大概是他最不想让人看到的事情。

终于让阿蜜出场了，这是我最初就构思好的一个人物。“阿蜜”这个名字最初出现在第一部的《幽灵草》及《蓬莱梦》里，算是埋下的一个伏笔，这并不是卖药人的名字，但他宁愿不说出自己的名字也要荣光记住“阿蜜”。

一个傻里傻气的小皇子，可他真的是个傻子吗？他到底是简单还是复杂？是幸福抑或不幸？然而摒弃一切，在我脑海里，阿蜜是个如杏花如蜜糖的少年，我很喜欢他。

想写的东西太多了，但由于篇幅的原因，还有一些很想放进这次结局篇中的内容，最终还是割舍了。结尾的地方，其实我写过好几个版本，但最终还是觉得现在这样最好，虽然很遗憾还有想说的内容没办法一起呈现给大家，但关于卖药人的最后的谜团，还是和接下来的发展一起放到下一部，在最后的结局篇里一一揭晓吧！

2017年是让我有种无时无刻都在赶稿的错觉的一年，也真的是有不断推翻已经写好的部分，心累得连话都不想说的时候，然而还是很庆幸自己能坚持下来。当发现《问药》不知不觉已经要迎来最终的结局时，心里并没有感到放松，而是感到十分不舍。

对我来说，能够不断地写故事，真的是一件很幸福的事情。我经常想，我已经做着这么幸福的事情，还与那么多支持我的人相遇、相识，得到那么多感言、那么多鼓励，真的是幸运得太过了吧！

非常感谢你们，一直支持着《问药》的各位，敬请期待下一部，我会继续努力为你们献上更精彩的故事！

PS:最终出版中由于某些原因删除了其中一篇，十分遗憾。其中涉及了一些主线内容，与上一篇《山珍说》是相连的，主要是讲荣光和秋茴的第一次见面，希望读者们多加体谅，实在抱歉。

苏盈

2018.01

问药

2

作者
苏盈

封面绘图
君翎
彩色插图&内文插图
君翎

封面设计
杨小娟

内文版式
周沫

图片总监
杨小娟

特约编辑
徐慧

责任发行
周冬梅

出版社
百花洲文艺出版社

总出品
湖北知音动漫有限公司

制作出品
知音动漫图书·新阅坊

官方论坛
http://xsbbs.zymk.cn

平台支持

知音漫客 小说绘

图书在版编目（CIP）数据

问药. 2 / 苏盈著. -- 南昌 : 百花洲文艺出版社,
2018.3（2020.12重印）
ISBN 978-7-5500-2512-7

Ⅰ. ①问… Ⅱ. ①苏… Ⅲ. ①长篇小说－中国－当代
Ⅳ. ①I247.5

中国版本图书馆CIP数据核字（2017）第276104号

出 版 者 百花洲文艺出版社
社 址 江西省南昌市红谷滩区世贸路898号博能中心Ⅰ期A座20楼 邮编：330038
电 话 0791-86895108（发行热线） 0791-86894790（编辑热线）
网 址 http://www.bhzwy.com
E-mail bhzwy0791@163.com

书 名 问药2
作 者 苏 盈
出 版 人 姚雪雪
出 品 人 王应鲲
责任编辑 杨 旭
特约策划 新阅坊
特约编辑 徐 慧
封面设计 杨小娟
经 销 全国新华书店
印 刷 浙江新华数码印务有限公司
开 本 710mm × 1120mm 1/16
印 张 15.5
字 数 300千字
版 次 2018年3月第1版
印 次 2020年12月第3次印刷
书 号 ISBN 978-7-5500-2512-7
定 价 35.00元

赣版权登字：05-2017-470